新丝路文库

一条不容低估的文学带

没有男人的女人们

Women Without Men

Shahrnūsh Pārsīpūr

〔伊朗〕沙赫尔努希·帕尔西普尔 著

穆宏燕 译

上海文艺出版社
Shanghai Literature & Art Publishing House

图书在版编目（CIP）数据

没有男人的女人们 · 没有女人的男人们/ (伊朗) 沙赫尔努希 · 帕尔西普尔著；
穆宏燕, 王莹译. -- 上海 :上海文艺出版社, 2020
(新丝路文库)
ISBN 978-7-5321-7698-4
Ⅰ.①没… Ⅱ.①沙… ②穆… ③王… Ⅲ.①长篇小说－小说集－伊朗－现代
Ⅳ.①I373.45
中国版本图书馆CIP数据核字 (2020)第237203号

BOOK 1: Men whithout women
BOOK 2: The Simple and Small Adventures of the Spirit of Tree
by Shahrnūsh Pārsīpūr
著作权合同登记图字：09-2017-1057 号

发 行 人：毕　胜
责任编辑：张　翔
装帧设计：周伟伟

书　　名：没有男人的女人们 · 没有女人的男人们
作　　者：(伊朗) 沙赫尔努希 · 帕尔西普尔
译　　者：穆宏燕 王 莹
出　　版：上海世纪出版集团　上海文艺出版社
地　　址：上海市绍兴路7号　200020
发　　行：上海文艺出版社发行中心
　　　　　上海市绍兴路50号　200020　www.ewen.co
印　　刷：苏州市越洋印刷有限公司
开　　本：710×1000 1/16
印　　张：22
插　　页：3
字　　数：200,000
印　　次：2021年1月第1版 2021年1月第1次印刷
I S B N：978-7-5321-7698-4/I.6115
定　　价：78.00元
告 读 者：如发现本书有质量问题请与印刷厂质量科联系　T: 0512-68180628

新丝路文库

目　录

1. 马荷朵赫特

ㄨ

园子，草泥墙，郁郁葱葱，背靠着村庄，依傍在河畔。这一边没有墙，河流成为禁界。园子，是一个樱桃李①和樱桃的园子。一所房子，半乡村半城市式，有三间屋子，前面是个水塘，长满青苔，到处是青蛙。水塘四周满是细沙，还有几棵柳树。柳树的倒影落在水面，水塘的暗绿色与柳树的明绿色，整个下午都在无声的争吵中。为此，马荷朵赫特的心总是很难受，因为她不耐烦任何争吵，她很单纯，她希望所有的一切都友好相处，甚至尘世间所有的绿色。

——当然，颜色本身很沉静，但是，唉……

榻板在一棵树下，两条腿垂在水塘的洗脚池里，让人有些担心因为淤泥打滑而整个人掉进水塘里。马荷朵赫特坐在榻板上，看着水与树的争吵，还有天空的蓝色。在马荷朵赫特看来，这蓝色是“真主的仲裁者”，比起别的时间来，蓝色在下午更多地使自己置身于这绿色集合体中。

若是在冬天，马荷朵赫特就编织毛线；若是陷入沉思，她想的是去法国念书，或者是参加一个周游世界的旅行团，因为冬天人需要在寒冷中呼吸健康的空气，不然夏天就会完蛋。夏天充满烟雾、尘埃、汽车尾气、人，还会忧心窗

① 樱桃李：是一种樱桃和李子嫁接的水果。

户大玻璃去赴阳光的盛宴。

——真要命！人们为什么就不明白，这种窗户根本就不适合这个国家。

她一想到这些就很伤感，不得不接受她的兄长胡尚格汗[①]的邀请，来到这园子，忍受孩子们的闹腾。他们整天喊呀叫的，吃樱桃，吃到每天晚上都拉肚子。还有酸奶。

——村里的酸奶。

——是啊，很不错。

尽管食量超过他们的年龄，孩子们身上却总是凉凉的，脸色苍白，用他们母亲的话来说这是一帮“讨债鬼”！

她刚开始当老师的时候，埃赫特沙米先生说：

——帕尔哈米小姐，请把这练习本放在那里……帕尔哈米小姐，你去打铃……帕尔哈米小姐，你去跟那小家伙说个事儿，我听不懂他的话……

埃赫特沙米先生自己是校长，希望她做教导主任。这倒不错。可不久后的一天，埃赫特沙米先生对她说：

——帕尔哈米小姐，你愿意今天晚上一起去看电影吗？正在上映一部不错的电影。

马荷朵赫特脸色都吓没了，不知道该如何回应这一羞辱。这该死的男人琢磨啥呢？把她当成什么人了？他到底想要什么？现在明白了，为什么每当埃赫特沙米先生跟她讲话时，其他女教师就把脸上笑容吞下去了，在那边瞎琢磨。可她们想错了，现在正好让她们看看她是怎样的人。马荷朵赫特再也没有去学校。但是，转过年，当她听到埃赫特沙米先生与历史地理老师阿塔依小姐结婚后，感觉胸腔被压瘪了，瘪到马荷朵赫特觉得自己心脏都要跳出去了。“他的毛病在于显摆钱多。”

就这样。第二年，她整个冬天都在编织毛线，给胡尚格汗的头两个孩子，

---

① “汗”：本是蒙古-突厥系对王公首领的称呼，在伊朗逐渐演变为对男子的尊称。

两个都才学步。十年后，她在为哥哥嫂嫂的五个孩子织毛线。“不明白他们为什么要生这么多孩子。”

胡尚格汗常说：

——这不是我能左右的，我喜欢孩子，我能有啥办法呢。

“哼，能有啥办法，真是的，他能有啥办法呢。”

最近，她看了一部朱莉·安德鲁斯的电影①。朱莉的未婚夫是一个奥地利人，有七个孩子，他用哨子指挥孩子们向这边向那边，最后和朱莉结了婚。当然，朱莉原本是想回去做修女的，但是后来又想做奥地利男人的妻子，因为她自己也快要生第八个孩子了，这是最佳的解决之道，尤其时逢德国人入侵，所有的事情都接二连三地发生。

——我就跟朱莉一模一样。

她想的很对。她就跟朱莉一模一样。即使是一只蚂蚁的腿折了，她也能流一裙子的眼泪。此外，到现在，她已经在给四条流浪狗喂食，还把她的新呢大衣送给了学校的佣人，还曾三次去救济院。那时，她还在当老师，有看望公共机构的任务。每次去，她都为孩子们带去几公斤点心。

——多好的孩子啊。

她并不反感其中一些孩子成为她自己的。有什么关系呢，有几个成为她的，换来的是他们的衣服总是干干净净的，任何时候他们的唇上都不会有鼻涕，上厕所不会发出浓重的声音。

“他们究竟想要成为什么人呢？”

这是一个十分困难的问题，尤其是政府有时也在广播和电视中说，应该考虑一下这个问题。

政府和马荷朵赫特都为孩子们忧心。那又能怎么样呢，即使马荷朵赫特有一千只手，每周织五百件上衣？

---

① 即《音乐之声》。

——两只手织一件，千只手就五百件。

但是，唉，人不会有千只手啊。为此，马荷朵赫特喜欢冬天，每个下午都会在人行道上遛弯。此时，若是假定人有一千只手套要往手上戴，至少要花五个小时的时间。

——不啊，用我的五百只手往另外五百只手上戴五百只手套，确切地说只需要三分钟或者更少。

这些都不是问题，最后都会解决的。政府的眼睛完全是瞎的，看不到可以开设一家上衣编织厂。

马荷朵赫特把脚在水塘里搅动。

来园子的第一天，她就走到河边，用脚踩水。水，冰凉的。涟漪拍打着她的肌肉。她不得不赶紧把脚抽回来。有可能感冒的。她穿上鞋，向花房走去。花房的门开着，里面膨胀的空气比夏天还夏天。但是，多年以前，埃赫特沙米先生说过，大白天在花房膨胀的空气中呼吸是最令人惬意的，因为所有的花都在制造氧气。尽管那个时候，花房里已经没有花了，花都搬到园子里去了。马荷朵赫特在花房狭窄的人行道上一边往前走，一边看那些沾满尘土的玻璃。然后，有挣扎与喘息的声音，有什么东西在燃烧、发烫、灼人，有人体的气息。

马荷朵赫特的心脏停止了跳动。女孩，法蒂，十五岁，像一个风韵十足的女人那样躺在花房尽头；园丁，耶德安拉，头顶已谢，一双瘘眼，全身让人看一眼就会觉得需要赎罪，他在那样喘息、喘息、喘息。

马荷朵赫特双眼翻白，双腿在身子下面颤抖，不由自主用手抓住石条的边儿。但是，她无法让眼睛从他们身上挪开。她看，看，直到他们看见她。该死的男人嚎叫起来。女孩想挣脱出来，但无法做到。不由自主地，他开始打女孩。女孩的目光和手伸向马荷朵赫特。马荷朵赫特奔跑着出了花房。她不知道该怎么办，不由自主地往水塘走去。她感到反胃，无意识地洗了下双手，在榻板上坐下来。

“我该怎么办呢?”

她想去把整个事情告诉胡尚格汗和他的妻子。人家是把女孩托付给他们的。

“女孩才十五岁，什么样的行为呀……”

确定无疑，胡尚格汗会给女孩一顿结结实实的狠揍，然后把她赶出去。法蒂的兄弟们肯定会把她杀了。

“我该怎么办呢?”

她想立刻收拾行李上路，回到德黑兰，好歹比受这种惊吓好。

“唉，那又能怎样呢?”

她茫然不知所措，只好从惶恐中回过神来。小姑娘从头到脚裹着遮袍走了过来，脸上洋溢着满足，红扑扑的。说：

——亲爱的小姐。

随即扑倒在马荷朵赫特脚跟前。

“他就像条狗一样乱叫。”

——走开，脏货!

——别，亲爱的小姐。向真主发誓，我会为你效劳。向真主发誓，我会为你牺牲。

——闭嘴，一边儿去!

——向真主发誓，我愿为你肝脑涂地。如果你给我妈说，等于杀了我。

——现在谁会去说这些?

——向真主发誓，他会来向我求婚，就在明天，说好了他去告诉老爷。

她不得不答应，只是为了让女孩走开，因为女孩的双手一碰到她的双脚，她就直犯恶心。女孩像一团揉得皱巴巴的手绢回到房子里。马荷朵赫特深喘了一口气，直想哭。

现在已经三个月过去，夏天将在这些天结束。就在他们要回去的那天，没有人知道为什么园丁耶德安拉突然撂挑子走了。胡尚格汗说：

——真是怪了，他自己说过一百遍不会走的。

他们必须重新找一个佣工来看园子，以免冬天遭抢。随便什么人都可以安四条榻板在河边，在周末的日子里，以三十土曼的价格出租给游手好闲者们。胡尚格汗说着这些，大家也都附和。这时，该死的女孩的嗬嗬笑声从园子深处传来，她把孩子们带去玩了，不知道在教他们玩什么游戏。马荷朵赫特在她房间里神经质地踱着步子，用拳头击打门和墙壁。她为孩子们担心。

“真愿她怀孕，那样就会有人杀了她。”

假若她怀孕倒好了，她所有的兄弟们会一起扑在她头上，给她一顿狠揍。她会死在他们的拳脚之下。那该多好啊，孩子们就不再会堕落。

突然，她想到：

“我的处女之身跟树一样。”

应该在镜子里好好瞧瞧，应该在镜子里看看自己的脸庞。

“也许正因为如此，我是绿色的。”

她的脸是一种偏黄的绿色，双眼下面满是细皱纹，额头上的毛细血管总是触及眼睛。埃赫特沙米先生说过：

——你太冷了，跟冰一样。

她想：

“不是像冰，我是一棵树。”

她可以把自己种在地上。

“好吧，我不是种子，我是树。我可以自己种植自己。”

她如何能把这事儿对胡尚格汗说呢。她想说，亲爱的哥哥，你坐下来，咱一起好好说说话。按照约定，你知道的，上衣交给工厂去织。好吧，如果说这些，她就不得不解释关于一千只手的想法，根本没可能去解释她的那些手。要让胡尚格汗明白这些，很荒谬。比如，她如何能够说，当有一千家工厂织上衣的时候，就不再有必要将她作为手工编织者定向培养了。

是啊，没别的办法。马荷朵赫特打算在园子里待下去，等到初冬就把自己种下去。她还得咨询园丁什么时间适宜种植，她是不了解的，但也并不重要。

待下来然后种下去，也许就成了一棵树。她希望能在河边生长，以更加碧绿的叶片出于淤泥，这对水塘的争执大有益处。如果她成为一棵树，如果她成为一棵树，到时就会长出嫩芽。盈盈的嫩芽。将她的嫩芽交付给风，满园子都会充满马荷朵赫特。那时他们不得不把樱桃李和樱桃树砍了，让马荷朵赫特生长。马荷朵赫特在生长，长出成千上万的树枝，同整个尘世讨价还价，让长满树的大地都长出马荷朵赫特。美国人会来买她的树苗，带去加利福利亚，或者更寒冷的地区。马荷朵赫特森林。他们一定会说：茂荷朵考特①。渐渐地，人们就那样称呼她，这边叫她为“马朵克”，那边叫她“茂朵克”。四百年之后，语言学家们会围绕她展开讨论，铁面无私地证明这两个单词都源自“茂迪克”这个词根，有着非洲本源。生物学家会又提出异议：寒带的树木不可能在非洲生长。

马荷朵赫特用头撞墙，有几次撞破了头。她就那样撞呀撞，直到哭起来。她哇哇哭着想，今年一定要参加一个环游非洲的旅游团。到非洲去生长。她想成为一棵热带树。她胡思乱想着，这成了她的心事，使她滑向疯癫。

---

① 马荷朵赫特的复数，即“马荷朵赫特森林”之意。下面，“马朵克”是“马荷朵赫特”的缩略形式，“茂朵克”是“茂荷朵考特”的缩略形式。

2. 法耶泽

1332 年 5 月 25 日[①]下午 4 点钟，法耶泽在几天的犹豫和踌躇之后，下定了决心。沉默不再有任何意义。如果再拖下去，所有的事情都会乱成一团。必须去，捍卫自己的权益。就这样，她用内心酝酿的全部力量，花了整整一个小时来穿衣服。不慌不忙地穿上袜子，脱下衣服，穿上夏天的亚麻衫和裙子。其间有那么几秒钟，她想过，也许阿米尔汗会在那里。一想到阿米尔汗，她就全身发烫起来。如果阿米尔汗在那里，她肯定无法轻松说出自己的话。她根本就无法开口。她依然必须把一切都压在心里，依然陷在犹豫和踌躇中。因为每次她一想讲话，就会有事情发生，令她陷入犹豫和踌躇：是轻，是重？是说，还是不说？

在镜子前扑粉时，她自语道："我正在变老。"她的年龄已经过了 28 岁零 2 个月。并不老，当然，呈衰退之势。

她穿上鞋，拿起包，从楼梯下去。奶奶坐在院子里的榻板上，看着水池。法耶泽鞋后跟的哒哒声惊散了她的注意力。她问：

---

① 相当于公历 1953 年 8 月 16 日。此时，是伊朗石油国有化运动最高涨之时，巴列维国王的政权摇摇欲坠。随即，美国中央情报局用重金收买伊朗军队军官，发动政变，镇压了石油国有化运动，保住了巴列维国王的统治。伊朗按伊朗阳历将此次政变称为"五・二八"政变，中国学界按公历称之为"八月政变"。

——你出去呀？

——对！

——祖宗，对你没好处，到处乱哄哄的。

邻居家的收音机开着，嘈杂声传到院子里。法耶泽停顿了一下，奶奶说得在理。奶奶说：

——至少穿上遮袍。

法耶泽默默回到楼上。她将丧礼时穿的黑遮袍从衣服堆下面拽出来，对着镜子，罩在了头上，并将那些丝质的大皱褶弄成一个个不规则的立方体，只能从一侧看见它们。如果阿米尔汗在那里，一定会与她逗乐。她喜欢与阿米尔汗逗乐，但不是在这样的场合。既然他与她逗乐，她为什么不嫁，他很好呀。可如果确定是因为黑遮袍才与她逗乐，那就糟了，也许会让她哭起来。在阿米尔汗面前哭，这很不好。她想，不管怎样，没办法。她再次走下楼去，这次穿着遮袍。奶奶不再说什么，她已经很久没对她下过禁令了。

她来到街上。一条分支小道。喧闹声从远处传来。但是，这里是条小道。很快，一辆出租车开过来。法耶泽上了车，说：

——舍扎瓦尔。

司机从后视镜里看着她，上了路。说：

——你不害怕吗？很乱啊。

——没办法。

司机说：

——我不得不绕一下路，不能走主道，太危险。

——随便。

司机走着分支小道。在一个十字路口，有点小拥堵。有一个人站在路中央，用手势比画着让停车。几辆机动车相继停了下来。然后，站在路中央的那个男人突然跳到人行道上，匆匆走了，一个人跟在他后面。那男人转入一条小巷，不见了。众机动车迅速启动上路。另一个男人跳到法耶泽的出租车顶上。

他手里拿着一把匕首，用它砸车窗。法耶泽没有看他，把头埋进裙子里，一下后悔跑出来。司机一个急刹车，法耶泽的头撞在了前排椅子上，司机又迅速启动，法耶泽整个身子朝后仰。男人从车顶上飞起来，落在了地上。司机说：

——我说过，很危险呀。现在，我要让他安息。

法耶泽没有作答。司机说：

——宗教狗，操他大爷。真是不幸。穆斯塔法[①]的母亲说过十次，别出门。

法耶泽没有作答。男人从后视镜里一直盯着她的眼神让她很不舒服，心里想着尽快下车。

终点到了。她将一张两土曼的纸币放在司机手里。那只手让她如此不寒而栗，她等不及找零就打开出租车门，迅速跳了下去。

房子临街。喧闹声这里有，远处也是。法耶泽按了门铃，如同品尝毒药般忍受着那糟糕的两分钟等待。阿丽叶开的门，睡眼惺忪的样子。法耶泽说：

——您一直睡到现在吗？您真了不起，奶奶。

阿丽叶问了好，退开身子让法耶泽进来。她问：

——慕内丝小姐在家吗？

——在家。

——在哪儿呢？

——应该在起居室。

法耶泽朝起居室走去。迈第一步时说：在；迈第二步时说：不在。就这样，走到房门口是第五步。她说：在。她打开门。慕内丝一个人坐在收音机前，正认真听。阿米尔汗没在。她想，也许在楼上睡觉。她说：

——你好！

慕内丝的脸绽放开来，说：

——精怪丫头，你还好吧？你真可以呀，小祖宗，去年还是朋友，今年就

① 先知穆罕默德在《古兰经》中的名字。

只是熟人了。

慕内丝说着这些，慢慢地站起身来，把收音机的声音关小了。

——你才精怪。既不来串门，也不问候，真是谢谢你啊！

女人们彼此亲吻了面颊，挟着你来我往的轻声寒暄和含混不清的絮语，在收音机旁坐下来。法耶泽问：

——你一个人吗？

——是啊，亲爱的，就我一个人在家。我妈他们都去马什哈德[①]了。

——怪了，你怎么不跟我说？

——他们走了两天了。

——嘿，小祖宗，阿米尔汗在做什么呢？

——他不在，上班去了。

——嘿，小祖宗，现在？如此乱糟糟的时局，可不是上班的时候。

——他出去的时候说：我上班去了。我知道啥。

——嘿，小祖宗，你真要命！

——你才要命！

——随你怎么说！用啥招待我呀？

——啥招待，喝茶吗？

——多谢，如果不麻烦的话。

慕内丝起身来去弄茶，法耶泽关掉了收音机。收音机会妨碍说话。经过那么多的犹豫和踌躇，应该是可以开口了。片刻，慕内丝折回来，没有说话，在法耶泽对面坐下来。那个位置，法耶泽称之为有着一张圆乎乎的脸、傻乎乎地来到这个尘世的人所坐的位置；那个时刻，她称之为迅速奔到镜子跟前、观看自己脸的时刻。她知道她自己的脸不是圆的，人家多次对她说过，她是属于马脸一族。更多的是奶奶说的，用那讽刺的语气，她长期以来总是如芒刺般盯着

---

① 马什哈德：伊朗东北部大城市，霍拉桑省省会，也是伊朗什叶派的一座宗教圣城。

人的内心。尽管如此，她总是跑去看自己的脸，确定自己不可能属于傻瓜一族。从那以后，她便习惯于打量所有人的脸。阿米尔是一张方脸，有一个非常结实的方下巴。但是，慕内丝是带着一张圆脸来到尘世。圆得不能再圆，如同满月，多少有点在和鸡蛋竞争。那时，有整整十年，她都在想，慕内丝是个傻瓜，尽管她至少比法耶泽大十岁。她与慕内丝保持着友谊，或许难以接受，但这是事实，无论怎样，慕内丝有一种吸引力，使她们的友谊得以持续。一两年之后，阿米尔的问题被提了出来。现在，她来看望她，既是为了看她，也是为了看阿米尔汗。她多次想过，慕内丝如果脸稍稍长一点，也许会有点智商，她与阿米尔汗的婚事就会上轨道了。她无数次暗自思量，“可怜的姑娘，究竟为什么长这么一张圆乎乎的脸？”阿丽叶端了茶到房间。她们喝茶。慕内丝不时地看一下收音机，尽管她年龄更大一些，又是在自己家里，但是她没有勇气去打开收音机。她问：

——外面很乱吗？

——哇！闹极了。

——阿米尔汗让我别出去。他说，有人砍脑袋。

——没错，他说得对。刚才有个家伙跳到我的出租车顶上。

她暗忖，不要把话题往荒野引。她问：

——最近见到过帕尔温吗？

——没有，我有一个月没见过她了。

——哦，为什么？

——最后一次见她时，她孩子在生病。她说是出疹子，最好别有人来，以免把疹子到处传播。

——那你最好就别去见她了。

慕内丝瞥了法耶泽一眼。法耶泽等待着一句话，能让她把下面的话说出来。老姑娘沉默地看着地毯上的花朵。不得已，法耶泽再次挑起话头。她说：

——我这辈子就没见过这么不要脸的人。

这次，慕内丝看着她，双眼充满惊异，问：

——为什么？

她说出的是纯真无邪的“为什么”。法耶泽想，天哪，要是她不是这么一张圆脸就好了。她说：

——开心果[①]，脏死了。真是可怕，人在交往了十几年后才明白这些。但是，她是一个十足的蒙脸的女人啊，把羞耻吃进肚里，变成道貌岸然再吐出来。现在，她正准备把一切抹得泡都不会冒一个。

慕内丝满眼惊恐，问：

——她想要做什么？她想要离婚吗？

——不是，哎呀呀，你真傻气。她巴不得离婚呢。脏货。真替我哥遗憾。

慕内丝害羞地拢着衣服，好奇起来，脑子里使劲想理解说帕尔温无耻的原因，但她的智商够不上。她更多地是在法耶泽家里见到那个女人，在家庭宴请、守丧仪式和殉难颂唱会[②]上，彼此间有一份简单的友谊，慕内丝从没有觉得她有任何不妥。

慕内丝看着法耶泽，等着她向她说帕尔温无耻的原因。法耶泽也如此看着慕内丝，忽地她的眼睛红了，越来越红，顿时眼泪流了下来。泪光映照在慕内丝眼里，慕内丝的眼泪也流了下来。往往总是这样。一个人哭，就会把慕内丝也引哭。她自己也不明白为什么会这样。慕内丝拢衣服掩面哭泣，又放开衣服，说：

——别哭了，求求你，别哭了。究竟发生了什么事？

法耶泽找纸巾，没找到，就用散落在她四周的遮袍一角擦干了眼泪，说：

——你知道我对她有多好吗？你想想，如果没有我，她会有这么幸运吗？就在去年，她跟我哥吵翻了，是她自己的过错。那该死的傻瓜女人站起身，打

---

① 开心果：骂放荡女人的脏话，犹如中文里的“破鞋”。

② 守丧仪式、殉难颂唱会：二者都是伊朗什叶派的宗教活动。

点包裹就回她娘家了。看着是个有尊严的女人，却做出如此轻佻的事来。你想想，谁去给他们调停的？是可怜的我。我做了一顿晚饭，至今还让大伙都赞不绝口。我到米尔罕德肉铺买来肉，还给了两土曼的小费，让人家给我割最好的部位。我做了茄子烧肉，做了羊肉抓饭，做了烤鸡肉串。多香的鸡肉串啊，我用了干花瓣、柠檬汁、薄荷，还有各种佐料腌渍，又在院子边上烤了整整一个半小时。我还做了酸奶和菠菜。那会儿到哪儿去找西红柿呢？我愣是亲自去广场找西红柿。我给上校的勤务兵，专门跑颠儿买来烧酒，给他祖宗灌进了喉咙。

在强烈的痛苦中，法耶泽来回揉搓从她身子下面卷上来的衣服。慕内丝睁着一双圆眼睛望着她，问：

——然后呢？

——会怎样呢，小姐呀？我简直是操持了一场再婚的典礼，总算把她送到了我哥家。后来，两个月之后，那畜生想回请，想败坏我做的事。她做了一次晚宴。那个脏货做了一顿西餐，在盘子里扔了几块肉皮，说是牛排。去她的，意思是说我们是蠢驴，没有一点品位。这个时候，我才明白她是在同我作对。我说，我要给她点颜色瞧瞧：看你得意！

慕内丝说：

——她从没对我说过她想作对。

——她怎么会说呢？她能说什么？说她想占我上风？到今天为止，谁尝了我法耶泽的手艺都啧啧称赞。现在，她这小小的领主竟敢发起挑战。这真是老子狗熊儿混蛋，狼崽子终究会长成狼，即使跟人一起长大。

——是啊。

——哼，我就去买了一本烹调手册。如果一个人会做抓饭，那也能做牛排和橡胶皮。我全都学了。

慕内丝说：

——我也应该学一学，不是啥难事。收音机里每天早晨都教如何做这些。

一片两片的，也不算多。

——哼，重要的是我就是想证明这个。我又摆了一次晚宴。

——啥时候摆的晚宴啊？

——就在一个月前。我邀请了他们所有人来，上西餐。我去米尔罕德肉铺，给了五个土曼的小费，割了八块嫩肉，每人一块。我还买了洋豌豆，买了青豆，买了西红柿，买了伊斯兰布里出的土豆，做了青豆抓饭，还有沙拉，还摆上酸奶和茄子。小姐呀，我还给牛排专门调制了酱汁，好吃得会让你直舔舌头。我到广场上，买了最大个儿的扁桃，还有油桃、樱桃李和樱桃，真是把吃奶的劲儿都使出来了。我把酒倒进罐子里，罐子放在冰里，冰盛在奶奶的水晶果盘里……

慕内丝赞赏地看着法耶泽，问：

——为什么要这么做？

法耶泽笑了：

——为了让酒冰着呀。

——真了不起！

——是啊，你要是在就好了，就都看见了。

——哼，你为什么不让我也来？

——嘿，阿米尔汗当时在设拉子[1]，我想晚上你可能得独自一人回家。

——是哦。

——好了，小姐，大家吃了都赞不绝口，吃了一个劲儿夸赞，舔他们的手指头。那时，那该死的女人嫉妒得要爆炸，蔫得像一块放蔫了的甜菜。

——帕尔温？

——当然啊，会是谁？你知道那天她做了什么吗？

——不知道。

---

① 设拉子：伊朗第三大城市，法尔斯省省会。

——得了好处还不卖乖。她说，“亲爱的芙兹[①]”。去她的，她竟对我说“亲爱的芙兹”，她只是转动不开嘴叫我“法耶泽”。她说：亲爱的芙兹，我得跟你说一下，牛排上人家不浇酱汁。就这样，她还给自己的声音装上了铃铛，让八方邻居都听得一清二楚。

——哎呀。

——你无法理解我当时的心情。我说，谁规定说牛排上不能浇酱汁。她说，从收音机的节目里听来的。我说，我是从书里学来的。她说，她在书里也看到应该不浇。我说，一定是她的书在胡说八道。真讨厌，我哥跳到中间，说：不管浇或不浇，都很好吃。小姐，那个该死的女人发起飙来，只因我哥替我说话。她就在那儿发飙，直到晚餐结束。

慕内丝对这事儿饶有兴致，法耶泽不得不把弓拉得更满，说：

——简单说吧，她就在那儿发飙发飙，男人们就都躲到走廊上去了，而不是留下来，比如帮我收拾桌子。

法耶泽没再言语，整理好了衣服。她忍受不了了，眼泪无声地从脸颊上流下来。慕内丝说：

——哦，天哪，向真主发誓，你不要哭。

慕内丝也哭了起来。法耶泽说：

——那该死的女人趁我收拾桌子的间隙，折回来对我说，你在门厅里把自己往年轻男人身上贴时，该考虑的应该是自己的处女膜，而不是琢磨厨艺。

泪水从法耶泽宽阔的脸上滴到裙子上。慕内丝吃惊地睁圆了她泪汪汪的双眼。问：

——年轻男人是指谁呀？

——她那狗日的兄弟，臭大粪，活像是从茅厕里流出来的臭大粪。去他的，那时我正要……小姐，我真是吓晕了头，刚开始我想给他一记重重的耳

---

① 芙兹：法耶泽的昵称，发音口型较小，而“法耶泽”的发音口型较大。

光，打破他的耳膜，让他长点记性。遗憾的是，我哥在那儿。随后，我就想，现在且让他占点儿便宜，以后看我怎么收拾他。我说，首先，那跟你兄弟在门厅里调情的，是埃兹拉伊尔[①]阁下，一定是，因为你兄弟那样装腔作势的人，只有埃兹拉伊尔才会跟他调情。其次，处女性不是那一片膜，而是一个洞。你虽然生了三个孩子也还是不知道是洞而不是膜。你还在那里教育人家……

慕内丝不再哭了，只是盯着法耶泽。法耶泽说：

——我说，你再敢张开你那臭嘴说这些话，我就把你一个帕尔温劈成一百个帕尔温。后来，那脏货老实了，她怕我哥掐死她。

慕内丝呆呆地看着地毯上的花。法耶泽这时擦干眼泪，睁大眼睛仔细观察慕内丝脸上的表情。说：

——我知道，她是一条毒蛇，不吐蛇信子不会罢休。现在她正四处转悠，坏我的名声。哼，有啥用呢？一个账目清楚的人何惧查账。她让我气愤得直想去找马赫贾彬夫人，从她那里弄一张体检表来，镶上框挂在我房间的墙上，让她嫉妒的眼睛生出成千上万条皱纹。

慕内丝仍呆呆地看着地毯上的花。然后，说：

——处女膜是一片膜，我妈说的。女孩子如果从高处跳下，会对处女膜造成损伤。那是一片薄膜，很可能会撕裂。

——这是什么话呀，小姐。是一个洞，外端很狭窄，然后就开阔了。

——哦！

慕内丝脸色都没了。法耶泽看着她。问：

——你怎么了？

——不，不要紧。但是，应该是一片膜。

——不对，小姐。我在书里看到过。我读了很多书。是一个洞。

阿丽叶端着水果，与阿米尔汗差不多是同时进来。法耶泽行了礼。男人总

---

① 埃兹拉伊尔：伊斯兰教中的死神名字。

体来说还算魁梧，道了问候，在房间靠边的沙发上坐下。说：

——外面真是乱得不得了，你们可别出去。

随后，他注意到姑娘们眼睛红红的。问：

——怎么了？

慕内丝说：

——没事儿。

阿米尔汗眼神不再温柔，眉头紧锁起来。说：

——我说，发生了什么？

法耶泽说：

——我们在说悄悄话。

——那为什么会哭？

——哎呀，我们是女人呀。

阿米尔汗不觉察地笑了。法耶泽说：

——我该走了。

阿米尔汗说：

——去哪儿，小姐？外面乱得很，狗都不认主人了。

——我该走了，天要晚了。

阿米尔汗想说晚上留下来，但不可以，她家人一定会惊惶不安的。说：

——我送你吧。你光临寒舍，我们很开心，但现在真不是女人外出的日子。

——也不是太可怕，阿米尔汗。

男人拧巴着一张脸，说：

——女人外出没有任何意义。家是属于女人的，外面属于男人。

法耶泽没再作声，跟阿米尔汗争论没啥便宜可占。应当把水果放一放，它自己会变熟。此时，她的心思已经从帕尔温那里移开。法耶泽无法再把泥和水搅一起，她幸好捷足先登了。

阿米尔汗已经站起身来，趁天还亮着，好把法耶泽送回去。姑娘很高兴能同他单独相处。说：

——我们可以走小道，没有危险，司机也是这么说的。

3. 慕内丝：第一部分　死亡

ん

1332 年 5 月 27 日下午 4 点钟，慕内丝站在自家房顶上，望着大街。准确地说，过去的 56 个小时她没有睡过一秒钟。阿米尔汗说过，不要外出。

她在那上面望着大街。大街上很喧闹。时而一些人从右边跑来，时而一些人从左边。不管什么样的情况，总是一群人追赶，那头的一群人逃跑。然后，是一些卡车开过，上面装满了人。几辆坦克开过去，远远地传来机关枪的声音。

慕内丝想的是：28 年总是带着对处女膜的想象从窗户望向小花园。实际上，在她生命的第八年，家人就告诉她，女孩如果没有了处女膜，真主永远不会宽恕。而现在，已经两夜三天，她知道了，不是一片膜，而是一个洞。有什么东西在她体内粉碎了，一种冰冷的愤怒充满她全身。她记起自己整个的童年时光总是望树兴叹，渴望有一天，哪怕只有一次，能够爬到某棵树上。然而，出于对处女膜的担心，她从没爬过树，自己也不知道为什么。但是，当她双膝像冰一样冷时，她说：

——我要报复！

有个男人从一条小巷转出来。他用手捂着肚子，踉踉跄跄向前走了几步，一头栽到了水沟里。水沟可没长眼，慕内丝一会就看不见男人的脑袋了，只有双脚耷拉在水沟外面。

慕内丝闭上双眼，前倾着身子。五秒钟后，小巷里有了动静，她瞪大的双眼随即望向上空的蓝色。

4. 慕内丝：第二部分　再生与再死

慕内丝起初是死了。或许，她以为，她死了。好长时间，她就那样睁着双眼，从小巷的沥青房顶跌落。一点一点地，天空的蓝色变黑，眼泪从慕内丝的双眼流下。然后，她举起右手，用力睁开双眼。然后，她站起来，全身感到精疲力竭虚弱不堪。

小巷那边的那个男人倒在水沟里，双脚耷拉在外面。慕内丝不由自主地朝那男人走去。男人的脸朝向天空，双眼睁着。慕内丝问：

——你还好吧？

男人说：

——我已经死了。

慕内丝问：

——我能为你做点什么吗？

——你最好离开，否则很可能掉脑袋！

慕内丝问：

——为什么？

男人说：

——难道你没有听见喧闹声吗？人们正在声讨清算。

慕内丝问：

——那你在这里做什么呢？

男人说：

——尊敬的女士，我已经跟你说过了，我死了。

慕内丝问：

——现在，如果我来护理你，好好照料，你很可能会好起来的。

——不会的，我不这样认为。世事已了。一个法国人写过一个剧本名字就叫《世事已了》。此时，我正好处在世事已了的阶段。

慕内丝无限动容，说：

——不管怎样，也许……

男人真的动怒了，说：

——我说让你走开！唉，这世道。

慕内丝走了，在街上游荡了一个月。出走的第一天，街上很乱，人们在打呀砸的，砍呀杀的。慢慢地，大街上寂静下来，人们回到自己家中，沉思和痛惜。一些人进了监狱，一些人四处聚众饮酒狂欢。半年轻的姑娘自然不会去参加这些聚会，只有她走在大街上，从聚会的窗口经过，听那些笑声。晚上没有人出门，因为巡警会问夜晚的口令。慢慢地，慕内丝游荡到了大学对面的图书城。几天里一直身穿遮袍站在那里，望着那些书架，却不允许自己去看那些书名。慢慢地，她的恐惧消失了，开始看那些书名。终于有一天，不是书店的橱窗里，而是在一个地上的书摊上，有一本书的名字抓住了她的眼球：《性满足的奥秘，或认识我们的身体》。

慕内丝十二次从书摊前面走过，眼光瞥着书的名字。第十三天，她终于鼓起勇气，走近书摊。

——这个多少钱？

——五土曼。

慕内丝买了书，躲进一条僻静的街道，坐在一棵树的树荫下，读起来。从第一个字母读到最后一个字母，然后从头开始，再从头开始。整整三天。

第三天，她抬起了头。现在树木、太阳、大街在她看来都有了另外一番意义。她成熟了。

她把书扔进水沟，上路了，朝家走去。

傍晚时分，她到了家。阿丽叶打开门，一看见慕内丝，发出一声哭叫，倒在了地上。老姑娘把她从地上扶起来，问：

——亲爱的阿丽叶，怎么了？

女人渐渐回过神来，说：

——亲爱的小姐呀，你真是把我们害苦了。整整一个月，你父母和哥哥把整座城市和大山，还有荒郊野外，都找遍了，每天晚上都是一裙兜的血和泪呀。我的小姐，你到底去哪儿了，都干了些啥啊？

慕内丝没有回答，只是点了点头，深沉地微笑了一下。最后，说：

——亲爱的阿丽叶，我不再是以前那个慕内丝了。现在，我懂了很多事情。

然后，她沉着从容地朝起居室走去，在一个角落坐下来沉思。一刻钟后，阿米尔汗惊惶不安地降临。慕内丝面对着门。阿米尔汗脸色苍白，杵在门框处，问：

——嘿，你这个不知羞的，到哪儿去了？

老姑娘温柔地微笑了一下，没有看到任何可以生气的原因，她也没有生气，也没有一丝惊诧。阿米尔汗说：

——你丢尽了咱家的脸。现在，所有的街坊邻居都知道你失踪了。

慕内丝说：

——我只是经过你的允许去散了散步。

阿米尔汗说：

——我跟你说过，你不能到喧闹中去，你这不知羞的。

他一边说，一边解下裤子上的皮带，往死里抽打慕内丝。老姑娘当然不知道为什么会挨打，一顿猛揍让她惊恼不已，终于问道：

——阿米尔汗，为什么要打我，难道你有虐待狂吗？

一听到这句话，阿米尔汗顿时眼冒血光，从餐桌上抓起一把水果刀，用力捅进了慕内丝的心脏。

老姑娘第二次以一声短短的叹息告别了世界。

5. 慕内丝：第三部分　再一次重生

ɣ

听到呼救声，阿丽叶冲进房间。看到慕内丝躺在血泊中，血淋淋的刀子握在阿米尔汗的右手上，立马发出一声哭叫，晕死在地上。阿米尔汗自己也惊呆了，开始害怕起来，长时间惊恐地看着刀子，然后把刀子放在了桌子边上。转眼又后悔了，他从桌上拿起刀子，从衣兜里掏出手绢，把刀柄上他的指头痕迹擦干净，再把刀子放回原处。

就在这时，门铃响了。阿米尔汗朝大门走去，打开门，是他的父母。他们说：

——我们走了三个警察局，还是没有找到她。

他们走进起居室，首先看到的是阿丽叶，然后是慕内丝。好一阵子他们呆呆地彼此望着，随后发出一声哭叫，晕死了过去。

现在，只有阿米尔汗留在那儿，还有四具没有生气的躯体。他对自己说：

——真主啊，我该怎么办？

他在椅子边上坐下来，看着这糟糕的现场。最后，他再也无法忍受，哭起来。哭了好一阵子。然后，他用手绢擦脸，又惊恐地发现手绢上都是血。他整个脸都沾满了血。

他浑身颤抖着把手绢扔到了桌子上，呆呆地凝视着那些身体。没有一个人从晕死中苏醒过来。全部的责任都该由阿米尔汗来负。

门铃响了。

阿米尔汗的心脏就像挂钟一样当当作响。他站起身来，说：

——真主啊，我把自己交给你了。

这段时间，他已经通知各个警察局慕内丝失踪的消息。每天都至少有五个巡警来按门铃。

阿米尔汗朝大门走去，猛地一下打开门：让该来的都来吧！是法耶泽。起先阿米尔汗的脸在黑暗里，她没看清楚，说了声：

——你好！

等到看清他的脸。说：

——哇，天哪！

她靠在了墙上。阿米尔汗说：

——求求你，你别再晕死过去了。

法耶泽就那样惊恐地看着阿米尔汗的脸，结结巴巴地说：

——我是来问慕内丝的消息。

阿米尔汗用右手食指指了一下起居室的门。姑娘朝房间走去，打开门。阿米尔汗就那样站在门廊上。法耶泽脸色都变了，从房间出来。问：

——你把四个都杀了？

——只杀了慕内丝。

——现在你要怎么办？

——我也不知道。

说完，他像一只蟑螂那样虚弱地蹲在了墙边，哇哇大哭起来。此时，法耶泽感觉到命运之手把她的生活指引向了康庄大道。她从头上脱下遮袍，卷成一团，扔到角落，在阿米尔汗面前蹲下来，说：

——你这个男人，真丢人！哭啥？你是一位好兄长，你有主见，有自尊。你杀了？好，干得好，为什么不是呢？一个姑娘家，失踪一个月就意味着死了。姑娘家不该做这样的事情。你干得非常好。好样的，若是我也会这样干。

赞美归于你娘喂你的圣洁的奶……

她一边说着这些，一边把手绢从胸口缝隙中掏出来，递给阿米尔汗，好让他擦眼泪。

阿米尔汗平静下来，在手绢里擤了鼻涕，双手伸向空中寻求安慰，像迎接真主的使者降临。同时，他也在想：真是太丢丑了，让一个女人蹲在地上，递手绢到他的怀里。女孩那样蹲着，实际上衬裤边露了出来。阿米尔汗想，这个女孩如果也是他的妹妹，他一样会杀了她才畅快。但是，当然，她不是他的妹妹，跟他毫不相干。再说，在这最要紧的时刻，是她给予他安慰。最后，阿米尔汗长叹一口气，问道：

——现在，你看我该怎么办？

——没事儿的，我的先生。失踪了一个月的姑娘家，不应该是这样吗？

——就该这样。

——那好，我们把她埋进院子里，没有人会知道。太多人失踪了，法医忙不过来，不会找到你家门上的。

一切让阿米尔汗看来都很明智，坚定地朝女孩点了点头。两人走到院子里，在黑暗中，用铲子和铁锹跟院子较劲，挖了一个大约 75 厘米的墓穴，然后回到屋子里。

阿丽叶和阿米尔汗的父母仍然昏迷不醒。两个男女抓住慕内丝的头和脚，把她搬到院子里，放进坑里，填上土，然后用铲子在泥土上敲打，夯实。然后回屋，冲洗血渍，消除犯罪痕迹。

所有事情结束之后，阿丽叶、父母都渐渐苏醒过来，三个人因精神上受到强烈刺激，都忘记了最近两三个小时发生的事情。只有阿丽叶脑海中有一个模模糊糊的印象，似乎看见过一具尸体。然而，当然，她只是一个女仆，没有文化，不敢透露这一情况。尤其是，传言说，她有一个分身，所有街坊邻居都看见过她的分身半夜三更在人家的房顶上行走，好奇地将人家的蚊帐掀开，厚颜无耻地偷看熟睡的和半睡半醒的人们。因此，她溜到门边，什么也没说。

阿米尔汗的母亲看见法耶泽，顿时笑逐颜开。说：

——哎呀，小姐，你近来可好？去年是朋友，今年就成熟人了。

——随您怎么说，尊敬的夫人，我可是常来常往的呀，是个专门打扰您的家伙。

——这是什么话呀，姑奶奶，这可是折煞我呀。

——我来只是想了解一下可怜的慕内丝有什么消息没有，看看是找到了还是没找到。

阿米尔汗的母亲叹了一口气，说：

——唉，姑奶奶呀，还没有找到，我可怜的孩子啊，真主保佑能找到她。

法耶泽说：

——那我就不打扰了。真主保佑，如果找到了请马上告知我。

母亲说：

——我们会放你走吗？不可能的。你必须留在这里吃晚饭。

阿丽叶赶紧跑进厨房。

——不了，夫人，请允许我不打扰了。

——绝不可以，绝不可以。

于是，法耶泽留下来吃晚餐。阿丽叶去了厨房，她习惯在做饭时哼唱卢里人①的鲁拜谣曲。这些鲁拜是痛楚的表达，有文化的人听见会立马拿起笔，给遥远的密友写信，表达一些见面无法启齿的想法。

大家一起吃了晚饭。晚饭后，阿米尔汗自告奋勇送法耶泽回家。一路上，阿米尔汗沉默不语，发呆。姑娘鼓起勇气抓住他的手，抚摸，给他安慰。终于，她大起胆子，说：

——现在，让这件事情过去，你应该尽快结婚，让有关慕内丝的记忆从脑子中消失。再说，你也需要一个伴侣来成为你生活中的知音密友，打理你的各

① 卢里人：伊朗的一个少数民族，集中居住在卢勒斯坦省。

种杂务。

阿米尔汗说：

——是的，你说的没错。

几天后，阿米尔汗对他母亲说：

——妈！

母亲回答：

——妈的乖宝贝！

阿米尔汗坐在椅子边上，神情有点局促。说：

——好妈妈，羞怯和腼腆让我无法跟您说这事儿。但是，我已经想了好一段时间，最终结论是，我需要一个配偶成为我生活中的知音密友，打理我的各种杂务。因此，我决定要结婚。

母亲说：

——太好了，有什么比这更好的呢。只是，你那死去的妹妹还没有找到。若她也能来参加这喜庆的婚礼，该多好啊。但是，唉，能有什么办法呢。不管怎么说，只要真主愿意，你想什么时候结婚呢，在哪里举办婚礼呢？

阿米尔汗腼腆地咳了一声，说：

——只是，首先，咱家应该去求婚。

母亲有点惊诧，问：

——你不是要同法耶泽结婚吧？

——不是，好妈妈。我想和哈吉·穆罕默德的女儿苏尔赫·切赫勒结婚。她十八岁，漂亮极了，文静，腼腆，害羞，温柔，勤快，上进，知耻，规矩，沉稳，清纯，外出总是穿遮袍，在大街上也总是低头而行，总是一副羞怯的样子。劳您大驾去她家求婚吧。

母亲说：

——我亲爱的阿米尔，你实际上比你死去的妹妹要大两岁，四十年美好的岁月已经从你身上流逝，到现在没结婚，就是为了保护和捍卫你的妹妹。现在为什么又忽然想娶一个十八岁的姑娘呢？你知道吗，古人云：年轻姑娘乃为邻居而娶？你知道吗，如果这样你就会颜面扫尽？

阿米尔汗想了一下，然后说：

——好妈妈，您知道，古人也说：女过二十必自泣。除了和一个小于二十岁的姑娘结婚之外，我没有别的办法。再说，从她的外表就可以看出来她不会变得不端庄。您一定就在今天，穿上鞋，戴上帽子，去正式求婚。

那天傍晚，当妈的穿上庄重的衣服，戴上遮袍，在阿米尔汗陪伴下，前去求婚。两家寒暄问候。姑娘戴着头巾，穿着厚袜子，娇羞万分地端来茶水，请客人喝。

婆母中意新娘子，新娘子也中意婆母。新郎家中意新娘家，新娘家也中意新郎家。商定婚礼于下个周三举行，因为哀悼期①将至，会有两个月的禁忌。然后，商定聘礼为一万五千土曼，阿米尔汗可以拿走镜子和烛台，婚礼在哈吉家宽阔又令人心仪的庭院里举行。母亲和儿子高高兴兴地回了家，把事情经过向阿丽叶讲了一遍。阿丽叶聪明地点了点头，意味深长地笑了一笑。然后，她逮住机会，穿上遮袍，去了法耶泽家，将事情讲了一遍。好长时间，姑娘呆呆地将头靠在墙上，用拳头击打窗户玻璃。玻璃碎了，划伤了她的手。然后，在阿丽叶的指导下，她穿上遮袍，一起去了沙赫·阿卜杜·阿兹姆家，捐了12根蜡烛和一只膘肥体壮的绵羊，阻止婚礼举行。然后，她们又去了山洞大门，向米尔扎·曼纳格比讨了一张打破恩爱的符咒。又去了乌林山庄，找有学识有头脑的巴吉夫人。巴吉夫人心地纯洁，会有一本古书来占卜。她打量了一下法耶泽的身材，翻开书，说：

——该卦的主人是一个姑娘，中等身高，不胖也不瘦，水灵而气色好，方脸型，眼睛细长，红枣嘴唇。

---

① 哀悼期：伊朗什叶派的精神领袖伊玛目侯赛因于公元680年在卡尔巴拉惨案中殉难。伊朗官方和民间每年在其殉难日前后都会举办一系列哀悼活动，其间禁止一切娱乐。

书里写的这些完全正确，法耶泽很震惊。巴吉夫人说，痛苦之人的痛苦在于爱情之痛苦。真主会宽宥她。法耶泽使劲点了点头。实际上，在那一刻，她已经将巴吉夫人当作自己的母亲来爱戴。老女人悄言细语地说：

——战胜这一爱情的办法是，姑娘七个晚上光着脚七次向格布勒[1]的方向走七步，七次七步朝相反的方向走，每迈一步就说一句：真主啊，请把我拯救出魔鬼蛊惑的邪恶。

然后，她用水洗双脚，在她睡的被窝里，把脚从被子下面伸出来。

法耶泽说：

——亲爱的巴吉夫人，我是主动爱的一方，想要实现我的爱情。请给我一个符咒，让这个男人能够青睐于我。

巴吉夫人老态龙钟，她笑了，说：

——亲爱的姑娘，不管什么东西，用强力都是攥不住的。你应当抗拒这爱情，人们说得好：两头都不热最好不过，最头痛的是剃头挑子一头热。

法耶泽怒火中烧地从巴吉夫人那里出来，只扔了一枚五里亚尔的硬币在小地毯上。姑娘走了，巴吉夫人笑了，起身捡起五里亚尔，丢进了捐赠箱，心里想着，就这样可以一点一点地为孙女积攒嫁资。

法耶泽走了七夜七天，咆哮，哭泣。她盘算着去警察局，将阿米尔汗杀害慕内丝的事情和盘托出。还盘算着像阿米尔汗杀死慕内丝那样，杀了阿米尔汗。转了一千零一个念头，没有一个合她的意。最后，她决定，婚礼那天晚上去把符咒埋在慕内丝的尸体脚边，让尸体的血和符咒的凶兆一起掐住阿米尔汗的脖子。

婚礼的晚上，在阿丽叶的配合之下，法耶泽去了阿米尔汗家。阿丽叶嗅到了杀害姑娘的气息，只是没在脸上表露出来。因此，在去哈吉家之前，她让法耶泽进了家门。法耶泽径直走到小院子里，开始挖土，好把符咒埋进去。一个

① 格布勒：穆斯林朝拜麦加的方向。

声音让她浑身震颤了一下，是慕内丝的声音。她说：

——亲爱的法耶泽！

仿佛她是在坑底说话。姑娘使劲咽了一下口水，用手摁住心脏，以免胸腔炸裂心脏跳出来。终于，她定了定神。声音再次说：

——亲爱的法耶泽，我无法呼吸。

法耶泽依然待在那里。声音说：

——我很饿，也快渴死了。好长时间我都没喝一点水没吃一粒饭。

法耶泽一激灵醒过来，不假思索地用手开始刨土。刨呀刨，直到那可怜姑娘的圆脸从泥土下露了出来。

姑娘慢慢睁开双眼。说：

——亲爱的，好妹妹，一点，一点水，给我。

法耶泽走到水池边，捧来一捧水，淋在慕内丝的脸上，然后继续飞快地刨土。刨呀刨，直到姑娘完全露了出来。她是那样虚弱，无法动弹。法耶泽把她扶起来，掸落她身上的泥土，踉踉跄跄地朝厨房走去。这时，法耶泽害怕起来，不知道这桩奇事该如何解释。小心翼翼地，悄没声地，朝厨房走去。她看见，浑身泥土的姑娘从冰箱里拿出饭锅，就那样用满是泥土的脏手，一捧一捧地往嘴里送，发着轻微的低吼，一双眼睛在眼窝里转呀转的，嘴角露着令人恐怖的微笑。

她就那样吃着，低吼着，像一头母狮远离了幼崽，间或打着鼾声。最后，她吃下半锅饭，消除了饥饿感，再次起身踉踉跄跄地走进院子，走向水泵，从下面抄起一只水桶，从长满水草的蓄水池里装满水，一口气饮了下去。

有那么片刻，她一动不动地待在那里。然后，她低吼着脱掉衣服，全身赤裸，迈进水池，开始清洗全身。

法耶泽径直走去姑娘的房间，那里保持着原样。她拉开抽屉，为姑娘取出里外衣服和毛巾，又折回院子。而这一个，拿起毛巾唰唰两下把自己擦干净，就在院子一角穿好衣服，走进起居室，坐到收音机旁她往常坐的地方。法耶泽战战兢兢地走进去，坐在她对面的一个角落里。

这时，慕内丝开口了。她说：

——现在，你还要跟我哥哥一起合谋杀死我吗？哼，你不要脸吗，没廉耻吗？

法耶泽结结巴巴地把事情经过讲了一遍。但是，她仿佛是在对着石头讲话，对方没有任何反应。慕内丝又说：

——你这一辈子都在想我的脸是圆的，我是蠢驴，我是傻瓜，对不对？

——你在说些什么呀，谁这么想来着？

——你自个操你祖宗去吧。

——让穆罕默德的拜位诅咒我，如果我这么想过的话。

慕内丝说：

——你自己才是蠢驴。我现在能读出所有人的思想。你不仅想过我的脸是圆的，是个蠢驴，还想利用我的愚蠢，让你成为我哥哥的老婆，不是这样吗？

——向五圣[①]发誓……

——闭嘴，别在那里发假誓！

法耶泽不开腔了。慕内丝说：

——现在，你看好了，不仅我的脸不是圆的，而且还很长。

法耶泽惊愕地看着她，果真如此，慕内丝的脸变得就像马脸一样长。法耶泽的灵魂在挣扎，看上去像是在发烧。她想，如果她瘫了，聋了，瞎了，就看不到听不到这一切了，那该多好啊！慕内丝说：

——现在，不仅我的脸是长的，而且我眼睛的瞳仁也是长的。

法耶泽看了一眼，老姑娘说的是事实，她眼睛的瞳仁也变长了。慕内丝说：

---

① 五圣：指先知穆罕默德、其女儿法蒂玛、女婿阿里，以及阿里与法蒂玛所生的两个儿子哈桑、侯赛因。该五圣为伊朗什叶派所尊崇的“神圣家族”。

——现在，不仅我眼睛的瞳仁是长的，而且是红的。

法耶泽一看，她说得没错，瞳仁又红又长。就想，或许她双脚还有蹄子。那一个说：

——不对，我的双脚没有蹄子。

她像魔鬼一样哈哈大笑起来。法耶泽差点晕过去。但那一个不放过她。说：

——别假装晕过去。你骨子里很肮脏。但是，我决定要和你生活在一起，我要离开这个家。我要组建一个反对兄长的协会，阻止他们杀害自己的姐妹。其实，我并没有多坏，只是要你知道这点：任何一个肮脏念头从你小脑袋闪过，我就会知道，不是这样吗？

法耶泽说：

——当然，当然。

然后，她说：

——我奶奶，真主宽宥她，有一只猫，一天 24 小时蜷缩在被窝里。一钻出来，就变得像一本又薄又长的书。它吃太多了，撑死了。我刚刚从泥土里出来时，有了那只猫的状态，那只可怜的猫的灵魂附在了我体内。

法耶泽说：

——当然，事实上你说得很对，你的双眼变得跟猫眼一样。但是，你的脸变得更像马的脸庞。

慕内丝问：

——为什么说得这么文绉绉的？几个星期前我们俩还是朋友，尽管你一直都在想我是头蠢驴。但不管怎么说，咱俩曾经是朋友，请说人话。

法耶泽说：

——遵命。

慕内丝说：

——我刚读过一本关于男人和女人的书。从今以后，你不能再自认为比我懂得更多，明白吗？

——明白。

——同时，你还要知道，帕尔温比你做饭做得好，我对此深信不疑。明白吗？

——明白。

然而，当然，法耶泽把哽咽压下喉咙，好压住心脏不蹦出来。不管怎样，慕内丝在脸圆的时候，还是一个单纯的好姑娘。她说：

——当然，你的厨艺也不错，可事实上她的厨艺更好。

接着，法耶泽问道：

——现在，我该怎么做？

——就这样坐着，直到新娘新郎回来。

几个小时后，家里人回来了，一起来的还有新娘的父母和一些关系密切的亲友。大家簇拥着，闹腾着，吵吵嚷嚷地把千娇百媚的新娘送进洞房。新郎已经酩酊大醉，东倒西歪，紧跟着被大家推了进去。就在这时，阿丽叶一声尖叫，晕倒在地上。她看到了慕内丝。老姑娘还站在走廊上，看着人群。苏尔赫·切赫勒的父亲问：

——小姐还在呀？

母亲惊叫道：

——慕内丝，我的闺女呀！

但是，慕内丝没说话。她分开人群，朝洞房走去，使劲推门。尽管门从里面闩上了，可脆弱得像洋娃娃的房间，一下就被推开了。慕内丝走进去。阿米尔正醉醺醺地、手脚不利落地换衣服，姑娘的脸冲着墙壁，正羞羞答答地脱衣服。听到门响，两人都转过身来，一个尖叫，另一个魂飞魄散，差点晕死过去。慕内丝拉长她的脸，还有一副瞳仁，说：

——别在那儿装出一副要死不活的样子，像个阿丹[1]之子的模样，走上前来。

阿米尔汗如同一头羊羔般走上前去。慕内丝问：

——真可怜，怎么醉成这样？

阿米尔汗说：

——我不知道该说什么。

慕内丝说：

——你娶了一个18岁的姑娘，端庄又腼腆？

——是的。

慕内丝对姑娘说：

——难道你去年没有从你表哥那里怀孕吗，没有去法媞米夫人那里挨手术刀吗？

姑娘尖叫一声要晕过去，慕内丝阻止了她。说：

——别假装晕过去。就是在这个法媞米夫人的指导下，你灌醉了我的傻哥哥。

然后，她又朝阿米尔走去，说：

——你这个杂种，必须和这个女人好好相处。你要是抬手扇她脸，或是任何伤害，我就亲自来，生吞活剥了你！明白吗？

阿米尔汗像羊羔般点了点头。新娘新郎吓得呆立在慕内丝面前。慕内丝说：

——我要去和法耶泽一起生活。这个可怜虫虽说有点聒噪，可向真主发誓，她真的是处女。而你这个不是，蠢男人的份额注定如此。但就像我说的，你如果敢折磨她，我就让你大祸临头，你给我终生记住。

接着，慕内丝走出了房间。阿米尔汗呆呆地、瘫软着看向他的新娘。然后

---

① 阿丹：《古兰经》中的人类始祖，相当于《圣经》中的亚当。

在床上坐下来，悲戚地哭了起来：

——这是啥注定的份额啊，是啥苦涩的定命[①]啊。

他一边喃喃一边哭。年轻的新娘再次把门从里面闩上。

慕内丝朝房间走去。阿丽叶也从晕厥中苏醒过来，紧紧跟在后面。当妈的和其他人待在那里没动。苏尔赫·切赫勒的父亲想知道为什么新郎的妹妹没有参加婚礼。当妈的不会让自家闺女当着大伙的面出丑。何况这一混乱莫名的状况让她对女儿也感到害怕。

那边，慕内丝对法耶泽说：

——妹子，站起来，站起来，我们去卡拉季[②]。

阿丽叶叫道：

——求求你们，把我也带走。

慕内丝说：

——以后再说，以后再说。

大家都呆立在那里。姑娘们从他们中间穿过，打开门，消失在夜晚的黑暗中。

---

① 定命：伊斯兰教术语，专指真主的前定和安排。

② 卡拉季：德黑兰郊区县，城里的富人多在那里盖有别墅花园。

6. 法罗赫拉高·萨德尔迪旺·古尔切赫勒

ϰ

法罗赫拉高，51 岁，一如既往的美丽，妆扮适宜，此时正蜷在美式沙发椅里。仲春时节，橙子的芳香溢满屋子。法罗赫拉高不时闭上双眼，将整个自己交付给芳香。她想，若是父亲还活着，现在一定是坐在园子角落给天竺葵翻土。父亲 10 年前去世了，好像就是这一天。去世两天前，他说：

——闺女，你自己多保重啊。我眼睛对这死水潭有种奇怪的感觉。

说过这话两天后，他就去世了。

法罗赫拉高有一刻忘记了花的香味。对父亲的记忆是那样强烈，以至于笼罩了所有。她下意识地用右手捂住脸，试图赶走对逝者的记忆，因为任何时候逝者一来，悲伤就接踵而至。

古尔切赫勒在房间里。他正在系领带，在石质的穿衣镜前。镜子映照出院子和回廊的一角，可以看见法罗赫拉高的沙发椅轻缓摇动，她在沉思。两分钟的事情，古尔切赫勒往往要磨蹭半小时，好不着痕迹地将妻子的一举一动都收入眼底。他不喜欢面对面地看着妻子。任何时候，只要两人面对面，古尔切赫勒就会把充满嘲讽的微笑投在妻子脸上。这不是他自己能左右的。他也不知为什么，每当面对面地看着妻子，他心里就会涌起憎恶。实际上，他任何时候都离她远远的，或者，就像此时，从镜子里看她，他还是喜欢妻子的，超过这个世界的任何人事。然而，每当他不得不与妻子面对面时，陈年的憎恶就会涌上来，一种三十年的陈旧感觉。

法罗赫拉高喜欢伸展身姿，下意识地将手伸向四周，让整个身子弯曲，浑身肌肉绷紧，以此获得享受。她忽然想起电影《飘》中的费雯丽来。在电影的一个场景中，那女人在床上也是这么伸展。由费雯丽她又总是联想到法贺洛丁·阿佐德，并且总是他在王子的宴会上留给她的最初印象，在谢米朗御花园。当时法贺洛丁刚从美国回来，带来他在美国拍的照片和录像，在向众人展示。那是一些纽约的照片，一些稀奇古怪的照片。法罗赫拉高后来去过纽约三次，却从没看到过照片中的纽约。在她的记忆中，这全都是古尔切赫勒的过错。如果她能和法贺洛丁一起去，一定会看到那稀奇古怪的纽约。可现在这一个，不是能向她展示如此这般纽约的那个人。他所做的事情就是，九点钟下楼来坐在宾馆的早餐厅里吃早餐。然后，只是换一换坐的地方，从餐厅挨到房间，蜷缩在沙发上休息，或者再午睡一会儿，等着因特扎米来带他们去餐厅、电影院，或是夜总会。

古尔切赫勒最后一件要做的事是系领带。而此时，他在寻找各种理由，好就那样在镜子跟前拖延。她想，即使剃胡须，他也能在那里凭空站上半小时。他会去洗手间，接一碗热水，拿来刷子、剃须皂、围脖，返回房间，开始剃他的胡须。法罗赫拉高总是耐心地等着古尔切赫勒做完一切才走出家门。实际上，自从退休之后，每天傍晚，古尔切赫勒都会去散步，一两个小时，在一家咖啡馆里看报纸，喝咖啡，然后回家。妻子每天总是耐心地等着他去散步，好让他有精神，活动活动。男人一旦待在家里，就会失去活力，只能歪缩在角落里。不做任何活动是他三十二年的习惯，性情沉默寡言。她只知道，本能地知道，伴随着古尔切赫勒的外出，她就会活跃和高兴起来。早些时候，这种快乐会更多一些，因为不管怎样，古尔切赫勒至少一天八小时不在家，尽管他会在两段工作时间之间回家吃午饭，睡午觉。但是，女人的活动和折腾更多一些。甚至，有时候她会唱歌。自从他退休后，她的这种快乐就被夺走了。男人不仅更多的时间待在家里，还尽添麻烦。甚至，也不会想到整饰一下花瓶，或者将葡萄藤打理一下；客厅里一直没有镜子，他从没有想过给客厅装上一面。他总是穿着宽大的睡衣裤，蜷缩在一个角落，或者沙发上，或者长凳上，或者地上，更多的时候是睡觉，有时会将头靠在法罗赫拉高的头上，说一些无聊而苍白的玩笑。

女人说：

——你可以到洗脸池跟前去剃胡须呀。你这样把整个地毯都弄湿了。

古尔切赫勒照旧在水中搅动刷子，还很开心。说：

——你真让人窒息！

法罗赫拉高咬住嘴唇，把脸转向院子。她没耐性作答，但有很多词儿在她脑海里转动，随时会夺门而出。就在这紧要关口，浮上她心头的依然是法贺洛丁·阿佐德。他总是在这个时候出现，成为拯救者。

那天晚上，在认识法贺洛丁的第一个晚上，法贺洛丁走向她。法罗赫拉高站在一棵槐树下，法贺洛丁从她身后走上来。她先听见他的声音说：

——费雯丽！

法罗赫拉高转过身去，法贺洛丁正看着她。她至今记得那男人式的嘴唇。尽管后来她多次亲吻过那张嘴唇，可那是最初的印象，厚实而紧闭，充满着神秘。那张唇似乎仅仅只是紧闭，好掩住那贝壳般色泽的牙齿。她问：

——我吗？

——就是你，费雯丽精巧标致的小妹妹，真是奇妙，太像了。

女人想按照从母亲那里继承来的习惯，将头转向左肩，用眼角去看他。她一直就知道这个姿势很好看。但在把头转向左肩之前，她突然手足无措起来，像一只被惊到的麻雀。法贺洛丁的嘴唇因微笑而张开了。他说：

——法罗赫，请相信，你越来越美了。不是吗？

依然有点手足无措，不过总算回过神来，能够把头歪向左肩，用眼角去看。说：

——你有十年没见到我了。

——没见到？我怎么没见到？

女人问：

——那你在哪儿见过呀？

这时，法贺洛丁用手拍了拍心口。

——这儿。你为什么结婚了？

——我不该结婚吗？

——你该结婚吗？

女人呆住了，她从来没有给过这个男人任何承诺。男人去美国的时候，她才 13 岁。她不记得自己那个时候对男人有任何感觉。尽管如此，那天，那个时刻，在她看来，也许意味着有事发生。于是，她说：

——生活就是如此。大家都结婚了。

——也包括你？一个如此美丽的女人怎么可以结婚？你根本就没有结婚的权利，你应当给全世界一个机会看看你。

法罗赫拉高笑了，一种轻盈、单纯、发自内心的微笑，男人说话的方式很风趣。大概男人都会因这种散发着诱惑的笑声而窒息，可是他没有窒息，而是走得更近了。说：

——你总是穿蓝色的衣服，真是太配你了。

这时，古尔切赫勒插到他们当中来，他的个子不到法贺洛丁的肩头，带着刺人的微笑和怀疑的眼神，那个四年来不断折磨着法罗赫拉高的眼神。法贺洛丁说：

——我正和尊夫人谈论电影《飘》，就在我回来前的那些天看的。就是首映的那个晚上。你们不知道我为弄到一张票花了多大的力气，早晨五点钟就去排队了。我正在跟她说，她很像电影演员费雯丽。

古尔切赫勒只说了一句：

——太奇妙了！

他的嘴唇没有像往常那样充满嘲讽，而是露出一丝轻蔑的微笑，看上去正义凛然，要让法贺洛丁浑身不自在。法贺洛丁说：

——电影已经引进了，你们一定要去看。那是电影艺术最伟大的杰作，直到今天还没有一部电影耗资如此巨大。

晚上，他们是坐叔叔的车回家的。一路上，古尔切赫勒出于对叔叔的尊敬而一声不吭地坐着。他们在巷口礼貌地道了再见，并肩朝家慢慢走去。法罗赫拉高一直在想一个小时之后的事：等男人睡下，她可以在睡前想一会心事。可古尔切赫勒把那个晚上完全弄糟了，在巷子里不停讽刺那家伙大谈特谈的那些无聊又庸俗不堪的电影，讽刺他那些该诅咒的照片，讽刺那家伙戴着的那顶滑稽可笑的帽子——每个人都挨个戴头上拍过照，甚至连他自己也晕晕乎乎地照了一张。法罗赫拉高只是在喉咙里哽咽了一句：

——无聊!

似乎她能用的词汇仅限于此，好把古尔切赫勒这一页翻过去。这会儿，他放弃了“庸俗不堪”，开始对女人蓝色的衣服不依不饶起来，太难看了，太粗糙了，把大家的心情都搞坏了。接下来，他去地下室，拿来了西瓜。凌晨两点钟开始吃西瓜，还强塞给法罗赫拉高。法罗赫拉高忍受着他长篇大论的废话，期盼着睡觉前那半个小时的默想。

吃完了西瓜，他又突发奇想去捣鼓收音机，收听柏林之声或是伦敦之声或者是莫斯科之音，看看世界上有什么大事。

凌晨三点，他终于上床。当然，在睡觉之前，他还想实施夫妻间的礼仪。

女人也忍受下了。那时已经四点钟，男人又决定去冲个澡，冲完后好做礼拜——他很难得做的一件事。

就是那个晚上，法罗赫拉高的心里开始充满厌恶。厌恶积淀下来，成为了常态。

古尔切赫勒剃胡须的事情终于接近尾声。现在，他慢吞吞地收拾剃须摊子。她自己也不知道这一天为什么如此漫长，像是在等待什么，似乎又注定要发生什么。但是，她并不知道会发生什么。有人按门铃，莫斯布去开门。法罗赫拉高目送着莫斯布，耐心地等着，好尽早知道是谁来了，来干什么。古尔切赫勒来到回廊上，站在离妻子两步远的地方。法罗赫拉高有片刻回过头来看他，这一眼光足够使两个人想起彼此间的厌恶来。古尔切赫勒突然，没有任何开场白，说：

——下个月你的51岁就结束了，你成为绝经女人了，亲爱的法胡尔。

法罗赫拉高默默地看着他，男人的微笑一如既往地折磨着她。终于，她说：

——听着，萨德里，不要以为我会有一秒钟可以忍受你的玩笑，我没有。

——我没有开玩笑，亲爱的。更年期不是什么玩笑。

法罗赫拉高深深叹了一口气，再次望向门口的方向。是送报纸的。莫斯布拿着报纸折回来，走过院子，把报纸放在法罗赫拉高的脚前。然后说要去卡拉季一趟，为周五宴请纳斯尔安拉汗买点肉回来。法罗赫拉高说：

——我们要是在卡拉季也有个园子就好了。

古尔切赫勒回答说：

——你在绝经后还想享受一座园子，为的是让自己保持好心情吗？

法罗赫拉高顾自看着报纸的第一页，说：

——这把年纪还幻想要一个老儿子，你是想说这种废话吗？

——也许，我真该幻想是个老儿子。但是，和一个迟暮的女人是无能为力了。

法罗赫拉高说：

——那好呀，去给自己找一个年轻女佣吧。你真是本性低劣。

她下意识地看起报纸来。古尔切赫勒伸手来夺报纸。女人给了报纸，又望向院子。莫斯布穿上外衣和鞋子，朝大门走去。在水池前，他问道：

——您还想要别的东西吗？

女人说：

——如果看到生巴旦木，就买点吧。

莫斯布没有回答，只是朝门口走去。古尔切赫勒在开着的窗户前的平台上坐下来，埋头看报纸。法罗赫拉高想：

——真主啊，他怎么不走啊！

她在心里继续着神游。她想起那天他们要去看法贺洛丁的美国妻子。女人比她丈夫晚来了六个月，带着他们的两个儿子托迪和吉米。那个时候，这些名字在她看来有多么奇怪啊。她不会忘记那天，如此的激动不安。她去烫了卷发，穿上白底蓝花的衣服。在古尔切赫勒的嘲笑下，她往脸上扑了粉，抹了口红，捣鼓头发，还花了好长时间把丝袜的线条弄平整。最后还在镜子前转来转去。所有的一切都很美好。那会儿，她还没有见到那女人。在此之前，她也从没有见过美国女人。但是，不管怎样，她已经看过电影《飘》，好长一段时间里拿自己与费雯丽做比较。确切地讲，她一丁点相似之处都没有找到。尽管如此，既然男人说了像，那就是像了。

他们去了萨拉姆·米尔扎家，法贺洛丁夫妻两个暂时住在那里，等候他们在园子北部的寓所盖好。

美国女人站在宽敞的大厅门前，与来宾们握手，没法跟任何人交谈，只是微笑。那是一个个子非常高的女人，棕褐色的头发，青筋暴露的双手像是爬满了跳蚤和蚂蟥，双眼透亮得可以说根本没有颜色，仔细看才会发现是蓝色。但是，是一种无限明亮的蓝色。不管怎么说，反正是蓝色的。法贺洛丁似乎很喜欢蓝色。法罗赫拉高与她握了手，然后走进去，在穿衣镜前方站住看着自己，好一段时间盯着自己的黑眼睛和衣服上的蓝花。然后，她从镜子里看见法贺洛丁的身影，就那样在镜子里问：

——你为什么结婚了？

很简单地问出那个他曾问过的问题，却有着一种奇妙的感染力。男人在镜子里凝视着她。此时，在法罗赫拉高看来，他脸色苍白。他说：

——白衣蓝花非常适合你。

然后，他迅速走向妻子。晚上，整个晚上，总是碰巧的，他们在彼此左右。仿佛有一种力量拽着他们走向彼此。

多年以后，在王子的月光花园，她向阿德勒·拉夫阿特讲述这些经过。阿德勒是一个好女人，瘦高个子，很理解这件事。认可她的做法，尊重爱情，谴责古尔切赫勒的行为。那天，法罗赫拉高的大女儿在花园里同阿德勒的儿子一起散步。流言四起。法罗赫拉高也知道阿德勒与王子之间的事情。轮到她讲自己时，女人便打开了话匣子。

就这样，阿德勒哭着说了好多好多，两个女人成了挚友。法罗赫拉高说：

——拖了八年，令人不可思议的八年。

阿德勒说：

——那么，在整个战争年代你都生活在爱里，真幸福啊。

法罗赫拉高把双手放在脑后，又伸了个懒腰。大声说：

——八年抗战。

古尔切赫勒正在无缘无故地生气。突然，他问：

——当一个女人处在绝经期，她的情感会发生变异吗？

——我不知道，萨德里。

古尔切赫勒说：

——应该会。或许正因为如此，男人才有权娶几个老婆。大概就是为了避免一直忍受一个绝经女人在床上。

——或许吧。

古尔切赫勒琢磨着那个可怜的女人，她正不得已承受着法罗赫拉高①这个名字。那是在战争年代，一个不懂波斯语的波兰女人，古尔切赫勒把她叫做“法罗赫拉高”。女人在一个酒吧工作。古尔切赫勒对她说“法罗赫拉高”，女人就笑了。她无法准确发出这个名字的音，在她看来那是一个滑稽可笑的名字。战争结束之后，女人说：

---

①“法罗赫拉高”的波斯语本意为“美丽可爱的”。

——法罗赫拉高回欧洲去了。

她微笑着。再一星期，她已经不在酒吧了。古尔切赫勒问：

——如果我去搞个女人，你一定会很生气！

法罗赫拉高没有回答，依然望着小花园，想起法贺洛丁最后的目光。那是在她家里，一间门窗紧闭、遮帘拉上的房间。房间很暗，法贺洛丁的双眼在黑暗中闪光。他说：

——我该走了，我该走了，我得去照料孩子们。

法罗赫拉高哭了。法贺洛丁说：

——我会回来，我保证。

战争结束之后，美国女人带着托迪和吉米回去了，几乎是以一种疯狂的状态回去的。刚开始是在一个晚宴上，她大喊：

——你们全都是疯子。

可能是威士忌的作用，或者是女人已经无法忍受。十天之后，她拉着孩子们，回去了。

不知道为什么，法罗赫拉高心里明白，法贺洛丁不会回去。

他没有回去。五个月后，他在一起车祸中死了。法罗赫拉高留了下来，独自伴着水池和古尔切赫勒。孩子们也在，但是只顾自己。他们很快长大，离开，似乎从来没有来过这个世界。

古尔切赫勒翻完了报纸，折起来，递到她手边，等着女人接过去，嘴里说着一些关于更年期的话。实际上，这是他找到这个单词的第三天，他觉得可以用这个词持续折磨女人。女人什么也没说，古尔切赫勒觉得很无趣。最后，他问：

——你不要报纸吗？

女人无言地伸出手，古尔切赫勒把报纸交到她手上。女人接过报纸，从脚跟前拿起香烟，点燃。古尔切赫勒说：

——你不应该抽烟。你这把年纪，又处在更年期，看着很可怜的。

女人问：

——你为什么不出去转一转？你不是每天都出去吗？

古尔切赫勒说：

——也许我今天不想出去。

女人对自己的问题后悔起来。她知道，如果他明白外出会让女人高兴，他就不会外出。她说：

——没错，这样更好。

古尔切赫勒说：

——我现在就走。

他站起身来，又不知道为什么不得不留下来，像注定要发生什么。他不由自主地走过来，站在女人面前。有那么片刻他在想，也许在这三十二年后，没有必要再这样微笑着打量这个女人。实际上，很久以来，他只知道在陌生的漂亮女人面前堆起这种微笑。他知道，如果他不那样微笑，如果总是不那样微笑，在这个当口，女人一定会认为他是个死人。他知道，女人甚至连一次也不应该明白，他是多么需要她，或者曾经是多么需要她。可现在，他突然有一种愿望，要有那么一次就那样看着她，像看那个波兰女人那样，当他对她说“法罗赫拉高”时。这个女人已经是个绝经的女人，她的双眼不再有往日的叛逆，夜晚也不再做梦，入睡很快，有时甚至会打呼噜。也许这会儿，可以很自然地看着她，不带任何讽刺。

古尔切赫勒走过来站在法罗赫拉高面前，就在宽敞的台阶那里。他说：

——亲爱的法罗赫拉高！

女人颤抖了一下。他从来没有这样叫过她。他总是叫她法罗赫。还带着那样的微笑。女人抬起头来。男人眼里没有讽刺，而是温柔。法罗赫拉高震惊非常。她确信男人一定是动了什么念头。她想，“他会把我杀了吧？”也许仅仅出于本能，她使劲给了古尔切赫勒肚子一拳。男人的肚子像一团棉花，不堪一击。他好像原本就没站好，左腿摇晃了一下，他试图调整一下脚的方向，却失去平衡，一个倒栽葱摔倒在台阶下面。法罗赫拉高在椅子跟前站了好一会儿，没有勇气去看台阶下面。倒在下面的男人无声无息。

三个月后。她坐在椅子上，穿着丧服，很虚弱。她不再喜欢这个家。莫斯布从沃斯特瓦里先生，一家交易所的老板那里，带来消息：如果尊敬的夫人想把房子卖了，不要忘了沃斯特瓦里。法罗赫拉高不假思索地对莫斯布说，你去跟沃斯特瓦里说把房子卖给他，条件是在卡拉季替她买一座园子。沃斯特瓦里就去找园子了。

他找到了一处园子，郁郁葱葱，就在河边。

法罗赫拉高·萨德尔迪旺·古尔切赫勒夫人买了园子，卖了房子，决定搬到卡拉季去住。

7. 扎琳库洛赫

ﻻ

扎琳库洛赫 26 岁，是个妓女，在新城[1]的“阿克拉姆金”之家工作。阿克拉姆有七颗金牙，因此有些人又叫他“阿克拉姆七”。

扎琳库洛赫从童年起就在那里。起初的几年，她每天每晚接待三到四个客人。到了 26 岁，涌来的客人达到 20 个，有时 25 个，有时 30 个。

扎琳库洛赫因工作压力而身心疲惫，多次在阿克拉姆面前诉苦。刚开始，她得到的回答是咆哮，然后是一顿狠揍，昏死过去。

扎琳库洛赫是一个精力充沛的女人，始终精力充沛。不论是接待三四个客人，还是现在必须接待三十个客人，总是能量满满。她的抱怨里总有笑话做佐料，女人们都很喜欢她。大家一起吃午饭时，扎琳库洛赫总是从头到尾讲笑话，绕着餐布[2]扮这扮那，还跳舞，女人们笑得晕过去。

她几次想从家里逃出去，都被女人们阻止了。她们说，如果扎丽你走了，家里就黯淡无光了。也许正是这些女人怂恿阿克拉姆七狠揍她的。其实，扎琳库洛赫并没有想过真要离开。因为，如果从这个家里逃出去，很可能就走进了另一个家。19 岁的时候，她有机会离开，因为她找到了一个求婚者。那是一个

---

① 新城：德黑兰的一个区，是妓院集中的地方。

② 餐布：伊朗普通百姓在人多时的用餐习惯是将一张大餐布铺在地毯上，大家在地毯上围绕餐布席地而坐用餐。

苦力，想要出人头地，做着翻身做主人的美梦，需要一个干练懂行的女人。不幸的是，在他们付诸行动之前，男人的脑袋在一次殴斗中被铁铲劈成了两半。扎琳库洛赫尽管时不时唏嘘一番，但也只能认命。

可是现在，足足有六个月的时间，她觉得自己不能正常思维。状况是这样开始的：一个星期六，早晨她刚从睡梦中起来，喝了点水，准备去吃早餐，阿克拉姆七就在喊：

——扎丽，来客人了，很着急。

一般来说早晨客人比较少，非常少。除非是那些过夜的，早晨又欲望上头。那个星期六的早晨，扎琳库洛赫在想："好吧，明白吗，来客人了，来就来吧。"她想把心里的想法喊出来，但没等她喊，阿克拉姆七又叫了：

——扎丽，我叫你呢。我说了，来客人了。

扎琳库洛赫放下早餐，过了会儿，生气地回房间，在床上躺下，张开双腿。

然后，客人来了。一个没有脑袋的男人。扎琳库洛赫甚至连尖叫的胆量都没有。没有脑袋的客人完事就走了。

从那天起，所有的客人都没了脑袋。扎琳库洛赫不敢对任何人说这件事。很可能大家会说，她变成妖精了。她听说过，有个女人成了妖精，每天晚上八点钟就开始哭闹。晚上八点正是妖精出没的时间。就在这些早晨，那个女人把客人们从家里赶跑了，结果大家也把那女人从家里赶了出去。

因此，扎琳库洛赫没有像那个女人那样哭闹，她决定每天晚上八点钟唱歌。六个月来她一直这么做。她把哭闹变成歌声唱出来。不幸的是她的声音走调而且难听。弹弦琴的人说：

饶舌妇，你连半个音高都没有，真是要了我们的命。

听到这话之后，她每天晚上就走去水槽那里，在那里唱上半个小时再回来。阿克拉姆七对此假装没看见，毕竟她是一个可以打发三十个人上路的女人，并且精力充沛。始终精力充沛。

后来，有人给家里带来一个小姑娘，15 岁，非常害羞。

一天，扎琳库洛赫把她带到自己的房间。说：

——我的孩子，我得对你说一些事情。我必须找个人来说，不然我会疯掉的。我心里有一个秘密折磨得我难受极了。

女孩说：

——当然，应该有个人说心里话。我奶奶说，尊贵的阿里[①]在荒郊野外，可怜无助，无人可以倾诉，他就把头埋进一口井里，对着井诉说心事。

扎琳库洛赫说：

——对，正是这样。现在，我给你说，我现在看见的人全都没有脑袋。女人们不是这样，男人们是。他们全都没有脑袋，没有脑袋。

女孩温柔地听着。问：

——你真的看见所有男人都没有脑袋吗？

扎琳库洛赫说：

——是啊。

女孩说：

——好吧，也许他们真的没有脑袋。

扎琳库洛赫说：

——如果他们真的没有脑袋，那其他女人也应该发现了啊。

女孩说：

——你说的没错，向真主发誓。但是，也有一种可能，她们也都看见男人没有脑袋，只是像你，不敢说出来罢了。

于是，她们商定，每当扎琳库洛赫看见男人没有脑袋，就向女孩暗示；如果女孩也没看见脑袋就向扎琳库洛赫暗示。

扎琳库洛赫看见所有的男人都没有脑袋，但女孩看见有脑袋。第二天，女

① 尊贵的阿里：指伊斯兰教四大哈里发之一，穆罕默德的女婿阿里。

孩说：

——扎琳库洛赫，你应该去做礼拜，捐善款，兴许就能看见男人的脑袋了。

扎琳库洛赫向阿克拉姆七请了两天假，动身前往街区的澡堂。与往常相反，她没有去公共区域与女人们聊天开玩笑，而是要了个单间，还请了一个搓澡工，从头到脚给自己作了清洗。她让搓澡工给她搓了三遍。搓澡工累得上气不接下气，扎琳库洛赫身上所有的毛孔都搓出了血，她仍然不认为干净到可以做礼拜。搓澡工最后哭起来，说：

——女人，可怜哪，你简直疯了。

扎琳库洛赫给了搓澡工很好的工钱，让她不要把这秘密告诉别人。她还请求教她如何做赎罪大净[①]。搓澡工教了她。

搓澡工走了，扎琳库洛赫做了大净。五十次大净。把她全身都搓破了。

这时，她想穿上衣服去阿卜杜阿兹姆·沙赫圣陵。忽然，她全身心跪倒在地。她想，就这样全身赤裸做礼拜。但是，她不知道如何做礼拜。她想，有啥关系呢，如果阿里在沙漠里悲伤得对着一口井倾诉，那么她就赞念阿里好了。

扎琳库洛赫就那样赤裸着在澡堂里面行跪拜。念叨：

——阿里，阿里，阿里，阿里，阿里，阿里，阿里，阿里，阿里，阿里……

她念着念着失声痛哭起来。一边哭，一边叫着阿里。有人打门，使劲砸门。她从神魂颠倒中清醒过来，走到门后，哭着问：

——谁呀？

那是个澡堂。人家说澡堂要关门了。

扎琳库洛赫穿上干净衣服，把脏衣服给了搓澡工。她出了澡堂，朝阿卜杜

① 净礼是穆斯林做礼拜之前的必行礼仪，一般分小净（指清洗手到胳臂肘，清洗脚到小腿，洗脸和脖子）和大净（即全身沐浴），赎罪大净一般是给犯了罪的人做的。

阿兹姆·沙赫圣陵走去。

晚上了，伊玛目[①]后裔圣陵的门关了，她就坐在外面的场院里。有月光，场院笼罩在月光下。扎琳库洛赫默默地流着眼泪。清晨，伊玛目后裔圣陵的门开了。扎琳库洛赫两眼肿胀，两只眼睛深陷在肿脸的深处，已经什么都看不见了。

扎琳库洛赫没有进伊玛目后裔的圣陵，也不再哭泣。她变得轻飘飘的，像一片稻草叶。她上路了，在一家小店喝了燕麦粥。她问店主：

——在这夏末的炎热中，如果想喝一点清凉的水，应该去哪里？

卖燕麦粥的紧盯着扎琳库洛赫肿成一团的双眼，说：

——卡拉季是个不错的地方。

她变成了一位女士，脸上再也看不到任何风月的痕迹。女人在二十六年的岁月里曾一直是个小女人，尽管心像大海。

她去了卡拉季。

---

① 伊玛目：伊朗什叶派精神领袖的称谓。

8. 两个姑娘在路上

ɣ

黄昏。两个姑娘在去往卡拉季的路上，都穿着遮袍。一个 28 岁，另一个 38 岁，都是处女。

在 18 公里处，一辆卡车在离她们三十步远的地方停下来，车里坐着三个男人。司机和副手喝得醉醺醺的，没喝酒的乘客不得不紧握着方向盘，一会儿向右一会儿向左地调整方向，以免发生车祸。到后来，他宁愿安静地坐着，把自己交给上天和定命之手。

司机将卡车停了下来，转过身向他的副手示意。两人不吭声就下了车，朝女人们走去。乘客静静地坐在自己的位置上，利用这独自一人的时机，点燃一支烟抽起来。

两个司机朝姑娘们走去，站到她们面前。司机问：

——两位女士要光临何处？

28 岁的姑娘名字叫法耶泽，她说：

——我们正要去卡拉季。我们要自食其力，从骑在头上的男人们的邪恶中解脱出来。

司机哈哈大笑起来，说：

——可别，小祖宗！我的宝贝儿！

他伸手扯下姑娘的遮袍。没了遮袍的姑娘大叫：

——天哪，救命啊，救命！

先生们向女士们发起了进攻，一场简短的战斗开始了。最后姑娘们被打败了。那个叫法耶泽的姑娘大声呼救，逼得司机用他宽大的手掌捂住她的嘴。另一个叫慕内丝的姑娘却沉默不语，默默承受着一切。

事情也就不过一刻钟。先生们就像在树边撒了一泡尿，从容地站起身来。由于明显没有救助者，他们很从容地抖落头上和脚上的泥土。两个姑娘赤条条地躺在地上，那个名叫法耶泽的姑娘在哭，说：

——真主啊，真主会替我们报仇。

先生们抖落完了尘土。那个副手看起来没有满足。他说：

——这妞就跟一团棉花似的，伊斯玛仪先生。

伊斯玛仪先生回答：

——这是你的份额，小伙子。我的这个非常扭捏作态，意思是说：我是贞洁的呢。

两个人笑起来，向女士们道了谢，朝他们的卡车走去。司机和副手坐回各自的位置。司机打着了卡车。乘客问：

——发生了什么事吗？

司机说：

——别多管闲事。

乘客说：

——抱歉，我以为出了什么事。

司机说：

——你是干啥的？警察吗？

乘客说：

——我是个园丁，人们叫我“善良的园丁”。

司机笑起来，说：

——善良的园丁，我们刚才在灌溉土地。

司机和副手两人都大笑起来，笑得卡车失控，脱离了司机双手的掌握。卡车打了两个转，闪过对面驶来的一辆奔驰轿车，一头撞向路边的树林。第一棵树幼嫩，被撞折了。在第二棵树边，车翻了，并撞向树干。司机从前窗玻璃飞到了空中，乘客也从那块玻璃——之前已经被司机硕壮的身躯撞碎了，轻巧地飞了出去，落在十步开外的、人家为盖房准备的柔软的稻草泥堆上。

司机飞到电线杆子上，手被牢牢地吸附在电线上，在空中展示着柔软的舞姿。可以说，姿态还算不错。副手连呻吟的机会都没有，脖子被压在了卡车沉重的车身下，双眼紧闭。稻草泥堆上乘客在给自己掸土，不时看一下那两具尸体，不时说一声：

——被造物真伟大！[①]

最终，他明白过来，折腾是徒劳的，他必须去澡堂，换衣服，除去身上的稻草和泥土。于是，他找出他右脚的那只鞋，穿上，跟跟跄跄地朝卡拉季走去。

① 这是一句反语。正常的感叹是：造物主伟大！

9. 法罗赫拉高的园子（第一部分）

法罗赫拉高坐在机动车后排右侧座椅上，沃斯特瓦里、莫斯布和司机三人坐在前排。下午四点钟，他们到了园子。沃斯特瓦里有一丝不安，他担心夫人看见那棵树会生气。之前他将园子所有细节都讲了，除了那棵树。

司机把车停在大门口。沃斯特瓦里抢在司机前面跳下车，拉开车门，这是司机履职的最后一天，明天他就离职。实际上，这天他已经离职，完全是出于好奇才来的，态度很友善。夫人自己会开车。

沃斯特瓦里说：

——现在您将看到这是怎样的一颗瑰宝。

法罗赫拉高没说话，径直朝大门走去，沃斯特瓦里、莫斯布和司机跟在她后面。她在大门前停住，转过身来，将头歪向左肩，那是从她母亲那里继承来的习惯。问：

——就是这个吗？

沃斯特瓦里说：

——是的，为您效劳。

他从衣兜里掏出一把大钥匙，说：

——请允许我。

他打开门，退后，让夫人进去。

法罗赫拉高小心翼翼地迈过门槛。愉悦，让她的身体发生了一阵轻微的颤抖。她不想让男人们觉察她的愉悦，淡定地走在铺了细沙的路上，用眼光吞没着园子的各个部分。沃斯特瓦里走上前来，说：

——就像您所要求的那样，只需要稍稍修缮一下。

法罗赫拉高点点头。铺了细沙的路一直通到房子正前方的一侧。房子前面是一个大水池，一张座榻摆在水池边上。她绕着水池周边走了一圈，然后朝房子的大门走去，铺了马赛克的阶梯一直通到那里。

房子不漂亮，搭建很匆忙，外表很简陋。见法罗赫拉高有点发愣，沃斯特瓦里说：

——一个水泥工匆忙抹的，像是赶着娶媳妇。

法罗赫拉高在脑子里盘算着，没说不好，反倒觉得不错。窗户尽管很小，但适合当地的气候。

沃斯特瓦里又掏出一把钥匙，打开了房子的大门。大门开处是宽敞凉爽的大厅，周围是三个大房间。浴室、卫生间和厨房的门也开向大厅。所有房间的窗户都开向园子。卫生间、浴室和厨房的窗户开向小院的僻静处。

法罗赫拉高说：

——厨房很好，宽敞。一个浴室太少了，三个房间也少了，会有很多客人来的。

沃斯特瓦里说：

——尊敬的夫人，我之前呈报过，地基很坚实，打了钢筋水泥，您可以在上面加盖一层。

沃斯特瓦里站到大厅一角，说：

——从这里可以建一个通往二层的楼梯。如果您愿意，这个地方也可以种树。树干可以从这里一直长到二层，甚至可以穿过去，长到屋顶上，成为一座十足的宫殿。

在屋子里种树的想法让法罗赫拉高吃了一惊，沃斯特瓦里却还在兴奋头上，说：

——这只是我自己的想法而已。

夫人说：

——我得想想。很可能浇树浇时，水会慢慢侵蚀地基的。

法罗赫拉高很欣赏这屋子，当然没表现出来。她知道，在沃斯特瓦里面前不能表露出满意，尽管她私下已经展开畅想。肯定得建两层。她已经有了一个翔实的计划，为了充满活力的社交生活，为了编织自己的梦想，为了每个周五让所有德黑兰的朋友来卡拉季。她没多少朋友，三十二年来她与一个坏脾气的男人共同生活，离群索居，断绝了和很多人的来往。现在也不错，她可以有时间重新选择朋友，真正的朋友，作家、诗人、文学家。可以把家建成一个文学中心，就像那些法国夫人们所做的那样，法罗赫拉高在小说里读到过。

沃斯特瓦里一点一点地指点着园子，数着树木，陈述着他的见解。未来整理和归置园子应该交给一位园丁。园子已经有一年的时间没有主人了，这一眼就能看出来。

沃斯特瓦里就这样做着导览，以便他从这些树延展到那棵树。他自顾自地谈论着树的各种好处：

——尊敬的夫人，您即使转遍整个卡拉季，也找不到这么好的园子。当然，我也不说假话，好房子这里有的是，好园子也有。但根据您所付的价钱，这幢是最好的了。再说，稍加修整，这里就会变成一座天堂。

法罗赫拉高知道他在炒作，便不置可否。园子和房子她第一眼就喜欢上了，不需要沃斯特瓦里的如簧巧舌。

最后，他们来到河边。沃斯特瓦里说：

——如同您看到的，这一侧没有墙，河流就是屏障。水流在这个地方非常湍急，没有任何被盗的危险。再说，这里的人也不是小偷。

法罗赫拉高说：

——那当然。

她看见了那棵树。她不敢肯定那是真的，问：

——这是什么？

沃斯特瓦里心想，“不幸到来了”，说：

——这个……实际上是一个人。但是，我向您保证，是您一生到现在所见过最不折磨人的人。

法罗赫拉高问：

——那么，她在这里做什么？

沃斯特瓦里说：

——我该怎么说呢，人家把园子以这么便宜的价格出售的原因就在于此，我都为他可惜。根本不可能用这种价格找这样一座园子。我想，尤其是尊敬的夫人您也是一个女人，一定能够接受这棵不幸的树。

法罗赫拉高往前走了两步，有点害怕。说：

——但是，这不是树，是人啊。

——的确如此。事实上，这棵可怜的树……是园子前主人的妹妹。

法罗赫拉高说：

——太奇怪了。

——是啊，的确如此。这个可怜的人疯了，把自己种在了地里。

法罗赫拉高说：

——不可以这样啊，先生。如果是疯子，应该把她送去疯人院。

——是啊，难就难在这里。这个可怜的人去年秋天就失踪了，她的家人全城挨家挨户地找了，荒郊野外都找了，没有找到。直到这个初夏时节，他们来园子避暑，才发现这可怜的人把自己种在了地里。现在，好吧，大家都认为这可怜的人是疯子，想方设法要把她从地里弄出来。可是夫人，您也看到了，根本不可能。

沃斯特瓦里从衣兜里掏出宽大的雅兹迪布手绢，把从眼睛里流下来的几滴眼泪擦干，又擤了擤鼻涕。法罗赫拉高深为感动，问：

——沃斯特瓦里先生，千万别是您自己家族的吧？

——不是。夫人。但请您相信，我至少有二十年没有哭过了。我也不知道为什么，一看到这可怜的人，就会流泪……总之，夫人，人家无论怎么想办法，也没法把她从地里弄出来。这可怜的人自己也一个劲儿哀求，“求求你，别把我弄走，就让我变绿吧。”

法罗赫拉高说：

——可她没有变绿啊。

——没有，没有变绿。但是，生了根，也许再过一年就变绿了。

法罗赫拉高问：

——那么，她的家人呢？

——我该怎么说呢？她那可怜的家人因这丢面子的事件而发生了变故，遭遇了不幸。人家能说什么呢？难道说我们的女儿或我们的姐妹变成了树？这没法对人讲啊。长话短说，他们来找我协商，说要把园子便宜卖了，条件是为他们的名字保密。我也作了保证。就这样，能这么便宜买下这园子，不管怎么说都是您的运气。

法罗赫拉高问：

——那么，他们为什么为她害臊呢？变成树又不是啥丢人的事。

——怎么不丢人呢，夫人？难道一个正常的人会变成树？只有跟这可怜人一样变成疯子，才会接受变成树的命运。她哥哥可怜巴巴的只是哭，说：“这下好啦，或许明天大家就会知道我妹妹变成了树，大家一定会说三道四的。比如，人家会管我们叫“造树的家族”，或者“树的后裔”，或“树的子孙”什么的。总之，会有人不断在我们家的门上和墙上涂写脏话，让家族的百年声誉付之东流。”夫人，我要说，他们是个体面的古老家族，怎么可能说自己的一个家庭成员是一棵树呢？现在，即使人家当了部长或议员，这也是一个话柄啊。本来内阁成员或议员的身份是值得炫耀的，但是，变成树这事儿人家怎么说呢？她那可怜的哥哥说：“哪怕做个酸奶工，落个话柄，我们也不会感到难受。

毕竟，做酸奶也是一个可以从事的职业啊。然而，树，我不知道，向真主发誓。”

法罗赫拉高绕着树转来转去。莫斯布和司机则远远地看着，不敢靠近。

树是一个姑娘，二十七八岁，小腿以下埋在地里，身上罩着破破烂烂的衣服，挺拔地站在那里，看着在场的人们。法罗赫拉高感到自己对这棵树很感兴趣。沃斯特瓦里说：

——我对她哥哥说：先生，您不必担心，我认识一位尊敬的夫人，出自名门望族，一位真正体面的女士，她一定会接受可怜的马荷朵赫特在家里，并且替您保守秘密，因为她自己就是一位非常有名望的人，懂得有名望的人意味着什么。

法罗赫拉高没在听沃斯特瓦里叨叨。她心里有点波动，她在想，拥有这棵奇异的树会让她没法做些什么事。她要组建一个文学社团，甚至她可能成为议员或部长，可是从没有听说过谁会有一棵“人树”。沃斯特瓦里说：

——就像我刚刚说过的那样，尊敬的夫人，您可以在家里，在屋里种一棵树来代替这棵。然后，在这棵树的四周砌上围墙，不让她给您丢脸。

法罗赫拉高想，一旦拥有一棵“人树”，就没有必要在屋子里再种树了。她总认为，自己的脑子、思维、精神、肉体，所有的一切都高于其他人。就比如这棵人树，其他人真的没有那种能力去理解她的意义。法罗赫拉高自己也不能完全理解这点，只是她的天性告诉她，这棵树将成为成就她名望的东西。她说：

——沃斯特瓦里先生，没有必要在屋子里种树。这棵树可以自由地待在那里，就这个样子，我接受她。

沃斯特瓦里松了一口气，说：

——我一直在担心夫人不会接受。我甚至想，如果您不要，我就自己把园子买下来。可是夫人，我有六个孩子，我确信孩子们会将这棵可怜的树连根拔了的。感谢真主，您接受了。

法罗赫拉高朝园子大门的方向走去。她脑海翻涌，没听沃斯特瓦里的叨叨，一边走一边喊：

——莫斯布，阿克巴尔，你们去城里，把所有的箱子都搬来。

莫斯布问：

——今晚您就待在这里？房子空荡荡的啥也没有啊？

法罗赫拉高说：

——没关系，今晚我就住下来。我想亲自察看一下有哪些体力活儿需要做。沃斯特瓦里先生，你看看能否帮我找几个建筑工？我想明天就开工。

沃斯特瓦里诧异地问：

——这时候？夫人着啥急呢，您暂且先回城。我来察看一下建筑，莫斯布可以留下来。

法罗赫拉高说：

——不用，我自己留下来。就从明天开始，工期我不想超过一个月时间。

有人打门。莫斯布走在夫人前面，说：

——夫人，这对您没好处。村民们不认识您，他们会生事的。您请别上前！现在他们就在打门呢。

法罗赫拉高说：

——没关系。我会教他们学会不打搅我。

莫斯布打开园子大门，门外是一对男女。男的说：

——对不起，小伙子，请问这家是否要雇园丁？

法罗赫拉高立即走到莫斯布身后，抢在莫斯布开口前说：

——当然，先生，当然需要。你是园丁？

男人说：

——尊敬的夫人，我是个园丁，人家叫我“善良的园丁”。人家还说我有一双金手，我的手一碰到花就会长出百根枝丫，我会让每根枝丫长出一百朵花。

法罗赫拉高精神大振，一来是刚拥有一棵“人树”，现在又来了个面善的男人声称自己有一双金手。她问：

——建筑活儿你也会吗？

——我啥活儿都会，夫人。所有的活儿。

法罗赫拉高问：

——她是谁？你妻子？

园丁看了一下站在他身旁的女人，说：

——不是，夫人。我是在来卡拉季的路上碰见这个可怜的女人的。她茫然失措地站在那里，四处张望。一看到我，就一声尖叫，扑倒在我脚下哭。我就问她为什么哭，她却一个劲儿地亲吻我的脚。末了，她说我是她六个月以来看见的第一个有脑袋的男人。

法罗赫拉高说：

——是疯子吗？

善良的园丁说：

——我不这样认为。不管怎样，我走到哪儿她就跟到哪儿。她说她的名字叫扎琳库洛赫。她说她曾经做过很坏很坏的事情，但是现在忏悔了。

法罗赫拉高问女人：

——扎琳库洛赫，你会做饭吗？

——不会，尊敬的夫人。

——会打扫清理吗？

——不会，尊敬的夫人。

——洗盘子怎么样？

——不会做，尊敬的夫人。

——那么，你会做什么呢？

——尊敬的夫人，所有这些活儿我都可以学。我会讲故事，我会唱满满一个世界的小曲，我还会些别的事。我很年轻，夫人，但是我有满满一个大海的经验。

法罗赫拉高转向善良的园丁，问：

——你叫什么名字？

——我的名字没啥要紧，夫人。大家都叫我“善良的园丁”，您就叫我园丁吧。

法罗赫拉高说：

——园丁，从今天起，你就受雇于我了。但是，我拿这个女人怎么办呢？

——请您接受她，夫人。她毕竟可以围在您的手边脚旁，可以学做一些事情。

法罗赫拉高说：

——好吧。

她琢磨，女人可以改造成佣人，只要在手边就好。看她也不是个坏人，甚至还很单纯。便又说：

——好吧。

然后，她转向莫斯布和司机，说：

——你们去把家具尽量都搬来。箱子都是装好了的，地毯也都捆好了。如果需要雇卡车，那就雇一辆。我希望今天晚上所有的东西都在这里。

然后，她对沃斯特瓦里说：

——沃斯特瓦里先生，您带着这位园丁去市中心，采买石灰和建筑材料。

沃斯特瓦里说：

——尊敬的夫人，现在已经下午六点了，都关门了。

法罗赫拉高说：

——别话里藏话，沃斯特瓦里先生。毕竟我们有一个共同的秘密，我们应该互相帮助。

沃斯特瓦里说：

——好吧。

法罗赫拉高对女人说：

——你就留在这里做我的帮手。

扎琳库洛赫说：

——好的，尊敬的夫人。

男人们刚走没两分钟，又有人打门。法罗赫拉高开门，门外是两个女人，穿着满是泥土的遮袍，满脸的疲惫。法罗赫拉高问：

——你们要什么？

其中一个女人哇哇哭起来，另一个年纪大些的则安静地站在那里等同伴哭完。法罗赫拉高问：

——我问你们要什么？

安静的那个开口了：

——尊敬的夫人，您好，向您禀告，我的名字叫慕内丝，这是我的朋友法耶泽。我们从德黑兰来到这里，走了很多很多的路。疲惫不堪，还遭遇了不幸。如果您允许，想今晚在您府上过一夜，明天我们就自奔前程。

法罗赫拉高说：

——两位女士，我自己也是刚刚才来，家里还什么家具都没有。我很奇怪的是，看你们的样子，显然出自体面家庭，为什么会在这荒郊野地独自旅行？

慕内丝说：

——说起来话就长了，夫人。问题是，我们已下定决心，要把自己从邪恶的家庭牢狱中拯救出来。我们要去旅行，我们要去朝觐，我们要去漫游。可不幸的是，在我们选择的第一个目的地卡拉季，就遭遇了灾难。

法罗赫拉高对当下情形很感兴趣，说：

——那请进，我的家具今天晚上就来。你们请进，我想听听发生了什么事。

女人们进屋，走去水池边的座榻上坐下。法耶泽一直在默默流泪，法罗赫拉高说：

——年轻人，别这么一个劲儿地哭，对身体不好。

扎琳库洛赫说：

——偶尔大哭一场也是件好事。尊敬的夫人，我昨天哭了 12 个小时，眼睛本来不这样，很大的。哭成这样的。但是，哭让我精神好了起来，就让她哭吧。

法罗赫拉高说：

——那么，法耶泽小姐，发生了什么事？你到底说话呀。

法耶泽只是哭。慕内丝说：

——向尊敬的夫人谨言，我意欲去印度、秦和马秦[①]，去看世界。我自己懂得很多的事情，也都能理解。我不要只是在家里坐着，让别人来说我，是呆瓜，是沙枣，欺骗我，说我是蠢驴。即使我的一生结束了，也不会比一头牛懂得更多。当然，人家也会说，生下来是头小蠢驴，长成头大蠢驴离开，也算很幸运了。我下定决心，哪怕以遭遇不幸的代价，也要去自己求知。是啊，很自然，你在路上行走，就会有危险。你要么有足够的力量去迎接危险，要么就回去，像一头羔羊，随大流。话又说回来，我们也很困惑，如果你回去，人家会说你是骚货，会对你退避三舍。无非这两种情况，或者你有承受做骚货的能力；若是没有，你就只能自己一头撞死……算了，说来话太长。简单说来，不知怎么地，这个老朋友就随我同行了。我不忍心把她丢下，很担心她会给自己带来灾难，或者给一个比她更不幸的人带去灾难。其实我也不知道为什么，为了离开德黑兰而一定要来卡拉季。您认为呢？现在，我想，我看到这里一边是梅赫拉巴德，一边是雷伊城，一边是尼亚瓦兰。[②] 总之，有千百个可以出去的路口。但是，我想的只是卡拉季。简单说，我们走在大路上，来了一辆卡车。两个司机下了车，朝我们走过来，强暴了我们。当然，我在这所有的不幸中看见了一桩机密[③]。我想，这需要一种力量，即使第一步就遭遇麻烦。但是，我

---

① 秦和马秦：是伊朗古代对整个中国的泛称。具体来说，“秦”指中国西北部地区，“马秦”指中国中原一带及东南部地区。

② 梅赫拉巴德、雷伊城、尼亚瓦兰：三个都是德黑兰周边的地名。

③ 机密：在伊斯兰苏菲神秘主义术语中，指真主启示给人的某种真谛。

这可怜的朋友也为我做出了牺牲，她从那一刻起就一直哭。好吧，我想，遭遇强暴，让我迈出了去寻找这种力量的第一步，这是旅行的第一桩痛苦经历。在我们来的路上，我一直在想，成百万的人淹死在水中，才有了第一个学会游泳的人。奇怪的是依然有很多人被淹死。算了，这些话不会给我这不幸的朋友带来心灵的平复。

法耶泽哇哇地哭着说：

——夫人，那之前我是处女，可怜的我之前是处女，我将来是要嫁人的啊。现在，有了这丢脸的事，我该怎么办呢，会遭遇什么样的不幸啊？

慕内丝说：

——唉，亲爱的法耶泽，我原来也是处女。好了，现在就理解它吧。我们都曾经是处女，现在不是了。这没什么可悲的。

法耶泽说：

——唉，真要命，你都 38 岁了，处女身份对你有啥用，而可怜的我才 28 岁，还有嫁人的机会。

法罗赫拉高想，真是没教养的女人，就这样当着外人的面把朋友的年龄抖落出来。

慕内丝说：

——不对，法罗赫拉高夫人，不是没有教养，这个可怜人知道我能读出别人的思想。得此便利，只要她一动念头，我就知道她在想什么。所以她已经学会和我诚实地说话。

法耶泽说：

——你有能力拉长你的脸，拉长你的瞳仁，那你为什么不向他们报我们的仇？

慕内丝说：

——亲爱的法耶泽，我只是能够读出思想。再说，我也想过报仇，但是他们不是自己已经遭到报应了吗。

法罗赫拉高问：

——怎么回事？

慕内丝说：

——向尊敬的夫人禀告，卡车从那里开出去两公里就翻车了。我为什么还要报仇？

法耶泽说：

——你胡说什么呀，卡车哪儿翻了？

慕内丝说：

——亲爱的，那时咱俩害怕再被别人强暴，躲进了山坳。可是我知道，卡车的确翻了。

法罗赫拉高问：

——你究竟是怎么知道的？

慕内丝说：

——我就是知道啊，我能读出别人的思想。

法罗赫拉高问：

——你真的能读思想？

——是的，夫人。比如，尊敬的夫人您想成为议会议员，坐在那里的那个可怜人在昨天前是个妓女。就是这样，什么都躲不过我的眼睛。

法罗赫拉高说：

——你想留在这里吗？

慕内丝说：

——当然。很不幸，这还不是一个女人可以独自旅行的年代。你或者必须消失，或者盲目地待在家里。可不幸的是，我已经不能再待在家里。尽管我是一个女人，本应该待在家里，但至少我可以往前走一点，然后左转进入一个房子，再往前走一点，再左转进另一个房子……就这样，我或许像乌龟那样，也能走遍全世界。因此，我非常愿意接受您的邀请。

法罗赫拉高非常高兴，说：

——女同胞们，我想把这座房子的面积扩大。园丁跟我说，他也会盖房子，我们就把他当作阿丹的子孙吧，我们自己动手盖房子。

慕内丝说：

——真是个好主意。我预先就知道这一切，真主保佑我们进展顺利。

法耶泽依然在哭，法罗赫拉高说：

——好啦，小姐，有什么要紧的？难道不是处女就不能活下去吗？我已经不是处女地活了三十二年。

法耶泽说：

——哎呀，夫人，我的名誉怎么办呢？我该怎么向配偶交代呢？洞房之夜我会多么蒙羞？

慕内丝说：

——真到决定嫁人的那一天，我会有办法让你丈夫不察觉。你别伤心了，你知道我能拉长我的脸。

法耶泽说：

——那么，面对猖狂的司机，你为什么不拉长你的脸？

慕内丝说：

——亲爱的法耶泽，我是死过两次又活过来的人。现在，我是换一种方式看问题。唉，我该怎么对你说呢？真主见证，我如果有翅膀，就高飞了。不幸在于，我虽是再生之人，但是我的灵魂依然在尘世。向真主发誓，请你相信，这个处女身份根本不重要，只要真主愿意，你如果真能找到一位丈夫，我自会安排，让你高高兴兴地走向你命定的家。

法耶泽终于平静下来。女人们一边等着家具和建筑材料到来，一边彼此倾诉着自己的经历。

10. 法罗赫拉高的园子（第二部分）

春天。园子成了一座园子。园丁有权这么说，他的手是金手。他用手抚摸花，一周后，花就发出百棵花芽。足够了。

大家一起动手修缮房屋。法罗赫拉高不用做什么，只是走来走去，下达指令。整个秋季，大家都在为此忙碌。园丁教女人们干建筑活儿。扎琳库洛赫捣泥草，慕内丝把泥土运到建筑物跟前。法耶泽在脚手架上递送砖头，园丁自己则承担了砌砖的活儿。到了秋末，房子里有了六个房间，三个浴室，三个卫生间。

出太阳的日子，法罗赫拉高就坐在水池边，开心地看着建筑的进展。有时，把扎琳库洛赫叫上，一起开车进城买东西。房子按照法罗赫拉高的审美趣味建造。她下达指令，园丁执行指令。

秋末，房子完工了。法罗赫拉高分给慕内丝和法耶泽一个房间。她们陪法罗赫拉高聊天，也帮着打理家务。法耶泽做饭，慕内丝负责其他的。法罗赫拉高负责室内装饰。园丁则获准在园子尽头给自己建一个小屋子，只要求夫人派扎琳库洛赫做他的徒弟。

园丁把自己的小房子建在园子尽头的河边上，面对着马荷朵赫特之树——她还没有结出果实。法罗赫拉高多次流露出担忧，园丁却承诺说，到了春天，那棵树一定会被繁花笼罩。他说：

——不能像对待其他树那样对待她。她是一棵“人树”，应当用阿丹子孙的乳汁来滋养她。

法罗赫拉高不知道该从哪里弄来人乳。园丁说：

——您不用担心。我想同扎琳库洛赫结婚，她会给我生一个孩子。到时候她的乳房将会装满乳汁，我用它来滋养这棵树。

法耶泽建议请阿訇来，让他们正式缔结婚约。园丁反对。他解释说，他只是想纳一个临时小妾①，不需要阿訇。法耶泽不同意这样，在她看来这不合教法。慕内丝沉默不表态，也不说她读到的思想。法罗赫拉高不关注这件事的内容，只关心为树弄到人乳，因为园丁作了承诺，那么别的就无关紧要了。

扎琳库洛赫整天围在园丁身边，跟着他干活儿。园丁教她造房子、种树、种花、做饭、绣花。女人整天唱着歌，从这个角落到那个角落，处处都在，又处处都不在，让法耶泽颇为不满。在法耶泽看来，扎琳库洛赫禀性低俗，整天趾高气扬，哈哈大笑，好让人知道她还活着。法耶泽无法忍受这样的人。当然她对自己的生活很满意，只有一想到阿米尔汗，身上伤感的血管便会立刻竖起来。哪怕只是一时，不管什么方式，做一次阿米尔汗的女人，她都不会不愿意。现在，她不再对男人感兴趣，也不想嫁人。对她来说，这是掠夺。她只想成为阿米尔汗的女人，让他掠夺。

法罗赫拉高一心要将当选议员的念头付诸实施，迫不及待地等着工程结束，好邀请一些重要人物来。跟慕内丝商量的结果是，她的社会工作应该从赢得名声开始。慕内丝建议她写诗，在报纸和杂志上发表，积攒名声。法罗赫拉高很欣赏慕内丝的想法，整天琢磨着诗句。

---

① 临时小妾：伊朗什叶派教法许可“临时婚姻”，即在正式婚姻之外，男人可以娶一个临时小妾，以解决生理需求。“临时婚姻”在巴列维王朝时期被禁止，成为不合法。伊斯兰革命之后，因两伊战争导致伊朗青壮年大量死亡，为了解决大批年轻寡妇的生计问题，“临时婚姻”重新合法化。“临时婚姻”也成为西方媒体诟病伊朗现政权的关注点之一。作者本人对“临时婚姻”持赞成态度，在多次采访中表明自己的观点，同时认为“若男人滥用这一教法，那是另一回事”。

冬天来了，工程也竣工了。女人们各就各位。法罗赫拉高建了一个大宴会厅，装饰以靠垫、古珊[①]、吊灯、蜡烛、红酒、甜点和几本诗集。她又去书店多买了五十册诗集，整整齐齐码放在宴会厅里。她还买了大蜡烛，上面有飞蛾的图案，蜡烛点起来会真的像飞蛾扑火，让来宾们倾倒。她还吩咐地窖里装满红酒白酒，确保酒杯时刻能斟满。

接下来，她开始邀请客人。每个周五都会来很多客人，从早晨一直待到深夜。法罗赫拉高每个周五都要宰一只羊。屠夫给羊剥皮，把肉分作一块一块。慕内丝和法耶泽做饭，扎琳库洛赫在女宾们身边转悠，解决一些琐碎小事。这座房子在法罗赫拉高的朋友圈里声名远播，每个周五，大家都动身前来。法罗赫拉高从来不谈论马荷朵赫特之树。她遵照园丁的吩咐，等着树完全变绿。

十二月[②]，扎琳库洛赫不再到房子里来，成天待在园丁的小屋里。法罗赫拉高询问园丁。园丁回答说，扎琳库洛赫每天清晨都和他一起去采集露水来浇树。扎琳库洛赫还没有怀孕，乳房里没有乳汁。慕内丝从不能读出“善良的园丁”的思想，却请求允许她参与他们这项工作，园丁同意了。三个人整个十二月和正月[③]都在采集露水。她们把露水采集到大叶片里，交给园丁。园丁以一种只有他自己知道的方式——那是他的秘密——浇树。

树在正月中旬的时候开满花朵，还唱起了歌。伴着鸟儿们的鸣叫，园子里充满了树的歌声。法罗赫拉高着急要把树展示给来宾们，可是园丁不允许。他说：

——还不到时候。

事实上，法罗赫拉高自己也不被允许看树，心里难免嘀咕，但她总是竭力将嘀咕从心里赶走。她是那么需要园丁，乃至不得不对园丁言听计从。再说，她也在忙着写诗。现在，每个周五都有很多记者、诗人、画家、作家、摄影师

---

① 古珊（Kusan）：一种伊朗民族乐器。
② 伊朗阳历十二月相当于公历2月20日至3月20日。
③ 伊朗阳历正月相当于公历3月21日至4月20日。

来造访，可法罗赫拉高还没有写出诗歌来朗诵和获得掌声。慕内丝一有空闲就鼓励她，法耶泽则对此持悲观态度，只是因惧怕慕内丝而不敢动念头，除非确定慕内丝在远处而不能读出她的思想时，才会在脑海中反复琢磨这个问题。在她看来所有这一切都很愚蠢。在法耶泽看来，幻想做诗的过错应当归咎于圆脸的慕内丝。尽管她多才多艺，甚至能拉长她的脸，但无论如何她出生时是圆脸，本质上是简单而愚蠢的。

二月[①]来临，法罗赫拉高还没写出诗来。

一天早上十点钟，园子里突然人潮涌动。虽然每周都有人来，但是从没这么多过，足足有将近一百人，一下涌进园子。法罗赫拉高惊慌失措地抓差慕内丝和法耶泽，又不安地寻找扎琳库洛赫。她非常生气，这个趾高气扬的小女人，吃她锅里的饭，却在一边袖手旁观，还是在家里涌进一百个客人的这当口。她发疯似的叫园丁。园丁这时突然出现在人群中。

——嘿，园丁，快叫你女人来，给大家伙打个下手。大家伙都快忙死了。

园丁回答：

——帮不了忙，夫人。我女人昨天怀孕了。从现在起，九个月不能动窝，直到孩子生下来。

法罗赫拉高真的很生气。说：

——嘿，你这个男人！首先，你怎么知道你女人昨夜怀孕了？再说，你看看我，这么多客人，多遭罪？

园丁说：

——您别急。我现在就去让树唱歌。大家会安静下来，会忘掉饥饿，饭会给您省下来。从此以后，您没写出诗来，就别再邀请客人。这些人光来吃我们，又帮不上啥忙，有啥用呢？

园丁去了。树唱起歌来，客人安静了，静静地待在各自的角落。就这样，

---

① 伊朗阳历二月相当于公历 4 月 21 日至 5 月 21 日。

仿佛一滴水慢慢渗入大地，所有在场者都在那如同汪洋大海的一滴水中获得一个位置。水滴一大海，渗入大地深处，与泥土交融，用自己的成百万元素款待水和泥土，一场永无停歇的舞会开始了。那舞蹈，跳得那样急速，手脚有节奏地彼此拍击。舞蹈的精髓被吸收进根部，在树木的节奏和旋律中漫游。树的毛细血管就如同汇成绳索的细线，从天穹垂吊下来。慕内丝在法罗赫拉高耳边轻言细语："您看，围绕我们的，是另一重天空，一重又一重的天空，又一重，又一重……"

法罗赫拉高看见老姑娘闭着双眼，从眼皮后面凝望着天空。女人把右脚放在左脚上，莫名享受地看着宾客们，他们全都在惊讶地、无穷尽地追索着毛细血管的无穷无尽……那时，《绿色的幻想》[1] 开始了，绿色的雾霭笼罩了众人。大地和天空是一样的绿色，彩虹中的一种颜色战胜了其他颜色。在场者在雾霭中分散各处，被吸引，各自栖身于露珠的位置，从叶片的末端向下滴落。就这样直到夜晚。然后，树沉静下来。客人们寂静无语，没有任何声响，沉醉在树的声音中，离开了这所房子。

法罗赫拉高从那之后没有再邀请客人。她跟自己约定，没做出诗就绝不邀请客人。白天，她关上客厅的门，努力做诗。慕内丝大部分时间同园丁和他老婆在一起。扎琳库洛赫从怀孕起就不再说话，静静地坐在窗户边，望着河流。慕内丝和园丁每天清晨去收集露水，像滋养树一样，给扎琳库洛赫送去食物。扎琳库洛赫慢慢发生着改变，胖了起来，颜色也在变化，变成了水晶色，变得跟水晶一样。渐渐地，她身上的一切都透明可见。

慕内丝有时会站在她身后，透过她的身体观看河流。女人总是面向河流而坐，凝视潺潺的流水。

法耶泽则独自待在园子那边。不再有客人来品尝她的手艺，恭维她。法罗赫拉高从里面闩上了门，慕内丝总是不在，园丁的老婆消失了，园丁总是忙碌

---

①《绿色的幻想》：伊朗现代著名女诗人福露格·法罗赫扎德（1934—1967）一首诗的名字。

也没法说上话。法耶泽对孤独的忍耐到了极限。她有时会换上衣服，起身，幻想自己在德黑兰散步，想象着自己从阿米尔汗家前散步经过，偶尔碰见他，彼此点头打招呼。

夏末时分，法罗赫拉高在格律和韵律上有了进步。那是在六月[①]。最终，她在三个月之后走出了房间，走到水池边，在榻上坐下来。慕内丝正在小院子里浇水。法罗赫拉高叫她，想给她念诗。她说：

——当然，还谈不上是诗，亲爱的慕内丝。但是，我想，就这样坚持下去，两年之后，我会吟出一首真正的诗。

慕内丝坚持要她念，法罗赫拉高说：

——我跟你说，那真的不能说是诗，只是一种寻找格律和韵律的尝试罢了。

慕内丝依然坚持。法罗赫拉高脸上泛起红晕，激动而害羞地念起来：

你啊，没有方糖的糖罐；你啊，没有鞋匠的砧板；
你啊，没有笑声的笑容；你啊，没有画家的墙面；
你是天仙，你是公正，你是海岸深处的蛇；
你啊，婀娜多姿；你就像仙女所生；你的颦眉也灿烂；
你啊，没有翅膀和羽毛，也折断了腿脚；
你啊，从容地来，活得很平安；
你旅行了，你去了，你结果了，你却没看到；
你啊，是心灵之镜，可怜的我如蝙蝠般伤感；
能要求什么呢从这充满灾难的癫狂人之家？
能说什么呢对这没有灵魂没有躯体的人猿？
我心黯然，与忧伤的气氛不和谐，我挣扎；

① 伊朗阳历六月相当于公历 8 月 23 日至 9 月 22 日。

去死吧，你是我的心，请行慈善；

辉煌变成了暗淡的心，荒芜的寺庙多么悲凉；

想念友人，不舞蹈，除非是在他明亮的眼眸面前；

法罗赫拉高停下来，慕内丝没说话，看着脚前。法罗赫拉高不安地看着她。最后，她说：

——你在想什么呢？当然，我知道错误百出。但我从来没做过诗，这是我第一次尝试。

慕内丝说：

——你给我，我自己来念。你这样子我无法准确理解。

法罗赫拉高把纸给她。慕内丝郑重而认真地开始朗诵。法罗赫拉高的心沸腾起来。当然，她知道慕内丝并不懂诗歌，但不管怎样，她是个懂得人内心的人，有很多无法忽略的优点。法罗赫拉高不安地一会望着树一会望着水池的水。

最后，慕内丝发问了。她说：

——对不起，为什么你一开始就说没有方糖的糖罐？

法罗赫拉高正等着这个问题，微笑了一下，说：

——你看，我很关注什物，经常打量糖罐。如果你理解的话，糖罐如果没了方糖，看上去会很忧伤。

慕内丝点点头，说：

——当然，也许。但是，这没有鞋匠的砧板，有点奇怪。砧板好像是铁匠用的而不是鞋匠。

法罗赫拉高愣住了。她想说，不对，是鞋匠用的。不过，她自己也拿不准。她问：

——你确定吗？

慕内丝说：

——我也不知道，向真主发誓。但在我的记忆中，是铁匠用的。

法罗赫拉高问：

——那么，鞋匠用的是什么？

慕内丝想了一下。真是难为她有个好记性。可她就是没想起来。她说：

——我也不知道，向真主发誓。

法罗赫拉高说：

——真糟糕。现在，如果我把鞋匠换成铁匠，整个韵律就乱了。

慕内丝说：

——现在，如果您把它换成“铁匠”，也许并不算糟糕，因为有些韵词一样没有意义。比如“颦眉”与“灿烂”，还有“伤感”与“蝙蝠”“行慈善”，似乎都不准确。那么，您也许能把它们全都与“铁匠”协调起来。接下来还有，比如“海岸深处的蛇”。当然，有人会喜欢，但我不理解它的意思。还有“他明亮的眼眸”。

法罗赫拉高备受打击。慕内丝知道她脑海中的一座金色宫殿坍塌了，说：

——您别为了诗歌把自己整得浑身不舒服。现在，还有很多获得成功的途径。那个画家，就是上次来的那个，我读出了他的心思，他想要为您画一幅肖像，您可以让他去做这件事，给他一个好价钱，他一定会去做的。通过这条路，您可以与其他名人建立联系。不管怎么说，您与名人本来有联系，只需要再进一步。您说过您想进议会之类的话，他们会帮助您的。

法罗赫拉高不愿意自己的金色宫殿再被摧毁，开始琢磨慕内丝的建议。她说：

——我想从下周开始，重开宴会。我要通知莫斯布和阿赫玛德回来，这里需要佣工来启动这件事。

就这样。接下来的一周，客人们再次光临，亲朋好友们也踏进了园子。阿米尔汗来过两三次，为了看他的妹妹。他已经没有了发号施令的勇气，害怕女孩。他来时很谦恭，没带女人。法耶泽问：

——为什么没把你女人带来，阿米尔汗？

他说：

——她忙着呢，小姐。再说，她的心思也不在这些上。女人应该待在家里，是为家而创造的。

法耶泽说：

——我不喜欢家庭妇女，女人应该属于社会，应该帮助她的男人在社会中进步，不能整天待在厨房角落。比如，您打算在一个普通职员的位置上待到啥时候？应当提高，途径是与重要人物交往。现在，我在这里，认识了这么多重要人物，根本数都数不过来。你想去哪个部门，我只需动一下嘴皮就办到了。

阿米尔汗问：

——阿特尔奇扬先生你认识吗？就是上周在这里的那个，秃顶、矮个、红皮肤？

——当然。您是说抽鸦片的曼纳格比先生旁边那个？他常来这里。

阿米尔的眼睛亮了。每次同法耶泽说话，他都把话题引向阿特尔奇扬先生，好让女孩问他有什么事情。可法耶泽变聪明了，不会义务帮忙。

法罗赫拉高已在给那个画家做模特。画家除了周五之外，每个周二也来，给法罗赫拉高画像。他们说好了要办一个画展，展出法罗赫拉高各种各样的肖像画。他赚了很多钱，甚至可以为女人举办十个画展。慕内丝大多数时间待在园子尽头，帮园丁采集露水。莫斯布和阿赫玛德则操持厨房事务，除此之外没有需要女人干的事情了。冬天来临时，法罗赫拉高逐渐有了个念头，要把自己从女人的不幸[①]中解脱出来。她该着手做什么呢？秋天的第三个月，画展开幕了。她打算在德黑兰重新置办一套房子，夏天在卡拉季的园子里过，冬天在城里。因为有太多的女人来叨扰。

仲冬时节的一个晚上，园子通亮。慕内丝睡在窗边，睁开双眼，看见光

① 这里含有双重意思，一是指法罗赫拉高想从前来打搅的女人们中解脱出来；二是她想从自己身为女人的不幸中解脱出来。

亮，说："雪还在下。"她在黑暗中起身穿上衣服，走到园子尽头。雪很大，园子埋在了雪下面，光明笼罩了整个园子。看起来，世界起初就充满光明。[①]

扎琳库洛赫已经彻底变成了水晶色。光明中，她也是光明。

园丁坐在墙边补他的布鞋。慕内丝说：

——我们得帮助她。

园丁说：

——她自己会生，真正的女人自己会生的。

清晨，一朵莲花来到世间。园丁用双手捧住莲花，走到河边。他已经在河边挖了一个小小的水池，水池里的水已经结冰，园丁小心地将莲花放在冰面上。慕内丝说：

——这样子他会死的。

园丁说：

——不会，他自己会长出根来。

他们回到屋子里。女人静静地坐在床上，不再晶莹剔透，却已拥有两只充满奶水的乳房。园丁将她拥进怀里，抚摸她的头和头发，亲吻她的手，抚摸她的双脚。说：

——现在，我们应当去给树喂奶了。

他将一个罐子递到女人手上，女人把奶挤在罐子里。奶汁装满了罐子。园丁说：

——现在，睡吧，好好地睡一觉。

他拿起罐子，与慕内丝一起来到树跟前，说：

——结冰了，这对她来说是好事。她在冬眠。到了春天，她会变作一棵你从没见过的树。

园丁一滴一滴地将奶汁浇在树的根部，直到太阳出来才回自己的房间。

---

① 在《古兰经》中，光明是真主的第一创造物。

慕内丝从枯树林向房子走去。她是死过两次的人，任何事她都见怪不怪。走到半途，她将头靠到一棵树上，说：

——我需要帮助。

她在心里嫉妒妓女。妓女很轻易什么都得到了，似乎化身光明只需要轻松笑一笑。慕内丝不知道其中的奥秘，问：

——我该怎样做才能变作光明啊？

没有回答。

她身上没有变树的迹象。当然，她本质上不是一棵树，也不是生育者。她知道自己在腐烂，也在静候着腐烂。她知道，导致光明感觉的东西是爱情，可她从没经历过爱情，她曾为此陷入惊慌。然而爱情是大洋，遥远的大洋，远在天边也近在咫尺。她知道，如果用指尖虔诚地抚摸一下树粗糙的皮肤，爱情就会到来。然而，总是，总是在抚摸前，树粗糙的感觉就会传来。她一直懂得树的粗糙，一直懂得人身上的卑贱。她自己少了卑贱，但懂得卑贱。她没学会，但是她懂。[①]

在卡拉季的荒郊，她认识了纵欲。不幸的是，在认识之前，她已经懂得欲望。问题就在于，她什么都懂，甚至在脑海中赶走过怀孕的恐惧，她将害怕当作调味品，害怕这种经历，害怕名誉受损，害怕变得卑贱。她曾许愿能留在中等人中间，而不用去真正领会中等人的奥秘。她没有领会到贫穷之意境，因此也从来不是一个拥有者和富有者。[②] 她不喜欢蚯蚓，也不曾在干枯的树叶面前表达谦卑，不曾用呢喃的声音做过祈祷。没有登过山，没有见过破晓，从来没

① 这段话具有深厚的苏菲神秘主义内涵。简单说，苏菲神秘主义认为，人只有把自己置于最卑贱的地位，在卑贱中磨砺自己，觉悟爱的真谛，才能获得光明。小说中，妓女扎琳库洛赫做到了，而慕内丝却无法做到，她无法把自己放在一个最卑贱的地位，也从来没有体会过爱的滋味，因此她无法获得光明。她懂得这一切道理，但就是做不到。因此，她期待着“腐烂”。置之死地而后生。下面一段的意思也同样如此。

② 这段话也是讲慕内丝始终无法把自己置于最卑贱的地位，只愿意做一个中等人，因此永远不会成为精神上的拥有者和富有者。

有从晚到早用最高的礼仪凝视。她将泥土与沙砾视作同类，却在天空与大地之间搁置差异，因此她没有看见过大地的天空，也没有看见过天空的大地。[①] 视力愿意腐烂，已经腐烂。她想："好吧，我该做什么？我能做什么，以我渺小的觉悟，如何经过这些？"

法罗赫拉高从睡梦中醒来，穿着羊毛长衣站到屋子前。她看见了慕内丝，说：

——整个房子都冻冰了，是你没关上门？

慕内丝说：

——真是对不起。

她知道，法罗赫拉高希望她们离开。她说：

——您看，在您看来，以我这渺小的能知，能做什么？

——什么能知？

——就是那些渺小的能知，比如您希望我们离开。为什么我该知道这些呢？

法罗赫拉高耸了耸肩。她学过如何与女人打交道，而今也不再对慕内丝能读出思想大惊小怪。她知道，这非常微不足道，这女人单纯得甚至不会利用这点能知，却只会折磨自己。她说：

——今天我要搬去城里，我租了一套房子。你们可以待到你们想待的任何时候。夏天我再回来。你去把钥匙交给园丁，让他送我走。

---

① 这段话也是在讲慕内丝只是一个中等人，缺少一种高远的眼光，不懂得天空与大地浑然一体，只能目光短浅地看到泥土与沙砾没有什么差异。她看见她愿意腐烂，已经腐烂，她愿意自己能获得一种"置之死地而后生"般的超越，但她中等人的资质使她无法做到。

11. 马荷朵赫特

秋天时，马荷朵赫特把自己种在了河边。整个秋天她一直在呻吟，双脚在泥土里慢慢结了冰，衣服被冰冷的秋雨撕裂成片，赤身裸体只剩一条内裤。起初，她浑身发抖，等冬天来临。到了冬天，她结成了冰人，只有双眼睁着，所有的时间都在望着河水。河水还在流。

春天，第一场暴雨，破解了她身上的冰。她知道自己的手指在长出小小的新芽，脚趾头在长出根须。整个春天她都在听根须生长的声音。根须从大地获得了力量，传导到她体内。她日夜倾听着根须生长的声音。

夏天，她看见河水发绿。

秋天，冷了，她却不再呻吟。根须也停止了运动，暂停了生长。

冬天，她被露水滋养。她结了冰，但她看着水，绿色的水。

春天，她整个身子又发出了芽。一个不错的春天。她学会了河水的歌谣，唱着河水的歌谣，心脏渐渐溢满快乐。她把快乐的感觉传给幼芽。叶片变得更绿了，越来越绿。

夏天，河水成了蓝色的。她看见了鱼。

秋天，寒来。天空是蓝色的。她的心脏，当然，溢满了快乐。心脏，获得了树的本性，容纳下所有的东西。

仲冬，因为人乳的滋养，她有一种要爆炸的感觉。春天还没来，她身上的冰已开始溶解，浑身疼痛，全身充满爆炸的感觉。她凝视着河水。河水已经不再畅流，而是一滴一滴地密集细流。马荷朵赫特浑身疼痛。马荷朵赫特渗透到河水中，在体内能辨析每一滴水和每一粒尘埃的心跳。她被人乳滋养了三个月。仲春，树的爆炸在她身上达到高潮。爆炸并不突然。虽是爆炸，但很缓慢，仿佛她所有的毛细血管都想要彼此分裂。毛细血管呻吟着慢慢彼此分裂。

在一个永恒的瞬间，马荷朵赫特分裂了。她浑身疼痛，有一种生产的感觉。浑身疼痛，她的双眼从眼眶里凸出来。河水已经连水滴也没有了。尘埃是那样精致，马荷朵赫特看见了。伴着精致，河水从中绽开。

最后，结束。整个树结满了种子。一座山的种子。

风刮来。大风刮来，把马荷朵赫特的种子带到河水里。

马荷朵赫特随着河水一起旅行。在河水中旅行。成为世界的客人。走遍了全世界。

12. 法耶泽

ઋ

秋天的城里空气很清新，十一点左右在大街上步行会很惬意。秋天的大多数日子，十一点钟左右，法耶泽与阿米尔汗漫步在城市的大街小巷。每个早晨，法耶泽都会从卡拉季过来，女人和男人在“12 月 24”广场会面。男人抱怨他的妻子，女人则耐心倾听。那女人心高气傲，不会做饭，甚至连刚出生的孩子也不能好好照料。

法耶泽替阿米尔汗难过，开导他，也替他心焦。

仲秋，阿米尔汗因反复旷工而被其所在的部门罚扣 15 日薪水，他非常郁闷，把他同女人的约会时间改到了下午五点钟。

女孩每天下午从卡拉季来，在“12 月 24”广场见阿米尔汗。他们聊天，或去电影院，或去烤肉馆吃晚餐。不可能长此下去，生活真的让人疲惫不堪。再说，他们的话也说完了。一天，阿米尔汗说：

——当然，我这样说也许不太好，但是你每天从卡拉季来回，这样不好。我很担心你会出事。女人孤零零地一个人在卡拉季的路上走来走去，这样不好。

法耶泽问：

——照你看来，我该怎么办？

阿米尔汗说：

——你就回德黑兰生活吧。

——在谁家呢?

——你回来跟着你奶奶。

——难道她还会让我进门吗?她不明白我们的生活是怎样的,一定会以为有什么灾难降临到我头上,会更加愁眉苦脸的。

阿米尔汗说:

——或许我给你弄一间房子更好。

法耶泽说:

——阿米尔汗,你知羞吧。也许你认为我是那种可以做这种事的女孩。

阿米尔汗说:

——那么,我娶临时小妾,就不再会有啥问题了。

法耶泽很不喜欢"临时小妾"一词,但也没说什么。

一天下午,他们去了公证所,办临时小妾登记。公证员说我们不办临时小妾登记,只办婚姻登记。他们就办了婚姻登记。秘密婚姻[①],以便阿米尔汗的妻子慢慢接受他的新女人。晚上,他们去了一家小宾馆,开了一间房。

新婚之夜后的早晨,阿米尔汗沮丧地从睡梦中起来,徒劳地在手绢上找着什么。女孩不动声色。阿米尔汗也没有问,只是走到窗子跟前,呆望着巷子。他深深抱怨自己的命不好,但不知道该向谁诉说。法耶泽说:

——我们得回去找一间小房子。

阿米尔汗说:

——你稍稍忍耐一下,我会带你去我家。

法耶泽说:

——求真主让我死吧,你这样想?我同她一起生活?绝不可能。

---

① 按照伊斯兰教教法,男人可以娶四个妻子,但伊朗的宪法对此教法作了种种补充规定,其中之一即是:男人再娶必须得到第一个妻子的许可。小说这里,阿米尔汗并没有得到他第一个妻子的许可,因而他与法耶兹的婚姻只能是秘密婚姻。

法耶泽开始找房子，在醴泉大街上找到一间小阁楼。阿米尔汗则去找工作，在一家贸易行找到了工作，好挣出他新房子的费用。他还寄希望于法耶泽把他介绍给阿特尔奇扬先生。

他们的生活不好也不坏。过日子。

13. 慕内丝

慕内丝三个月来一直在帮助园丁，用扎琳库洛赫的乳汁滋养树。春天的第二个月，树绽放了。一天早上，他们看见整个树结满了种子。风刮来，将种子带给河水。园丁说：

——慕内丝，她还需要一段时间，你去做你的人吧。

慕内丝问：

——我想变作光明，人如何才能变作光明？

园丁说：

——直到人们懂得黑暗之意境的那一天。你不理解一元的道理，跟所有的中等人一样。我跟你说，你去弄明白黑暗之意境，这是根本。单向的变化不会让你成为光明。你看看你的朋友，她想变作一棵树就成了，心想事成，但遗憾的是没有成为人，而成为了树。现在，她可以从头开始行走，再过亿万年，慢慢再变作人。现在，我跟你说去寻找黑暗，去寻找黑暗之门，从起点走向深处，走向深渊，当你抵达深渊之深渊，就在那终点，就在你的双手之间，就在你自己的身边，你会找到光明。那就是做人。去做人吧！

慕内丝眨眼之间旋转起来，飞向了天空，风带走了她的黑暗。不过一瞬间就到了荒野，无垠的荒野。

然后，过了七个年头，过了七片荒野，她历尽磨难，因疲惫而停歇下来，不复有任何愿望。这就是她的所有。

七年之后，她到达城市。她沐浴，穿上洁净的衣服，去当了一名普通的学校教师。

14. 法罗赫拉高·萨德尔迪旺·古尔切赫勒

ϰ

法罗赫拉高整个冬天都待在城里，在她租来的房子里。画家基本都待在她家里，25岁的年纪，对绘画有着满世界的幻想。他把自己所有的幻想都向法罗赫拉高倾诉。到了秋天，他们举办了画展，展出法罗赫拉高各种各样的肖像。开幕的那天晚上非常热闹。全都来了，全都称赞，全都说好。第二天，画展就冷清了。

年轻的画家丢了魂。整个冬天，法罗赫拉高把自己的时间都用来安慰画家。春天开始的时候，她已经对画家的哭泣和抱怨厌倦了，给了他一笔钱，让他去巴黎，跟着大师们学画。

随着画家的离去，她独自在家待了几天，耐心到了尽头。她想回园子，又没有对付女人们的耐心。

马里赫依先生来看她，他是法贺洛丁·阿佐德的老朋友，知道她与法贺洛丁之间的往事。他们就那样一天又一天地坐在一起说话聊天。马里赫依先生对女人很尊敬，看到她有很高的天赋，只是没有找到正确的途径。他提议他们结婚，以便通往社会的进阶之路向法罗赫拉高打开。法罗赫拉高接受了。两人携手共进。马里赫依进了议会，法罗赫拉高则致力于救助贫困者。马里赫依获得了奖章，法罗赫拉高则成为救济院的名誉院长。马里赫依做了外派欧洲的官员，法罗赫拉高随同他而去。

他们之间的关系还好，不冷也不热。

15. 扎琳库洛赫

扎琳库洛赫同善良的园丁结婚了，怀孕了，生下一朵莲花。她很爱她的孩子。孩子在河边的小水池里长大。

夏季里的一天，她丈夫说：

——扎琳库洛赫，我们该去旅行了。

扎琳库洛赫打扫了房子，卷起了铺盖，打好了包袱。她丈夫说：

——扎琳库洛赫，我们不需要衣服，放下你的包袱。

女人很顺从，放下了她的包袱。她拉住丈夫的手，一起走去，坐在莲花上。莲花用自己的花瓣围绕住他们。

他们化作青烟，飘向了天空。

1357（1978）年夏，巴黎

再次修改于1368（1989）年春，德黑兰

译自伊朗诺格勒出版社1989年第一版（Intishārāt-i Nuqra，1368）

附录：伊朗女性小说写作发展进程

穆宏燕
（北京外国语大学亚非学院教授）

一、伊朗20世纪女性解放运动概况

伊朗立宪运动（1905—1911）是伊朗现代史的开端，它既是一场政治运动，也是一场思想文化的解放运动。对于伊朗妇女来说，立宪运动更是一场妇女解放运动。在这场运动中，两千多年来深居简出的伊朗妇女第一次走出家门，走向社会，与男人一样奋不顾身地投身其中，积极参加游行示威活动，既为支持男人们的政治愿望，也为争取自身的解放。"然而，男人们为之奋斗的自由与妇女们为之努力争取的自由的差别是多么的大。男人们为了民主、言论自由、选举权等而投身立宪运动，而妇女们渴望的自由是学习的自由，以使自己能够读书写字，能够在社会中发表自己的观点和看法，而不仅仅是烹饪和照看孩子。"[①] 立宪运动中涌现出一批妇女积极分子，随后在德黑兰陆续建立了几十所女子学校，帮助妇女进行文化扫盲。另一方面，立宪运动中知识文化界的精英知识分子们积极支持妇女解放运动，他们在报刊上发表大量文章，积极倡

① Zinab Yazdānī, *Zanān dar Shi'r-i-Fārsī*, Intishārāt-i-Firdows, Tehran, Iran, 1378, p. 118.（泽纳布·亚兹当尼：《波斯诗歌中的女性》，菲尔多斯出版社，1999年，第118页。）

导妇女解放，捍卫妇女的权益。虽然宪法最终未能赋予妇女选举权和被选举权，但通过这些有识之士的不懈努力，伊朗男权社会最终基本上认可了妇女半日工作和学习的权利。就这半日的权利也给伊朗妇女的社会地位带来了巨大的变化。大量的妇女，尤其是年轻妇女走出家门，进入半日制女子学校学习。文化知识使越来越多的妇女解放了思想，提高了认识，打开了视野，接受了现代教育的伊朗女性开始逐渐在社会生活的各个方面发挥作用。“戴面纱的伊朗妇女没有太多的政治社会经验，然而她们一个晚上走完了一百年的历程，开始从事教学、撰稿、成立妇女组织和政治斗争等工作。经过几年的努力，取得了西方妇女几十年甚至一个世纪的努力才取得的成果。”①

立宪运动之后，伊朗的妇女解放运动仍持续发展。首要原因是社会主义思潮在伊朗的迅速传播促进了妇女解放运动。社会主义主张“实现男女平权”②，伊朗人民党（共产党）建立后，将妇女解放问题作为自己的工作重心之一，“对于妇女，要为她们谋求政治权利，帮助贫穷母亲，实现男女同工同酬。”③ 人民党各级领导人的妻子或姐妹们成为了当时妇女解放运动的领导力量，“尽管妇女党员人数不到人民党党员总数的百分之三、四，但人民党是伊朗唯一持续不断地动员妇女力量，并且全力以赴地为妇女的权利而斗争的政党。”④ 人民党及其妇女组织为全面争取妇女的政治和社会权利，为伊朗妇女获得尽可能多的解放，做出了极大的努力。社会主义思潮在相当长的一段时间内在伊朗广为传播，并一度控制过伊朗的思想文化领域，女性解放思潮也随之得到相当程度的发展。

---

① Zanat Āfarin, *Sāzmān-i-Nīm Zirzaminī Zanān Dar Mashrūtiyat*, Intishārāt-i-Zazān, Tehran, Iran, 1377, p. 7.（让纳特·阿法里：《立宪运动中的妇女半秘密组织》，德黑兰妇女出版社，1998 年，第 7 页。）

②《马克思、恩格斯、列宁、斯大林论妇女》，中国妇女出版社，1987 年，第 197 页。

③ Yervand Aburāhmiyān, *Iran: Bīn-i-Du Inqlāb-Az tā Islāmi*, Intishārāt-i-Markaz, Tehran, Iran, 1378, p. 256.（叶尔万德·阿布罗哈米扬：《两次革命之间的伊朗——从立宪运动到伊斯兰革命》，德黑兰：玛尔卡兹出版社，1999 年，第 256 页。）

④《两次革命之间的伊朗——从立宪运动到伊斯兰革命》，第 305 页。

另一个重要原因是巴列维王朝两代国王在社会经济方面实行的改革措施促进了女性解放思潮的深入发展。1925年建立巴列维王朝之后，礼萨王在经济和社会生活方面推行大力度的现代化改革和世俗改革。在解放妇女方面，礼萨王全面肯定了妇女受教育和工作的权利，使妇女可以全日制学习和工作，职业妇女开始大量走进学校、医院、机关等工作岗位；礼萨王还建立师范学院，使伊朗妇女能够享受高等教育；礼萨王还废除了妇女戴面纱和头巾的习俗，要求着装西化；礼萨王还对伊斯兰教所规定的男人可以娶四个妻子的教规做了种种补充规定和限制，使男人要娶多个妻子成为困难之事，使一夫一妻制逐渐为社会所普遍接受。礼萨王采取的这些改革措施，使20世纪伊朗妇女的解放走在伊斯兰世界的前列。第二代巴列维国王采取全面西化的改革方式，意图让伊朗进入西方国家行列。在解放妇女方面，巴列维国王将其父亲的改革进一步推向深入，将妇女的各项权益法律化，1970年代伊朗的女大学生几乎相当于男生的1/5。[①] 妇女各项权益的法律化有效地削弱了教法对妇女的种种制约，这对妇女解放具有非常重大的意义。这些措施使20世纪后半叶伊朗妇女的社会地位发生了天翻地覆的变化，尽管在广大的农村地区，伊朗妇女的状况还比较落后，但在城市中，男女在政治和社会权利上的平等为人们普遍赞同。在巴列维王朝时期，“伊朗妇女是中东地区解放程度最高的”[②]。伊朗妇女获得的解放，应当说并非巴列维王朝的两代国王的个人行为所致，而是多方面的综合因素使得两代巴列维国王及其政府对妇女解放持支持和肯定的态度。伊朗妇女从19世纪末开始，通过一代又一代妇女的不懈努力和斗争，加上政府的支持，使女性解放思潮成为20世纪后半期伊朗整个社会中针对妇女问题的主流思潮，并使男女在政治和社会权利上的平等观念深入人心。

1979年，伊朗爆发伊斯兰革命，推翻了巴列维王朝，建立伊朗伊斯兰共和

① 王新中、冀开运：《中东国家通史——伊朗卷》，商务印书馆，2002年，第319—320页。
② 阿什拉芙·巴列维：《伊朗公主回忆录》，许博译，新华出版社，1984年，第196页。

国，开始了伊朗历史的新篇章。革命之后，妇女虽然在着装方面被要求伊斯兰化，从教法角度对妇女多了一些限制和约束，但妇女的各项政治和社会权利依然被肯定。现在，很多人对伊朗伊斯兰革命之后的妇女状况的认识存在较大误区。笔者认为，尽管伊朗妇女的解放还有很漫长的道路需要走（其实就整个世界妇女的解放状况而言，又何尝不是一条漫漫长路），伊朗妇女所获得的解放是比较实质性的，着装只是一个外在方面。然而，我们也应当看到这种实质性的解放仍然是一种初步的解放，它主要体现为为女性争取具体的政治权利和社会权利，但尚未从整个社会的思想意识中根除男尊女卑的观念，实现女人与男人在“人”的意义上的平等。这也是目前大多数国家尤其是第三世界发展中国家的妇女解放的普遍状况。

伊朗伊斯兰革命之后的文学状况，由于种种原因，中国读者了解不多，而伊朗的妇女权益状况更是国际舆论关注的焦点。然而，值得深思的一个现象是，在巴列维王朝统治时期（1925—1979），杰出的女作家并不多，除了西敏·达内希瓦尔之外，很难找到第二个能与之比肩的女作家。然而，在伊斯兰革命之后，涌现出一批优秀的女作家。这批女作家大都是 1950 年前后出生，几乎都是伊斯兰革命之后在文坛上崭露头角，获得声名。革命之后，伊朗妇女权益状况在某些地方的确发生了一些改变，加之国际舆论的关注，似乎在一定程度上促使女作家们主动在自己的作品中对此进行探讨，从而使伊朗女性小说在思想倾向方面实际上超越了伊朗社会女性的现状。

二、男权思维框架内的女性小说写作

西敏·达内希瓦尔（1921—2012），伊朗 20 世纪最杰出的女作家，出身于知识分子家庭。西敏从小就读于设拉子当地的英国学校，接受的是西式教育，成绩优异，毕业终考摘得全伊朗状元，进入德黑兰大学学习，并最终获得德黑兰大学波斯文学博士学位。1948 年初，西敏·达内希瓦尔的短篇小说集《熄灭的火焰》出版，这是伊朗现代第一位女性作家出版自己的小说集，标志了伊朗女性小说写作的崛起。

1961 年，西敏·达内希瓦尔第二本小说集《天堂般的城市》出版，赢得广泛赞誉，其中短篇小说《天堂般的城市》是伊朗现代小说的经典篇章。在该小说中，作家以细腻的笔触、简洁流畅的语言描写了黑人女仆梅赫朗基兹凄婉的一生，整个故事可谓希望与绝望的交响曲。真正奠定西敏·达内希瓦尔在伊朗文坛崇高地位的是其 1969 年出版的长篇小说《萨巫颂》，该小说被誉为伊朗现代小说中最优秀的作品之一。小说以 1941 年盟军为开辟一条从波斯湾到苏联的运输通道而出兵占领伊朗为时代背景，描写了一位逆来顺受的普通伊朗女性扎丽的觉醒过程，以扎丽的丈夫优素福宁折不弯的精神和行动为衬托，反映了伊朗因盟军的占领而引发的民族冲突和社会矛盾。小说把世界反法西斯战争的需要与伊朗的民族尊严之间的对立冲突糅合在一起，显示出作者前所未有的思想深度和力度，反映出作者内心对国家民族命运的深切关注，对救国救民之路的主动探索。这种关注与探索，纠结着深深的彷徨与迷惘，成为西敏·达内希瓦尔作品的主旋律。

1993 年，著名的“彷徨三部曲”第一部《彷徨之岛》问世，引起巨大反响。2001 年，“彷徨三部曲”第二部《彷徨的赶驼人》出版。之后，西敏·达内希瓦尔以耄耋高龄埋头于“彷徨三部曲”第三部《彷徨之山》的创作，直至去世。西敏·达内希瓦尔的《萨巫颂》与“彷徨三部曲”旨在对伊朗知识分子阶层从 1941 年以来的三次寻路历程进行反思。《萨巫颂》是“寻路”的序曲，在各种政治力量的较量中，男主人公优素福认为主张社会主义的革命者们“至少给人们提供了一种重要经验的可能性”[①]。《彷徨之岛》以年轻女画家哈斯提与主张社会主义救国的革命者莫拉德和主张传统宗教文化救国的青年萨里姆之间的情感纠葛为主线，对伊朗社会主义运动进行了深刻的反思。小说以莫拉德

① 西敏·达内希瓦尔：《萨巫颂》，穆宏燕译，重庆出版社，2012 年，第 147 页。

带着对哈斯提和萨里姆的真诚祝福踏上继续革命之路为结尾。《彷徨的赶驼人》讲的是莫拉德牺牲了，萨里姆也未能与哈斯提终成眷属，而是娶了另一个他并不喜欢的女子，主张传统宗教文化救国的萨里姆陷入新的彷徨迷惘中。在西敏·达内希瓦尔看来，伊朗的知识分子一直处在彷徨迷惘中。但是，西敏·达内希瓦尔并未对任何一种道路选择本身进行是非曲直的价值评判，而是着眼于彷徨迷惘的寻路历程中寻路者们的精神魅力，令读者可歌可泣，可叹可感，可思可想。无疑，这正是西敏·达内希瓦尔的深刻之处，也是其睿智之处。

西敏·达内希瓦尔的作品基本上都是以女性作为故事主人公（当然故事中也有男主角），但是其作品中的女性，一是传统女性，完全生活在男权制的樊篱中，比如《天堂般的城市》中的数名女性，根本没有女性的自主意识；二是知识女性，比如《萨巫颂》中的扎丽，受过良好的教育，会讲一口流利的英语，但依然难逃男权制的樊篱，以相夫教子作为自己的生活目的。但是，因为是知识女性，又对女性的自我价值有所意识，当她看到水工在庄园里用脚不停地蹬水车时，反思："我的整个生活也就是这样度过的。每天，我都坐在水井车后面，蹬着生活的水车，把水浇在花丛的根部……"[①] 同样，在《彷徨之岛》最后，经历了政治斗争与爱情挫折的知识女性哈斯提梦见自己被"囚禁在七重枷锁的房间内，禁锢在牢笼的最底层"[②]。然而，作者将女性价值的自我实现体现在投身于关乎国家民族命运的运动中。《萨巫颂》最后，扎丽改变了过去的那种逆来顺受的懦弱，投身于与军警的对立冲突中，焕发出一种抗争精神。对女性自我价值的这种高大上的认知，在"彷徨三部曲"中更加显著，这无疑与西敏·达内希瓦尔自己的人生经历密切相关。对国家民族命运的关注，当然是一种崇高的精神，可歌可泣，这也是一个国家一个民族中个体的人的道德情怀，无关乎男女性别，因而不是对女性自身价值的关注。因为，女性自我价值

---

① 《萨巫颂》，第 141 页。

② Sīmīn Dānishvar, Jazīra-yi-Sargardānī, Intishārāt-i-Khārazimī, Tehran, Iran, 1372, p. 326.（西敏·达内希瓦尔：《彷徨之岛》，德黑兰：花剌子米出版社，1993 年，第 326 页。）

是一个性别范畴，而国家民族命运是一个政治范畴。因此，从这个角度来说，西敏·达内希瓦尔的小说缺少对女性自我价值的关注。

噶扎勒·阿里扎德（1948—1996）的成名正好是在伊朗伊斯兰革命前后，因此成为伊朗现当代女性小说承前启后的一位代表性作家。革命时期的特定氛围使其作品富含宗教情感质素。其小说集《无法逾越的旅行》（1977）中的同名小说描写一群浪漫主义者为了抵达一个崭新而奇异的环境而踏上陌生的旅途，在绝望的激动不安中寻找心中的神圣城市。旅途结束时，他们并没有实现自己的梦想，只好开启一段无法逾越的旅行，前往另一个世界。故事没有明确的时间地点，但从中不难读出对革命的好奇、向往与疑惑。伊斯兰革命之后，噶扎勒·阿里扎德出版了其代表作《两道风景》（1984），小说从神秘主义的视角揭示了投身于伊斯兰革命中的人的心理动机。主人公麦赫迪·奥特非从小到大生活在偏远小城镇，当他进入大城市上大学，依然是战战兢兢，谨小慎微。爱情给他的精神带来了奇妙的改变，他与塔丽埃相爱结婚。新娘却在新婚之夜讲述她过往的爱情，一个名叫巴赫曼的小伙子，此刻已移居欧洲某城市。妻子在生活中处处以巴赫曼的标准来要求奥特非，使奥特非一直处在巴赫曼完美形象的阴影中，感到十分的无助。随着女儿玛利亚的出世，妻子的心稍稍从梦想中回归于现实。在令人筋疲力尽的生活挣扎中，奥特非苦苦寻求精神力量的支撑，为此耗尽青春岁月。一天，奥特非在朋友的办公室里遇见一个名叫塔瓦索利的人，他给奥特非讲述自己的往事。奥特非发现，眼前的这个酒鬼就是巴赫曼，奥特非心中关于巴赫曼的美好形象轰然坍塌。女儿玛利亚因参与政治活动被捕，之后屈节背叛，奥特非的精神世界再次坍塌。这时，伊斯兰革命的洪流滚滚而来，又老又病的奥特菲在虚度一生之后，决定投身革命，他与年轻人一道参加游行示威，呼喊口号，感到自己重新焕发了生机。这是一部契合伊斯兰革命主旋律的小说，但作者的高明在于没有将之写成一部政治意识形态的小说，而是与伊朗传统的神秘主义文化密切结合，以伊朗的传统文化底蕴衬托主人公的精神探索，参与革命就如同一种神秘主义的体验，可以改变一个人的精神面貌，让人重新焕发活力。

西敏·达内西瓦尔接受的是西式教育，可以说是伊朗20世纪妇女解放运动与西方接触的第一批受益者；噶扎勒·阿里扎德受过系统化的高等教育，可以说是伊朗巴列维王朝倡导妇女解放以来的直接受益者。良好的教育使她们的小说写作一开始就表现了良好的文学修养和语言造诣，但或许正是她们所受的教育使她们更加关注国家民族的命运，将个人命运与家国政治密切关联，而不是关注女性的自我价值。倘若说在西敏·达内西瓦尔的小说中尚能见到些许女性朦胧的自我意识，那么噶扎勒·阿里扎德基本上是从伊朗男性文化人的价值体系去看待事物，小说中所表现出来的思想观念完全是男性化的，并且显得极其成熟，仿佛是一位传统的智慧长者在对人们谆谆教诲。

三、对男权制社会的反抗

沙赫尔努希·帕尔西普尔（1946— ）是伊朗当代享有盛誉的一位女作家，其作品翻译成了多种外语，在美国召开的第18届世界女性研究大会上被选为年度女性。帕尔西普尔在法国巴黎苏尔本大学获中国语言文化系本科文凭，与中国有缘。帕尔西普尔16岁开始在各种刊物上发表作品，1974年出版第一部长篇小说《狗与漫长的冬季》。同年，因参加抗议巴列维政权对作家们的政治迫害而被捕入狱，被关押了54天。1981年，尽管她没有参加任何政治组织，但因随身携带违禁出版物而被捕，入狱四年。出狱之后，靠开书店谋生，同时从事文学创作和翻译。1989年，出版长篇小说《没有男人的女人们》，受到“异端审判委员会”的传唤审判，最终被判监禁。出狱之后，帕尔西普尔移居美国。在很多反响很大的访谈中，帕尔西普尔对临时婚姻①持赞成态度，

① 临时婚姻：伊朗什叶派的一种特殊婚姻法。男子可以在自己的原配妻子之外，另娶一个临时小妾，婚姻存续时间的长短事先约定，双方只要履行相关教法程序即为合法，男方按时间的长短支付女方相应的聘金。该婚姻法在巴列维王朝时期被废除，伊斯兰革命之后重新恢复。

同时认为如果男人滥用这一教法，则是另一个问题，应分别讨论对待。帕尔西普尔出版有小说集：《水晶吊坠》（1977）、《自由的体验》（1978）、长篇小说《图芭与夜晚的意义》（1988）、《没有男人的女人们》（1989）、《蓝色理智》（1992）、《树灵的简单小奇遇》（1998）、《喜娃》（1999）、《御风而行》（2002）等。其中，《没有男人的女人们》和《图芭与夜晚的意义》是她影响最大的两部长篇小说，前者创作在前，出版在后。因此，从作家创作时的心路历程来看，我们先讨论前者。

《没有男人的女人们》是一部非常优秀的作品，堪称反映伊朗妇女权益的代表作，翻译成了瑞典语、荷兰语、法语、意大利语、西班牙语、英语。小说还被改编成同名电影，获得第66届威尼斯电影节银狮奖。小说以1953年夏天伊朗石油国有化群众示威游行为背景，讲述了动荡不安的局势中五个不同年龄段女人的人生经历：马荷朵赫特、法耶泽、慕内丝、扎琳库洛赫、法罗赫拉高。前三人是未婚处女，20多岁，在人们眼中是嫁不出去的老姑娘。随着故事发展，这五个女人不约而同地聚齐在德黑兰郊区县卡拉季法罗赫拉高家中。

马荷朵赫特是一位年轻女教师，性对她来说是禁忌，是野兽行为。马荷朵赫特在卡拉季自己兄长的园子中度暑假，一天无意中撞见家里15岁的女仆法媞与已经谢顶的园丁在花房里做爱，她恶心得吐了。马荷朵赫特要保护自己的处女之身如树一样碧绿长青，决定把自己种在园子中，变作一棵树，自行长出花蕊，借助风之手（即无性繁殖），飘向世界。

法耶泽与慕内丝是好朋友，法耶泽一直暗恋慕内丝的哥哥阿米尔汗，但阿米尔汗是个思想保守且家长制作风的男人。法耶泽看过一些性启蒙的书籍，便向慕内丝炫耀自己的性知识。慕内丝尽管比法耶泽大十岁，却很闭塞，对性一无所知，第一次从法耶兹那里听到处女性不在处女膜这样的“高论”。之后，她在一家书店买到一本名为《探索性的奥秘或如何认识自己的身体》的书，读后深为震动。她整整一个月置身于大街上的群众游行示威队伍，思索女性自身的价值。一个月后，慕内丝回到家中，哥哥阿米尔汗却大骂她“无耻，丢尽了脸"，"一个女孩失踪一个月就意味着她已经死了"[①]，并用皮带抽打她。盛怒之下，阿米尔汗甚至把水果刀捅进了慕内丝的身体，之后把她埋在了自家后院里。法耶兹来找阿米尔汗，听见了慕内丝在地下的声音！慕内丝重新活过来后，变得坚强不屈。慕内丝和法耶泽决定逃出德黑兰，她俩拦车前往卡拉季，却被司机和他的学徒强奸。这里，作者将悲剧当作滑稽剧来写："事情也就不过一刻钟。司机和他的学徒就像在树那边撒了一泡尿，从容地站起身来。"[②] 更具有讽刺意味的是车上还有一个搭车的男乘客在打瞌睡，迷迷糊糊中问："发生了什么事儿？"司机说："我们在灌溉土地。"[③]

扎琳库洛赫是一个26岁的水灵妓女，每天络绎不绝的嫖客、繁重的身心压力、妓院老鸨的威逼，让她精神处于崩溃的边缘，所有她接待的嫖客在她眼里都成了没有脑袋的人，却又不敢对人说出自己的这种幻觉。一天，一个15岁的小姑娘被卖到了这家妓院，扎琳库洛赫大着胆子对这个小姑娘说出了自己的幻觉，小姑娘天真地说："他们本来就没有脑袋啊。"扎琳库洛赫说："如果他们真的没有脑袋，别的女人们也该一样看到啊。"小姑娘说："也许她们都看见了，只是像你一样不敢说出来罢了。"[④] 这是一段十分巧妙的对话。小姑娘的话把扎琳库洛赫从疯癫的边缘拉回来，她到澡堂去沐浴做净礼，想通过洗涤来获得身体的纯洁。然后，她一个人在圣陵旁默默地哭泣，哭尽自己一生的凄凉。一番痛彻肺腑的哭泣之后，扎琳库洛赫决定离开德黑兰的妓院，去往卡拉季自谋生路，重新开始生活。

法罗赫拉高51岁，是五个女人中唯一结过婚的女人，寡居多年，风韵犹

---

① Shahrnūsh Pārsīpūr, *Zanān-i-Bidūn-i-Mardān*, Intishārāt-i-Nughra, 1368, Tehran, Iran, p. 46.（沙赫尔努希·帕尔西普尔：《没有男人的女人们》，德黑兰：诺格勒出版社，1989年，第46页。）

② 《没有男人的女人们》，本书第55页。

③ 《没有男人的女人们》，本书第55页。司机的这句话中暗含《古兰经》2：223经文："你们的妻子好比是你们的田地，你们可以随意耕种。"（马坚译《古兰经》，中国社会科学出版社1996年。）

④ 《没有男人的女人们》，第80页。

存。丈夫古尔切赫勒在世时，夫妻感情不融洽，丈夫总是用刻薄的言语打击她，压制她，因此她一直生活得十分压抑。丈夫去世之后，她仿佛得到喘息之机，有了自己的一片安宁。因此，她的孀居生活过得风生水起。她在卡拉季买了一处园子（正是马荷朵赫特哥哥的园子，马荷朵赫特将自己种在这个园子中变成了一棵树），既开展文学艺术活动又庇护无依无靠的女人们。由此，卡拉季花园如同天堂花园一般，成为受尽欺凌与侮辱的女性的庇护所。

五个女人齐聚在了法罗赫拉高的园子中。在法罗赫拉高母亲般的呵护下，慕内丝和法耶泽对女性的贞操有了崭新的认识。当法耶泽痛哭自己失去了处女之身时，法罗赫拉高慈爱地说："我原来也是处女，……我们都曾经是处女，现在不是了。这没什么可悲的"[①] 女人们在法罗赫拉高家商议成立"没有男人的女人们"同盟，即"反兄长专制同盟""反性侵犯同盟"，反抗男权制社会的压迫，要让天下不再有兄长杀害姐妹的事情发生，要让女人能够平静安宁地生活，不惧于男人的暴力与侵犯。

《没有男人的女人们》因对处女性的讨论而在伊朗引发轩然大波，作者帕尔西普尔被宗教道德法庭判处监禁，后因舆论压力而获释。实际上，作者在《没有男人的女人们》中对女性权益的思考不及后来的《图芭与夜晚的意义》一书深刻。在《没有男人的女人们》中，作者对女性权益的思考还仅仅是停留在"性别"不平等的层面上，似乎女人只要走出家门，就会遭遇男人的强奸，因此女人为保护自己的贞洁就只能待在家中，在家庭中则应当敬畏于父兄的家长权力。其实，正是这样的思维逻辑禁锢着女人自身。从女性解放思潮的发展来看，女性自我意识的觉醒，首先表现为对男权制社会的反叛，从而颠覆了男权制的权威。在现今看来，这种将男性置于女性对立面的女权主义思想，具有一定的局限性和狭隘性。但从女性解放思潮的历程来看，这是女性在争取自身解放的过程中，以及对这种解放的实质的认识过程中，必然要经历的一个阶

① 《没有男人的女人们》，本书第68页。

段，是具有一定积极意义的，显示出女性强烈的自我意识。因此，可以说，帕尔西普尔的《没有男人的女人们》完成了女性自我意识的觉醒。

四、对女性自身价值的思考

沙赫尔努希·帕尔西普尔的另一部长篇小说《图芭与夜晚的意义》（1988）更为优秀，对女性权益的思考比《没有男人的女人们》更加深入，至今已经翻译成了德语、意大利语、波兰语、英语。该小说的时间跨度是从立宪运动（1905—1911）到伊斯兰革命（1979），描写了金发女子图芭一生经历的几次重大社会变革，探讨女性在社会变革中的角色与价值，作者以魔幻现实主义的手法将神秘主义与神话传说融合，在回归最初源头的探索之旅中寻找安宁。作者在小说中写到："女人带着圣洁的本质降世，是一面映照深渊的镜子。在这个深渊中，谁是污浊，她就呈现为污浊；谁具有光明的本质，女人就呈现为光明。"[①] 作者也力图把主人公图芭塑造为圣母麦尔彦（玛利亚）式的圣洁女性。

图芭的父亲阿迪布是一位宗教学者，直到50岁时才与一个没有文化的女人结婚，生下爱女图芭。"图芭"是《古兰经》中天堂之树的名字，寄托了父亲对女儿的殷切期望。父亲对图芭倾尽心血，竭力想把女儿培养成一个麦尔彦那样的圣洁女性，因此图芭的童年生活可谓幸福。父亲阿迪布满怀抱负，却生不逢时，壮志未酬而死，图芭母女一下变得无依无靠，靠马赫穆德伯父的接济度日。为了将母亲从伯父儿子的纠缠中拯救出来，图芭主动牺牲自己，做了他的临时小妾，从而从教法的角度使母亲成为伯父儿子的不可亲近者。图芭在伯父家的四年临时婚姻生活，身心备受折磨，除了男人的家暴之外，别无其他。一天，图芭为烤制馕饼外出，被两个喝醉酒的男人纠缠。一个名叫西亚邦尼的

① Shahrnūsh Parsipūr, *Tūba-va-Ma'nī-yi-Shab*, Intishārāt-i-Shīrīn, 1367, Tehran, Iran, p. 168.（沙赫尔努希·帕尔西普尔：《图芭与夜晚的意义》，德黑兰：席琳出版社，1988年，第168页。）

男子把她救了出来。从此，西亚邦尼成为她生活中的一个光明男人，深深地印在她脑海中，但她难以了解，更难以企及，也促使她思考夜晚的意义，思考女性的自我价值。由此，图芭开始反思自己四年的临时婚姻生活，四年间对男人唯命是从、噤若寒蝉的高墙轰然倒塌。她不再畏惧，不再俯首听命，主动结束临时婚姻约定，并由此获得了身心的双重自由。

图芭的父亲曾效力于宫廷，因此图芭家与王室人员多少有一些来往。图芭离开马赫穆德伯父家之后，遇上王子费力东·米尔扎，不久二人结婚。王子与苏菲教团的长老和苦行僧们来往密切，与他们一起读苏菲大思想家莫拉维（1207—1273）的诗歌，一起做苏菲修行仪式，图芭由此也深受苏菲哲学的影响，开始从更深的层面思考女性的价值和意义。图芭与丈夫去另一个王子基尔家做客时，世界向她打开了另一扇窗户。基尔与他的妻子蕾拉正在排演一部剧作，该剧作由神话、历史与现实组成。基尔给图芭讲自己构思的这部神话剧，王子自比剧中苏美尔英雄吉尔伽美什，演绎着自己改天换日的理想。蕾拉则代表了女性对男权社会的叛逆与反抗。在剧作中，蕾拉雅特是阿丹（亚当）的第一个妻子，在伊甸园中二人是平等的，阿丹代表了白天，蕾拉雅特代表夜晚（蕾拉一词的本意即是“夜晚”），女人是男人夜晚的梦。阿丹被逐出伊甸园之后，神用他的肋骨创造了女人好娃（夏娃）作为阿丹的妻子，让女人成为男人的扈从，由此开始了男女的不平等。戏剧是现实，现实如戏剧。图芭深受基尔、蕾拉夫妻二人的影响，思考女性自我的命运与价值。可以说，图芭的一生是思考女性的人生角色与女性价值的一生，她的思考非常具有苏菲神秘主义色彩。小说结尾，图芭年长色衰，她丈夫弄了一个 14 岁的小姑娘来做临时小妾，就如同当年的图芭。图芭主动与丈夫离了婚。在围绕自我的一番辗转之后，图芭回到自己家，开始回顾自己的一生。

《图芭与夜晚的意义》堪称伊朗女性文学的杰作，揭示了伊朗女性真实的生存状况和社会地位，以及她们思想变迁的轨迹。这并非一部旨在张扬男女性别平等的女权主义小说，而是更深层次地思考男女之间由性别差异所必然带来的诸多差异，认为男人是白天，女人是黑夜；男人是天空，女人是大地；男女之间，天壤之别，阴阳互补，不能片面地追求性别的平等而忽视这种差异性。因而，男女平等应是基于人格和人权之上的平等。《图芭与夜晚的意义》将男女之间的差异上升到了哲学思考的层面，因而更加深刻。

美国著名的女权主义批评家爱莲·萧华特将女性文学分为三个阶段：第一阶段很长，在此阶段中，女作家模仿主流文学的流行模式，并吸收其艺术标准和社会角色观点。第二阶段中开始反对这些标准和价值，并为女作家的权利、价值、自主的要求进行辩护。最后是自我发现的阶段，即不再依靠对立面，而是向内转，转向寻求自我的同一。[①] 西敏·达内西瓦尔和噶扎勒·阿里扎德的小说写作更多地属于女性文学的第一阶段；帕尔西普尔的《没有男人的女人们》更多地属于女性文学第二阶段，是对男性价值认识体系的反叛，在与之对立中凸显女性文学自身的价值。《图芭和夜晚的意义》则属于女性文学从第二阶段向第三阶段的过渡，在一定程度上实现了精神上的超越。图芭先是女性自我意识觉醒，反抗男权制的权威，然后进一步思考女性自身的价值与意义，争取与男人在人格上的平等，实现女性的自我价值。在《图芭与夜晚的意义》中，帕尔西普尔对女性权益的思考虽然超越了单纯的对男女两性的对立与反抗，然而其文本本身却显示女作家对男权制社会的“抗争”意识。

五、对女性价值思考的内倾化及转型

在帕尔西普尔之后成长起来的 1950 年代生女作家在对女性权益的思考上更进一步。这代女作家与上一代女作家在两方面存在明显差异：上一代女作家大多出自上层知识分子家庭，家境优越，从小受到良好的传统文化教育，在作家的绝对数量上不是很多；1950 年代生女作家大多来自新生的中产阶级家庭，

① 转引自康正果：《女权主义与文学》，中国社会科学出版社，1994 年，第 92 页。

相对优裕的生活与宽松的时间，使她们热衷于文学作品的阅读与创作，以提高自身的文化修养。由于基数较大，这代女作家在数量上明显多于上一代。这使得伊斯兰革命之后，女性作家群成为伊朗当代文坛的一股不容忽视的力量。

在创作思想上，1950 年代生女作家的青春期和思想成熟期与伊朗上世纪 60—70 年代的经济飞速发展和社会全面西化相伴随，因此她们比上一代接受传统教育的女作家更具有女性的独立意识。上一代女作家更关注国家民族方面的宏观问题，但她们作品中的女性几乎都是传统女性，完全生活在男权制的藩篱之中，缺乏女性的独立自主意识，文坛泰斗西敏·达内西瓦尔的代表作《萨巫颂》即是这方面的典型。1950 年代生女作家更关注女性自身的内心世界，因此在她们的作品中女性的自我意识是自然而然地呈现。另一方面，这代女作家的思想成熟期又与伊斯兰革命紧密相随。她们大多数在革命进程中是拥护者，在革命之后成为置疑者，她们的思想成熟轨迹使她们的作品必然烙印上她们在那个时代成形的价值观，因此作品更加向内转，探索女性的内心世界而非外部周遭的社会问题。

佐娅·皮尔扎德（1952—）出生于南部石油大城阿巴丹，是伊朗亚美尼亚族作家，是伊朗当代最享有盛誉的女性作家之一。她的小说集《如同所有的下午》（1991）、《柿子的涩味》（1997）、《离复活节还有一天》（1998）很受读者欢迎。2001 年出版长篇小说《灯，我来熄灭》，以清新流畅的故事风格赢得广泛的好评和巨大的成功，横扫当年伊朗各项文学大奖，翻译成了德语、土耳其语、法语和中文。皮尔扎德也是最受欧洲读者青睐的伊朗当代作家之一，她的作品全部译成了法语。《灯，我来熄灭》通过女主角克拉丽斯的口吻叙述，描述了上个世纪六十年代在伊朗阿巴丹市生活的几个亚美尼亚族家庭之间发生的故事，核心是一个中年女性遭遇情感危机，含蓄婉转中带着一丝丝伤感：故事发生在 60 年代伊朗南部石油大城市阿巴丹，女主人公克拉丽斯是一位年近四十的家庭主妇，她的丈夫奥尔图什是伊朗国家石油公司的工程师，整天工作繁忙。他们已经结婚 17 年，有一个正处在青春期的儿子和一对双胞胎女儿。平淡琐碎的家庭生活让夫妻间昔日的热情渐渐消散，每天的交流就只剩下临睡觉前的一句话："灯，是你关还是我关?"这句话的内在含义颇为丰富。新搬来的男邻居西蒙尼扬让克拉丽斯掀起感情上的波澜。该小说描写了中年女性的情感危机，含蓄委婉，温馨中带着一丝伤感，很具有东方韵味。

《灯，我来熄灭》于 2001 年获得第一届"胡尚格·古尔希里文学奖"之后，法丽芭·瓦法（1963— ）也以类似题材的小说《我的鸟儿》（2002），深受评论家和读者的喜爱，获得了 2002 年年度最佳小说奖，第二届"冬至文学奖"，并于 2003 年获第三届"胡尚格·古尔希里文学奖"最佳长篇小说奖。故事以一位已婚妇女的自述展开，讲述了女人平淡无为的日常婚姻生活，丈夫没有对她不忠，也不乏体贴，但是没有温情，更没有激情。女人在这样不冷不热的婚姻生活中纠结挣扎，渴望飞翔。

《灯，我来熄灭》和《我的鸟儿》这两部类似题材小说在新世纪伊始相继获奖与热销，说明在对女性权益的关注方面，重心已从"对立反抗"这种貌似重大的问题挪移到婚姻生活中平平常常、普普通通的琐碎小事，更接近女性日常生活的本质。这两部小说之所以在伊朗引起很大反响，在欧洲也不乏好评，很重要的一个原因在于小说十分真实朴素地揭示了中年夫妻面临的情感困境，没有任何花里胡哨的渲染，一如伊朗电影，宁静而致远，带着淡淡的忧伤。小说对女性内心情感的微澜描写得十分细腻，显示出伊朗女作家创作走向内倾化。在这方面，莫妮璐·拉旺尼普尔（1954—）的短篇小说《灰色的星期五》更为突出。星期五为伊斯兰国家的休息日和礼拜日，即周末。该小说描写了德黑兰大都市中一位丧偶单身知识女性周末的寂寞时光，"对她而言，星期五总是漫长而灰色，仿佛凝固了一般，有时又显得迟疑拖沓。"① 在通常有关女性权益的小说中，都将女性的工作权利视为女性解放的象征。然而，在《灰色的星

① Munīrū Ravānīpur, *Kanizu*, Intishārāt-i-Niruūfar, 1380, Tehran, Iran, p. 133.（莫妮璐·拉旺尼普尔：《卡妮茹》（小说集），德黑兰：莲花出版社，2001 年，第 133 页。）

期五》中，女主人公是位出色的话剧演员，在经济上完全是个独立自主的职业女性。但是，工作并不能慰藉她内心的寂寥，反而成为一种负担，“工作，她如此热爱的工作，她为它放弃了女人的生活，此时就好像沉重的铅制秤砣压在她的生活上。”① 该小说堪称内倾化写作的经典之作，关注的是女性的内心世界和精神生活，而不再是外在权益。

马赫纳兹·卡丽米生于1960年，按照公历年算，她是60年代生作家的开端人物；按照伊朗阳历来算，她是1950年代生那一代人的终结。因此，她可谓是承上启下的一位标志性作家。其主要作品有：小说集《太阳仙女》（1991）、长篇小说《如此舞蹈……》（1991）、《云和风之家》（1991）、《香橙与香橼》（1992）、《迷茫的夜莺》（2004）、《伊朗式园林》（2005）、《季节的两个乐章》（2009）、小说集《狗与人》（2009）。《如此舞蹈……》是一部让马赫纳兹·卡丽米赢得声誉的心理小说，也是一部纯女性作品，描写了一位性格分裂的女人，她的脚羁绊在传统的束缚中，脑子却充满自由的幻想。幻想中她大胆、放肆、无畏，而行动中却十分谨小慎微。她想挣脱传统生活的束缚，却又找不到付出最小代价的可行之路。因此，行动上的无能导致她出现精神分裂的病态，时常在对丈夫孩子微笑的同时却渴望他们死去。该小说堪称伊朗女性小说的转型之作，从关注女性的外在权益转入关注女性的内心世界。果然，进入新世纪后，马赫纳兹·卡丽米以长篇小说《鎏钒与冷杉》（2003）再次备受关注，该小说获得“胡尚格·古尔希里文学奖”提名，获得2003年“伊斯法罕文学奖”最佳小说。《鎏钒与冷杉》讲的是一个侨居国外的伊朗裔女人，在手术中接受了一个黑人男孩的输血。术愈之后，她欲将这个黑人男孩收作养子，但她未婚。为了能收养男孩，她必须建立一个真正的家庭，因此她开始寻找能够做丈夫的男人。她回忆自己年轻时期的几段恋情，读者跟随她的回忆走进她以前的生活，每一段恋情都是她生活的一个侧面。

---

①《卡妮茹》，第133页。

对女性权益思考的内倾化，其内在底蕴其实是一种迷惘，即女性不再“性别对抗”之后，专注女性内心的“自我”，而这“自我”究竟应该怎么办，却是茫然。这在《灰色的星期五》中表现十分突出。《鎔钋与冷杉》则走出了这种迷惘，女主人公不仅在女性的外在权益方面完全独立自主，在内在心理方面也完全独立自主，自己主宰自己的精神生活。只是，作家将女主人公的身份设定为侨居海外的一位伊朗女性。这尽管显示出某种意识形态的影响，但也显示出新一代伊朗女作家对女性权益的新思考。

正如法国著名女权主义批评家西蒙·波伏娃在《第二性》中所言："艺术、文学和哲学的宗旨都是让人自由地发现个人创造的新世界。要享有这一权利，首先必须得到存在的自由。女人所受的教养至今仍限制着她，使她难以把握外在的世界，为在人世上给自己找到位置而奋斗实在太艰辛了，要想从其中超脱出来又谈何容易。倘若她要再次尝试把握外在的世界，她首先应当挣脱它的束缚，跃入独立自主的境地。这就是说，女人首先应该痛苦而骄傲地学会放弃和超越，从做一个自由的人起步。"① 超越单纯的性别分野的狭隘性，是 1950 年代生伊朗多数女作家的一个明显倾向（当然也有不在此倾向内的优秀作家作品），她们不再将男性作为女性的对立面，而是从女性自身觉悟女性作为“人”的同一，从女性自身的特点去建构和实现女性的自我价值。这既是创作上的飞跃，更是思想上的飞跃。她们真正进入到爱莲·萧华特所说的第三阶段，在“第三阶段，妇女既反对对男性文学的模仿（与男性认同），也超越了单纯的反抗（与男性对立），她们把女人自身的经验看作是自主艺术的根源，试图建构真正的‘女性化’文学。"②

① 转引自康正果：《女权主义与文学》，中国社会科学出版社，1994 年，第 81 页。
② 胡亦乐：《女性的回归》，载《外国文学评论》1991 年第 2 期，第 120 页。

没有女人的男人们

［伊朗］沙赫尔努希·帕尔西普尔 著
王 莹 译

MEN WITHOUT WOMEN

Shahrnūsh Pārsīpūr

上海文艺出版社
Shanghai Literature & Art Publishing House

前　言

您手上的这本书写于 1356 年的秋冬时节，于 1357 年春打印完毕，同年夏天准备出版。

1356 这年，自由的微风还在轻拂。歌德学院经常在八月的晚上举办伊朗作家中心的诗会，一切都美好和称心。我也在全力创作这本小说，借此展现伊朗民众的生活。

可形势突变，宗教化统治愈益成形。我担心因为当时出版及相关的特殊原因而被迫对书中内容作不适宜的修改，就放弃了出版该书的念头。

后来我从巴黎回到德黑兰，立即被无理由拘捕，度过了一段漫长的牢狱生活。出狱后，我的《图巴与夜的意义》大获成功。但随着《没有男人的女人们》一书出版，我再度入狱……之后，我远离故土，至今已有好些个年头。

今年（1377 年），在完成创作二十年后，这本书又重回手中，让我颇费踌躇，不知该作何处置。我重读了一遍，觉得内容还不过时，对革命前伊朗民众的生活描写诚实。之前我甚至考虑过做些删减，补充一些革命后的大事件。此番通读后，觉得保持原貌为宜。小说本身是完整的，任何形式的改动都是对原稿的一种伤害，破坏原有的结构。当然一些细微的调整是难免的，比如初稿中的对话用的口语，这一版改成了书面语。原因在于侨居海外的伊朗人已渐渐忘却波斯语的一些文法结构，书面语能帮助读者更好了解词语的实际形态。个别

词句也作了增改，但整体上保持 1356 年版的原貌。对该书的介绍到此为止，现将此书呈献给您。

加利福尼亚——1377 年 10 月 25 日

我呆坐在沙发上，目不转睛地盯着地上的垫子，垫子下的地毯上有块烧焦的痕迹。我就这样整日整夜地坐在那里，纹丝不动，神思恍惚。

透过窗子可以看到外面起风了。窗外的风似乎一直刮个不停，我不清楚是因为耳边传来的风声又或是因为瞧见了桌面落满的尘埃，一股莫名的忧伤涌上心头，突如其来，一如往常。你会因此萎靡不振、兴味索然，不想动弹。你懒得去电影院，甚至懒得打开报纸查看正在上映的电影。你没心思流泪，没心思吃饭。你想出去见见朋友，却又了无兴致。若是有朋友造访倒还不错，可是没有人会来，你也不会去找他们。你就待在屋里，坐在沙发上，直到饿得无法忍受才起身去吃些东西。之后重又坐回沙发，抽烟，盯着地上的垫子。你知道垫子下面的地毯已经烧坏，和谐的整体不复存在。你久久地蜷坐在沙发上，直到困意难当才起身去洗漱。你洗了把脸，用毛巾擦干，而后走进卧室，脱下外套，换上睡衣准备睡觉。此刻，你想睡个好觉，却辗转反侧，一直折腾到清晨四点，无论怎么努力都无法入睡。接连四个早上，你都是在疲惫不堪中昏昏入睡。如此一周后，你起身准备去上班，按部就班。

穆罕默德·扎德照例比我来得更早。和往常一样，他抬头看了我一眼。没等开口问好，他的眼神就在暗示我请客，庆祝乔迁新居。我和他打了个招呼，他也回应了我。我心里暗忖："当心！这会儿千万别碍于情面说要请客。"

于是一番寒暄过后，大家开始正常工作。

穆罕默德·扎德自认为跟我交情匪浅，是因为正是在他的劝说之下我买下了这套公寓。我猜他是想把自己的妹妹介绍给我。我在穆罕默德·扎德家见过那个女孩几次，人高马大、肩宽体阔，要是出生在西方国家或是本地的体育世家，她或许已经成为排球或篮球冠军了，不过穆罕默德·扎德一家似乎并不热衷于运动。我觉得这十来年，穆罕默德·扎德一家对于去马什哈德朝圣还是去海边度假都拿不定主意，每次靠占卜来决定出行，而且大部分的占卜结果还是去海边。由此带来的微妙变化，可以从穆罕默德·扎德家不协调的家具陈设中找到痕迹。陈旧的欧式沙发、上乘的卡尚地毯、红色的丝绒窗帘之外，竟然搭配着一张耐高温的塑料贴面餐桌。起居室里挂着圣人阿里的画像，卫生间里则是金发女星的照片。沙发上的靠垫是穆罕默德·扎德夫人亲手缝制的，绣着猫和鹦鹉的图案。门口齐刷刷地排着几双塑料拖鞋。电视机外罩是手工缝制的，镶着花边，起居室里还放着几把阿尔兹牌折叠椅。走廊里挂着瑞士山峰的风景画，正对大门的墙上挂着一幅用白色画框装裱的哈菲兹画像，画家卡图兹扬的作品，上面还有《资讯周刊》杂志的标志。浴室里挂的蒙娜丽莎，厨房里则是毕加索画像。这种格格不入，从穆罕默德·扎德的穿戴上也能瞧出来。藏蓝色的西装、窄领白色衬衫、窄条花纹领带，竟配了一双英式皮鞋和丝袜，不伦不类。最近他会时不时地夸赞我几句，我猜他想买条和我一模一样的宽领带，他可能厌倦了这二三十年来一直打同样的窄领带。他的衬衫也有同样问题，总是一成不变的白衬衫。我觉得他可以跟我学一学，偶尔变换一下衬衫的颜色，甚至有时不用打领带。但是我觉得穆罕默德·扎德每做一个小决定都会思忖再三。当然他只有在自己遇到麻烦时才会这么踌躇不决，对别人他可是果决又爽快。他会帮你出主意、想办法。比方说他一直劝我买下他小舅子建造的一套公寓，而我从未想过买下公寓后便不得不为地毯，最后是烧坏了的地毯劳心伤神。其实我根本没考虑过买公寓的事，压根没打算买任何东西，而且如果不是

因为莎姆希的话，我这会儿很可能已经移民了。可是自从听了穆罕默德·扎德的这番建议，一连串的新问题势如洪水，让我猝不及防，突然间就被穆罕默德·扎德一家团团围住。

在我看来，他的建议从一开始就毫无意义。不管怎么说我在莫尼里耶已经有了一套两居室的房子，不愁没房子住。接着，还有件麻烦事随之而来，就是穆罕默德·扎德的这位人高马大、肩宽体阔的妹妹，她正面带微笑地坐在我对面。说老实话，我其实更喜欢身材圆润的女人，不是这类肩宽体阔型。我觉得正因为他妹妹属于后者，我才没有对穆罕默德·扎德的提议表现出欣喜。但是穆罕默德·扎德显然都想好了，而且心意已决。关于他妹妹的事不好直截了当地讲出来，毕竟大家都懂分寸、知礼节，至于缺钱的问题——当然要是真有这个问题的话，办法倒很简单——穆罕默德·扎德对此成竹在胸，并让我在一个星期内全弄明白了。

首先我要从单位申请一笔贷款，用来支付购房意向书上规定的订金。意向书签好之后，我要给穆罕默德·扎德的小舅子一张定期支票。因为穆罕默德·扎德认识并信得过我，他的小舅子才同意我用支票付款。如此一来，房子便归入了我名下，这其中当然多亏穆罕默德·扎德及小舅子对我的关照有加，同意收取支票。然后我得去银行做房屋抵押，再把抵押款付给穆罕默德·扎德的小舅子，这样我便在单位和银行都有了债务。然后我可以将房子出租，用租金再加上一部分工资分偿这两笔债务。按此操课，五年后这栋房子便彻底属于我，届时我就可以搬入新居了。

就这样热火朝天地讨论了好几个星期，其间还一再受邀去穆罕默德·扎德家做客，和他的妻子、小舅子、姐妹、母亲相识。又和穆罕默德·扎德及小舅子一同去看了房子，就是满城随处可见的那种。两间卧室，客厅连着餐厅，厨房和餐厅之间有一扇窗子，一间浴室，还有一个大门厅，足有一间屋子那么大。这房子有两大优点甚合我意：透过卧室的窗户可以看到山景；另外这是新房，新砌的砖墙还带着一股泥土的气息。

第二天是星期一，我在莎姆希的家中说起了这事，莎姆希说：

“买吧。我觉得这是个不错的机会。”

莎姆希坐在缝纫机前，脚踩着踏板。我开玩笑地说：

“先不管房子的事，我觉得这些人是在为他们的妹妹做盘算。”

莎姆希继续踩着缝纫机，没停下来的意思。她默不作声地裁着布料，我细细打量着她。裁到布边时，她把布料从缝纫机的针头下面扯出来，用剪刀剪断线头，然后抬眼望向我，就像我刚刚看她那样。浑圆的脸庞，一双细目炯炯有神，眼角露出淡淡的细纹。她的嘴角挂着一丝微笑，好像一直在琢磨着突如其来的这件不光彩的荒唐事，她当时看着我时就是这副表情。她笑了，耸了耸肩：

“好啊，你总要结婚的。”

“你觉得我会娶穆罕默德·扎德的妹妹？简直太荒唐了。”

“不会！”

“为什么？”

“因为你要是想娶她，就不会告诉我了。”

莎姆希一边这样说着，一边把布料的另一端放到缝纫机针头下面，用手捋平褶皱、调好针脚，又望向我，面带微笑，我们在一起这两三年来都是这副笑容。接着她说：

“显然这房子你一定得买。为什么不买？你要在这套破旧的两居室里住到什么时候？买吧。”

于是星期二我便签了购房意向书。穆罕默德·扎德并不知道我工作这十二年居然攒下一些积蓄，根本不必把房子出租五年。我猜他发现我手头有些积蓄时一定吃惊不小。主要是我一向整洁得体，他或许据此认为我在打扮上花销不菲。又或者是我外表看着不太让人信服，不会认为我可以从工资里攒下钱来。可是我一直都有些积蓄。没人知道我有多么惧怕身无分文，有多么讨厌迫不得已找人借钱，不管是从银行借还是从该死的其他什么地方。不幸的是，从现在

起，银行和单位两头我都背了债。

起初，莎姆希见我为银行和单位贷款的事发愁，便来宽慰我。莎姆希很了解我的脾气，只要我稍显烦躁不安，莎姆希便会说起银行和单位贷款的事。为了让我宽心，她曾提过一两次，拿自己的积蓄给我还贷，这样我便只欠莎姆希和单位的钱，而莎姆希的借款当然是无息的。可这会发生什么呢？你会欠一个女人的钱，一个和你同床共枕，有两个孩子，年龄比你大五六岁的女人。我可不是那种忘恩负义的人，我很清楚这些钱是她每天为雇主做七八个小时的针线活辛苦挣来的。可怜的莎姆希为了裁衣服心力交瘁，钱是她一点一滴攒下来的。我要是把她的积蓄拿过来，说不定过两天就得对她说："莎姆希，嫁给我吧?"

但是假如我真的这样说了，她会嫁给我吗？我不确定。一开始买下房子时，这个想法就困扰我。我不善交际，没有太多朋友，大部分时间独自一人。我会去电影院，去莎姆希家。平时看看书，偶尔听听唱片。对于这样的生活来说，莫尼里耶的那套小两居已经足够我住了。粉色墙面、长绒地毯、灯式暖炉、旧留声机，以及一些唱片和书。诸事和谐。每周四劳哈莱夫人会过来打扫一下房间，洗一下衣服，把所有东西归置一下。到了星期五，我会睡上一整天，傍晚要么去小酒馆要么去找莎姆希，接上她和孩子们出去闲逛。我们会去萨勒普，在熙熙攘攘的人群和车水马龙间穿行。莎姆希喜欢这样的安排，我是为了她和孩子们才这么做的。搬去新地方的话，开车都成问题，莎姆希既不会开车，也不想学车。

然后是星期六，我得去上班，周日继续上班。星期一，从上午十一点半到下午两三点是属于莎姆希的。午饭时我会溜出来去她那里。照莎姆希的话说，晚上不可以纵欢，那永远是属于孩子们的，但是星期一和星期三从上午十一点到下午两点是属于我的。每逢这两天莎姆希总是打扮得干干净净，会烫头、化点淡妆，那些缝纫用具也都收了起来。我们一起吃午饭，一起在床上缠绵，有时不亲热，只是聊聊天。这两天孩子们会在学校里吃午饭，莎姆希为此很内

疚。孩子们也许永远不会明白为什么每逢星期一和星期三，晚饭的油水就会特别多，饭菜也更松软可口，母亲变得更和善。一到星期一和星期三，孩子们就成了她口中的宝贝、亲爱的、小心肝儿、甜心、小家伙。这两天但凡和孩子们说话，莎姆希开口便是：“我的宝贝儿们……”

到了星期五，我们相处得更像是一家人。我成了孩子们的叔叔，和他们一同出去闲逛。同全世界所有的男孩一样，孩子们在轿车里你推我搡。星期五这一天，沙穆勒·兹勒祖善、叶齐德·本·穆阿维叶、哈勒斯这些称号都被莎姆希派上了用场。法劳玛勒兹成了哈勒斯，因为莎姆希觉得他总是太贪心。当然了，哈勒斯和贪婪之间并没有什么合理的关联，但莎姆希坚持认为两者之间有必然联系。凯乌玛勒斯有时是沙穆勒·兹勒祖善，有时又成了叶齐德·本·穆阿维叶。照莎姆希的话说，这孩子冷酷无情，当然这是私下和我说的。在萨勒普，当孩子们因为分核桃或是抢玉米而争吵不休时，莎姆希就会又用上这些称呼，把育儿经一并抛到脑后。

这就是莫尼里耶家的情况，莎姆希和房子一直都在。可尽管她人还在这儿，我却不知道她怎么了，好像那些星期一、星期三的美好已成千年往事。如今的她，看着我时星光黯淡。那曾经清澈如水的眼波，如今荡然无存。她的目光并无恶意，和善依旧，可双眸好似蒙上了一层黑纱。现在每当我去看她，她通常会低头忙着干活，似乎是想说：

“你别再来了！”

我可以不去，可以不见她，但会放心不下。我常暗忖，万一她突然情绪失控呢？万一她突然摔倒呢？万一她病倒呢？这么一想，我便又去看她。每周二三次，通常还是下午。我会和孩子们闲聊，有时还会带他们出去逛一逛，就这样。

莎姆希和莫尼里耶的家之间似乎存在着某种联系，好似我住在莫尼里耶家就是为了和莎姆希相识。也正是有了莫尼里耶的那栋房子，莎姆希才出现在我的生活里。

莎姆希说一个女人在三十五六岁的年纪是需要男人的。莎姆希总会问这样的问题，比如和我上床究竟是好是坏？我的回答是，当然绝不是什么坏事，每个正常的男人和女人都有性的需要。每次这样回答时，莎姆希都会认真看我的脸。我猜她是想从我的眼神中揣测我是真这么想，还是仅仅为了哄她开心。我当然开诚布公，说的是自己的真实想法。这个女人的脸庞、身体、情感都带着一丝纯真，哪怕盲人都能感触得到。可惜莎姆希并不知道自己有多好。

后来莎姆希又谈到她的丈夫，还有她的困境。那个男人现在又有了妻子和三个孩子，但是如果莎姆希再想嫁人，他会立刻夺走她的孩子，这是离婚书上规定好的。莎姆希对这个男人的所作所为很是气愤，她说得有道理，那个男人给孩子的那点抚养费只够勉强糊口。莎姆希在缝纫机上做针线，渐渐驼了背，眼神也变差了，艰难维持着生计。莎姆希知道如果不要孩子，她可以不费吹灰之力地改嫁。可带着孩子，又有哪个男人会娶她呢？

既然有了孩子，莎姆希无论如何也不会不管不顾。莎姆希是不会放弃孩子的，绝对不会。每当一想到这个问题她就会心痛欲裂。莎姆希再也不能嫁人了，即使有男人愿意娶莎姆希，他肯定也没那么多钱来负担莎姆希和孩子们的全部开销。真搞不懂为什么莎姆希从未想过会有这样的男人出现呢，一个既可以娶她又能负担起两个孩子的男人。也许是某些性格方面的原因，莎姆希从未设想过有这样的男人，所以即便再婚，她一样得踩着缝纫机埋头干活。

这样的话，每天除了七八个小时的针线活，她还得做饭，维持一家四口的生计，说不定还会添丁进口，哪儿还有时间梳妆打扮呢？像这样无暇梳妆打扮的妻子会从丈夫的视线中渐渐消失，男人十有八九会去外面找女人寻欢作乐，莎姆希又会独守空房，带着她的孩子，还有她的困境。

所以莎姆希没再嫁人。可是她还年轻，需要男人。莎姆希当然没有太多文化，读书不多，但至少知道有些事必不可少，不然会像有些女人那样饥渴发疯。所以莎姆希确实需要男人。

“我不需要吗？”

"你当然需要，亲爱的莎姆希，这很正常。"

所以莎姆希现在需要男人，必须选出一个男人。但是选谁呢？她会去找一个持刀滋事的男人吗？绝对不会。莎姆希说她特别能理解那些货车司机或是海员妻子的境况。她当然不认识什么货车司机，甚至连一个海员都没见过。但是通过电影和电视，她不难想象出他们的样子。莎姆希知道这些男人的妻子喜欢的是"星期五晚上的丈夫"。要是选了这样的男人，作为妻子，周六到周四都得操持家务、忙碌不停，到了周五还得照顾丈夫。

从居家过日子的角度考虑，莎姆希是不会找货车司机的；从身处的地理环境考虑，找个海员的可能性如同大海捞针。另外这两类人很可能就是爱持刀滋事的那类。所以莎姆希的首选是那种沉着稳重、穿戴考究的男人，日子过得体面，懂得经营生活，不会让自己也不会让莎姆希身陷窘迫。

说的当然就是像我这样的职员，有积蓄，在莫尼里耶有套两居室的房子，还不想结婚，或者暂时没有这个打算。因为他内心深处还会时不时冒出移民或继续深造的念头，以及这样那样的雄心抱负。这样的人对莎姆希来说是再好不过的选择，甚至有益无害。莫尼里耶的那栋房子让这一切变得顺理成章。

如此说来，某个周五的午餐时间，我在一家烤肉店与莎姆希相遇也就不足为奇了。

莎姆希正和孩子们坐在那里吃烤肉，我的餐桌紧挨着他们。那天是周五休息日。那个周末的晚上我没喝酒，早早回了家，打算把一整本非洲历险小说读完。等次日星期五早上醒来，自己像是刚周游世界或探险归来。八点的阳光洒在窗外街面上，一个冬日和煦的周五。我吹着口哨，刮好胡子，换好衣服，吃完早餐。十点，我穿上毛衫、靴子和大衣，像是要去非洲探险般走出家门，计划一口气走到沙米朗。

我从莫尼里耶出发走到巴列维大街，又从巴列维大街往上一直走到瓦那克广场，结果累得气喘吁吁，想去探险的劲头也消失殆尽。一辆出租车驶过，我拦下车直奔萨勒普，然后在附近找到了一家烤肉店。

我不太想吃烤肉，星期五也不是最恰当的时间，但是一切就这样发生了。周末的烤肉店人头攒动，在一片嘈杂声中我耐着性子等待自己点好的菜。我望向莎姆希，她正和孩子们讨论赫拉克勒斯和鲁斯坦姆两人谁更强壮。莎姆希觉得一定是鲁斯坦姆胜出，因为鲁斯坦姆不但杀死了白魔，还活了一千多年，或者四百多年。而且他重如山岳，每走一步膝盖都会深深地陷入地面。但是孩子们至少看过五部关于赫拉克勒斯的电影，摆出来的证据无可辩驳。莎姆希在这场争辩中渐渐落入下风，而且从她的话语中可以推断，其实她不太了解鲁斯坦姆这个人物。她并不知道阿夫拉希亚伯、埃斯凡迪亚尔、白象、拉赫什等等的历险故事，也讲不出看过什么电影。她只在几年前看过一场关于鲁斯坦姆和苏赫拉布故事的演出，为苏赫拉布落过泪，而这个故事并不能为鲁斯塔姆这个人物形象增色多少。最后她只好恶搞起来，这样既能掩饰她的孤陋寡闻，兴许还能降低赫拉克勒斯在孩子们心中的地位。她把赫拉克勒斯的胡子还有他光溜溜的身体嘲讽了一通，说真正的男人应该是长体毛的，而电影里的赫拉克勒斯不但没毛而且看上去油光光的，浑身像涂了一层蜡油……

我一直看着她。

她坐在那里，身材圆润，看上去胖乎乎的。我敢肯定她的个子不太高。丰满的乳房，漂亮的秀发，一双细目乌黑明亮，炯炯有神。我觉得这个女人身上一定始终带着奶香。她笑的时候，整个烤肉店都会飘荡着她的笑声，双眸熠熠发光。不同于往日，我突然觉得自己喜欢上了这个女人。

在我的生活当中，让我不必冥思苦想、轻轻松松便能报上名来的女人寥寥无几。我当然确信自己是个正常男人，而且据我所知，我身边那些人在生活中有艳遇的并不多。我偶尔对一些人的风流韵事略有耳闻，面对他们我会突然瞧不起自己。他们可以滔滔不绝地讲出那些大大小小的风流韵事，一桩接着一桩或是一桩混着一桩。有位前同事曾经做过统计，他曾在四年里和一百二十二个女人发生过关系，后来这家伙辞职去做生铁买卖了。显然我不会贩卖生铁，我也不知道该怎么和别人谈论男女之事。所以我隐瞒了莎姆希的存在，很多人因

此觉得我不像是个正常男人。也许正是为了证明给这些人看，琪琪妮出现在我的生活中。出于同样的理由，我有天晚上在一家酒吧里故意逞能，请一位妙龄舞女喝威士忌。这个女孩像是某位服务生的情人。她正喝着威士忌，忸怩着不肯过来，让我在朋友面前很尴尬。我恼火之下甚至骂起了脏话，我记得自己还扇了她一巴掌。接着，那个护着女孩的服务生把手上托盘往桌上一放，朝我的下巴狠狠地揍了一拳，其他服务生也一拥而上，把我还有维护我的朋友暴打了一顿，朋友的鼻子都被打折了。第二天一大早，在莫尼里耶家中的单人床边，我吐得一塌糊涂。事情过去一周后，每次回想起这些，那种恶心的感觉还会折磨我。这件事或许就是为了让我明白我和那些妓女处不来。

另外一个大难题是，我始终依赖于对女人透彻的直觉，这种透彻其实来自刹那的感觉，会猛然觉得“这个人”就是“她”了。可以和“这个人”聊天、上床。“这个人”不错，就是“她”了。

“这个人”如果是女孩，我会抛之脑后，因为女孩们总想着结婚。如果是女人，一来能和男人上床的女人简直少之又少。二来，如何开口，聊些什么，又非我擅长。即便是我能欣然接受的那种一眼就认定是“她”的女人，自己又该如何开场呢？如此一来，我的生活中绝少出现艳遇这种事；如此一来，莎姆希便留了下来，从没离开。

不管怎么说，我觉得赫拉克勒斯、鲁斯坦姆还有菲尔多西算是助了我一臂之力。我觉得莎姆希正是在和孩子们争论不休时，在她为鲁斯坦姆辩驳而渐渐落入下风时，吸引了我的目光。那一刻我明白，眼前的她就是我的“这个人”。我还没看清她的全貌，只看到右侧的面庞，坐在桌子旁露出上半身，丰满的前胸朝我这边倾着。莎姆希说：

“说到底，不管怎样，鲁斯坦姆算是我们自己人。”

我说：

“孩子们，我觉得你们的母亲说得没错。”

孩子们都看向我，莎姆希没抬眼。我趁机给孩子讲起了史诗的重要性及作

用，鲁斯塔姆和赫拉克勒斯在精神层面的差别，这两人在历史进程中有什么影响，同社会经济以及生存环境有什么关系，大海对于希腊人的重要性，旷野对于伊朗人的重要性；我还讲到了为什么同时期的希腊人更加自由不拘而伊朗人更为固执保守，讲到了父权制与鲁斯坦姆这个人物的关系，还有鲁斯坦姆和苏赫拉布故事当中所体现出来的父权制，总之洋洋洒洒地说了一大通。我觉得我已经绞尽脑汁，为了这几个可怜的小家伙，我把十八九岁时在茶馆里跟塔扎里、侯赛因和埃斯凡迪亚力那里学到的所有知识和解释方法一股脑都倒了出来。我想我永远都不会忘记那三个人望着我的神情，张着嘴巴，聚精会神，有那么一瞬我觉得我可以——至少是一小会儿——成为他们眼中的神。

为了后面的顾客，我们这两桌该撤了。莎姆希叹了口气说道：

"都说孩子需要有个父亲，真的是这样。请您多体谅！我怎么能给孩子们解释这些重要的问题呢？这要有很高的学识才行。"

这会儿我看清了她的整个脸庞。我知道我刚刚说的话她只听懂了一半，但是显然有件事她已经明白了，从她脸上一直挂着的微笑便可知晓，那一丝笑容表明她对那种荒唐不光彩的事已心知肚明。还有一点也很明显，便是孩子们没有父亲。要么父亲死了，要么从小父亲就不在身边。孩子们没有再提问，我邀请他们是否愿意一同去电影院，刚刚在烤肉店里讲了一通传说故事，接下来有必要带孩子们看一场这样的电影，可是那个时候一场电影都没有。我想带孩子们去看《2001 太空漫游》，那是斯坦利・库布里克的一部作品，一部史诗级的故事片，我已经看了好多遍。到时候就有机会再给他们灌输些知识，我会从那些古老的史诗传说慢慢讲到新时代的史诗，让孩子们知道当今的史诗都是科幻故事，正在逐渐取代那些古老的传说。这样便能自然而然地获得孩子们更多的好感。我的想法是正确的。

我们从电影院一直聊到莎姆希的家里。孩子们懵懵懂懂地明白了物质比精神更为重要，尘世比彼世更为重要。他们听着听着就明白了物质的浩瀚，法劳玛勒兹决定当一名宇航员，凯乌玛勒斯和我聊化学实验和显微镜，莎姆希来来

回回地端茶、倒茶，给我们做晚饭。所有这些的同时，我关注的焦点都在莎姆希的身上，她显然对此毫无觉察。

到了晚上十一点，我猜孩子们已经明白了我们时代的史诗是科幻故事，比那些农夫、牧民、水手们的古老传说更加引人入胜。甚至连我自己也渐渐领悟到，要想不被机器齿轮碾压，行动就要和机器步调一致。

于是我又谈起了齿轮，一个人喋喋不休，孩子们无疑已经听得昏昏欲睡，但仍旧耐心地等我讲完最后一句话才去睡觉……孩子们走了，都睡下了。我和莎姆希两人面对面坐着，沉默无语。

一整天下来，我第一次感到心慌意乱，担心这番侃侃而谈会功亏一篑。这时候莎姆希开口了，谈起孩子们的父亲，谈起他的那些风流韵事。他曾是个好男人，但是缺乏意志力，这方面或许也让现在的第二任妻子烦恼。因为那个女人喜欢时常过来和莎姆希聊些心事，好像两人有着共同的苦闷。她谈起自己不知道该如何去填补孩子们没有父亲的空白，该如何去和孩子们讲一些重要的男性话题，该如何教给他们男子礼仪。她想给两个孩子每人报名参加一项体育运动，比如摔跤、拳击，总之就是一项男性体育运动，可又害怕那些小痞子把她的孩子带入歧途。她还担心孩子们一直在母亲身边长大会染上脂粉气，她不喜欢女里女气的男人，同样也不喜欢男子气的女人。

她说自己的血统一半是突厥，一半是波斯，说完就笑了，并得出了这一她始终不能拥有安稳生活的血统论。另一方面，她的祖辈里很明显有人是亚美尼亚人，因为她姓氏的最后一部分像是亚美尼亚人的名字。她解释说，她的家人分散在各地，有的在北部边陲，有的在阿塞拜疆，其他人散居在世界各地，而她现在在这里，这是命中注定，也命中注定她是一个裁缝……如果她是个男人的话，生活会好过很多，她可以去乡下，她喜欢乡野生活，她热爱清新的空气。说不定还可以骑马，可以喝山泉水，而不必再喝含有氯气的自来水。她说古时候人们会得伤寒，但是他们能喝到天然的泉水。得了伤寒不要紧，总可以治愈。但氯气该怎么治呢。

“氯气该怎么治？”

莎姆希看着我，说道：

“好吧，这倒不算什么病，但也不是什么好东西啊。”

她说着这些，似乎我刚才跟孩子们的聊天她一句都没听进去，好像我是对着一间空房子讲话似的。我更喜欢她这样。

凌晨两点，莎姆希安静了下来。我知道该走了，她陪我走到大门口，在漆黑的走廊里我靠近她的嘴唇亲吻了一下。她说：

“现在不行，星期一吧。”

星期一我会再去她家和她一起吃午饭。到了星期一，为了共进午餐我又去了她家，开饭前，我和她上了床。

一番缠绵过后，我把头贴在莎姆希的胸前，觉得可以和这个女人开始一段美好的关系。和她同居就好似鱼儿在水中自在地游动，好似烹制一道佳肴，又好似在暖日里漫步。她是如此简单、温柔，还有一丝羞怯。她问道：

“你觉得我是个坏女人吗？”

“不是，为什么这么问？”

“因为现在这样，太快了，毫无准备……比如……”

“比如什么？”

“我不知道，我也不太懂什么规矩。第一次就这样不太好……”

“我觉得没什么不好的。”

“但是很多人肯定会觉得这样不好。”

“和我没关系。”

“不管怎么说，我还是有点突厥血统，直来直去的。”

“我就喜欢你身上突厥人的那部分。”

莎姆希笑了。两人起了床。我想去冲个澡，而莎姆希有个优点，就是她能读懂你的心思。她说：

“你去洗澡吧，我来准备吃的。”

我走进浴室，站到花洒下面，心里一直想着阿芙哈姆。三年里，她的疯狂曾毁掉我的生活。她大吼大叫，一心要结婚，在我的单位和家附近暗中监视，总是不合时宜地打来电话，还假装昏迷不醒，最后至少有四次我只能把医生找来，还有两次她吞下药片打算自杀，所以那两年我没有找任何女人。有一天我不得不收拾好行李箱，从父亲家溜走。之后我又换了工作，突然消失了一个星期。连续好几个月，每次开车一遇到红灯，我就担心她突然出现在绿灯前，一想到这样的场景就不寒而栗。一年后，我的一个朋友告诉我在一家卖毛巾的店里见到过阿芙哈姆和一个男人，她狂买了好多毛巾。阿芙哈姆告诉我的朋友她嫁人了，为了备货就一次性买了足够用一辈子的毛巾。

我禁不住笑了起来。正需要毛巾时，莎姆希敲了敲浴室的门，我把门半打开，莎姆希伸出左手从门缝递了条毛巾过来，我接过毛巾，吻了一下她的手。

我们一起吃了午饭，莎姆希向我解释因为孩子们、针线活以及一大堆琐事，让她晚上无法抽出时间和我在一起。她也很清楚像我这样公务缠身的人白天过来和她待在一起有多么不容易。但这是目前她所能想到的唯一办法，她也不知道该怎么解决这个难题。对我来说解决之道很简单。我们约好时间，星期一和星期三的午饭时间。然后在回去上班的路上我去了一趟珠宝店，买了一条金手链，还带着“安拉”字样的坠饰。我想她一定会喜欢的。相对来说项链会贵一些。

我想莎姆希并不知道，这两三年里，她已经占据了我在莫尼里耶大街那个家的生活的全部。她永远不会知道，她那丰腴柔滑的身体、小巧的双手、细长的明眸、丰满的乳房多少次浮现在我的脑海中。她不会知道，这几年每当在单位餐厅里吃午饭，我因为她而不再对其他女同事胡思乱想，晚上能专心看书，也升了职。这些都是因为有莎姆希的缘故。莎姆希自己并不清楚她有多贤惠。因为每次在报纸上看到又有年轻人死去的新闻她都会悲伤不已，还提出一些富有哲理的问题：

“我必须撑下去，而这个人却必须死，这真是太奇怪了！”

我就这样度过了两三年时光。认识莎姆希一个月后，一切便按部就班地开始了。一个女人出现在我的生活中，每周抽出一些时间和我在一起，余下的时间我会在单位、大学和酒吧里度过。我的人生第一次步入了正轨。

这些年一直都风平浪静。人会在寂静中默默地自我封闭，这种结茧自封的坏处就是无尽的空虚。有一天你会忽然听不到任何声音，不再认为日常问候有任何意义，喉咙里发不出任何声音。你就像是一条装在小玻璃瓶里面的鱼儿，嘴巴一张一合，自顾自地游着，传不出任何声音，可能也听不见任何声音。我在某个时刻隐约感觉到了这种危险。于是我试着和书对话。通常我会大声朗读，大多是历史书，这样风险最小。我和书中的那些人物对话，通常会对着镜子。我问道：

“纳迪尔国王，您甚至把人的眼睛从眼窝里挖出来，是为了什么？”

我在脑海中想象着纳迪尔·沙的回答，接着我又问道：

“您不觉得这么做是大错特错么？您当然做错了，不然就不会发生那样惨不忍睹的灾难。”

他回答完，我会再提问，有时我们也会争执起来。我可以随意地同阿伽·穆罕默德·汗、纳赛尔丁·沙、阿巴斯大帝，甚至是和弑子的鲁斯坦姆你问我答地辩论一番。有时能讨论出个结果，有时莫衷一是。唯一的好处就是我还能说说话。

另外我和莎姆希的孩子们也会相互讨论，和他们聊天，向他们灌输一些知识。最后我们的谈话会变成我给孩子们讲解著名的历史人物，并向他们提出各式各样历史上的假设。这样聊天的好处是孩子们会安安静静地听我讲，有时我甚至能滔滔不绝地讲上两个小时。这样会让我烦躁的心慢慢静下来，也会让自己开心一些。

我还会和穆罕默德·扎德聊天。穆罕默德·扎德看上去对宗教十分痴迷。我们会谈论礼拜、斋戒，还有守斋对于健康的重要性。穆罕默德·扎德相信礼拜纯粹是一种节拍，在日常行为中营造出一种和谐，每天奏响五次，你的日常

活动便会同这节拍协调一致。有时我会被他讲的这些话吸引，时常觉得他的身上透着一丝神秘主义色彩。所以有时我们也会一同去单位附近的酒吧。穆罕默德·扎德只喝一杯啤酒，绝不多喝。这都还好。可是当他开始讨论起男女性行为的戒律时，就会让我有种呕吐的感觉。他会仔细描述哪些性行为是不对的，哪些是正确的。这时我会觉得他是在为了妹妹来教导我，教我如何做一个好丈夫。履行五功和缴纳天课的时间他都一清二楚，还会去听宣教。他觉得参加宣教活动不仅仅是宗教义务，也是一种社会义务。那是相互讨论、交流观点的社交场合。当然他说的没错，我会静静地听着。

穆罕默德·扎德绝不是一个宗教伪善者。他很清楚对于一个在大公司工作的人来说，经常出席一些公务宴会，是不可能完全遵守教义的。只喝一杯啤酒或是一小杯烧酒，恰到好处的一点点，是不会让人反感的。穆罕默德·扎德还做礼拜，甚至在他去德国探望儿子的旅途中也不间歇，尽管旅行中做礼拜的条件会更简陋，但他在整个旅途中都会认真地做完全套礼拜。他当然也会喝啤酒，这样他的儿子便不必为父亲的出现而苦恼。因为常言道，如果时代不顺应你，那么你就顺应时代。他甚至对他的儿媳说可以涂着指甲油做礼拜，只要做礼拜就行。

我的生活就是这样度过的。在单位和穆罕默德·扎德在一起，下班后有莎姆希、她的孩子、书、大学还有烧酒。

现在突然冒出买房子这件事，像做梦一样。你有时得相信头顶会倏地划过一颗行星，生活中的一切便会发生翻天覆地的变化。这一个月来我一直在为买房子的事奔波，甚至无暇考虑长途旅行，我为此筹划很多年并做好一去不返的准备。这两三个星期，我从会计部到人事部，从人事部到银行，再从银行到登记所来回奔波，我成了一套两居室的主人。穆罕默德·扎德的小舅子阿卜杜拉马吉迪先生问我更喜欢壁纸还是彩色油漆？我的答复是象牙白的油漆。阿卜杜拉马吉迪挠了挠头。他想提点建议。他说：

“全部都是白色的吗？这样不太好看，最近流行新式壁纸。”

我答道：

“白色，全都是白色。”

“连厨房也是白色的吗？”

“厨房也是。”

阿卜杜拉马吉迪耸了耸肩，看上去似乎同意了。接着他又向我建议铺什么地毯。我说：

“深米色的毯子。”

“咖啡色的不好吗？更耐磨些。或者灰色的？”

“不，要深米色的。”

没更多问题了。到了第四周，房子收拾停当，阿卜杜拉马吉迪最后还是不忘展示一下他的品位，在卫生间里铺了壁纸。

星期四我该搬家了。我估量着除了一些书和唱片，没什么值得搬进新居的家当了。所有东西我都要买新的。到了星期四，我买了一桶白色油漆，把卫生间的壁纸刷白。我刷了足足有两三个小时，干完后在屋里四处打量，又看到了脏兮兮的窗户。我还得把窗户擦干净。我下去买了水桶、手套、一把刮刀和一些吃的，然后回到公寓。直到凌晨两点，我才把所有的窗户擦完，还抛了光。

正值夏末，酷热依旧。我就这样穿着工装躺在地毯上，困意像一个温柔的精灵悄然住进了我的身体，我沉沉睡去，一夜无梦。

早晨八点，我醒了，一睁眼便盯着窗户看，窗户干净明亮。接着我又琢磨了半个小时该给窗户搭配什么样的窗帘。必须找个行家来商量一下。朋友的名字一个个浮现于脑海，希望找出有品位的那个，最后想到了艾玛米，一位建筑师朋友，我得去咨询他。

十点我约了一个旧货商，来把家具全部买走，不讨价还价也不花言巧语。这位旧货商也是穆罕默德·扎德介绍的。

我下楼在巷口的乳品店喝了杯牛奶，又坐在车上吃了个三明治配榅桲果

酱。不到九点钟，我就早早来到了旧屋。所有的书都装进了纸箱子，上面摆着一些唱片。我觉得要来回三趟才能把这些东西搬去新家。

我躺在床上等着，还抽了支烟。在漫长的半个小时里我大概抽了五支烟。我自言自语道：

"我有房子了。"

一种难以名状的感觉油然而生。

十点一刻左右，旧货商来了。和我期待的正相反，卖这些旧货费了很多工夫。这家伙真能讨价还价，还很顽固，丝毫不肯让步。我一开始真心打算把所有东西白送，但碰上这么个顽固的旧货商，也开始无谓地纠缠起来。

最后到了十二点，我的口袋里只有两千五百土曼进账。一些书和唱片、一张床垫、枕头、毛毯要暂时搬到新房去，还有一些内衣、外套和西装是我好不容易从旧货商手里夺回来的。我来来回回一共搬了三次，这时才懊恼地想起有一个形状像少女双手的花瓶混在其余的家当里一并给了旧货商，那个花瓶是母亲留给我的纪念品。我懊悔不已，想要再找到那个旧货商绝非易事。为了捯饬这套新房，再加上自己的疏忽大意，让我白白损失了这件花瓶。我把书箱摆在一起，打算等书架运来再收拾，一边深深自责：

"你这个该死的家伙，为了一套两居室的公寓就忙糊涂了？"

必须跟穆罕默德·扎德见一面。我心存一丝侥幸，或许看在和穆罕默德·扎德的交情上，我还能把那个花瓶要回来。

星期六一早，我把这件事告诉了穆罕默德·扎德。和我一样，他对此事不抱任何希望。旧货商那伙人是不会轻易放手囊中之物的。穆罕默德·扎德保证说会再打电话，但愿能处理好这件事。

然后我给艾玛米打了电话，我大概有三年没见过他了。我们相互寒暄了几句，回忆了一些往事，最后我和他讲了买房子的事情，约好当天傍晚去办公室接他，一起把这事搞定。

星期六傍晚，我从艾玛米办公室接上他，一起去了新房。路上我们买了点

酒和零食，据说第一位客人会带来好运。艾玛米拿来一本桌椅产品的目录册，开始在房间里四处查看。他对我说这房子明显偷工减料，没什么补救的法子。这种房子造出来单纯为了销售，对城市只是一种破坏。他的话让我对新家的印象一落千丈。但随后他检查了一下门框与墙体间的接缝处，认为很牢固，至少不必担忧会开裂。在艾玛米建议的基础上稍加改造，我可以把这套房子收拾得特别漂亮。

艾玛米向我保证他会用最低的预算为我购置最好的家具，他和一些家具制造商及其他业界同行都有业务往来。最后他估摸我需要为软装花费两万土曼。我不假思索地答应了，条件是不超过两万土曼就可以。

我们两人坐下来开始喝酒。我把报纸铺在地上，这样不会弄脏毯子。然后两人慢悠悠地喝了起来。他问道：

“你不会因为装修才想起我们的吧？老实说，你到底跑哪去了？”

“我对真主发誓哪都没去，一直待在这儿，一个人瞎混。”

“你打算结婚了？”

“没有，你呢？你结婚了吗？”

“没有，反正我要是结婚一定会告诉你的。我很在乎朋友的。”

“感谢。”

艾玛米把手中的酒一饮而尽，抿了抿嘴，眉毛一扬：

“结婚是件愚蠢的事。”

“为什么？”

“嗯，反正就是很愚蠢。现在这样多好，一个人很开心。”

“你身边一定有不少女人。”

“不，这不一样。你知道吗，在我看来她们都是妓女。”

我开玩笑地说道：

“那你娶十个女人好了。”

“也不错。现在好女孩都在乡下，多少都有点文化，可以接受。”

“为什么你觉得她们都是妓女呢?”

“不是妓女，是她们的举止态度像妓女。你明白吗？那些肮脏的勾当，她们想干却又不敢，已经出问题了，可是这些可怜的姑娘并不知道该如何改正。侯赛因说这是一种社会危机，会慢慢消除的。”

他提到了侯赛因，我心头猛然一惊，问道：

“难道你见过侯赛因?”

“偶尔，很少。有一晚我看见他和埃斯凡迪亚力在一起。还有一晚是他和卡鲁。大多数时候是和卡鲁在一起。”

“卡鲁在干嘛？我听说他结婚了?”

“结婚很久了。他娶了埃斯凡迪亚力的妹妹，兹纳特。你还记得吧?”

“当然。”

“嗯，我觉得他心满意足。”

“埃斯凡迪亚力现在在做什么?

“他很好，已经是社会学博士了。他还和以前一样，说话一股学究气，生活按部就班。他的妻子是美国人。”

“塔扎里你也见过吗?。”

“当然了，当然见过。一无是处的家伙，去哪儿都不受待见。”

我不禁笑了，问道：

“难不成他去了什么地方?”

“没有，好长时间没见到他了。像你一样。现在又出现了。”

“照这么说，那我也是个一无是处的家伙?”

“你自己去想想看。”

艾玛米朝我眨了眨眼，笑了。我说道：

“多说说侯赛因吧，他到底在干什么？他在监狱里过得很糟糕吧?”

艾玛米往自己的杯里倒了点酒，抿了抿嘴，说道：

“侯赛因，他真是太不幸了。整个人被彻底击垮了。”

“他自己说的？”

“不是，什么都不用说，你就能瞧得出来。他整个人就像封在真空里，眼睛会突然紧盯着墙角，很让人担心。但奇怪的是，你依然会认真听他说话。他是一个有影响力的人，尽管说的还是那一套，但仍旧听得进去。”

“还是以前那些话？”

“不，有很大的变化，但你知道他那些口头禅，一开口，总会先蹦出那些词来。你刚以为‘又开始了’，就会发现不对，现在他说的完全是另一番意思，虽然还是那些话。”

“我没太听明白。”

“好吧，你去眼见为实吧。没什么大不了的。大家还是在那个老酒馆相聚。”

“还是那条老街？”

“就是那儿。”

“哪天晚上我们一起去吧。”

“一起去。”

和艾玛米的聊天把我的思绪带回多年以前。那些年我经常和这几个人见面，仿佛无形中有一条线把我们连在一起。现在和艾玛米聊着天，我的记忆之线又被扯回到那时，恍如隔世。

艾玛米请我星期三傍晚时分去他的办公室，并向我保证到时会把房屋设计图和选好的家具目录都摆在我面前。他真是帮了我大忙。测量工作已经完成，屋子也被精心设计了一番，还不收钱，我只需要付给他买家具的钱就行。那天晚上我还被邀请去艾玛米家做客。他办了一个晚宴，请了一些建筑师朋友。有些和他同届，还有些是一起欧洲留学的，艾玛米有些看不惯这些人的做派。

星期一临近四点时，电话铃响了。是莎姆希。她很少打电话过来，的确让我吃惊不小。我不由问道：

“有什么事吗？”

她说：

“没有。”

她的声音怯生生的。她说：

“对不起，我是不是吓到你了？”

“没有，亲爱的。为什么这么说？”

“我在担心你是不是出什么事了。”

那天是星期一，我忘了该去见莎姆希的。我告诉她我换房子了，一直忙着打扫、采购。我说星期三会过去接她，带她去看看新房，到时家具肯定已经送到。我还和她说了艾玛米的装修设计方案，莎姆希兴致勃勃地听着并为我感到高兴。

我刚放下电话，穆罕默德·扎德便告诉我那个形状像少女双手的花瓶不可能再要回来了。穆罕默德·扎德亲自到一家古董店问了一下那款花瓶的价格：

“一万土曼！”

我怒不可遏，想找到那个旧货商狠狠揍他一顿。我不停地抱怨，穆罕默德·扎德也为我难过，他说：

“说不定它会给你的新居带来厄运。真主自有安排。”

我不该总想着这件事。花瓶已经不复存在，生气也无济于事。星期三我和莎姆希一起吃了午饭。连吃饭带洗碗总共一个半小时里，我一直聊房子聊个不停。

我怎么会变成这样？我猜如果送我去月球，也不会像买了一套房子这样兴奋不已。为什么会这样呢？莎姆希只是面带微笑，耐心听着我唠叨。随后我开车载着她一同去了公寓。这是莎姆希第一次到访这所公寓，她掸了掸鞋子，然后把鞋小心翼翼地放在门口的地垫上。她说：

“地毯一定要当心！很快就会用旧的。”

“我知道。”

“特别是请客时有小孩子的话，他们一不小心就会到处弄得脏兮兮的。”

我说：

“我想我绝对不会请孩子来家里的。”

莎姆希说：

“嗯，有时候会有孩子来的。”

说完她朝窗户走去，望着远山。

“这里的景色很美。”

永远无法从她的表情猜到她心里究竟在想些什么。但是我很清楚自己在想些什么，我说：

“我说小孩子，意思不是指你的孩子们，他们不是小孩子了。”

“我知道，你不用解释的。”

莎姆希对这栋房子称赞连连。她很笃定这里配上家具一定会更漂亮，而且我现在该娶个老婆了。她半开玩笑半认真地说着这些话，我在一旁听着，时不时地偷偷看一下手表，我和艾玛米约好了，不能再耽搁了。

后来莎姆希说我们现在可以走了。我向她解释等会儿要去见艾玛米，晚上要去他家做客，所以不能回她那里了。莎姆希听明白了，也同意了。我四点钟准时到了艾玛米的办公室。

艾玛米把家具图片展示在我面前。他尽心尽力为我挑选了价格合适的白色家具，而且是当下最流行的款式。沙发靠在墙角，其中一张更大一些，需要时可以变成一张床。客厅紧贴着墙面放了一整排大书柜，沿着书柜还做了一个木柜隔断，把餐厅和客厅分隔开来。我可以把电视、留声机还有录音机放在这里，另外还预留了一个放酒瓶、酒杯的橱柜。卧室里有两张单人床，这样的好处是如果家里来了一位客人也不会没地方住。如果是位女士的话，单人床可以先派用场，也可以把两张床并在一起。床边有一侧是带抽屉的，我可以把内衣放在这里。卫浴是蓝色配粉色花饰，和白色壁砖搭配，看起来很协调。厨房里从上到下全是橱柜，用艾玛米的话来说，这是送给女人最好的结婚礼物，不管厨房里有多少橱柜，她们都永远不够用。门厅刚装修过，我自己再找些合适的

家具就行了。而客厅的一角可以改成工作间，艾玛米给这个角落取了个名字叫“沉思角”。我很欣赏他的改造，所有这一切。我的品位的确不及艾玛米，他向我保证会亲自预订所有东西。

接着我想起还有一间空卧室，艾玛米建议我在里面放一张床或者先用作储藏间，等有一天我娶妻生子时再说。我同意了。

随后我和艾玛米一起出门，开始为晚宴做准备。艾玛米打算用自助冷餐来招待客人，一个单身汉是不可能会做饭的。不经意间，他所说所做的全都存留在我的记忆中。我已经好些年没和人如此交流了。莫尼里耶的那个家不可能有什么人际交往，与之相伴的唯有孤单寂寞和不负责任的感觉。但是现在我有了一处新居，显然大家会慢慢聚拢到这里，而这正合我意。

艾玛米在一家大商场买了些做冷餐的食材。火腿、香肠、酸黄瓜、几种熏肠、朵尔玛肉卷、奥利维叶沙拉、鸡肝酱、几瓶伏特加和威士忌，还有一些啤酒和苏打水。我们把所有东西都堆到车上，出发去艾玛米家。

这是我第一次踏进艾玛米的家，毫无疑问令我惊叹不已。不难预见建筑师的住处一定漂亮，而艾玛米的家远不止是漂亮——他的家里没有墙壁，借助几步台阶便把空间区隔开。一张圆形的床，毯子一直铺到了天花板，从远处看，屋子显得格外宽敞。有一整面柜子从上到下摆满了专业的音响设备，可录可播。每张沙发和椅子都不配套，但组合在一起却异常和谐。所有物件都是被精挑细选出来的，彰显出品位。艾玛米直奔留声机而去，一段陌生的乐曲在整个房子里飘荡。我丝毫不熟悉这类音乐。他说：

“是泽纳基斯的作品。”

我并没有自愧不如的感觉，只是觉得自己好像来自另一个世界，又或是与世隔绝了许久。

艾玛米说他的母亲会送一盘炖羊脑羊蹄过来，到半夜再吃。一番痛饮过后大家都喜欢吃些暖和的东西，而且他母亲炖的羊脑羊蹄和外面卖的不一样，收拾得很干净。

这时我想起了莎姆希，如果需要的话，将来也可以让莎姆希为我做一份炖羊脑羊蹄或是其他什么送过来。

艾玛米开始动手把食物摆到一个草编的大托盘里，我把碟子、纸杯摆放到桌角。我还得弄些冰块，把啤酒放进盛满冰块的桶里冰镇一下。艾玛米在厨房里大声问道：

“为什么有些人会这样？”

“谁？”

“侯赛因、卡鲁他们，我特别诧异。”

“他们怎么了？”

艾玛米没有吭声。我从冰箱里取出冰格，把啤酒镇上，又拿着冰格回到厨房。音乐结束了，艾玛米问道：

“来一段老派布鲁斯怎么样？”

“不错。”

一段更加轻柔的乐曲在屋里回荡。泽纳基斯的乐声会让我觉得有点忧郁，现在这段音乐听起来更耳熟些。虽然听不出是谁的作品，但我肯定在广播里听过类似的曲子。

艾玛米回到厨房，说道：

“你知道吗，有件事对我来说是确定无疑的，我绝不会为了某种信念而死，我可不想就这么死掉。”

我没有回答，我已经很久没想过这些问题了。艾玛米说：

“我刚赚了些钱，又不偷又不抢。说完了。”

我偷偷地瞥了艾玛米一眼，觉得他在生气，便问道：

“你生气了吗？”

“正相反，问题是我觉得这些人有点可笑。我挺喜欢他们的，但又觉得他们很可笑。比如说卡鲁吧，有妻子和两个孩子，还总说些不切实际的大话。”

我说道：

“也许这仅仅是一种讲话的需要而已。人必须得讲话，不然会死。”

“当然。最大的问题是这些人只围着自己转，从来不看一看外边的世界。好像这个世界从未改变也不会改变，总是围绕着那些老话题来回讨论。近来塔扎里比他们还要糟糕。”

我问道：

“那你为什么还去见他们呢？”

艾玛米把酸黄瓜摆在盘子里，耸了耸肩：

“嗯，问题是我还活着，我想了解所有事，跟上形势。和卡鲁这些人聚会跟我和建筑师在一起时聊的话题不一样，是另一个社交圈。反正我对他们总有些好奇。”

“人为什么一定要跟上形势呢，根本不可能凡事都跟上形势的。总有一天必须做选择，然后就只追求这些。”

“也许你说的没错。可我是一个重感情的人。各个阶段的朋友我都保持着来往。我不会把他们混在一起，但我会和他们都见面，分别见面。”

“为什么？”

“因为我想和这个社会保持关联。我害怕孤独。我害怕失去朋友然后失去一切。”

“那你就看看书、看看电影。”

“你会这样做吗？”

“是的。”

“对，没错。你一向冷漠。”

“不，我并不冷漠。”

“怎么不是，你就是很冷漠。你从来都没注意到你总是叫我艾玛米，我有名字的，帕勒维兹。”

“好吧，帕勒维兹。这和艾玛米有什么区别呢？我在上小学时就管你叫艾玛米了。”

“是的，你总是循规蹈矩。”

“好吧，你虽然对这帮家伙不满，但是还和他们见面。我没有怨气，也没和他们见面。”

艾玛米说：

“说到底人必须关心周遭的事物，即便对这些事毫无兴趣。”

门铃响了。长按了三下，声音很响。艾玛米说：

“哎，真吵，一定是凯缇。她来的时候总是很闹腾，人还没到就出动静。”

他朝门口走去，手上还油乎乎的。我斜靠在厨房抽屉旁，琢磨着他刚说的话。我从不知道大家会觉得我很冷漠，我想向他们证明自己其实并不冷漠。

走廊里传来了女孩子吵吵嚷嚷的声音，听上去很年轻。那声音不停嚷嚷着说早些过来是想帮忙干活，然后碰巧路上经过一家花店就买了些菊花，她觉得艾玛米或是艾玛米的某个朋友会喜欢，那个朋友她上星期在玛努切赫勒家中见过，但记不清是谁了。艾玛米说：

“亲爱的，你总是早早就过来。说不定我还在洗澡呢。”

“对不起，我太爱参加派对了。”

艾玛米和一个十八九岁的女孩双双堵在了厨房的门口。

女孩很漂亮，笑盈盈的。身材高挑，棕色的长发垂落肩头，一身棕色的衣服，深棕色的皮肤，手中拿着一束菊花。艾玛米说：

“这位是凯塔雍。凯缇，这位是我的朋友，阿赫玛德。”

我说：

“见到你很高兴。”

她说：

“见到你很高兴。我从来没见过您。您好。我在哪儿能找到个花瓶把这些花儿插起来呢？花需要水的。”

艾玛米告诉她在客厅里能找到花瓶。女孩朝客厅走去，然后便从我的视线里消失了。艾玛米朝我走了过来，低声说道：

“这就是我说的那种女孩，像个妓女，想做那种勾当又不知道该怎么办才好。”

“她会和所有人上床吗？”

“我不知道，有可能。”

“她和你睡过？”

“还没有。但是她会的。到时候会的，如果时机允许的话。”

“时机？”

“有机会的话，到时候会的，女孩太多了。这就好比我的朋友比我先一步停了车，我通常会挨着他的停车位停车。就是说，首先，凡事都有先来后到，再者，这样风险更小。”

我俩笑了起来。女孩回到厨房，拿着花和花瓶。问道：

“你们在笑什么呢？”

艾玛米说：

“笑我很倒霉，把豌豆错买成了豇豆。”

然后艾玛米给她看了看那罐豇豆，女孩耸了耸肩说：

“没关系，这两样都很好吃。人应该心思简单一些，豌豆和豇豆有什么不一样呢？这两样都是真主创造的。”

说完她笑了，笑得很开心。她把花瓶盛满水，然后解开了那束花，铺在厨房的桌上开始修剪，一边喋喋不休地说着，像在自言自语，又像是在和我们说话：

“你有剪刀吗？我在哪儿能找到剪刀？枝干太长了，应该把叶子修剪一下。你见到玛努切赫勒了吗？你知道胡玛雍要结婚了吗？费里尼最新的电影你看了吗？怎么样？好看吗？”

艾玛米说：

“天哪，你怎么说个没完啊？”

说完他端起那个装满吃的大篮子朝餐厅走去。女孩把那束花修剪完毕，然

后看着我，说道：

“你知道吗，我根本没有修剪花草的天赋。所有事都需要天赋的。我可不想把手指都染绿了，每次我买回来的花很快就枯萎了。我打算哪天也种一棵树，试试看这棵树究竟会果实累累还是果实寥寥。对了，您的名字是?”

她就这样看着我，面带微笑，一身棕色的衣服、棕色的眼睛、棕色的长发、棕色的皮肤，加上她的这些话语，让人如沐春风。我说：

“阿赫玛德。”

她说：

“您知道的，我叫凯塔雍。”

说完她又笑了。她渐渐占了上风，我必须要有所行动。我说：

“不，您不叫凯塔雍。”

“那我是谁?”

“您是琪琪妮。”

女孩有些迟疑，一定以为我在取笑她。

“琪琪妮是什么呀?”

“琪琪妮就是麻雀的意思。”

“是什么语?”

“吉兰语。”

“您是拉什特人?”

“不是。”

琪琪妮拿起花瓶朝厨房走去。她说：

“琪琪妮。”

走到门口她又返回来，看着我，笑着说道：

“好吧，我接受了。这名字还不错。”

接着她高声喊道：

“帕勒维兹，你的朋友说我应该叫琪琪妮，是拉什特语，意思是麻雀。”

艾玛米说：

“他说的没错，他是对的，你叽叽喳喳太能说了。”

之后女孩便一直用这个名字，直到她离开的那一天。

到了晚上，一屋子的建筑师、建筑师夫人、未婚妻或恋人。我始终待在琪琪妮身边。这些人聊的都是建筑，我很难和他们有交集，这个主题对我很陌生。而女孩琪琪妮生来就是那种只要活着就必须说话的人，结果便是无所不谈。我觉得聚会上的女人们没一个喜欢她。从女人们的行为举止，我发现她们到了一定年龄就会变得很健谈，在聚会上特别引人注目。用我的话来说，这是一种求偶。形单影只的女人一般都口若悬河、低眉顾盼。她们时不时也会脸红，这得视她们有多害羞。没准哪天遇上一位如意郎君，便会安静下来，变得矜持、稳重，从容不迫地坐在沙发上，目光淡定地打量四周。但是时代在变，现如今女孩们和女人们都特别健谈，聚在一起谈笑风生，时时不忘偷瞥旁人。偶尔也会脸红，这得视她们想让自己显得有多害羞。老派女人们根本接受不了女孩们当下的做派，而可怜的琪琪妮在那晚被归为后者，女人们都不理睬她，有老婆的男人则对她敬而远之。女孩就像一只滚来滚去的皮球四处闲逛，最后目光转到了那些孤零零的男人身上，而整场聚会只有我是孤零零的那个，于是引起了琪琪妮的注意。

我们俩人开始喝酒。我猜琪琪妮并不擅长喝酒，可她竭力摆出一副很能喝的架势。不管怎么说，琪琪妮基本属于那一类的女孩，她们看的电影很开放，甚至读过埃里希·弗洛姆的书，房间里还会摆上两三排的小说。

对于我来说，这是个悸动不安的夜晚。我知道自己从这一晚开始会发生些变化。我有了新居，突然有了人际交往，而这些直到两周以前从未在我的脑子里闪现过。现在时机恰好，不过打破沉默是件棘手的事。我不知道该如何开口，也不懂那些和建筑有关的事情。我打算拿喝酒作为开场白，便朝酒桌走去。我端起一个精巧的小酒杯，斟满酒，暗自发誓三杯酒下肚后立马开腔，不

容闪失，对我来说这至少可以证明自己并不是一个冷漠的人。

“喝一杯么？”

是琪琪妮。

“好的，琪琪妮。”

“我喜欢您叫我琪琪妮，您用‘你’来称呼我就可以了。”

“好的。”

“我不能空口喝伏特加，一定要兑点东西才行。”

“应该喝纯的伏特加，这种酒的妙处就在于此。”

“您说的是真的吗？”

“我从不说谎。”

“能教我怎么喝吗？”

“当然。”

我又拿过来一个杯子，斟满，说道：

“如果你想潇洒一些就仰头一口喝下去。不过我不喜欢这样，我喜欢细斟慢酌。”

“我也一样。”

“那好，我们慢慢喝。第一杯喝十分钟。”

“好的。”

琪琪妮可能以为这会是一次激动人心的体验。她礼貌地接过我手中的酒杯，准备重复我的每个动作。那个瞬间我竟忘了自己通常是怎么喝的，只好现编了一套喝法。我说：

“第一口只能喝十滴。”

我把酒杯贴到唇边抿了一口，连一颗顶针大小的量都不到，女孩跟着照做了。我说：

“这十滴是敬喉咙的，酒精刚润了润喉就被吸收进了血液里。现在该敬气管了。”

“是的，敬气管。”

我笑了：

“给气管再来十滴。”

琪琪妮的眼中闪过一丝狡黠和开心，说：

“是，先生。给气管来十滴。”

我们俩动作娴熟地往气管倒了半颗顶针那么多的酒。我说：

“现在到乳沟了。”

琪琪妮说：

“闭嘴！相信我，我知道。这个部位是很重要、很危险的！”

我们两人疯狂大笑起来，接着又喝下了一颗顶针的酒。还剩半杯，我开始演示接下来的操作，我说：

“世上最美的小麻雀，现在该轮到胃了。”

我们把杯中剩下的酒一饮而尽。琪琪妮说：

“我们喝了不到十分钟呢，才喝了五分钟。”

“没关系。我还没有完整展示全套喝法呢，所以没关系，第二杯我们再补上。”

我们又斟满酒杯，靠着墙角坐下，各自攥着手里的酒杯，期待游戏开始。

我说：

“第二杯敬肉体的灵魂。”

“什么意思？”

琪琪妮有些害羞，我又开始瞎编，说道：

“这次的十滴酒敬喉咙的灵魂。”

“噢，我明白了。”

我们喝了十滴。之后再来上十滴，敬气管的灵魂。接着又喝了一颗顶针那么多，敬乳沟的灵魂，然后是半杯，敬胃的灵魂。

第二杯就这么喝光了。我俩开始第三杯，艾玛米坐到了我们面前，问道：

“你们还好么？”

琪琪妮说：

“请别干涉成年人的事，我们正喝着杯中的酒呢。”

“真是奇怪！”

“对，很奇怪。你不会明白我们是怎么喝的。”

“好极了！”

艾玛米用手指敲着下巴，对我们两人的关系感到很好奇。我说：

“第三杯酒敬给我们喜爱的朋友们！向每人敬十滴。”

艾玛米说：

“等一下，算我一个。”

艾玛米也斟满了一杯。这局面应该由我来领头，我说：

“这十滴酒首先敬我的朋友玛努切赫勒·萨格非，他在十一岁的时候被车轧死了。”

大家默不吭声，仰头把酒喝了下去。艾玛米说：

“敬……”

我说得加上前缀“这十滴酒”。

“好的，这十滴敬我最亲爱的祖父。”

我们一饮而尽。琪琪妮说：

“这十滴敬现在身在法国的米特拉。”

我们一饮而尽。我说：

“这十滴敬所有在笼子里的鸽子。”

艾玛米说：

“停！请不要提那些伤心事。”

不过我们还是都干了。他接着说：

“这十滴敬塔扎里，他总是爱发牢骚。”

我们一饮而尽。琪琪妮说：

“这十滴为我和阿赫玛德的相识干杯。”

我们一饮而尽。我说：

“这十滴为凯塔雍的新名字琪琪妮干杯。”

我们一饮而尽。艾玛米说：

“这十滴为耶稣最后的晚餐干杯。”

我们一饮而尽。我说：

“这杯敬冒冒失失的卡扎穆，他把小学校长揍了一顿。”

艾玛米笑了，说：

“喝二十滴。”

我们一饮而尽。杯里的酒都喝光了，有个机灵的家伙在我们身边喊道：

“朋友们！这里在玩十滴酒的游戏。”

十滴酒游戏开始流行起来。我们斟满了第四杯酒，琪琪妮已经醉了，那个机灵鬼又嚷了起来：

“这十滴为全世界联盟干杯。”

另一个人说道：

“这十滴为联合国干杯。”

“我绝不会、绝不会为联合国干杯，这十滴为印度干杯。”

“不，这十滴为法国干杯。”

艾玛米说：

“先生们、女士们，你们为什么这么吵，这十滴就为瑞典干杯。”

“好吧，但是我要为石油敬二十滴。”

“让石油见鬼去吧！”

有人说：

“你吃的所有东西都沾了石油的光。朋友们，我为石油干杯，敬三十滴。”

我大声喊道：

“各位！你们把这个游戏给毁了。这是十滴酒的游戏，不是什么二十滴或

三十滴。我为贝多芬干杯，十滴。”

说完，我仰头一饮而尽，大家纷纷照做。有人说：

“我敬伊朗和日本银行十滴。”

“为什么？”

“因为户头里那点微薄的存款。”

游戏已经不再受我和琪琪妮的控制，艾玛米一伙人在屋子中间吵吵嚷嚷，大家都踊跃参与。我觉得大家已经厌倦平日的沉默，都想好好宣泄一番，但所有出口都关得严严实实，还蒙了厚厚的尘土，自然谁都不愿交出自己。起先大家商量着玩斗酒游戏，谁一口气喝掉得多谁算赢。但大家打消了这个念头，因为所有人都第二天有事，不能喝倒。然后有人提议“大审判”，可是几乎没人感兴趣。大家又想到了快问快答，被问者必须老老实实地回答大家提出的每个问题，这个游戏又被大家连说带笑地否定了。有人灵机一动，提议即兴表演。那些有夫之妇便安静地坐在那里听一个男人插科打诨，可玩笑开得有些过分，把大家都吓到了。最后大家决定玩“猜猜他是谁”。猜的人先走到外面，大家从朋友里选定某人为游戏对象，猜的人通过提问，从大家暗示性的回答中点出被猜的人。比如，如果问这个人像什么花。

答“像菊花”。

那么这人就有可能是曼苏尔·埃赫特肖密，因为他留着白胡子。

我和琪琪妮坐在房间的角落里，两人都醉醺醺了。琪琪妮朝我这边坐过来，说道：

“我从未谈过恋爱。”

“你多大了，琪琪妮？”

“二十岁。”

“不，我是问确切的年龄。”

“十九岁零三个月。”

“你还有大把的时间。”

“不是这样的。我有个朋友从五岁起就一直陷在爱情里。特别奇怪，但她真的一直在谈情说爱，满脑子都是爱。”

“那你脑袋里又都是些什么呢?”

“我太多话了。一直讲个不停，把谈恋爱的机会都讲没了。”

“好吧，有时你要去倾听。”

“我应该这么做。但是我要倾听什么呢?”

“倾听沉默。这样特别好，你能学到很多东西。”

琪琪妮又往我身边凑了凑，紧挨着我。我虽然已经醉了，但仍感到有些不安。她是个女孩，我对所有女孩都心存恐惧。琪琪妮被选中了，我俩都不太清楚游戏怎么玩。有人向艾玛米提问：

“如果是一只鸟，她是什么鸟?”

艾玛米的回答是麻雀，那人说道：

“是凯缇。”

琪琪妮说：

“不对，是琪琪妮。”

房间里放着优美的音乐。我说：

“琪琪妮，跳支舞吧!”

琪琪妮看着我，在用眼神向我确认。我说：

“是的，当然可以。”

琪琪妮站起身来。我觉得音乐就在她的身体里流淌。她优雅地扬起手臂，踮起左脚转了一圈，站在我面前。她翩然起舞，简直与音乐浑然一体。所有人都安静下来看她，或许还带着一丝惊讶。女孩的舞姿和音乐彼此呼应，仿佛天生就是舞蹈家。这时，我忽然发觉琪琪妮其实很腼腆。她只是在为我起舞，并非因为我是什么重要人物。我向她投去信任的目光，说道：

“琪琪妮，我陪着你。”

女孩莞尔一笑，开始在整个房间里飞旋，舞圈越转越大，从一个角落跃至

另一个角落，舞姿翩翩。她手臂挥舞，仿佛在空中隐约划出一条彩线，欢快而斑斓。她就这样旋转着，大家的眼里没有了别人，只有她。她那舞动的双手和飞旋的身体犹如一条蜿蜒的游蛇，无拘无束，不需要在场任何人的陪伴。我觉得即便身处黑暗，我们也不会撕下自己的伪装。也许大家是对的。也许我们是对的。我并不是一个动辄对别人品头论足的人。我知道人们总是有自己的理由。当人们不再跳舞时，当人们不再高声呼喊时，当人们置身于黑暗的角落时，当人们沉默无语时，总是有自己的理由，一个恰当的、明确的理由。但有时那些理由是鼹鼠般的存在。活在恐惧中的鼹鼠当然有理由这样生存，可最后连视力都因此退化。对鼹鼠来说这的确没什么错，它们本来就生活在无尽的黑暗中，那是它们的权利。但我会时不时地想到鼹鼠。当我一个人在莫尼里耶的家中，在粉色墙壁的小屋里，我会思考几百万年前鼹鼠为什么会躲藏到地下？又为什么会一直待在那里？

我确实不知道自己该如何为鼹鼠辩解。

而现在，今晚的这一刻，女孩就像是一群鼹鼠当中最真实的一抹色彩。我想起身陪她一起跳舞，但我竟然不敢站起来！我的双腿沉重无比，只是待在人堆中。或许我已经醉了。

乐曲结束了。女孩站在屋子中央，有几个人为她拍手鼓掌，我一直看着她。艾玛米又换了首曲子。这回是舞曲，大家纷纷起身，两两结对跳了起来。女孩从屋子中央缓缓朝我走来，我浑身燥热起来。我盘着腿坐在角落里，女孩走过来，坐到我对面。她把手放上我的膝盖，说道：

“我想回家了，你会送我吗？”

我说道：

“好的。”

我们一同站了起来。女孩走在前头，我跟在她身后。艾玛米正在房间的另一个角落，我说：

“我们得和他道个别。”

“没关系。下次再和他道别。总有机会的。”

我们顺着台阶往下走，这会儿到了街上，我挽起女孩的手臂。正值初夏时节，六月末的夜晚凉意习习。女孩倚着车门，车窗开着，长发随风轻舞。我说：

“你想去喝杯咖啡吗？”

“不，我想去你家。”

如果是傍晚，如果我没有喝酒，再如果我是在艾玛米的办公室见到的琪琪妮，以上这些事统统不可能发生。我对女孩子一向很谨慎。但这是在夜晚，深夜，而且我已经喝得醉醺醺了。我说：

“好吧。”

我朝家驶去，醉意渐渐消退，好像又回到了傍晚时分。

车到门前，我熄了火，坐在方向盘前沉默片刻，然后说道：

“琪琪妮，我对女孩有恐惧，女孩们总想着结婚。”

琪琪妮没有答话，她摇上车窗，开门下了车。此刻她站在车外，双手交叉抱着头，朝楼上望去。

我从车上下来，锁好车门，朝家门口走去。她一言不发走在我身旁。到了走廊，我小心翼翼地走到前面。我和邻居们还不熟，心怦怦跳。琪琪妮跟在我身后，我知道这样做不对，应该让她走在前面。但是如果我走在前面，那份惴惴不安的心情便能早几秒钟结束，这更符合我的性格。走到二楼我就准备好了钥匙，免得到了三楼再找来找去耽搁时间。我记不得自己开门时有多迅速。进门后，我四处摸索寻找电灯开关，琪琪妮也跟了进来。我说：

“抱歉，屋里还空着。”

“这有什么关系呢。”

“我只有一张床垫、一条毯子和一个枕头。”

“没关系。”

“你可以睡床垫，我睡地毯。”

女孩有些紧张，说：

“我俩都睡床垫。”

“你想怎样都可以。”

说完她走了过去，坐到客厅中央的床垫上。我进了浴室，看着镜子里的自己，知道自己有些忐忑不安。如果屋子里多些家具我可能会更自在一些，但现状就是这样，还有个女孩在……

也许艾玛米是对的，这女孩可能想做妓女。可她只有十九岁零三个月。女孩在十九岁的年纪不该太堕落放纵，即便她是妓女。

我把手伸到水龙头前打算洗手，却发现双手抖个不停。我照了照镜子，胡子似乎又长出来了，连忙拿出剃须刀还有刮胡用具刮起胡子来，随后又洗了把脸。我的手还在抖。我在心里暗暗警告自己别做傻瓜，最好还是回到房间若无其事地跟女孩道声晚安，然后自己去卧室。

但不出意外，我的计划再次失败。我辗转着要像正人君子那样规规矩矩，可是女孩已经一丝不挂地躺在毯子里，正斜眼望着我，问道：

“你为什么不脱光衣服？”

她说得没错。我站在屋子中央，像个傻瓜一样看着她。发明十滴酒游戏的是我，劝她跳舞的也是我。

我慢吞吞地脱光了衣服，竭力控制自己的紧张和发抖，但无济于事。灯还亮着，这更让我心烦意乱，我不习惯在女人面前展示自己的裸体。和莎姆希一起缠绵时，都会拉上窗帘，昏暗无光。而且莎姆希属于另一类女人，知道什么时候不该看，什么时候不该说话，什么时候不该视而不见。但是这一位，带着异样的目光，像在实验室里仔细观察试管里液体的变化。她那圆溜溜的眼睛好奇地盯着我，嘴角还挂着一丝微笑，浅浅的微笑。我觉得她是在用微笑证明自己很勇敢，一切于我忽然变得简单起来。我想如果这个女孩天性如此的话倒也不错，也算一种类型，陌生的一类，至少对我来说是这样。

我光着身子，始终背对着她，就好像这样背对着她睡了好多年。去关灯时

我也仍旧背对着。熄灯后尽管还是有点紧张，毕竟轻松舒服了不少。我觉得自己像在经受一场精神上的洗礼。我一向觉得人的身体是肮脏的，甚至不会正眼瞧自己赤裸的身体。而现在，我正面对着一双好奇的眼睛，面对着一个十九岁零三个月的赤身裸体的女孩。我忍不住哽咽起来。我想我很肯定这女孩不是妓女，正是这一点让我几乎落泪。但这种想哭、想退缩的哽咽感仅持续了几秒钟而已。

我在一片漆黑中回到床垫上，慢慢钻进了毯子。琪琪妮一动不动地平躺着。我把手搭在她的肚子上，将她拥入怀中。她的手脚都冷冰冰的，我问道：

“你觉得冷吗？”

“不冷，现在不冷了。”

女孩蜷缩在我的怀里，像只小猫，我轻抚着她的长发，来回抚摸着她的后背、腰臀。她的皮肤光滑、年轻，生机盎然。女孩完完全全是纯洁的。她就是一只让男人垂涎的小麻雀。想到这儿，我不由笑了起来。

“你在笑什么？”

“男人们垂涎的小麻雀。”

“是的。”

然后她吻了一下我的脖子。她手脚都暖和过来了，我们相互爱抚着。对我来说以前从未发生过这样的事。我是一个对任何事情都不抱太多期望的人，现在我隐约知道自己为什么会对女孩心生恐惧，是因为在内心深处我是如此珍视女孩，而我对此竟全然不知。现在我知道自己根深蒂固地认为每个女孩都得嫁人，每个女孩都得成为母亲。至少这个问题在我看来是神圣的。现在我终于认清孤身一人时所幻想的一切已不复存在——这种遐想永远是一个女孩和一个男孩，两人有了肌肤之亲，在树下或是在雨天，确切地说就在炎炎的夏日。而后他们在大树的见证下共结连理，生儿育女，孩子们健康伶俐。再而后他们一起抚养孩子，一起日渐苍老。年华渐逝中，感情的纽带将彼此无形地缠绕在一起，任何利剑都无法斩断。现在我意识到这场幻想已消逝远去，终于认清了这

一点。

就这样，在琪琪妮身边，我变成了全世界最胆怯的男人。我想让她主动示爱。触碰一朵你认为无比娇嫩的鲜花需要莫大的勇气。

女孩主动示爱了。她或许醉了，或许确实敢想敢做。而我呢，倒像是一个害羞的处男，好像从未有过女人一般，手忙脚乱。但这一切自然而然地发生了，更像是一场肉体和精神上的奋战。我非常担心这一切毫无愉悦可言，对于女孩来说也同样如此。我这样揣测着，很想闭上眼睛匆匆了事。

女孩安静地期待着，只是偶尔轻声呻吟一下。我不知道这是为什么，哪里晓得呻吟是因为疼痛，我从未遇到过这种情形。缠绵良久，我已经头晕目眩筋疲力尽。琪琪妮在大声呻吟，说：

“结束了。”

她说结束时身体还在颤抖，抖得厉害。我问道：

“什么结束了？”

我浑身燥热起来。女孩平静了下来，这会儿换成了我在瑟瑟发抖，之前从未遇到过这种情况。我问道：

“什么结束了？”

“没什么。对不起。”

“为什么说对不起？”

“我觉得现在我是个女人了。”

她哭了起来。我陡然感觉自己泡在了冰冷的水池当中，恍然大悟。我停了下来，双手撑在女孩的身体两侧，女孩还在哭。她说：

“对不起，我没哭。”

我起身去开灯。房间大亮，因为没有灯罩，灯泡有些刺眼。我返身把毯子扯到一旁，床单上染了血迹。琪琪妮手捂着脸，身子瑟瑟发抖。

我把毯子盖到她身上。必须想点办法。我懵头懵脑地穿上睡衣，朝厨房走去。我想煮点茶，又想起来这里既没有炉灶也没有餐具，只有一块干瘪的馕。

我觉得兴许让她吃点馕会好一些，她可能也想吃点东西，但这块馕已经干了。

我关掉厨房的灯又返回房间，在床垫旁坐下，看着琪琪妮。她还是手捂着脸，但身子已经不再发抖，她问道：

“我是不是太扫兴了？”

我没有答话。她又说道：

“掉眼泪实在是太愚蠢了。是它自己跑出来的，每次不该哭的时候总是控制不住。”

我没吭声。她问道：

“你怎么不睡呢？”

我转身把灯关了，钻进毯子。她吩咐道：

“把睡衣脱掉。”

我脱掉了睡衣。我知道自己正躺在血迹上，做什么都于事无补。此时应该有些爱抚、亲吻，说些爱意浓浓的情话，我大致知道这点，但这些都发生在你真心想这么做的时候。艾玛米告诉我这个女孩想做妓女，当然我也并不是因为她想做妓女才和她发生关系的。可是毫无疑问，我曾认为她放荡，却没想到女孩一直守身如此，这一点从她的外表和举止中是绝对看不出来的。

琪琪妮转过身来面向我，把头靠在我的肩膀上，我右手搂着她，说道：

“对不起。”

“该我说对不起。”

“为什么，琪琪妮？相信我，要是我知道……”

“你没必要知道。我不想让你知道。”

“为什么没必要让我知道？”

“有什么必要让你知道呢？我早该摆脱这痛苦了。两年了，我一直想摆脱这件事的困扰。”

“为什么？你不愿意结婚吗？”

“守住贞洁不是结婚的前提，不然我宁愿不结婚。”

女孩也许是想展现一下自己的勇气。大概是电影看得太多了才对情爱之事有这般想法，觉得自己在做一件勇敢的事。我问道：

“女孩结婚时是处女有什么错吗？”

“是谁希望自己的妻子还是个纯洁少女？是和她一样纯洁的处男吗？”

“好吧，说不定能找到那样纯洁的处男。”

“你是处男吗？”

“不是。”

“你有认识的吗？”

“没有，琪琪妮。”

“那我为什么一定要把自己的贞洁带到一个不再是处男的男人家中呢？”

“我不知道，琪琪妮。但是这样可能会更美好、更庄重。”

“你一定要和一个处女结婚吗？”

“我不想结婚。”

“那你有什么权力去评判女孩呢？难道你真能理解女人的世界吗？”

“不能。”

“好吧，那就去了解吧。女孩是人，她想融入社会，到头来却发现不对，自己不是人，而是一件物品，一件纯洁的物品。她必须一直等待，等到被一位喜欢纯洁之物的买主发现，成为这位买主的附属品。等到变成这位买主的附属品，她会忘记自己原本是想要融入社会的。她不得不站在那位买主的身后，不得不重复着他的一举一动。到那时，天啊，想想女孩的处境吧，如果买主是个愚蠢、卑鄙，又或是低贱的人，那女孩渐渐地也会变得愚蠢、卑鄙、低贱。而这一切仅仅是因为守住了贞操。”

“但是女孩是要生孩子的，这对于一个女人来说非常重要。”

“男人也是孩子的拥有者，这也是事实。”

“没错，两个人都是，但女孩是生孩子的那个。”

“女孩也不是守着贞操生孩子的。先要失去贞操，然后才有孩子。”

“但是必须搞清楚孩子的父亲是谁呀。”

“女孩一直都清楚孩子的父亲是谁。”

“那父亲呢？父亲难道不该弄清楚孩子是谁的吗？”

“父亲如果是一个明智的人，就能理解孩子只是孩子，父亲究竟是谁的并没什么不同，只是将来有一天孩子会出生，这一点很重要。”

“如果意外有了孩子呢，这样的孩子即便出生了也非其所愿。”

“那没办法，孩子的母亲只得担起抚养的责任。”

“那你会抚养孩子吗？假如孩子的父亲不接受他的话。”

“会的，我会抚养孩子。”

“钱从哪儿来呢？”

“我会去工作。”

“你为什么哭了？”

“我哭了？”

“对，就现在。”

“嗯，就是有种想哭的感觉，仅此而已。突然之间一切都变了，意识到这一点我才哭的。”

不。这女孩肯定不想做什么妓女，但她太过疯狂了。她对一些事有所察觉，却过于年轻气盛。我知道现在讨论再多也毫无意义。不管怎么说，她想成为一个女人，并且想和我一同完成这个转变。这让我觉得很开心，为她的这一选择而暗自欢喜。但是我应该给她什么呢？我问道：

“现在我该为你做些什么呢？你想成为我的妻子吗？”

“不。”

“那为什么和我上床？”

“我这么做正是因为不想成为你的妻子。你不觉得为了嫁给他而和他上床是一种居心不良吗？这是诡计，是耍把戏。”

“如果我现在想和你结婚呢？”

“这不一样。人人都会考虑这个问题，但不是现在，是以后，等到我们彼此更喜欢对方的时候。”

“琪琪妮，这是异想天开，你得务实一些，想想看自己还有几年可以过得像现在十九岁这样？”

“你这话是什么意思？”

“生活比这些话现实多了。人们都在忙碌，你觉得大家能有多少时间用来谈情说爱？每个人都得工作，既要为自己做打算，又要为家庭着想。”

“好吧，这是他们的问题，大家都忘记了爱情。当人们看到一个女孩不是处女时会说，哎，她不是处女。他们甚至一刻都未曾想过也许这个女孩是陷入了爱情。如果她还有了孩子，唉，那就更糟了。工作、生活中的一切统统要被迫放弃，最后只能沦落妓院。然后这些人会再去找其他处女，搞大她们的肚子，然后会为了自己的妻儿胡作非为，会去偷窃，会去干那些肮脏勾当，会去犯罪，会相互开战，会囤积贩卖食糖，就像我姑妈说的那样进入战争年代。然后他们会给这些龌龊的勾当找一个合理的解释，理由就是‘我毕竟有老婆孩子，有家族荣誉，我不得不这么做。’”

好吧，人们就是这样，所有这些事都起因于一个女人和几个孩子，也可以是别的女人和孩子，而这些女人和孩子正是在战争中被杀害的人，正是那些晚餐连馕都没得吃的穷人……

女孩突然从床上坐起，黑暗中转身朝向我，用食指指着我，只差几厘米就能戳到我的眼睛，好像严厉的老师手握尺子在学生眼前比划，说道：

“你好好想想成吉思汗有母亲，希特勒有母亲，瘸子帖木儿有母亲，他们的母亲都是些谁呢？”

“我不知道。”

“我知道。他们的母亲都是贞洁的处女，像影子一般追随着那些施行暴政的男人。你明白吗？她们没有任何东西可以给予她们的孩子，她们不懂得爱，也没有能力教育孩子如何去爱。就这样，你明白的。”

“不明白。”

“不明白就算了。”

当然女孩并没有生气，她只是为了争取我的好感，在我的心中博得一席之地。她的性格确实像一只小麻雀，模样自然也迷人可爱。我说：

“显然你正在读那些为越战而泣的杂志。”

“是的，我正在读，我觉得很难过。”

“那现在呢，琪琪妮？你把贞操献了出去，你觉得自己很勇敢吗？”

“不，但是我敢肯定我不是成吉思汗母亲那样的人。”

“为什么？”

“因为我可以去做自己想做的事。我不再是一件物品，我成了普通人，没有任何想向他人卖弄或为我自己辩解的东西。你知道吗，我以前一直觉得自己像一件水晶花瓶，有一个固定的价码。现在我没了价值，一个人而已。你知道吗，现在他们再也不能用十万土曼的彩礼把我买走了，因为我已经不是处女，一文不值。但是这样我反倒可以去工作，去旅行，像普通人一样。我可以手拿一根拐杖走路。”

“为什么要拿拐杖？难道没有脚吗？”

“拐杖吗？”

她没吭声。过了一会儿，她说：

“我曾看过一幅画，画的是一位欧洲修道士，拿着一根手杖。画的下方用拉丁语写了一些字。我问了另一个人，他告诉我上面写的是朝圣者。反正就是旅行家的意思。旅行家的形象在我脑海中一直是配有拐杖的，就像快乐和烟斗总会一同出现在我的脑海中。”

“什么意思？”

“嗯，我觉得快乐的人总是坐在壁炉旁的沙发里，嘴里叼着烟斗。”

我笑了。她又说道：

“现在我再也没有标签了。”

“可是这个标签没人看到。你看上去那么闹腾，谁都不会相信你还是个处女。”

“好吧。现在如果有人不相信的话，他可是对的。”

琪琪妮就这样把头靠在我的左手上睡着了。我想抽根烟。和莎姆希在一起，我总是事先把所有东西都摆好。香烟会放在手边，烟缸摆在香烟旁边，莎姆希总会准备一个大烟缸，大到连烟盒都能放下。如果是夏天，莎姆希会在床边放上一杯蜂蜜果醋，蜂蜜上面还会加些糖浆或是其他什么冰镇的东西。莎姆希从不会把饮食和男女之事分开。也许正因为这样，她成了圆滚滚、肉乎乎的女人。现在和琪琪妮在一起，一切都是杂乱无章的。我想起烟落在车里了，可奇怪的是尽管我很想抽，但顾及到女孩没敢乱动，生怕打扰她睡觉。

“你想要什么？”

她昏昏沉沉。

“我想抽根烟。”

“好的，你抽吧。”

“对不起。”

我把枕在女孩头下的手臂抽了出来，起身在一片漆黑中摸索着穿上了睡衣，然后朝客厅走去。我开了灯，又脱下睡衣，在灯光下注视自己的身体。两腿间还有些许血渍，心中生出一种别样的心情，有点懊恼，兴许还有点难过，我不知道。

我走下楼梯，走廊很冷。屋外很冷。我打开车门，拿起香烟，小心翼翼地上楼。关上门，走到厨房，拿起烟缸回到了客厅，就这样在一片漆黑中吸着烟。

清晨，琪琪妮比我起得更早。我睁眼就看到她站在屋子中间，一丝不挂，肚子和腿上还带着血渍。我说：

“小心，从窗外能看到你。”

“不会的，看不到。”

女孩就这样光着身子站在那里，她望着我，我望着她。

“我能去洗个澡吗？”

“当然，我帮你拿条毛巾。”

睡衣就在床垫旁边，我企图蒙着毯子把睡衣穿上。

“你为什么不掀开毯子直接穿呢？”

“我不习惯。”

“你对自己的身体感到害羞吗？这没什么好害羞的。”

我把睡衣搁在了地上。我可不想让一个十九岁的孩子来教训自己。我决定从此以后做事不能有任何纰漏。

我站了起来。全身赤裸着，有些烦躁但还是忍住了。我走到墙角的箱子跟前，抽出一条毛巾递给她。她问道：

“你不想冲个澡吗？”

“等你洗完吧。”

女孩去洗了。我该去买些早餐，可身体还脏着，等洗干净了再说吧。

我就这样光着身子像个傻瓜一样在屋子里走来走去。家具胡乱堆放着，所有东西混在一起。我觉得这间房子带着一种全新的爱开启了新生活。爱？我不清楚这些是不是可以称之为爱？我从未用过爱这个字眼，在我看来这是一个崇高的字眼。我有些疑惑，不知道应当在何时何地准确地使用这个字，甚至从未对莎姆希说过“我喜欢你”这样的话。我一直觉得如果对某人说“我喜欢你”，就意味着甘愿为她去死。现在我还不知道该和这位不速之客说些什么？说我喜欢你？我的至爱？或是其他类似的话？我想称呼她为琪琪妮就足够了，琪琪妮本身就是一个满怀爱意的词。是的，足够了。

女孩很快回来了。该我去洗澡了，我说：

“我洗完就去买早餐。”

她说：

“好的。”

为了不浪费时间，我洗得很快。该去上班了，不能和女孩太过缠绵。她一定会垂头丧气，一定期待着同床共眠后的第一个清晨有什么惊喜发生。如果楼下的花店开着，我想给她买些花。可是花店很晚才开门，对此我很确定。

洗完澡出来，琪琪妮没在，出去了。我穿上衣服。她的这一举动很让我摸不着头脑。一会儿门铃响了，我心跳加速，昨夜一个处女留宿我家，现在又像晨露一样蒸发了，而后是敲门声。会是谁？

是琪琪妮，怀里抱着一堆吃的。她说：

“我觉得这样更好。对不起，我从你的钱包里拿了些钱，我晚上参加派对一般不带太多钱。”

在我的钱包里翻来翻去，她不是不想和我结婚吗？所作所为却像一个真正的妻子，结婚多年的妻子比白蚁还要熟悉丈夫钱包上的洞眼。不过我什么也没说。

女孩的性情自然而然流露了出来，她一边做着早餐一边不停地絮叨：

“你没有茶杯吗？水杯也没有吗？天啊，连茶都没法煮了。”

“我有水杯。”

我已经买了两三个水杯、几个纸盘子、一把刀，还有些其他的厨房用具，我把所有东西都拿到她面前。她说：

“好的，我们喝点牛奶，再配些馕、黄油还有蜂蜜。”

“你还买了蜂蜜？”

“是的，有什么地方做错了吗？”

她没有看我。

“没有，你做得很好。抱歉，我这儿什么都没有。”

“为什么要说抱歉？”

“还没到一个星期我就过来了。”

“这么说我是这房子里的第一个女人？”

“是的。”

莎姆希之前来过，当然只是过来看了一眼。不管怎样，在我心目中琪琪妮是第二个。她说：

“有意思。”

“什么有意思?”

“我在一个新房子里变成了女人，我觉得这是个好兆头。”

我走到她身后，吻了吻她的脖子。那一刻她突然安静下来，一动不动，或许在期盼着什么。我觉得她在期盼爱情。我搂着她，让她紧紧地贴着我。她慢慢转过身来，头靠在我的胸前。我把她越搂越紧，心里其实并没打算这么做，动作完全是下意识的。我饿极了，心想如果把女孩抱紧一点，兴许会感觉好过一些。

女孩就这样把头靠在我的胸前，搂着我说道：

“我在一本书里读到人类已经在地球上生活了几百万年。”

“天呐。”

“是的。那个时候男男女女就开始寻欢求爱了，但对所有人来说，第一次总是奇妙的。”

“对你来说奇妙吗?”

“不，但现在的我好像有些不一样。”

我把她稍稍推开，看了她一眼，而她没再盯着我的眼睛。女孩确实活泼健谈，但并不是不知害羞。

我抱起她去了客厅，将她轻轻放到床垫上。她有些惊慌，一言不发。我在她身旁躺下，轻轻吻她的脸颊。

这一次的缠绵完全是炙热的，激情似火、完美无缺，就像八月里一个悠长的午后。

窗外乌云密布，要下雨了。我静静地躺在琪琪妮的身旁，她把头枕在我的手臂上，她问道：

“你想和我交往吗?”

“是的。”

“那好，我们来定个协议。”

“什么协议?”

“就是不对彼此说谎。”

“好的。”

“任何时候我对你的爱结束了，就离开；任何时候你对我的爱结束，你也可以走。”

“好的。”

“我们两个人彼此互不干扰，也不许相互猜忌，不许纠缠对方。”

“好的。”

“不许刨根问底，不许问没意义的问题。”

“好的。”

“你饿吗?”

“不太饿。”

“现在我们该吃点东西了。”

“好的。”

我对着她的脸笑了笑，这会儿她又开始盯着我的眼睛。我说：

“我该去上班了。你打算做什么?”

“我准备回家。”

“你的家人不会担心吗?”

“说好了不问没意义的问题。”

“好的。”

我们站在厨房吃了些馕、黄油还有牛奶，琪琪妮问了些房子装修的事，我解释了一番，她很欣赏艾玛米的设计。时间一分一秒过去，我越来越焦急不安，已经耽搁了两个小时，必须抓紧了。我说：

“琪琪妮，我们得快一点了，我耽搁太久了。”

她问道：

“我什么时候能再见你？”

“你有电话吗？”

“有。”

“我这里没有电话，还要再等两三个星期，不过我把单位的电话号码留给你。傍晚怎么样？”

“好的。”

我们约好傍晚在一家咖啡馆见面。然后女孩和我告别，她想一个人走。在门口，我亲了下她的脸蛋。她说：

“傍晚见。”

说完离开了。我匆匆系好扣子，扎好领带，来到窗前，只见琪琪妮正走上对面的人行道，身后是一片尚未起楼的荒地。她缓缓踱着步子，忽又停下，若有所思。这样默默站了两分钟，又孩子般蹦跳了两下，然后步态如常，渐渐走远了。

我就这样目不转睛地看了她两分钟。她很美，高挑动人，如此完美，无可挑剔。这是一个欢快开朗、伶牙俐齿、天真单纯的女孩，身上没有秘密。我突然觉得像是给了一把钥匙，将紧闭的大门统统打开，她的表现明确无误地说明了这点，这个发现让我欣喜。但我仍旧迷惑的是，不知道接下来会发生什么。人们总能从报纸上读到那些关于男欢女爱的荒唐事，自然会迷惑，我甚至闪过一个念头，如果女孩对我突发怨恨，去法院起诉我，让我声名狼藉……

当然，这不是她的本性。可是我对她究竟又了解多少呢？必须谨慎行事，这世道让人变得小心翼翼。我想象着有一天在报纸上看到自己的照片，一条黑线遮住了我的眼睛，也许是当局下令这么做的。照片的下方还会注明：某人因强暴一名十九岁零三个月的少女，昨日在其住处被捕。

我顺着楼梯往下走，想象着自己拍照时的情形——站在警察的办公桌前，

警察的脖子上都挂着新月状的标牌，琪琪妮站在我身边，警察看着我，照片就在那个瞬间定格了，可能是角落里某个值勤警察按下的快门。我确信是当局下的命令，登报时用黑线遮住了我和琪琪妮的眼睛。接着我会在报纸上读到如下消息：

“昨晚，因接到凯塔雍女士的控诉，阿赫玛德某某某被捕，该名女子声称在一个夏夜被该名男子强行灌醉并对其进行了侵犯。基于该名女子的指控，公职人员阿赫玛德某某某于二十一时三十分在其住所一处两居室公寓中被捕。该名男子声称该名女子自愿来到这间新建的公寓，随后受到侵犯……”

我坐在轿车里，不由自主地笑了，继续往下读：

“……凯塔雍女士声称该男子强行对其实施性侵并导致其怀孕，目前该女子正处于待产期。根据法律规定，阿赫玛德某某某面临两种选择：同该名女子结婚或坐牢。据值勤警察称，阿赫玛德某某某已准备同该名女子结婚。”

交通糟糕透了，我在十字路口堵了一刻钟。我觉得这些新闻毫无意义。女孩看起来家境不错，还是个大学生。说不定过两三个月，某位男士就会给我打来电话，问道：

“是阿赫玛德先生吗？”

“是的，我就是。”

“我是凯缇的父亲，我想和你见一面。”

“好的，听您的。我们在哪儿碰头？”

“音乐咖啡厅，可以吗？”

“当然可以，当然可以。”

到那时，我会和女孩的父亲一起喝茶，然后自觉羞愧难当，四下张望，最后结了婚，说不定婚后六个月就有了孩子。

我被女孩可能怀孕的念头吓到了，此前从未有哪个女人怀上过我的孩子。我不知道莎姆希对此会怎么做，我应该去问问她。这个问题头一回引起了我的关注。

我走进办公室，穆罕默德·扎德仔细打量着我。我忽然感觉他就是凯塔雍女士，她没去法院告我却径直来到我的办公室，一直嚷嚷着昨晚发生的事。

穆罕默德·扎德说道："一早到现在，艾玛米先生已经来过三个电话了。"

电话又响了，我说：

"可能是他。"

我拿起电话，果然是艾玛米。他问道：

"老兄，你在哪儿？"

"办公室，我来得有些晚。"

他又问道：

"你和那女孩在一起吗？"

"和谁？"

"凯缇。"

"怎么了？"

"你把她带回家了。"

"好吧，是的。"

"你说实话。"

"什么实话？"

他说：

"不说就算了。家具十天以后能备齐。"

"所有的家具吗？"

"所有的。"

"太好了。可是怎么这么快呢？"

"因为是你吩咐的事啊。"

"真是太感谢啦。"

他说晚上要去老街上的那个老地方，如果我也想去的话可以和他一起。

我和琪琪妮已经约好了，而且我确实应该和女孩好好谈一谈，昨晚没交代

清楚的事也该说清楚。于是我说今晚去不成了，但是星期五的时候我会去。我愿意见一见那些老朋友，特别是侯赛因，他曾像流星一样划过我的生活。房子、艾玛米、琪琪妮，现在还有我的那些老朋友，原有的生活秩序开始分崩离析。或许生活本就是这样。我们约定了下次聚会的时间。看我一直忙于应付，穆罕默德·扎德似乎想探测我生活中究竟发生了什么，问道：

“是在为钱的事发愁吗？”

“不是，为什么这么问？”

“我以为这个人可能是来要钱。”

我说不是的。他又说如果我急需用钱，让我不必担心，他认识一些放贷的，都是些年迈不中用的老头，还有寡妇。这些人不贪心，有一丁点儿利润就心满意足了。我向他保证如果有需要会让他知道的。

傍晚时分，我该去咖啡馆了。我在喧闹的街头慢慢梳理思绪，等会儿该和女孩说些什么。我确实不清楚自己对她究竟是一种什么感觉。女孩将我生活中的一切都搅乱了，我竟对此浑然不知。为了让我听明白他在讲什么，穆罕默德·扎德把同样的话重复了好几遍。十一点，我甚至忘记了喝茶。我在外面吃的午饭，免得和同事打招呼时思绪被打断。喝茶、吃饭这一切都伴随着某种愉悦感。我不太清楚各种情绪状态的边界到底在哪儿，我甚至不知道饥饿到底是种什么感觉。我希望每种状态都有明确的边界，能够清楚地告诉我现在究竟是快乐的，悲伤的，还是疲倦的厌烦的。但很遗憾并不存在这样明确的边界。我只知道一想起那女孩，空落落的感觉就随之而来，仿佛心头突然被剜掉一块肉一般。那天就是这样，猝不及防。尽管这种情况并不算太糟糕，但是一想到女孩我还是有些恼火。女孩很漂亮，这没什么可说的。但是她有什么权利不经允许就闯入我的生活？现在无论我是否愿意，我都要对她、对她的出现承担责任。我绝不是一个胡作非为的人，从来都不是。我不想改变体制，也不想改变规则，我不是一个热衷革命的人，也根本没考虑过革命。我从未费力琢磨过女

人到底是否想有所改变，我根本不会考虑这些。我需要一个像莎姆希那样的人，身处这个世界只有一个想法，就是让她的孩子们有出息，不走歪路、不游手好闲、不是大烟鬼就好。而她自己只需要有个男人时不时地关心爱抚她一下。

现在一个女孩走进了我的生活，她想特立独行，想打破陈规，想按照自己的意愿阻挠成吉思汗们的出生。

我忍不住放声大笑。女孩的话令人耳目一新，但是在成吉思汗的降生这一点上，我觉得除了她所说的，其他的解释都行得通。成吉思汗的确是由一位母亲生下来的，她在很短的时间内遭到三个男人的侵犯，一切尚好，不过她不再是处女了。同时我在任何历史书中都没有读到过从心理学或是母子关系角度对成吉思汗的解读。我试图在脑海里构想出成吉思汗母亲的样子，但是我对蒙古人的服饰、生活方式一无所知，只知道他们会把生马肉塞到马鞍下面，这样肉会变得更加松软更方便吃了。我不知道女孩是否了解马肉的事，看起来她之前一直在琢磨成吉思汗母亲的事。

反正我不知道该为女孩做些什么。是该为她不想保守贞操而拍手叫好？还是该和她爱抚调情？或者正因为她为此事雀跃并选择了我，我就该和她结婚？

我真的不知道如何是好。那是一个紧张不安的夜晚，琪琪妮就那样出现了。那一夜，身处一间奇特的房子，身旁都是建筑师，一切都与我所熟悉的大相径庭。那一夜，我下意识地试图让朋友明白我并不是一个冷漠的人，在我身上也能发生很多事。然后，一个女孩从人群中悄然出现，她想和成吉思汗们交战，把贞操献给了我。也许是希望我能加入她单枪匹马的阵营，可这场战役是盲目和徒劳的。

我突然为女孩感到惋惜，又令我心潮澎湃。她很早便有机会和艾玛米或是别的什么朋友发生关系。而我出现了。也许她的额头上天生注定写着十九岁零三个月的时候有个蠢货会出现，想在一晚上把自己的想法和盘托出。那个蠢货仓促之中买了一间两居室的公寓，突然将自己的生活搞得一团糟，和他一贯的

行事准则背道而驰，又和一个女孩发生了关系。

当然了，女孩就像一只叽叽喳喳的小鸟，在迁徙的鸟群中掉了队，只好躲在窗户后抵御严寒。但是如果说女孩本就打算寻求他人的庇护，那这个想法必定会很快破灭。我想给她讲一讲广泛存在的压迫，还有女性在社会中的真实处境。我想和她挑明，让她有些许畏惧，在谈情说爱时不要如此轻率莽撞。

我停好车并暗下决心把这些事统统和她解释清楚。

女孩正坐在靠窗的桌子旁，读着报纸，没看到我。我下了车朝咖啡馆走去。我想象着自己飞快地来到桌旁，用食指挑起她的下巴，说：

“琪琪妮！我亲爱的女孩！”

然后开始向她解释这些事。但是直到我走近桌子，她仍没看见我，正认真地读着报纸。随后，抬头一看到我便笑了起来。她打扮得简单而整洁，一件蓝色的亚麻衬衫，一串象牙细珠项链。她把头发扎了起来，头发染成了蓝色，脸上擦了薄薄的面霜，很白净，脸颊还涂了淡淡的腮红。她说：

“请坐。”

我在她对面坐下。她笑得那么灿烂，我也笑了起来。我问道：

“你还好吗？”

“很好。你想吃什么？”

“不疼了吗？”

她低下头，说道：

“不疼了。你想吃什么？”

“你想吃什么？”

“我想喝茶。”

“我想喝一点伏特加。”

“你总喝伏特加吗？”

“经常喝。”

“你最后会死于胃癌的。”

“没关系。”

我点了伏特加，琪琪妮要了一杯茶还有甜点。她心情很好，一副兴高采烈的样子。我说：

“我很担心你。”

“为什么？”

“如果怀上孩子，会很可怕的。”

“不会的。”

“怎么不会？”

“说好了互相不问这些没意义的问题。”

我说：

“但是这关系到我的生活，不是没意义的问题。”

“好吧，总有办法，不会有事的。”

女孩是如何知道这些办法的呢？她好像看出了我的诧异，说道：

“听我说！这两年我一直想从这一困扰中解脱出来，所以对这个问题思考很久了。就是这么简单。”

“好吧……”

“是的。这种男女之事有什么不同寻常吗？你为什么不想一想女孩也可以琢磨这些事？这些事其实很简单。”

“你到底在干什么呢？”

“我在读书，读法律，政治法。”

“读完后你想干嘛？”

“我想周游世界。”

她笑了，又眨了眨眼睛：

“我可以带着政治法专业好好地周游一番世界。”

我觉得这一切都得益于她优渥的家境。我从十八岁起就不得不工作，一直熬到二十四岁才有机会上大学，我觉得自己在本科和研究生阶段已经竭尽了全

力。现在女孩在读政治法，之后还要去环游世界。我不了解女孩们的梦想，从未和任何女孩打过任何交道。也许她是对的。我问道：

“你父母是做什么的？”

女孩的父母在伊斯法罕，她则和抽鸦片成瘾的姑姑一起生活。女孩平日里无拘无束，姑姑整天坐在抽鸦片的火炉边和朋友闲扯。姑姑在社会底层，女孩则混迹上流社会，相互间有时四五天都见不到对方的人影。她的父母都在伊斯法罕。事实上是她的母亲和继父。他们对女孩的事不太上心，一心扑在别的孩子身上。女孩一个人晃荡。也不是完全无所事事，她还在读书，现在大学二年级，业余时间结识一些朋友。我觉得她是想攀高枝，她的朋友可不是大学生，都是上过大学的建筑师。她说和年纪相仿的或是同龄人打交道感觉很无聊，她想和比自己年长一些的人来往。她想当一名环球旅行家，她从中学五年级的时候就考虑着如何从保守贞操的困扰中脱身。这些事情她都深思熟虑过，或许也正是经过一番考量才选择了我，并令我焦虑不安。我问道：

“嗯，为什么是我？”

她说艾玛米或其他人的眼神总让她心生恐惧，像是在估价一样。她说：

“他们一开口我就能明白，他们等于在说‘是件好东西。’”

她说她不喜欢这样的措辞，也不喜欢这样的眼神。而那一晚，她在我的眼神当中没有读到这种估价的神情，似乎她在见到我的第一刻就有一种别样的感觉。那一晚，在宴会上她看到我一个人来回徘徊，和大家聊不到一起，处境尴尬，最终导致她选中了我，来到了我家。她想让我明白她对我没有任何期望，只想和我交个朋友，一点点友情。她说如果集市上有卖友情的话，她会去买的。但是朋友不是在巴扎里随意出售的，友情不可以买卖交易，必须付出辛劳和努力才能结交到朋友。

十岁的时候，我曾以为一伸手便可以摘到星星。那时，我住在母亲家中，两年之后她便过世了。盛夏的夜晚，我都会睡在屋顶上，张开手臂企图摘下星

星。但我的手总是够不到那些星星，兴许是困意来袭催人入眠的缘故。可我相信终有一天人们会摘下星星，细细抚摸。

十六岁的时候，我和侯赛因想一起征服世界。我依稀记得那时候我们整天在学校里讨论得热火朝天。侯赛因比我年长一点，也比我博学，读的书更多……十七岁的时候，我们整晚在灯下讨论学业。我们觉得如果不互相讨论一番，如果不对世界的命运各抒己见的话，一切都将混乱不堪。我们就像倒挂在树上栖息的麻雀，爪子紧握着树枝，守护头顶这一方世界。我们，尤其是侯赛因，认为如果有一天我们停止了对这个世界的思考，世界便会消亡。我们都深受他的感染。就这样，侯赛因的友情如同在我们头上撑起的一把伞。在这把伞下，有安宁、有他的存在、还有那份情感，可以带领我们直抵世界尽头，所有事情也都变得简单起来。我们聊死亡、聊遇害，似乎这些都是微不足道的事，像其他事一样稀松平常。遇害身亡也无妨，一样可以坐下来讨论，对死亡进行一番评价，它究竟是好，还是坏。

我回想起侯赛因在学校里挨打的事。有人想把我们赶出学校，侯赛因来从中调停。我至今还记得他挨了一顿揍，嘴角划开一个口子，缝了三针。我回想起自己紧紧攥着的拳头，手掌都被指甲抠破了，过了很久伤口才愈合。我回想起那些因他而心怀梦想的日子，自己是如何追随他、拥护他，直到世界的尽头。

但到了二十、二十一岁的时候，这一切都结束了。我们彼此突然有了距离。我心里还会惦记侯赛因，却伴随着一丝恐惧，可能恐惧更甚于友情。打那以后，我们偶尔还会在街上、别人家里、咖啡馆相遇，互相问候，随便聊上几句，接着各自离开。我们之间突然横生一道峡谷，有整个世界那么宽，用尽一切办法都无法逾越。我们各奔东西，曾信誓旦旦要做一辈子朋友的情谊结束了，曾经想一同征服全世界的感觉也消失了。而今，我有机会重回旧梦。

现在女孩出现了，就像铺架在峡谷间的一座桥。她想交朋友，还知道朋友不是在巴扎里随意出售的。和女孩在一起时不会心生恐惧，反而有种无所畏惧

的感觉。约定下星期去见侯赛因，我觉得这并非偶然。也许我希望自己能有所改变，也许我已打碎幻想，要回到真实生活中去，接受现实中的所有责任。我问道：

“琪琪妮，你曾想过把星星摘下来捧在手心里吗？”

琪琪妮笑了，好像已经同我相识了千年，说：

“是的。”

我说：

“我觉得交朋友也是这样的，如此艰难，又如此简单。你说得没错，从集市上是买不到朋友的，只有诚恳努力才能收获情谊。”

琪琪妮安静地看着我。我接着说道：

“但可惜情谊是由一个个瞬间组成的，重要的是那些美好的时刻。或许明天我们就会发生一千零一次争执，所以当下的时光才是有意义的。就像我们面对面坐着的这一刻，没有任何争论。”

“我觉得情谊是可以稳定下来的，不仅仅是那些重要的瞬间。那种永恒的状态才是重要的，情谊意味着信任。”

“对什么的信任？”

“对某种东西的信任，那才是情谊的秘诀。”

我说道：

“可能你不懂我在说什么。有时关系很好的两个人也会出现分歧，有着天壤之别，甚至分道扬镳，就像两道峡谷。但是那些美好的记忆会存留下来……”

“对，就是这个意思。我想说的和你一样，不过换了个方式。我该怎么说呢？一段情谊的背后肯定是有缘由的，它是情谊的秘诀，这个秘诀即是信任，对某种东西的信任。我不清楚它具体指的是什么，但肯定存在这样的东西。”

“但是有时候这种信任是错误的，是不正确的，有违你本性的。你不得不终结这份情谊。”

“不，你没明白。我觉得情谊所包含的意义远不止你说的这些，你从未有过那种想俯首跪拜的冲动吗？

“对什么东西？”

“对任何你信仰的事物。”

“我没有信仰。”

“好吧，又是我没说清楚。这么说吧，有一次我在沙漠里，傍晚时分，太阳缓缓落下。那是秋天，霞光映红了树叶。我独自一人站在那里，有那么一瞬，我很想面朝夕阳俯首跪拜。那种感觉非常强烈，于是我对着太阳俯身叩头。我当然不是什么太阳崇拜者，但是我知道自己当时和太阳正处于某种非常美好的和谐中，尽管后来我再也没想起过这事。”

“你讲得很美，但是太阳和人是不一样的。”

“没错。但是每个人和大自然都有相通点，有一天你会突然发现他或她有着海一般的性情。当然我指的不是真的海，而是如海一般的人们。纵然时光流逝，千年以后再也见不到这个他或她，但是对海的记忆会一直印刻在你的脑海里。”

“那是你的记忆，不是现实。然后问题来了，这个他或她究竟真的似大海一般，还是你觉得很像而已呢？”

“这不重要。若是有一天，只一天，你的内心能被唤起这般感觉就足够了。你肯定会在生活中找寻到那种似曾相识的感觉，这种熟悉将伴随你直到生命的最后一刻。你知道吗，阿赫玛德，我对出现在自己生活中的很多人都心怀感激，他们甚至都不知道自己会一直盘踞在我的脑海中。”

我说：

“我认识不少胸怀似海的人。我不知道这感觉是否准确，反正我的内心是这么告诉我的。”

这样的交谈让我倍感温暖。我已经很久没有这般和人交流了，甚至自言自语也让我觉得陌生。我也已经好些年没思考过这些问题了，已经把它们从心

底、从脑海里统统赶走，紧锁心扉。然后我和琪琪妮说起了侯赛因，琪琪妮是这么多年来第一个听我谈及侯赛因的人。我给她讲了过去令人心酸的十年，他的思想是如何一点点被蚕食，如何沦为囚徒。我说有些人今天还在，明天就会消失不见。我告诉她酒吧里那些烂醉如泥的人最后都成了瘾君子。我还谈到了自己，这些年一直被恐惧所笼罩，度日如年，只能一个人蜷伏在角落，躲进自己的世界。我没有谈及恐惧，也没说自己曾经多么害怕，但是我告诉了她面对恐惧时的反应——我把自己囚禁在房间里，独自面壁。

多年来我一直避而不谈的想法统统回来了。女孩会说些什么来回应呢？女孩并不了解我们这一代，也没读过关于我们这一代的书籍，只是在众人的口耳相传中听闻了一些事情。她曾在一些诗句中发现了蛛丝马迹，通过其中的故事描述，来到过那个混乱的世界，在黑暗中摸索过。那些政治进程混淆在了一起，她知之甚少。年代全被搞混了，一切都变成了模糊的记忆。我们就这样在杂乱无章的时代中前行并交谈着。女孩试图将她所了解的一切和我的保持一致，我突然明白了这些年自己对身边发生的那些事是多么地视而不见，我和世界之间似乎隔着一道磨砂玻璃门。我的世界，包括了办公室、莫尼里耶的两居室房子，还有大学。而大学呢，包括了匆忙赶路、上课和匆忙离校。我忽然发觉自己和大学时代的朋友已经完全断了联系，高中时代的朋友也是好多年不见。我自言自语道：你好啊！瞎耗子！

我说：

“琪琪妮，我很失败。”

女孩不明就里，正准备将我从凌乱的旧时记忆里拉出来。当然，我应该是个英雄，女孩一直如此理所应当地希望着，但万一我是个失败者呢……

女孩凑过来，轻吻了一下我的脸颊。每次触碰到女孩，我的心就七上八下的。这次也是，大脑一片混乱。我不由自主地亲了一下她的脸颊，她又亲了我一下，我们可以就这样继续下去，直到世界尽头。

“对不起！”

一位服务生站到我们面前。

“对不起！这些行为在这里是禁止的。”

琪琪妮问道：

“为什么？”

“我不知道，女士。这是规定。”

服务生气冲冲的，一副想揍人的样子。我说：

“我们去别的地方。”

我想把当下的状态多维持一会儿，尤其想和那位服务生解释一下，告诉他我是一个怎样自律的人。比方说我甚至在独处的时候都会把自己的真情实感隐藏起来，刚才的一两秒钟其实是情感的自然流露。如果那名服务生知道这些的话，肯定会友善一些。但是你不可能和一名服务生谈论这些，你几乎不可能和任何人谈论这些。

我们去了瓦纳克那里的一个花园。那儿有一间老咖啡馆，外面的水池里野鸭成群，几张桌子围在池边，还有很多古树，服务生们像子弹一般在餐桌之间来回穿梭，不经意间就把一杯杯酸奶和还没削皮的黄瓜摆到了桌上，然后是腌菜、沙拉，接着是刚点好的菜。

琪琪妮一直不知道咖啡馆长什么样。古树环绕，池里长满了碧绿的水藻，角落里摆着摇摇晃晃的四角餐桌，琪琪妮觉得这是她长这么大见过的最漂亮的地方之一。她兴致很高，调制起了黄瓜酸奶，又撒了些胡椒粉和盐，然后分成两份，盛到我和自己的碟子里，说如果再有些薄荷会更完美。

我往杯里倒了些酒，第一杯酒为我们两人的相识而饮；第二杯是敬给侯赛因的，我们又一饮而尽。不管怎么说，不曾谋面的琪琪妮成了侯赛因的朋友。可是接下来她告诉我她不想再喝了，说这两杯酒足以让她明白自己其实不喜欢喝酒。她的这个决定让我很开心，尽管劝她酒的那个人正是我。

我觉得侯赛因又回来了，那个十八九岁的侯赛因。或许是因为我对面正坐着一位十九岁的女孩，杏眼圆睁，认真地听我讲的每一句话。十九岁是一个突

发奇想的年龄，或许自己都不知道已经做出某个决定，这个决定往往会影响一生。我在十九岁的时候决定封闭自我，躲进一处安全、舒适的空房子，与世隔绝。如今一位十九岁的少女把我重新带回十九岁。这十五年我似乎一直在原地打转，而今又重返十九岁时的状态。可能是她把年轻的感觉传递给了我，那种年轻、简单的感觉。她正坐在我的对面微笑，每一件小事都会令她惊叹、雀跃。我想起了玛弗图恩・阿米尼的一首诗：

你的明眸从叶子里窥见了整座花园……

我们一起吃着饭。女孩说我应该见一下她的姑姑，倒不是因为姑姑是长辈，只是因为这个女人很古怪。女孩说：

“我到现在也不明白她这样过日子到底是愚蠢还是聪明过了头。”

这个女人一直抽大烟，几乎终日卧在大烟灯旁，讲她年轻时候的那些事，总是请三五个人去她那儿闲坐。女孩说：

“她的有些举动真是粗俗不堪，有时会突然冒出一句‘最后黄龙可得天下’。还有时，她会祷告明天就是世界末日、重生之时。她还会突然评论政府的经济政策。你会见识到的！”

我问道：

“你姑姑会变成这样是遇到过什么事吗？”

“我不知道。但好像是十几、二十年前，有一天她在街上遇到一伙人，那伙人正在集会还是别的什么。从那以后她就茅塞顿开了，用她自己的话说，就是‘有个爆竹在脑袋里炸开了’。”

琪琪妮笑了，接着说道：

“反正自从爆竹这么一炸，我姑姑倒是稍稍关心起社会来了，从那时起就相信‘黄龙’会得天下，终日坐在大烟灯旁。”

“为什么？”

“因为她说与其做一件力所不及的事，不如使劲抽大烟，直到有一天一命呜呼或者黄龙得了天下，又或是捱到世界重生。”

我说：

“我觉得当下是最好的。”

“为什么？”

“你姑姑说的三种情况不管实现了哪一种，都明摆着说明大家省得再为她这个不中用的家伙而烦恼了。”

说完我笑了。琪琪妮没有笑，她说：

“你应该试着对别人友善一点儿，她又没做错什么。”

“她是没做错什么，但也没什么优点啊。”

“毕竟是她在家里照顾我，这算一个优点。”

“你一个人也可以生活。”

“没错。但不管怎么说，她还是有可取之处的。”

“什么可取之处？她抽大烟花掉的这些钱可以供五个孩子上学读书，或者可以把她的房子分给四个流离失所的家庭。”

琪琪妮想了想，说道：

“不管怎样她一定是有优点的。”

那首诗一直在我的脑海中徘徊，驱之不去，我说：

“琪琪妮，你听听这首玛弗图恩·阿米尼的诗：

‘你的明眸从叶子里窥见了整座花园

你在园中徜徉，耳朵吮吸着树影的芬芳

在流光溢彩的时空里，你喃喃自语

那一刻，你的心房生出节节茎秆

恹恹欲睡的你，左手折下一截

右手握住秀刀，琢成十节箫笛，

梦中天真的牧童偷走箫笛

坐在你惺忪的睡眼上吹奏，宛如身处青翠的山丘
微风习习，笛声飘荡在无垠的旷野
你终将感受到无比的壮阔
在那里，以别样的视角
你将整座花园
视如一片叶子！’”

琪琪妮面带微笑倾听着，然后俯下身在我脸上亲了一下。这次没有被服务生瞧见，这家咖啡馆果然更惬意自在些。

我们一起回了家。女孩想去我家，而我已经把一大早就在心里准备好和女孩说的话忘得一干二净，明明想好和她讲责任、义务、贞操这些的，但是一切就这么自然而然地发生了，一如往常，和我毫无关系。一个女孩走入我的生活，好像从我来到这个世界开始她便出现了并与我同在。无论是昨晚还是今天，眼前发生的这一切都不足为奇，一切都简简单单。

女孩洗完澡回到了房间，身上裹着一条毛巾。她来到我面前，站在那里望着我。我想亲吻她，我觉得爱抚时两人应该是拥吻着的。我把脸深埋在她棕色的秀发中，我的意识在她的体香中渐渐模糊。

第二天是一个不同寻常的星期五。我们一直在床上呆到了中午，琪琪妮用了整整两小时向我讲述她的生活经历。尽管父亲去世时她已经九岁，但琪琪妮已经不太记得父亲的模样。她的母亲年轻貌美，还带着一笔数目可观的遗产，肯定是要改嫁的。母亲改嫁时，琪琪妮才十一岁出头。继父人不坏，但是当孩子们在一起时——有母亲的孩子，还有继父的孩子——琪琪妮渐渐被冷落，继父只是偶尔抱怨她太能说了。

她就这样在抽大烟的姑姑家和继父家轮住了好几年，最后在中学五年级的时候来到德黑兰和姑姑同住。她有一大笔遗产，虽然每个月开销都很大，但不用为钱担心。她稀里糊涂选读了政治法，是因为参加高考被录取的。最近这段

时间她在考虑去欧洲或美国，因为有朋友去了那里。她那整日与大烟为伴的姑姑建议她留下来读完大学，她同意了。现在她就在这儿，在我的床上。

琪琪妮的孤独和我的孤独是如此相近。母亲癌症去世时，我才十四岁。我很少去看望仍健在的父亲，他和现在的妻子、孩子住在一起。早在母亲患上癌症之前，两人就分开了。我不爱我的父亲，尽管母亲去世后他对我关爱有加，现在也偶尔会给我打电话，问候一下近况。逢年过节我会去看望他，可面对他的那群孩子总有一丝恐惧，名义上他们是我的弟弟妹妹。我对父亲没有任何感情，也不知道为什么会这样。我们之间只有血缘关系，我可以轻易地弃之不顾。我和琪琪妮都是孤零零的一个人，或许正是这一点将我们带到了同一张床上。

我们该吃些东西了，家里什么都没有，我们穿上衣服走出了家门。外面阳光明媚，云朵时不时地飘过城市上空，微风轻抚，带来丝丝凉意，但又随即悄然而逝，紧跟着袭来一股股热浪。琪琪妮挽着我的胳膊，我俩都不喜欢新婚小两口那样挽手同行，那不重要，或者说我们交往的时间还太短，这种亲密可以忽略不计。

她问我生活中除了她还有没有别人。我坚定地回答，没有。关于莎姆希的事是琪琪妮无法理解的。我和莎姆希的关系算不上爱与被爱，从本质上说，我俩的关系绝对套不上这种定义。莎姆希是我生活的一角，像小拇指一样，一直长在那里，毫无觉察。莎姆希实际上是我血液的一部分，在我的血管里，不需要公之于众。她一直在，自始至终。岁月漫长，她可能会被暂时遗忘，但是将来有一天，当我轻抚旧物，追忆陈年时，依然会想起她来。莎姆希就像一种简单又天然的食物。她期待不高，充分耐心，仿佛生来为了忍耐。她在我心里就是这种简简单单的存在，是我生活里的小拇指。所以我干脆地答道：

“没有。”

“那你都干了些什么呢？”

“你的意思是我都干了些什么事吗？”

“没有女人，男人是无法生活的。”

“有的男人没有女人也一样生活。”

这种人像耶稣一样寥寥无几。

“好吧，说不定我有某种解决办法呢。”

“比如？”

“这和你有什么关系呢，小可爱。”

“我对真主发誓绝不是要打探什么。”

“那你为什么还在问呢？”

琪琪妮沉默，陷入了沉思。我们来到一家烤肉店，我问道：

“想吃烤肉吗？”

“当然，为什么不呢？”

我们走了进去，星期五的烤肉店一如往常的热闹。和琪琪妮在一起的这些天，每到之处都分外有意思，随便去哪儿都可以，不会挑三拣四或心生不快，问题是两人太粘了。可这样也很好，即便是在烟熏火燎的烤肉店里。琪琪妮问道：

“你喜欢吃烤肉吗？”

“不太喜欢。”

“那你为什么还要吃呢？”

“比吃其他的便宜。”

“炖肉更便宜。”

“很难找到一家做炖肉做得干净的店。”

就这样你一言我一句地闲聊，简简单单，没什么不好。这是一次不寻常的尝试。相识的最初，每个人都试图谈论自己所知道的最艰难、最离奇的事，不过很快一切便变得稀松平常了。会聊吃的，聊男女之事，还会聊交通、堵车、什么东西名贵、什么东西便宜。

琪琪妮想请我，我没同意。她这是在嘲笑男人，我做不到欣然接受，也不

习惯让女人来请客。我正按捺不住要发火，女孩及时注意到了我的不快。

我付了账，两人出了门。今天晚上该去找那帮老朋友了，我之前和琪琪妮说过这事，她知道我约了去见朋友，坚持要和我一起去酒吧见一见侯赛因，可我不想。酒吧不是女人去的地方，而且我不确定这么多年后朋友们能否真正接受我。我得一个人先去探探路，况且这会儿离晚上还早着呢。

我们缓步走到巴列维大街，一起去看了场电影，我已经记不得是什么片子了。之后又去了一家咖啡店，然后相互道别。我们约好第二天晚上再见，便和琪琪妮分开了。

这两天琪琪妮一直在我的脑子里盘旋，她就这样走进我的生活，突如其来快如闪电，让我无暇他顾。现在她走了，我可以慢慢整理思绪，将她搁置几个小时。我沿着塔赫特贾姆希德街边缓缓走着，想这么一直走到位于老街的酒馆，然后喝完酒可以搭艾玛米或是别人的车回家。

有个男人从十字路口的电话亭走了出来，可能刚打完一个普普通通的电话。我却忽然兴致大发，进去给莎姆希打了一个。出乎意料的来电让她很开心，吃惊，又有些担忧，问我是不是生病了。也许艾玛米是对的，说我是一个冷漠的人。不然一个不经意的去电不会如此反应强烈。我问了问她和孩子们的情况，一切正常。她说想去马什哈德一个星期，之前许过愿，现在要去还愿，星期二的车票已经买好，不会影响我星期一的安排。我心里生出一丝愧疚。我当然对莎姆希没许过什么承诺，但正因为这样，琪琪妮的出现让我内心隐隐作痛。我答应星期一会去找她，在她那里一直待到深夜。我甚至还说去车站送她，她没同意。我想着星期一的时候一定给她买件东西。一件小礼物，比如一条项链或者一个手镯。我的账户里已经没钱了，可我一定要为她做点什么。

走在路上，愈发觉得闷热。我走得很慢。夏末的天气的确凉爽了些，但夏天终究是夏天。我边走边想，一会儿和老友碰面得做好准备。我比任何人都更想见到侯赛因，这一点毋庸置疑，我已经七年没见他了。我从未想过去监狱看

他，也就是说我并不相信可以去监狱探视。有些规章制度是众所周知的，比如行政法规、公告、通知。对此我深谙其道，一眼就能分辨这些公告和通知是长期有效，还是两三天后就被遗忘的唬人东西。很多公告开头都会写上“遵照……的指示”，我为此统计过，类似这样的公告大约有百分之七十过十来天就没用了。当然你永远搞不清“遵照指示”究竟是遵照了谁的指示，好像纯是拿来镇场的。我见过那些年轻职员在公告板前瞠目结舌的样子，“遵照指示”的公告让他们惶惶不安，走路都会踮起脚尖免得弄出声响。许久以来我一直觉得“遵照指示”是那些刚得势的人拿来骗人的伎俩，出手的往往不是主管，而是副手，是那些身居副职的人在发布这类公告。“遵照指示”四个字会让大家觉得这些通知都出自权高位重的上级，职员因此被洗脑，副手则弄权夺势。我对藏于规章制度后的这套把戏了如指掌。

若不是局内人，无缘无故去了解这些幕后其实毫无意义。真正的规章制度几乎不会付诸执行，也就没有了解的必要。必须亲身经历过一连串其他事后，你才会悟出自己面对的是真正的规章制度还是一纸空文。

关于侯赛因的事就牵扯到这一套规章制度。我也曾想过，为了去监狱探视侯赛因而费尽心机有什么用呢？这种情形下最好是躲起来。因为面对这样一套规章制度，你无法保证不出差错。如果冒险干了些蠢事，即便事后没出什么状况，但到了升职、出国旅行之类时，突然冒出来的各种规章制度会制造无数麻烦。头脑精明的家伙一旦发现国内的规章制度行不通时，便会拿国外的规章制度派上用场，宣称这是国际义务。我不是这种人。我知道一个人和他周遭世界的联系甚至不及一只甲虫。人可以对自己或众人说一些有哲理有分量的话，或是为了捍卫人权、为了正义而呐喊，可一旦失去倾听的必要，就没人会倾听。而那种时刻，独自面壁与面对百万民众，没有任何区别。

即使过了七年，我仍不清楚侯赛因因何入狱。我一次又一次地胡乱猜测，试图把那些碎片拼凑起来，构建一个完整的故事，可最根本原因仍不得而知。七年来我逐渐不再见任何人，可现在正准备去见侯赛因。如今一切都归于平

静，我们的时代已经过去，不必再自危。显然大多数民众也都到了我们这个年纪，三思而后行的年纪。再过几年，我们差不多可以掌握一切，下一代又势必扑腾上来，奋力拼搏直到我们逐渐老去，我们不管是否情愿都要给他们让出位置，当然过程中他们会筋疲力尽，最终又爱上“办公桌”那一套。

我觉得这是一个非常古老的游戏，知道并意识到这一点无疑会让人稍感宽慰。当你清晨打领带时，经常会面对镜子不禁自问：

“先生，你可不要做一个碌碌无为的人啊？”

这个问题令人黯然，你甚至会为此盘桓借酒消愁彻夜无眠。但它就像身上时不时冒出的脓疮，不堪其扰……而后你突然发觉：是的，老兄，这只是一个古老的游戏。

当然，脓疮还是会不时冒出来，也已经无关紧要了。

就这样，我准备好与老朋友见面了。钟过八点，我到了酒馆门口。一路走来有点热，心情也不错。我推开门，一丝凉风扑面而来，店里开着冷气。我在门前站了片刻，适应一下。

有个男人正在柜台后面切香肠，手里的工具看着很简陋。我四下打量了一番，店里有七八张桌子，能坐四到六个人的那种，卡鲁正坐在靠近墙角的地方，背靠着墙，脸对着门口，看着我，好像和我素不相识。他一个人，身材微微发福，头发更稀少，面色更红润了。我径直朝他走去。他眯起眼睛，像在猜我什么意思，一脸陌生的表情，接着突然认出我来，叫道：

“是你吗？你这个杂种！”

我说：

“你好。”

“天啊，你的胡子去哪儿了？”

“胡子被我送给大风了。”

卡鲁笑了，不由自主站了起来，大手向前一伸，准备给我一个拥抱。我们两人不禁多吻了几次对方的脸颊，他说：

“太好了，老兄，真是好久不见，什么风把你吹到这儿来了？”

“时光匆匆啊，卡鲁。”

“天呐，天呐，现在大家又聚到一起了。”

我说：

“俗话说山不转水转，山水相逢终有时。”

“是啊，说的没错。你现在干什么呢？”

我们边说边坐下，卡鲁给我倒了酒。我知道不等坐下就得喝酒，这是卡鲁的规矩。我说：

“干杯！”

“干杯！”

我们不停地推杯换盏，直到两人都喝坐到了地上。卡鲁呼哧呼哧地喘着粗气，他问道：

“那你现在在干什么呢？”

“没什么，在工作。”

“是的，我知道，你是公务员。”

“没错。”

“挺好的。”

“你现在在干什么呢？”

卡鲁双手一摊，耸了耸肩：

“搞承包。”

“还好吗？赚钱吗？”

“还不错，挺赚钱的。”

“我听说你有老婆孩子了。”

“是啊，我成家了，自讨苦吃。”

“她是穆斯林还是亚美尼亚基督徒？”

“穆斯林。”

“那你做割礼了吗？”

他哈哈大笑，说道：

“我们会增大，不会割掉。”

“孩子们呢？是基督徒还是穆斯林？”

“女孩是基督徒，男孩是穆斯林。”

“你弄反了吧。”

“能怎么办呢，我们就像怪物一样，天生善变，所有事情都颠倒过来了。”他给女儿取名计耐特，儿子叫玛努切赫勒。他娶了埃斯凡迪亚力的妹妹为妻，在高中教书，一切看起来还不错。卡鲁一直自有主张。依我看，他娶个穆斯林女人为妻是他对传统的嘲讽，这是其一。另外，埃斯凡迪亚力的妹妹兹娜特是一个非常漂亮的女孩，十七八岁时追求者甚多，卡鲁是其中之一，并最终赢得芳心。卡鲁进监狱的那两年，女孩一直在等他。再后来两人举办了婚礼，在一处德国人的花园里。我问道：

“你为什么没邀请我？”

“我去哪儿找你啊？”

“你总能找到我。”

“哎，老兄，我是从监狱出来的人，一无是处，要是没有兹娜特，什么事都做不成。”

“这么说是兹娜特娶了你？”

“还真就是这么回事。最终这是女人们的时代，这些臭娘们嚷嚷个不停，现在还能当部长、律师呢。”

他又笑了，接着问道：

“你怎么样？有没有孩子？”

“没有。”

“帕勒维兹说你买房子了。”

“是的。”

“那娶妻生子就是一眨眼的工夫。”

“是的，也许吧。”

“就是这样的，一直是这样。人总是徒劳挣扎，最后还是步人后尘。”

有人从后面按住了我的肩膀，说道：

“这婊子养的是谁啊？”

我听着耳熟，没转过身便答道：

“这婊子养的叫塔扎里。”

他拉着长音“嘿”了一声，似笑非笑地嘟囔着什么，接着又叹了口气：

“这么说聚到这儿的家伙都是婊子养的。”

我站起身和他来了个贴面吻。然后塔扎里一把将我推开，上下打量了一番，说道：

“真是胡扯！这家伙现在和艾玛米是一伙了，成了小资产阶级。”

我知道这样说下去会发生不快，便说：

“塔扎里，我们一直是资本家，母亲的母亲就是资本家，爷爷的爷爷就是资本家！”

“没用的家伙！不是资本家，是小资产阶级。你这狗娘养的还好么？”

“我挺好的，你这狗东西。”

塔扎里说话的语气和方式总能惊到我，不敢接茬，这些年我早受够了。现在我想好了，不会有丝毫退却，不管他说什么我都要予以还击。

“你怎么样啊，老兄？”

塔扎里让我坐下，自己也坐了下来，问道：

“其他人在哪儿？”

“他们还没到。”

“埃斯凡迪亚力呢？他通常第一个到的。”

卡鲁说他肯定是被大学里的会议缠住了。塔扎里说：

“会议？噗！真是胡扯。一定是跟妓女偷偷鬼混呢。这个狗娘养的总是一

副文绉绉的样子，外貌、举止、穿着、说话，统统是。”

卡鲁问道：

“这些跟妓女又有什么关系？”

塔扎里没有答话，耸了耸肩，然后往杯子里倒了一杯酒。不过他说得没错，埃斯凡迪亚力讲起话来总是文绉绉的。照他的话说，他热爱学术讨论。正因为这样，这两位始终有分歧。埃斯凡迪亚力甚至连生气时都不会用“呸”这样的字眼，但在塔扎里的词典里，“狗娘养的”是表达喜爱之情最美的词。

卡鲁告诉吧台男子他想点些葡萄酒，还有酸奶和黄瓜。

艾玛米和埃斯凡迪亚力两人是同时到的，大伙相互来了个贴面吻，还没等坐下，侯赛因也来了。他悄无声息地突然出现在桌前。大家都坚持让他坐下，这时我站了起来。侯赛因坐在桌子的对面，隔着厚厚的眼镜片看着我，眼里满是欣喜，和一丝惊讶。他问道：

“是你？”

“是我。”

“真主至上。你还好吗，老弟？”

侯赛因朝我走来。所有旧日情怀一下涌上心头，我仿佛又变成小孩子，和往常一样，侯赛因是年纪大一些的兄长。我说：

“侯赛因老兄！”

“哎，我的老弟！我的老弟！”

他把手搭在我的胳膊上，情深义重地用力握了好几下。

“天啊！你还好吗？”

“我还好，侯赛因老兄，你怎么样啊？”

“我挺好的，挺好的。”

可我猜他说的并非实情。他看上去精神还好，身体却很瘦弱，眼见着疾病缠身。他说：

“过来，挨着我坐，见到你真是太高兴了。”

我们一起坐下，卡鲁正在倒酒，他喜欢张罗这些事。酒倒得不偏不倚，结果到了午夜时分大家都喝得酩酊大醉。塔扎里说：

“侯赛因你看看，这王八蛋现在真成小资产阶级了。”

“我真是太高兴了，‘资产阶级’这个词确实是法国人为你塔扎里发明的，要是没发明出来，你都没什么可说的了。”

埃斯凡迪亚力这样说道，侯赛因微笑着听着他们的对话。卡鲁说：

“各位，管他什么资产阶级、小资产阶级，今晚就是喝个痛快，只管喝酒就是。”

接着他举起酒杯，说道：

“先生们，为我们久别重逢的老朋友举杯。”

说完他指了指我，侯赛因和其他人都举起了酒杯。我一直看着侯赛因的手，那双手瘦骨嶙峋，十分苍白，紧紧攥着手中的酒杯。我说：

“敬在座的所有人。”

塔扎里说：

“敬小资产阶级。”

埃斯凡迪亚力皱着眉头，面露不快。艾玛米朝我使了个眼色，说道：

“你知道的，塔扎里这个人总喜欢扬善惩恶，总之他说了这么多次小资产阶级，就是要让小资产阶级消亡。”

埃斯凡迪亚力问道：

“到那时候他又要纠缠谁呢？”

“兴许到了那个时候就是资产阶级和无产阶级的时代。总之那个时代会消灭一切阶级，然后他心里就舒坦了。”

我问道：

“侯赛因老兄，你现在在做什么呢？”

“闲着。”

“有工作吗？”

“还没有，得慢慢找。”

“你累了吗？”

“不累，怎么了？”

“这些年……在监狱的这些年。”

“哎，该发生的总会发生。”

卡鲁点了一份烤肉。我说：

“真的很抱歉。”

“怎么了？”

“我没有去看你。”

“没指望有人来看我，那不是你该去的地方。”

“或许可以获准进去的。”

“算了吧，老兄，不值得为这事受累，没必要从这个部门到那个部门来来回回地登记。”

他说得没错，我曾为此懊悔不已，内心深处一直有愧疚。我说：

“不，我没去看你是不对的。但是你要知道我有点害怕。”

“完全正常，你肯定会害怕。”

“经常这样，那种无处不在的恐惧会袭来。”

“是的，我知道。”

塔扎里说：

“你们小资产阶级总是胆小怕事。”

塔扎里在找碴吵架，不知道为了什么，他不针对任何人，就是想找碴吵架。卡鲁说：

“塔扎里，歇歇吧，把你那张不干不净的嘴闭上一分钟。”

这会儿他又冲着卡鲁来了。卡鲁是开不得玩笑的，塔扎里死死盯着卡鲁，很明显想找个由头激怒卡鲁，这时埃斯凡迪亚力问道：

“塔扎里，你去看过他吗？”

“看过谁？”

“侯赛因。”

“你呢？你去了吗？”

“我那时不在，我在美国。”

“好吧……”

说完这话塔扎里垂下了目光，显然这些人中只有卡鲁一个人去看过侯赛因，而且每年会去一次。卡鲁说：

“我们换个话题吧。”

侯赛因说：

“卡鲁说得对，这个话题聊不出什么结果，而且我也不期望谁来看我。”

艾玛米说：

“好在我们又重聚了。”

“接下来聊什么呢？”

塔扎里问道。

“我们吃烤肉吧，就这样。”

这时艾玛米扭过头来对我说：

“我给凯缇打过电话，她说这两天没少和你见面。”

艾玛米想知道我们之间发生了什么，这样问不会显得太过好奇。况且如果太过刨根问底，他开放的内心又会纠结和苦恼，必须表现出一副漠不关心的样子，我则正好利用他的这种心理趁机转移话题。我说：

“她说得没错，今天我们一起吃的午饭。”

他说：

“昨天你们也在一起。”

“她说得没错。”

我回答得几乎一模一样。艾玛米笑了，冲我眨了一下眼睛。塔扎里起身去厕所。埃斯凡迪亚力说：

“我真是受不了他。”

卡鲁说：

“别太认真，老兄，他就是说话刻薄点，其实没什么恶意。”

“什么意思？所有人的事他都要干涉，好像要跟所有人对着干。”

艾玛米说：

“我都说了他是在扬善惩恶，我觉得他把这视作一种责任。”

“别太认真，老兄，别太认真。”

又是卡鲁，他想停止大家的吵吵闹闹。侯赛因说：

“我觉得这是现在的形势造成的。没有人敢讲话，没有讨论的场合，不可以严肃认真地探讨什么问题，所以不得不说些风凉话来打发时间。问题是，如果形势不这样，我们可能也聚不到一起，所有人都忙着追逐自己的生活。但是现在我们又在一起了，大家都没有想清楚，所以每个人都在空谈。”

这番话为埃斯凡迪亚力做好了铺垫，他就喜欢这样的聊天，他说：

“尽管如此，老兄，可以慢慢做些事情。每个人都有自己的闪光点和天赋，不能总是指望别人去完成英雄壮举。”

侯赛因说：

“没错，想成为英雄，什么是必需的呢？我觉得有一点很重要，就是在平凡中活出精彩。”

“的确如此。”

埃斯凡迪亚力有些激动。他说：

“就拿塔扎里来说，他想用‘资产阶级’这个文字游戏证明什么呢？当一个词用上一千回也就没什么价值了。我确实见过很多词汇因为使用不当而丧失本义，最终变得毫无意义。资产阶级、资产阶级，不知道他应该如何称呼他自己呢？”

艾玛米说：

“小资产阶级。”

埃斯凡迪亚力说：

“小资产阶级确实是我所在的阶层，可我们要如何科学地界定这个词呢？按照社会学的观点，在座各位都在这个词的范畴内。但是一般来说，按照阶层内的等级划分，我们彼此又不一样。塔扎里他也在这个层级当中，他也是资产阶级链条上的一环。”

卡鲁正在分扦子上的烤肉，他说：

“我觉得塔扎里说资产阶级这个词的时候，不是指什么阶级，更多的是在说一种精神状态，资产阶级的精神状态。”

“这样的描述太含糊不清，也不够全面。撇开这些不谈，他仍然是在这个定义内来界定自己的。”

艾玛米说：

“各位，我就是资产阶级，真的是资产阶级，肉体上精神上都是。那我该怎么办呢？”

埃斯凡迪亚力说道：

“问题不在于如何评判，问题只是塔扎里给我们这些老朋友带来的困扰。我也是资产阶级，同时也可以把我叫做脑力劳动者。我是社会学家。”

卡鲁说：

“问题在于每个人体现出来的工作价值，我所体现的就是一份资产阶级的工作，没什么可说的。可你呢？”

“我？”

“对，作为一名社会学家。”

“我在做研究。”

“你的研究要实现什么目标呢？”

“在这儿解释起来有些困难。但有一点是清楚的，就是这些研究很有用，不管目标是什么，但最终是要通过努力做出正确的规划。另外还有一点，我看过很多著作，资产阶级这个词是从这些著作落入塔扎里的口中的。对我来说书

中还有很多迷惑不解的地方，也有不少地方有答案，但我想知道塔扎里是否也读过这些书？”

卡鲁说：

“反正他是读了很多书才知道这个词的。”

“读了多少呢？这些书都找不到波斯语版，只能看其他语种的版本，这点上我怀疑塔扎里究竟能不能读懂。他是会一点点英语，但还不至于能看懂这些书。”

艾玛米说：

“你到底想说什么？你的意思是除非读过这些书，不然就不该用这个词吗？”

“不是这样。听着，我是说当一个人对一件事有执念时，确实应该被认真看待。我不能嘲讽那些嘴里念叨资产阶级这个词的人，因为首先我自己就是资产阶级。其二，我是从学术的角度去认识这个词的，这个词绝不是用来嘲讽的，它只是一个词而已。对它的定义一是状况、一是阶层。这个阶层的出现对社会而言曾经大有裨益，现在也是这样，这里的情况刚好也是这样。我还有一个问题，你们看侯赛因，他的工作、生活，一辈子就这样被耗尽了，可为什么他不用资产阶级这个词，也没有嘲讽它，而显然他比塔扎里更有资格谈论这个词。”

“我什么也不会。”

侯赛因说道。

“怎么不会，你能做很多事。你做过的事是我们任何人都没做过的，这一点难能可贵。

侯赛因说：

“这里有一个问题是，我做过的那些事究竟是对是错？或者说至少部分正确吗？我很清楚我们所做的事到底有多少是错误的，我可以把这些都讲出来，没什么可惧怕的。各位，我们做的那些事都是不正确的，很多地方我们做错

了，就这样。有时候我觉得自己迷失了好多年，徒劳徘徊。我们亲密无间的，这一点毫无疑问。但是我觉得在社会运动中除了紧密联盟，还应该思考其他问题。我同意你说的，应该认真读书，做研究。”

“不是这样的，侯赛因。你所做的事有精神层面的价值，世上没有哪个傻瓜会否认你所做的事在精神层面的价值。当然不是没有荒唐可笑的地方，比如时运，就算得上是。所有那些已经完成的伟业有很多是错误的，只不过有时运气助了一臂之力，有时则不然。”

塔扎里回来了。他搓着湿漉漉的双手，带着一丝狡黠的微笑看着大家，问道：

“你们在说什么呢？”

艾玛米说：

“我们正议论大象呢，你知道吗，大象是死是活都是听天由命的。”

大家都忙着吃东西，还是老套路，慢悠悠地边吃边喝。

侯赛因问我：

“你现在在干什么呢？”

“哎，混日子呗。”

塔扎里说：

“他还买了房子。”

“是的，我买房子了。”

侯赛因问道：

“哦，这有什么问题吗？”

“没任何问题。那要问塔扎里。”

塔扎里没有回应。

埃斯凡迪亚力开始谈论现代文学，他在这方面有独到见解，曾经对伊朗现代文学中的“恐惧感”做过简要研究。研究结果他认为现代文学中的恐惧感导致了无序和破碎的表达以及形形色色的隐晦方式。在埃斯凡迪亚力看来，这是

一场难以弥补的灾难，文学会离民众愈来愈远。这种隐晦不同于躲在象牙塔里避世，后者毕竟可以在回避社会责任的情况下探讨纯粹的美学价值，将其作为一种优美、抽象、单独的意象加以保留。埃斯凡迪亚力觉得恐惧感的灾难性在于，这些无序破碎、晦涩难懂的文学作品同样在彰显社会责任，却因为同社会没有建立合理关联，慢慢沦为聋子与哑巴之间的对话。

大家都在听埃斯凡迪亚力说话，没有提出反对意见，文学不是我们热衷的话题。埃斯凡迪业力试图寻求解决之道，聊天对象是侯赛因，这很正常，就侯赛因在认真听。埃斯凡迪亚力认为大众和艺术家之间要通过各种可能的方式建立联系，认为这里的艺术家肩负着巨大使命，比世界上其他任何地方都更突出。这里的艺术家必须发挥纽带的作用，把社会底层人群和教授之类的人群连结起来，虽然这项工作很艰巨。埃斯凡迪亚力特别清楚，对于这里的艺术家来说，找到正确且有效的途径是异常困难的。在这里，学术讨论已经步履蹒跚。而埃斯凡迪亚力认为人们应该走上街头相互交流，或许这样可以一点点填平彼此的鸿沟。塔扎里说：

“他妈的这好像和这里隔了一千年那么远。”

埃斯凡迪亚力生气地摆了摆手：

“不对，老兄，只是六年，六年。”

“好吧，伙计。大家要怎么走上街头交谈呢？想什么呢，老兄？难道你没看到现在是什么情况吗？大家连自己的影子都不相信。”

艾玛米说：

“也许文学时代已经结束，我在哪里读到过这句话。你知道吗，这种表现形式或许已经无用，现在是电视、电影和广播的时代。”

埃斯凡迪亚力又激动了起来，说道：

“电视？好吧。要知道电视也好，电影广播也罢，这些媒介都需要文学，本质上都和文学息息相关。这就是问题所在。”

侯赛因说：

“或许可以找到新的交流方式。”

“比如说？”

“我不知道，也许是遵循进化法则吧。问题是一旦这些新玩意上场，你身在家中也很快不再是自己的主宰，第三只眼会时刻注意你的一举一动。古时候的第三只眼是老师、长者，或是精神导师。每个人都会犯错，但毕竟你和老师，你和长者，你和精神导师之间是各尽其责的，而且这其中还存在着一种灵性的状态，一种与上天的神秘联系。有些事情是上天注定的，人们受尽苦难但内心安详，因为上天看得到。而现在的第三只眼没有灵性，只是一件实物。你完全知晓它的存在，却拿它毫无办法。这第三只眼会逐渐渗入到你生活的方方面面，的确让我恐惧，即便独自待在房间里，也不能轻松随意地挠一挠耳朵了。

“那该怎么办呢？”

“只能顺其自然吧。如果这个问题已经随处可见，好日子也算是过到头了。人会慢慢变成温顺的羔羊，始终遵照第三只眼的号令行事，渐渐不再动脑子。一旦习惯了这样，凡事都将听命于第三只眼的指令，反正第三只眼已经掌管你的一言一行，古代精神导师的角色已被一件实物所替代。”

“不过，我的确信奉进化论，我说这个其实很可笑，因为这根本不是信仰问题，地球早在人类出现以前就有物种进化了。”

“完全正确。”

埃斯凡迪亚力高兴地点起了烟斗，他一直热衷于这类讨论。

“嗯，我现在不是在解释进化论的问题，各派本就说法不一。我只知道第三只眼终将改变一切，人与人之间必须建立全新的交流方式。我不知道，比如有了头脑与头脑的交流，思想与思想的交流，你的思想边界才会超越体制的束缚，甚至可以把自己的想法传递给别人。猜猜看，埃斯凡迪亚力这会儿有什么开心事，这个开着轿车的浑蛋将不得不把他内心的龌龊想法吐露出来，因为必要时你可以把他的那些龌龊想法都挖出来，即便他不愿意这样。”

埃斯凡迪亚力说：

“这会导致新的奴役，那些更为强大的人会在思想上压榨那些弱者，是旧瓶装新酒，稍稍变化了下形式而已。但是这种压榨兴许更好，因为现如今这个系统的掌权者是一群在思想上毫无出众之处的人，而通过这种形式至少能发挥出思想的领导作用，每个人可以各尽其能。在这种情况下，没有人是被剥削的，实际上只是强者更强而已。”

艾玛米问道：

“现在谁又能保证新选出来的这些人不会施行暴政呢？”

“无法保证，但也没有任何理由会比现在更差。”

塔扎里说：

“太奇怪了，说得好像一切很快成真，任由我们坐在这儿说三道四。简直是胡说八道！”

侯赛因说：

“不管怎样，人必须磨练自己的意志，控制自己的欲望。我听过一个关于哈拉智的故事，很有意思。故事全貌记不得了，大致是说哈拉智来到一位苏菲智者的席前，手里牵着两条拴着链子的狗。哈拉智招呼也不打就坐到了餐桌前，一声不吭吃完就走。信徒们问苏菲智者哈拉智为什么如此无礼，智者回答道：‘住口！但愿能像哈拉智那样，控制住内心的恶犬。’”

塔扎里说：

“嘿，这下好了！侯赛因这会儿又讲起神秘主义来了。”

“我为什么不能讲呢？塔扎里，我是说我们必须从精神上来一次大扫除。我无意为了维护哪一派思想而厚此薄彼。”

“但是，侯赛因，我的老兄。这些话在黄金时代行得通，在恐怖时代不行。”

“哪个黄金时代？那个名叫哈拉智的人，我不觉得他一直躺在安乐窝里打发日子。哪有什么黄金时代，几乎一直是恐怖时代。在纳迪尔沙的命令下把挖

出来的眼睛堆成小山，马兹达克与正义的阿努希拉旺之间的战争，因惧怕蒙古人的到来而从城墙上纵身跃下的六万少女，内沙普尔、木鹿还有其他城镇惨遭蒙古人杀戮的数百万居民。”

“侯赛因，对于三百万越南人、一百万印度尼西亚人、六百万犹太人，还有在近几次战争中遇难的一亿两千万人，你有什么要说的吗？”

“怎么啦？”

“怎么啦？”

“技术当然会带来惊人的变化。”

“变化至今，神秘主义倒成了我们的庇护所了？”

“不是的，我只是用哈拉智来举例而已，没理由对这一派思想或任何其他派思想置若罔闻。”

埃斯凡迪亚力说：

“可是，侯赛因，你所说的这些像是不切实际的空想，什么读心啊、思想的连通啊。”

“我不觉得这是空想，现如今的形势越发匪夷所思。为了对付机枪，发明出各种肮脏的武器，甚至搞出了原子弹，为了对付原子弹又搞出了氢弹，为了对付氢弹又搞出了中子弹，总之我不知道这样发展下去会发生什么。所以我所说的也不是什么空想，只是尚在初期阶段，需要不断磨砺，这就需要你利用现有的各种办法，不是吗？比方说阅读啊、观察啊、讨论啊。”

“但是我们已经谈过了，现在阅读正变得毫无意义。你该读些什么呢？读那些用破碎无序、晦涩难懂的文字表述的社会状态吗？又该看些什么呢？是那些希望被大家所看到的么？还有你怎么讨论？又有多少自由？

埃斯凡迪亚力黯然了。侯赛因说：

“只要阅读总会有所收获，观察也是如此，披沙拣金终有所获。”

塔扎里用手重重地敲了一下桌子，说道：

“我得花费多少年从沙子里挑拣出金子啊？可能要用二十年，再用二十年

吃喝拉撒睡，还得任劳任怨地干二十年活，然后一命呜呼。你可真是信心满满啊。”

侯赛因说：

“我不是信心满满，只是更圆融些。”

“真是怪了！刚才还讲着神秘主义，这会儿又讲起圆融来了。”

埃斯凡迪亚力转过身对塔扎里说：

“行了塔扎里，别吵了，这家咖啡馆我们还想来呢。”

“这可不是什么咖啡馆，老兄，这是个售货亭。咖啡馆是资产阶级玩意儿。”

“好吧，售货亭。”

埃斯凡迪亚力又转过来对侯赛因说道：

“圆融这个话题我觉得很有意思。”

侯赛因说道：

“我们一度希望像伍侯德山一样挺拔屹立，但问题是这种坚定不移和我所信奉的从根本上大相径庭。如果我们接受变化是永恒的这一信条，那么就应该审时度势、与时俱进。举例来说，大家思考下水的本质，水是流动的、柔缓的、包容的，但也可以变成洪水，也可以滴水穿石，穿透坚硬的石头。关键在于因时制宜、顺势而为。”

卡鲁说：

“没错，侯赛因。但是你想想，这里和其他地方比，技术像是落后了四百年。还有社会阶层的差距，在我看来，这种差距如同新石器时代直接撞上了资本主义时代。还有贪婪的暴发户，像水蛭一样，即便撒上盐，他们还是会吸附在皮肤上，直到吸饱人血才掉下来……”

“你说的撒盐这招也不管用。”

塔扎里说。

“……好吧，你不要转移话题。假设我们还能耐心等待，到它吸饱血后自

行脱落，那生活在新石器时代的这些人就只能疲于奔命了。面对这些矛盾和分化，我们该如何回应？我的意思是类似的讨论可能会找到解决之道，但付诸实践是另一回事了。”

艾玛米说：

“也许每个人自食其力会好一点。各自量力而行，总比无所事事好吧。”

埃斯凡迪亚力说：

“但是工作总要有目标，有信念，社会的、道德的、科学的，或是宗教的，否则一无是处。”

侯赛因没有发表任何意见，埃斯凡迪亚力问道：

“你有什么要说的吗，侯赛因?”

侯赛因看着埃斯凡迪亚力，显然在琢磨着怎么回答。侯赛因说：

“为了寻求一条解决之道，我白白浪费了五年的时光。五年来我在两米见方的牢房角落里不断思考，遗憾的是一无所获。有时，我也会说服自己接受现如今的新兴资产阶级，我觉得通过这个途径说不定可以拉近阶级差距。就是说工人阶层可以通过资产阶级发展壮大进而建立一道堤坝，与那些守旧的、腐朽的小资产阶级相抗衡。但是我不知道这个想法是否正确。可我知道一定存在解决之道，只不过要靠大众来推动，在社会运动中逐步实现，非个人可为。现在我们每个人就像一颗原子，在真空中自顾自地旋转，一旦有一丝机会彼此接触，就会聚合在一起。”

侯赛因一直盯着桌子，显得有些憔悴。他说：

“我为我说的这些话感到抱歉，什么思想的连通啊等等，都是不切实际的幻想。我知道，这些想法对大家而言遥不可及，但我就是靠着这些幼稚的幻想来打发漫漫长日。现在，我偶尔还是会不由自主地认真考虑这些想法，好像它真的有可能……其实，我真的束手无策。”

这一番讨论差不多又回到了原点，大家都没了继续交谈下去的兴致，慢慢地我们也该散了。

外面空气清爽，微风拂面，卡鲁说：

“真有股秋天的味道。”

艾玛米开车送我和侯赛因回家，卡鲁和埃斯凡迪亚力一起走，只剩下塔扎里，他一个人回去。我们这群老朋友满怀深情地相互道别后，我和艾玛米、侯赛因一起朝车子走去，我问道：

“侯赛因老兄，说真的你现在在干吗呢？”

“什么都没干，我的老弟。就是喝喝酒，到处晃悠。”

“你住在哪儿呢？”

“我父母家。”

“方便吗？”

“不方便又能怎样？”

我说：

“你愿意的话可以来我家住。”

“谢谢，我会去的。”

“不，说真的，我还有间房闲着。”

“谢谢你的好意。我暂时就住父母家，得先找份合适的工作，再找住的地方。”

“什么工作？”

“不知道。行政工作我可受不了，我想当一名老师。”

“那你怎么没去当老师呢？”

“没得到许可。”

大家陷入了沉默。侯赛因坐后排，我和艾玛米坐在前排。我说：

“真是奇怪，人的性格永远不会变，侯赛因还和以前一样热衷于讨论，现在又想去当老师了。”

侯赛因笑了，说道：

“什么永远？哪儿来的永远？时光荏苒，一眨眼工夫，六七十年便过

去了。”

“可是，侯赛因，我对讨论一向不感兴趣。”

我在说谎，我只是在侯赛因面前不爱言谈。在他面前，我更愿意做个倾听者。侯赛因一向循循善诱，就像在传播花粉。他说的那些话总是盘桓在我的脑海中，如余音绕梁，三日不绝，我会细细回味，亦步亦趋他的思想。

我说：

“也不完全是。你讲话总带着一种决断力，旁人都会悉心聆听。”

侯赛因没吭声，最后说：

“你知道吗，以前也许是这样。我曾经也觉得自己见多识广，但是现在，说老实话，我在吃老本，现在的我显然一无所知。”

艾玛米说：

“你在酒馆里说了那样一通，让我以为侯赛因明天就要去虎口拔牙，干一番惊天动地的大事呢。”

侯赛因笑了，说道：

“没理由让人感到沮丧，大家不必忍受我精神上的空虚。”

“哪来的空虚？侯赛因，你变了，都说的什么啊？”

他说：

“我没变。你知道吗，我恰好和一个很虔诚的信徒在同一个地方关了两年。我们两人没办法达成一致，但说实话，他影响了我，是个值得尊敬的人……我会时常琢磨这是为什么？我不知道你有没有经历过大脑一片空白的感觉？就是那样的感觉，我觉得自己确实应该来一场精神上的大扫除。”

此时我们到了侯赛因的家门口，艾玛米说：

“你知道，我一点都不反对大扫除。我的工作就是跟房子打交道，包括了清扫。我只是很当心自己的脑袋，生怕思想被清空时脑袋晃得太厉害或者彻底失智，那就糟糕了。”

没人觉得好笑，但我们还是都笑了起来。我说：

“侯赛因，记一下我家的地址，你随时可以来。”

侯赛因说：

“好的。”

他掏出一个小本子把我家地址记下了。我们和侯赛因道别后又上路了。侯赛因离开了，我又想起了琪琪妮，如果侯赛因上我家时她刚好在呢？我不想让侯赛因知道自己的私事，他这个人颇让人望而生畏。艾玛米问道：

“你老实说，和那个女孩到底什么情况？”

“没什么，我对天发誓，她是个好女孩。”

“她要当妓女吗？”

“不，艾玛米。”

“是帕勒维兹。”

“不，帕勒维兹。不是这样的，真的不是这样。”

他说：

“你不认识什么女孩，显然没什么经验。”

“好吧，不过真的不是这样。”

“你喜欢她吗？”

“你什么意思？”

“你已经爱上她了。”

我默不作声。关于女孩的事我是有底线的，我不喜欢艾玛米这样说，他这是在侮辱那个女孩，也许是无意的，可他没必要这么做。他说：

“见到大家你什么感觉？”

“见到他们我很开心，和这帮家伙在一起，时间总是过得很快。”

“是的。十天见一次还不错，见多了就会无聊。”

艾玛米约我下星期三再见。正当我准备下车时，他说：

“我并不想模仿长辈腔调，但是你要当心，有些事不必太认真，它们就像流水，转瞬即逝。”

“好的。”

两个月来我忙得不可开交，大部分时间和琪琪妮在一起。偶尔会去莎姆希那儿待上一小会儿，我们很少再同床了。新房成为我的借口，她什么也没说。她总显得忙碌，把自己藏在纷繁的琐事背后，这样即使她悲伤难过，我也觉察不到。老实说我并不想单纯出于生理需求和她同床，我能为她做的事情远不止于此，尽管有时我觉得上床便会让她心满意足。另外，我现在有了自己的交际圈，艾玛米还有其他的朋友。

有天晚上塔扎里邀请我们去他家做客，他在德黑兰新城有一套两居室的房子。塔扎里是高中老师，或者按他的话说是老师，并以继续当一名老师为荣。两间屋子很简朴，地上铺着粗毛地毯，门和墙壁上贴着小学时的老照片，还有他参加过的那些活动的照片。屋子干净得让人觉得时不时会有女人溜进来清扫一番，大家都觉得他的生活中肯定有位操持家务的女主人。可一旦有人提起这点，塔扎里便会拼命维护自己的面子，也不清楚他为什么会认为女人是肮脏不堪的。他说：

“我只有一个冰箱算是资产阶级的家具，买这该死的狗东西也是因为今年夏天太他妈热了，都超过四十度了。”

整整一面墙放满了他的书。房子很朴素，透着一股子无所顾忌的傲气。

我们脱下鞋子，塔扎里把所有人的鞋子都摆在门外走廊边。大家可以随意地席地而坐或是坐椅子，晃晃悠悠的木桌子旁边摆着几张阿尔兹折叠椅。大家还是更愿意坐在地上，坐得很分散，小心翼翼的，生怕有脏东西掉在地毯上。塔扎里做了劳古炖肉，还为我们备足了酒，大家的兴致渐渐高涨起来。大伙儿想听些音乐又没得选，这里只有几张老唱片和一部旧留声机，转起来沙沙作响，大家只得作罢，换成塔扎里掌控局面，实际上除了塔扎里没有人说话。他聊了一些生活上的事，如何找到这房子，还有他和房东的关系。房东是一个从铁路部门退休的老头儿，很喜欢塔扎里，甚至时常通知塔扎里不必交租金。但

是这件事非他所愿，塔扎里绝不愿意占穷苦人家的便宜。现在问题来了，老头儿表示如果他——塔扎里——娶了老人家的女儿，对他一家子来说将是巨大的恩典，可塔扎里并不想娶妻。眼下还不是娶妻的时候，娶妻生子会变成卑鄙龌龊的小资产阶级，必须时刻警惕。而且塔扎里觉得女人天生就是资产阶级，会把周围人变成小资产阶级，女人除了束缚手脚之外一无是处。

当然没有一个人敢就性需求以及如何解决这种需求向他发问，塔扎里本人也不想聊这种事。他是如何解决生理需要的，对我来说这仍是一个谜团。

有天晚上，埃斯凡迪亚力邀请我们去他家做客。发生这几次宴请是因为大家担心再去咖啡馆会被盯梢，没人知道那些在咖啡馆闲谈中的只言片语是不是违法，大家都噤若寒蝉。

埃斯凡迪亚力有一套很像样的房子，的的确确很像样。家具大都是美式，木制的桌椅舒适、宽大，四处铺着伊朗地毯、地垫，所有东西都精挑细选，让人感到舒服、惬意。埃斯凡迪亚力还弄了一间书房，满满一屋子的书，桌上放着一把象牙制的裁纸刀，现在想起上面的美人鱼图案仍历历在目。大家觉得在这样的房子里没必要高谈阔论，这个家是属于女人和孩子们的，还有踏实工作的男人。埃斯凡迪亚力向我们道歉，说他的美国太太没在家，去美国人的女子健身房了，这样我们这些埃斯凡迪亚力的伊朗男性朋友就可以随心所欲地喝酒、聊天、热闹一番。孩子们也都去了祖母家。

在这里我们可以随意选择喝什么酒。我、卡鲁、侯赛因和塔扎里喝烧酒，埃斯凡迪亚力和艾玛米喝威士忌，屋子的氛围熏染到在场的每个人，甚至连塔扎里也开始轻声细语起来。不同以往，他似乎不再吹毛求疵、强词夺理，也可能是那一刻他还没能找出什么由头。

埃斯凡迪亚力用英语为我们诵读了艾略特的《荒原》，又口头翻译了一遍。这首诗埃斯凡迪亚力多年以前就读过，一直特别钟爱这首诗，这种挚爱也感染了我们，那一夜渐渐变成了艾略特的夜晚。埃斯凡迪亚力更愿意把艾略特看作是东西方神秘主义文化相互碰撞出的重要一分子，当然他并不是一个自我中

心、只顾自己嗨的人，可大家还是把机会都让给了埃斯凡迪亚力，让他可以尽情谈论艾略特。而我正考虑着家里是否不买地毯，改铺粗毛垫子，或者化纤地毯上面铺一层垫子也不错，我想选好看一点的带有卡什加部落图案的款式。

侯赛因对埃斯凡迪亚力的家啧啧称赞。很明显，埃斯凡迪亚力是个幸运的男人。后来我们又谈到如果埃斯凡迪亚力回美国，大家都会难过的。他自己也犹豫不决，但是妻子不再回伊朗的心意已决，她没什么伊朗朋友。这件事会给埃斯凡迪亚力制造不少麻烦，到时更难见到伊朗人了，只能和美国人一起打发时间。可是待在这里或那里又有什么区别呢，除了能在授课时畅所欲言，平时只能欲言又止，而自由表达终究是件艰难的事。埃斯凡迪亚力说：

“在严肃探讨中，对学术的阉割就如同和近亲乱伦，一个人宁死也不会做这种事。”

可是埃斯凡迪亚力长久以来深受其扰，他能做的仅是每天迫不得已地唾骂自己。塔扎里说：

“你试试我的办法。我什么话都讲，也没惹什么麻烦。”

“你是如何做到的？”

“我不知道。你得来我的班上看一两次，学一下该怎么处理。”

那一晚，没现身的女主人为大家准备了可口的饭菜，一顿饱餐后我们连声称赞。尽管埃斯凡迪亚力喜欢学术讨论，但那一晚我们没有展开任何探讨。这间屋子太惬意，大家更愿意依偎在沙发上回忆往事。关于萨勒瓦力的往事令我们所有人痛心。他死得很惨，甚至不清楚尸体最后葬在何处，或者葬了没有。我们中没有虔诚的教徒，可不知道为什么所有人一想起萨勒瓦力的尸体都痛苦不堪，本应按照最基本的习俗处理他的遗体的。萨勒瓦力的脸庞在我的记忆里已经模糊不清。我不常见到他，但是很多次听过他的故事，足够有所了解。萨勒瓦力是大家心目中的烈士。他死后第四天，卡鲁见了他的未婚妻，女孩决定在伊玛目扎德·阿卜杜勒为他买一块墓地，上面放一块石碑。她和卡鲁一起去了沙赫阿卜杜勒阿齐姆圣陵，在墓地里徒劳搜寻，指望找到一处掩埋无名尸体

的地方。听说在库姆的盐湖那里有许多无名氏的坟墓，女孩甚至还打算去那里看看，卡鲁劝阻了她，那仍会是徒劳一场。然后他照看了她整整六个月，直到女孩重新振作起来。后来，那个女孩成了萨勒瓦力兄弟的妻子，当上了一名教师。塔扎里说：

“所有教师都是令人尊敬的。”

我突然觉得塔扎里是个不可一世的自恋狂。在我看来，他甚至自恋到了无法容忍女人出现在自己的生活中。无论对错，意识到塔扎里的这一面将我从困扰中解救了出来。多年以前，我也有一阵子试图在生活中模仿塔扎里的一言一行，结果徒劳无功。接着的很长一段时间里，我又试图和他针锋相对，用同样尖酸刻薄的语言予以回击。现在我逐渐明白了为什么侯赛因和卡鲁总是在他面前沉默不语，或是干脆用三言两语来打发他。

有天晚上我们去了卡鲁家。他的房子在贾姆希德阿巴德这个地方算是比较大的了。头一遭有女人加入我们这群男人的聚会，这个人就是埃斯凡迪亚力的妹妹，兹娜特。他们兄妹二人毫无相似之处。随着岁月的流逝，兹娜特的身材微微发福，她做了香喷喷的炖菜古尔麦萨伯兹，一边喋喋不休地叮嘱孩子们不要调皮，不许打扰大人们。卡鲁家的每间屋子都铺着地毯，显然两位主人都不太喜欢沙发和那些时髦的现代家具。和埃斯凡迪亚力以及我的同事穆罕默德·扎德的房子比起来，卡鲁家算是中等水平。看起来卡鲁平时不怎么爱看书，卧室的书架上零星地摆着几本，以及客厅里有几本。他整天忙着搞承包，哪儿还顾得上学习看书这类事。他的所知都是从多年前的那些讨论中得来的，或是来自他特别的第六感。卡鲁身上有着某种气质让他非常受欢迎，你可以称其为“单纯的喜欢”。在卡鲁家的聊天大多围绕着美食展开，夫妻俩热衷于互劝对方多吃一些。接着我们聊到了坦都里烤鸡肉的做法，这是卡鲁特别钟爱的一道菜。然后就说起了阿赫桑尼，每次卡鲁在家做坦都里烤鸡肉的时候，他准会出现，也不知道他从哪儿闻到的香味。现如今阿赫桑尼正身陷囹圄，卡鲁给他送了几次坦都里烤鸡肉，还打趣说即便在监狱里，只要不失时机地耍些小花招，

最后准能吃到坦都里烤鸡肉。卡鲁最喜欢的朋友应该就是阿赫桑尼了，聊起了他们一起喝酒的情形。阿赫桑尼通常会把一瓶烧酒倒进加满冰块的大盘子里，上面放一把勺子，再加点儿糖、柠檬水，大伙围在桌旁一边聊天一边用勺舀着喝“西琳查什”酒。“西琳查什”是阿赫桑尼给酒起的名字，为了把这个词讲明白，他向大家解释了一大通。“西琳”一词用来形容酒里面的糖，“查什”替代了“柠檬水”一词表示味道。不过这样一来“西琳查什”的名字里少了一样东西——“冰”。

“你这混蛋到底干了什么，他们怎么会把你送进这儿来的？”

当卡鲁问起他入狱原因时，阿赫桑尼只说了一句：

“是‘西琳查什’酒的错。”

现在对卡鲁而言，这种调制酒的意义显得更为深远，日子不好过时，昔日一起喝“西琳查什”酒的情景就如在眼前。卡鲁正耐心等待着阿赫桑尼出狱，然后一起吃坦都里烤鸡肉，喝“西琳查什”酒。那将是五年后的事了。侯赛因曾和阿赫桑尼关在一起。阿赫桑尼是象棋冠军，他还会用面团做漂亮的小马驹。在一场激烈的殴斗中阿赫桑尼的嘴唇撕裂了，没缝合好。这之后阿赫桑尼经常拿他自己的嘴唇开玩笑，会用面团做成各式各样的嘴巴形状。

大家在欢笑中度过了一次愉快的聚会。我觉得有一条无形的纽带将大家紧紧地维系在一起，那条纽带就是昔日的情谊。我和琪琪妮正打得火热，也有考虑过成家的问题，然而我又有一种想和这群家伙聚在一起的强烈愿望。对艾玛米也是如此，他整天忙着自己的事，收入可观，马不停蹄地工作。我见过他的那帮新朋友，和我们这伙人没有任何相似之处。卡鲁忙着搞承包，埃斯凡迪亚力忙于讨论社会学，塔扎里一如既往的自命不凡。不管怎样大家还是聚在了一起。或许聚会的动力源于侯赛因，而他现在比任何人都安静、谦逊很多。或许正是因为感觉到他的存在，大家才聚在了一起。或许在谈论美食、老友、当代文学困境还有其他话题的时候，我们一直在用余光偷偷瞥着侯赛因。

现在，该轮到我邀请大伙了，虽然艾玛米之前向我做过保证，可我的房子

仍旧空空如也，一件家具都没有。可我还是接受了现状，宁愿让大家在地毯上席地而坐，塔扎里也不例外。然后我可以用报纸来当餐布。我让琪琪妮那天晚上不要过来，她已经有了房子的钥匙，只要愿意，随时可以过来。我和她聊过一会儿塔扎里，说他不太喜欢有女人在场。还提到了艾玛米，说他可能会讲一些不中听的话，让大家对我有偏见。可我和她说的这一切毫无意义，没法和女孩讲清楚为什么我们的聚会不会轻易接受女人的加入。实际上，连我自己也搞不懂，为什么不能让女人来参加我们的聚会，就好像如果有女人在，我们中间会突然裂出一道峡谷似的。最后女孩同意不过来，但是我给出的理由她一个都不接受。这是我们两人之间第一次闹别扭。

我准备了一些冷餐，大家度过了一个平静的夜晚。埃斯凡迪亚力同往常一样找书看，书都堆放在墙角的纸箱里。他仔仔细细地翻了一通，想看看我的学识深浅。塔扎里则记起我的父亲，夏日里的黄昏时分，我父亲坐在凳子上，手里摆弄着几根葡萄藤，然后缠到葡萄架上，再用袋子把成串的葡萄包起来以防鸟儿偷食。我发现他竟然记得我所有兄弟姐妹的名字，而他很诧异我和他们之间少有联络。他问我为什么，我也说不出所以然，只好耸耸肩。对于塔扎里，这个问题变得耐人寻味起来，特别是我又突然把这群朋友召集到了一起。我说：

“我不知道，塔扎里，也许我需要一个人独处一段时间来找寻自我。”

他说：

“不，没那么简单，你以前一直和侯赛因在一起，几乎每晚都能在侯赛因家找到你。后来你突然不见了，老实说这是怎么一回事。”

我看了看侯赛因，他安静地坐在角落里，好像全没在意我们的谈话。我确信他从未和大家谈论过我和他疏远的原因，其实我本来已经做好准备向所有人坦白自己当年为何疏远，当然塔扎里除外。但是，现在塔扎里主动挑起话题，我只好做出回应：

“我并不觉得可以改变这个世界。”

塔扎里问道：

“这话是什么意思?”

“塔扎里，我觉得以前我们都太盲目乐观了，依仗一小撮人的某种信仰替所有人做决定是很困难的，而且这个信仰本身都可能没被参透呢。”

“当其他人不想做决定的时候，就必须由我们来做决定。”

“谁能证明我们有权做决定呢?”

塔扎里微微一笑，一副稳操胜券的样子。他说：

“当社会变得乌烟瘴气、臭屎一堆的时候，每个人都有权利通过各种可取的方式遏制这个恶臭的社会变得更加腐烂。”

埃斯凡迪亚力说：

“说得是没错，但你这人老用这些陈词滥调，很丢人。”

塔扎里说：

“那好，你来说，你想换哪个词都可以，但是意思不能变。”

然后他转过身来对着我：

“不管怎么说，过去和现在，我们信奉的一直是科学的理念，所以我们有这个权利。”

我有些担心侯赛因会发表看法。可他依旧安静地坐在墙角，斜靠着墙，手指在地毯上胡乱地划拉着。我说：

“科学的理念，是的，没错。但是每个时代的人们都认为自己的理念是科学的。”

塔扎里直视着我的眼睛，显然对这场争论乐此不疲。他说：

“除了当下这个时代，我怎么会知道其他时代的人也有科学的理念呢，老兄，你这是在诡辩。”

埃斯凡迪亚力说：

“请让我说两句，请让我说两句。当你们说到科学的理念时，请注意一点，人文学科是非常复杂的，不是二加二等于四这样可以立刻证明的定理法则。再

说了，根据最新的数学研究，二加二等于四这种定理本身也存在着争论。”

埃斯凡迪亚力打算站在我这一边。在我看来，他的观念显然和我更接近。埃斯凡迪亚力致力于那些细致入微的学术研究，不喜欢就一个问题说一些大而无当的话。不管怎么说，他也许是对的，世界不是一个橙子，可以由我们剥开外皮轻而易举地归纳其成分结构，然后提出一个普遍法则。塔扎里说：

“混蛋之所以存在就是因为混蛋他妈不是什么好货色。”

“你这话是什么意思?”

埃斯凡迪亚力问道。

“我的意思是我也明白人文学科是复杂的，不过有时候问题其实特别简单，我们的朋友有一天把我们抛弃了。为什么呢？我觉得他是害怕了，就是这么简单。”

埃斯凡迪亚力说：

“好吧，随你怎么想。我必须要说的是恐惧也是一个问题，是由其他问题引发的，同其他问题一样复杂，值得探究。而且恐惧也没什么大不了的。”

我说：

“不光是恐惧的问题。很好，随你怎么想吧，我承认自己是个胆小鬼。但是在恐惧的同时我始终明白一点，那就是仅凭一个设想是无法拯救人类的。而且人不是蟑螂，我可以从水里把蟑螂捞出来放回地面救它一命。但我自己就是人类的一分子，身处社会，我无法俯视这个社会，而是身处其中。我可以观察身边的事物，可以找到一个视角，可以通过学习不断开阔视野，但是朋友们，我不能对所有人发号施令，不能强制他们。”

塔扎里说：

“你就是个胆小鬼。”

“好吧，你爱怎么想就怎么想。”

实际上对我来说，塔扎里已不再是什么烦心事了，我已经很了解他，总是借贬低别人来抬高自己。埃斯凡迪亚力说：

“现在的问题是领导者问题。从心理学来说，我明白这里的民众因为历史上的种种灾难，因为贫瘠干涸的土壤，总之因为许许多多的原因，从不信任领导者。这里的领导者总是横征暴敛，民怨四起，也因此人们不希望有领导者。因为无论如何努力，这里的领导者不可避免地会变成压迫者。所有人都自行其是，让那些投机分子有机可乘。当投机分子攀上顶峰成为统治者后，便开始讹言惑众，阻止民众团结一致结成联盟。所以从精神层面来说，社会依然维持着老样子：缺乏信任、人心惶惶、对那些科学的理念熟视无睹、在幻想中度日。难怪我们只是在那些单人的体育竞技项目上获胜。另外，这一切还和那些掌权的野心家有一定关系，在这里总有人慷慨大方地主动让位给那些野心勃勃的投机分子。”

“埃斯凡迪亚力，你提到了领导者的问题，你觉得是民众自己不想成为领导者而把位子拱手让给了那些投机分子吗？”

侯赛因这样问道。埃斯凡迪亚力正坐在那些书箱上面，他说：

“我觉得经过一场场历史灾难，这里的民众已经丧失了战斗的能力。随着时间的流逝他们逐渐懂得，如果视而不见、听之任之，运气不错的话那些苦难便会擦身而过。你想想克尔曼，那里的民众为了推举某人成为领导者抗争了一年多。后来征服者进城，像疯子一样把所有男人的眼珠都挖了出来。试想克尔曼的民众，他们需要经过多少代才能抚平心灵的创伤，重燃希望？”

侯赛因说：

“但是任何时代都有反抗者的身影，你为什么不看一看这些人呢？难道世界上的其他地方不是这样的吗？”

埃斯凡迪亚力脸上的表情不为所动，他说：

“说到底，每个社会都有追求理想的理想主义者。当这群理想主义者能够让别人接受他们的标准时，这个问题才是有建设性的。而后也必定有一场权力的角逐……”

塔扎里打断了他，说道：

“然后因为恐惧权力之争而总是以投机分子的胜利告终。我说咱们还是聊一聊恐惧吧，这个话题分析起来很有意思。”

埃斯凡迪亚力说：

“我觉得有意思的倒是你一直想聊恐惧这个话题。”

塔扎里对埃斯凡迪亚力笑了笑，说道：

“我越琢磨越清楚，这个因素比其他任何因素都更为重要。生成恐惧的历史原因我还没完全弄明白，但是这个因素非常重要，我很清楚这一点。”

随后他又转过身对侯赛因说道：

“侯赛因你有过恐惧的时候吗？”

侯赛因看了看塔扎里，脸上露出了笑容，说道：

“非常多，很多时候会恐惧。”

“在哪里呢？在监狱时你也会恐惧吗？”

“恐惧极了，塔扎里。当然不是时时害怕，但有时候会非常恐惧。正因如此，我走路时会一直往身后看。”

埃斯凡迪亚力说：

“真是不可思议。”

他情绪有些激动，然后朝艾玛米看了一眼。艾玛米耸了耸肩，说道：

“谁说不是呢？”

塔扎里没再吭声，一副若有所思的样子。卡鲁往杯子里又倒了些酒，我很高兴，甚至觉得有一丝亲切。在我们这群人当中，只有侯赛因一个人有权声称自己不害怕，而他也是第一个坦言自己会恐惧的人，这真是一件好事。卡鲁说：

“我也了解何为恐惧，实际上很多时候我也很恐惧。”

塔扎里完全陷入了沉思。

几年前，我离开了这群好友，突然离开的。那会儿，甚至此前三个月跟我

说你很快不再和这群人聚会，我都会震惊异常。可一切就这样发生了。

侯赛因那时还是个大学生，而我穷得上不起大学。埃斯凡迪亚力已是大学最后一年，艾玛米则在读建筑，塔扎里在服兵役，卡鲁和我一样不得不工作。晚上我们会在咖啡馆或是廉价小餐馆相聚，不停地喝茶、抽烟、讨论，我那时还幻想着一个全新的世界，虽然不知道该如何创建，却一心要贡献自己的力量。单位同事们谈论职位等级，我只是在旁默默听着，心下嗤之以鼻。如果他们对我内心涌动的想法能有一丝感应，就不会再讨论这些俗事，会变得更成熟更理性，会行动起来。这些想法每晚都变得愈发强烈。

后来，为了见侯赛因，我去了大学。我们和学校里的其他人一起，手举标语牌还有旗子，高喊着口号，绕着学校游行。突然一阵喧哗，人群四散。侯赛因朝北跑，我在后面紧跟着，一个警察突然出现在我面前。起先我没察觉自己挨打，只觉得嘴里有点咸咸的血的味道，接着猛然头痛欲裂。我左臂又挨了一下子，知道自己必须马上跑。那警察突然转身朝左边跑去追赶另一伙人。于是我开始往北跑，朝着侯赛因的方向，左臂无力地耷拉着，有那么一瞬间甚至听到自己骨头断裂的声音，就是手臂挨的那一下。我用右手扶着左臂，盲目地跑着。四周一下子冷清了，我至今不明白究竟何故。有一拨人正准备跳过护栏跑到对面去。我站在石阶上想爬上护栏翻过去，但是左臂根本不听使唤，只能从石阶上跳下来另找逃生之路。几辆轿车在我身后停了下来，车上跳下来几个人，手里挥着棍子。我沿着眼前的台阶往下走，来到一片满是柱墩的空地，空地另一侧是楼梯，我径直跑到那里，楼梯后面有一小块密闭的空间，直觉告诉我躲去那里。那地方又窄又脏，全是垃圾和废弃的空瓶，我就站在那里，不敢坐下。那一夜漫长得好似千年，可我只睡了几秒钟，一直听着远处传来的嘈杂声，还有枪声。

到晚上我也只敢坐在地上打个瞌睡，随之而来的是令人不安的噩梦，左臂像针扎般阵阵刺痛，脑袋也隐隐作痛。

从梦中惊醒时，依旧是深夜。我想看下手表，可左手无法动弹。我吃力地

掏出手表看了一眼，夜光指针显示九点四十五分。我把表放回口袋，手足无措地待在原地。我又疼又饿，更强烈的是恐惧。

最终是什么力量驱使我在深夜十一点走出了藏身之地？也许只是那个要去诊所的念头。诊所是我姑姑的女婿开的，我知道他家就在附近。也许因为饥肠辘辘，也许因为剧痛，让每一秒都变得难以忍受。

有时这些突发事件多少也有些好处。我朝护栏的方向走去，打算带着断臂从那里跳下去，却发现有两根护栏在下午的时候已经被人掰开了一个大口子，应该是个高大强壮的家伙所为。我轻而易举地钻过口子，拔腿就跑，一直跑到诊所门口。姑姑的女儿开的门，目瞪口呆地看着我。我进了门，站在走廊里说道：

“我的左胳膊断了。”

我倚着墙，突然脚下一软，眼前一黑，便什么都不知道了。

又隔了一个星期，侯赛因到我父亲的家中看望我。我再也不想走出家门半步，只觉得一出门就会大祸临头，一想到要在两平米见方的囚室里度日便惶惶不安。侯赛因过来问候了一下，他没什么事。见我受伤，他很难过，并安慰了我好几次。我没敢告诉他其实我对他的生活感到恐惧，我实在不是这块料，但是当着他的面我没敢坦白这一事实。

之后，他来看我的次数愈来愈少，偶尔见面，直到有一天彼此断了联系。那段时间我离开了家，一直住在莫尼里耶的那栋小房子里。那天的一顿暴打让我变得离群索居，开始认认真真地学习，按部就班地上班，想成为一名模范。就这样我离开了那群朋友。

在莫尼里耶的家中，我一次又一次地想过恐惧这回事。在这间封闭的小房子里，我数千次地成为胜利者。我访问了上千座城市，参加了上千次战役，一次次成为烈士，一次次登上领奖台。但再清楚不过的是，每天早上八点我必定准时出现在上班的地方。

我了解恐惧。恐惧带来的是沉默。我将自己蜷缩起来，与外界隔绝，独自

做着白日梦。我想象着几年后的生活，到时我已成功移民去了某个地方，甚至可以在那里嘲笑这种莫名的恐惧。现在侯赛因说他也了解恐惧，让我重又振作起来。我们之间有很多共同之处，我们所有人，甚至塔扎里，尽管他从不承认。显然，都说三十而立，如今我们快四十了，更能理解面对恐惧时那种真切又痛苦的感受，能付之一笑，能稍事调侃进而慢慢接受。我不想为了任何一个朋友而将自己的生活置于险境。

那一晚，侯赛因是最后一个从我家离开的。我们又一起聊了一个小时，没人再碰酒，酒已经到了嗓子眼，嘴里还有一股酒留下的苦味。侯赛因想替塔扎里向我道歉。在他看来，我没做错什么，不必耿耿于怀。我们没有聊从前的事，侯赛因似乎已经忘了他去看望我的那些日子。我知道侯赛因绝不会把自己真正信仰的东西说出口，但不知道他把我看作一个弱者，还是仅仅出于公平心才站到我这一边。但不管怎么说，他的认可还是让我很开心，我们像两条相隔遥远的岔路重新汇聚到了一起。又或许这只是我的一厢情愿。

侯赛因刚走，我便一头倒在地毯上，没心思去收拾残羹，也没心思去铺床。我躺在地上，想着自己的生活，隐约发现内心的恐惧其实并不强烈，确信自己可以战胜它。必须有所行动，我可以展现出来自己的胆量，面对恐惧我该做点什么。

接着，琪琪妮浮现在我的脑海中。我很想她，她要是在身边就好了。我想把她揽在怀中，紧紧相拥。我想把头靠在她的肩头，侧耳倾听她的心跳。我想像树藤一样缠绕着她。我真的非常想念她。

我起身穿好外套，走出家门，用了大概一刻钟的工夫热了一下车。路上，一股巨大的忧伤向我袭来。我把车子停在琪琪妮家门前，望着漆黑的房子。我不敢去按门铃，怕吵醒她姑姑，也拿不准她会是什么反应。我只在门口等琪琪妮时见过她姑姑一次，当时我坐在车里，像现在这样。女人来到门前，穿着家居服，脚踩一双布拖鞋，好奇地探头张望。我只好下车和她打了个招呼，她寒暄一番请我进屋，这时琪琪妮来了。女孩没有坚持把我介绍给姑姑，没怎么相

互认识我俩就离开了。这会儿，我不知道按了门铃她会作何反应。我想朝二层的窗户扔个石子，但不知道哪个窗户才是琪琪妮的。

我鬼使神差又去了莎姆希家。她家也熄灯了，但在这里我胆子可以大一点。我按了门铃，按得非常短促。莎姆希卧室的灯亮了，不一会儿便听到她在走廊里的脚步声。

“谁啊?”

她睡眼惺忪地问道。

“我，阿赫玛德。”

莎姆希一声不响地开了门，我进来后径直朝她的卧室走去，莎姆希关上门，问道：

“你要吃点东西吗?”

“不吃。”

她说：

“睡吧。”

她帮我把衣服脱了，我说：

“孩子们呢?”

她说：

“没关系，明天我把门锁上，他们不会注意的。”

我穿着短裤上了床，莎姆希熄了灯依偎在我的身旁。我把她拉进怀里，想和她紧紧相拥，奇怪的是我竟然有一种孤独感。莎姆希很温柔，一句话也没问，只是轻抚着我。

乱梦中，我见到了艾玛米。我走进他的另一处房子，一处奇特的新房子，屋子中间有一个水池，镶着彩砖。池中有些积水，泛着绿，满池子的碎纸板和废纸，还有厚厚的尘埃，池边满是污泥。艾玛米坐在水池另一头，我在这头。水池将我们两人隔开，没有其他通道可以进出。艾玛米说：

“你来得真不凑巧，我和琪琪妮约好了一起吃午饭，她现在就到。”

我问道：

“你为什么不给水池换水呢？我们现在可以一起清理下垃圾。”

艾玛米笑了，说道：

“她快到了，你在这里不太好。”

这时我脚下的偌大水池变成了大海，帆船碎片随着海浪漂向岸边。侯赛因在水里，躺在水面上睡着了。我不知道他是溺水还是在游水，手足无措。我把脚边的一块块帆船碎片从地上拾起，恭恭敬敬地放到墙角。突然，我又身处一列山间火车，身边坐着莎姆希，我说：

“我一定得把这个问题解决掉。”

她说：

“如果你愿意，我陪你。”

我说：

“不，我必须一个人。”

我下了火车，顺着山坡向下走，我知道山下面就是艾玛米的家，就是他要和琪琪妮共进午餐的那所房子。我已经筋疲力尽，坐在石头上，望着山下的房子。隔得太远，我看不清艾玛米的家……

阳光把我从梦中唤醒，光线透过窗帘缝照射进来。不止于此，莎姆希正轻抚着我的脸。我睁开双眼，莎姆希俯身吻了一下我的脸颊，她说：

“孩子们一刻钟前走了，我想你可能该去上班了。昨晚你什么都没说。”

她说得没错，我是该走了。

那天傍晚，艾玛米打电话到我办公室，家具已置办停当，次日我必须守在家里等家具。我写了张假条，准备向上司请一天假。我把病假条撕下来，走到上司的办公室前敲了敲门。

上司，我和穆罕默德·扎德两人的上司，一个好男人，家里正有烦心事。他有两个女人，一个中年，一个年轻。他必须把时间分配给她们两个，而在她

们之间安排好时间也是莫大的难题，尤其因为第一个女人并不知晓第二个女人的存在，他不得不在上班时间时常溜号。这当然很正常，我也是这么做的。但对于一个上司来说，如此频繁操课未免有些过头。最后他只好把这个难题摊给了我和穆罕默德·扎德，尤其当第二个女人来要钱或者为了别的什么找到我们办公室来时。我觉得她想来这儿工作。上司知道女人说话嘴上不带锁，不定哪天就把事情原委告诉我们，就抢先和盘托出，我们三个由此变成亲密无间的同事。

我和上司说明天有事得留在家里。他愁眉不展，右手抓着头发，神情忧郁地看着我。我问道：

“真主保佑别出什么事，怎么了？”

第二个女人决定向第一个女人亮明身份，并要求领一份正式的工资。这本不是不可行，只要上司把女人招进来，她就不会再过分要求。但是招聘也不无困难，这女人连个真实、像样的学历都没有。

我建议上司去搞份假学历，并简单讨论了下学历的重要性。不用懂什么物理公式，只要能应对那些烦人的行政纪律即可。我拼命给上司壮胆，鼓励他这么做，因为不管怎样他都会这么做。第一个女人还有四个吵闹的孩子让他烦恼不堪，甚至想去地狱走一遭。相对而言，搞一份假学历省事多了。他决定了这么做，我在这十五分钟里充当了鼓动者角色，让他平复了一些。

请假得到了批准。

下班前，穆罕默德·扎德邀请我去他家做客，我回绝了。此时我特别需要来上一杯。昨晚的讨论让我难堪重负，加上那些混乱不堪的梦，我在办公室一整天都在强作镇定。这会儿快下班了，一切又卷土重来，唯一解决之道是来点烧酒。

马路对面有一家酒馆，正对着我上班的地方，我走了进去。老板认识我，是阿塞拜疆人，二话不说就把一查托的酒和酒杯摆到我面前，我就着点腌黄瓜喝了起来。我得给琪琪妮打个电话，让她明天别来。酒馆没有电话。我走出酒

馆找了三个公共电话亭，都坏了。最后来到一家酒馆，他们有电话也同意我用。琪琪妮不在家，姑姑说一刻钟前出门了，刚好是我来来回回找电话的那段时间。我有些懊恼。当然明天家具就会送来，是件好事。可我还是怏怏不快。我点了一查托的酒还有些豆子，觉得一定要做点什么来克服恐惧。我买了房子，有两个女人，现在还有一群朋友，没有任何理由害怕。我是一个人，和其他人一样拥有权利，当然也要捍卫自己的权利。可笑的是一个人即便在这种情况下也时常会莫名恐惧，心怦怦跳。有些事总是在重复发生，比方说有年轻人今天还在，第二天便不见了，就那么突然消失了，像喝水一样容易。我身边有几位相熟的年轻人最近都音讯全无。我是说这些事情与我没啥关系，他们是别人家的孩子，有自己的家人，但突然就杳无踪影了。也许哪天我也会这样，突然失踪，尽管我什么都没干。但是谁都不会知道你突然失踪的原因。现在我脑子里有了这样一个问题：

“他们真干了什么大事吗？”

我迫切希望和侯赛因聊一聊这个话题，昨晚我和侯赛因只讨论到一半。两个月来我们一直在兜圈子，从未切入正题，都下意识地遵循一个原则，就是不直截了当地谈论任何危险话题——我们可以回忆陈年往事，讨论科学原理，塔扎里还和往常一样说话骂骂咧咧的。

我跟酒保说要再打一个电话，然后拨通了侯赛因的号码。电话那头是一个女人，声音苍老，一定是侯赛因的母亲。我说想和侯赛因通话，她让我稍等。随后侯赛因来接了，我说：

“侯赛因老兄，我在酒馆里呢，要不要过来喝一杯？”

他说：

“我很想去，但现在有点事。”

我说：

“我很想和你聊一聊。”

电话那头沉默片刻，然后说：

“就这一两天我过去找你，你看这样行吗？”

“今晚不行吗？”

“相信我，我真的有事，我得去见一个人。”

我放下了电话，忽然一个闪念，和莎姆希结婚或许是个不错的选择。她已经有两个孩子，我们没必要再生儿育女。

我觉得自己大脑一定是短路了。这种情况经常发生，大脑会突然一片空白，像有什么东西将我的躯壳和灵魂分开，成为两个彼此独立的个体，中间隔着一层磨砂玻璃。我想这可能是酒精的作用。已经两天了，琪琪妮音讯全无，或许正是这一点让我心烦意乱。我猜她可能去了我家，现在就在那里。我和酒保说想再打一个电话，他怒视着我，把电话搁到我面前。我又拨了一个，没人接。我让酒保给我做两份烤肉，慢慢吃喝到晚上七点，感觉撑到了嗓子眼。我想去莎姆希那里，又打消了这个念头。晚上莎姆希和孩子们喜欢围坐在电视机前看节目，这会儿肯定在看电视剧呢，我去了会扰到他们，尤其莎姆希不喜欢当着孩子们的面和我在另一个房间独处。

我从酒馆出来，对面几米远的地方有家影院，正在上映一部武打片，我走进影院，坐下看了起来。

九点半我又回到单位对面，把车子从停车场开出来，往家开去。我浑身已经不太发热了，醉意全消，一切恢复如常。我把车子停好，看了看窗子。灯亮着，看来女孩在那儿。我顺着楼梯走上去，按下门铃，琪琪妮给我开了门。我正想吻她，她朝我使了个眼色，说：

“帕勒维兹在。”

我走进屋，艾玛米正坐在装书的纸箱上。看我进屋，起身冲我笑了笑，他一贯的招牌式微笑。他说：

“你好啊，我明天来不了，所以今晚过来和你说一下家具的事。我看灯亮着就上来了，琪琪妮给我开的门。”

艾玛米的眼神像是在说“我知道了一切”，表面却若无其事，谈笑如常。

我说：

“你好啊，艾玛米！什么时候过来的？”

“七点半吧，我已经饿坏了。”

“对不起。”

琪琪妮说：

“我大概比他早到了一刻钟。”

“我给你家里打过电话，你不在。”

“我在来的路上。”

“我给这里也打了电话，大概是在那半小时之后。”

“我走路过来的，你刚才在哪？”

“我去电影院了，看了一部武打片。”

艾玛米说：

“你满嘴酒气，喝酒了吧。”

“没错，喝了。”

琪琪妮问道：

“为什么去看武打片呀？”

“打发时间。”

艾玛米说：

“看来我打扰到你了。”

“没有没有，哪有的事。”

我很饱，但得给艾玛米搞点吃的。女孩自告奋勇去做煎蛋饼。家具没来，这里只有一个冰箱，和一个小煤油炉。

艾玛米说：

“明天就都齐全了。”

我倚着墙席地坐下。他又说道：

“我不知道凯缇住在这里。”

“她不住这里，住自己家，偶尔会过来一下。”

“哦！”

气氛不太对劲。艾玛米有些不快，我猜可能冲撞了他，必须想法子补救一下。我说：

“我给了她一把钥匙。这里宽敞，她随时可以来，做点事。”

“哦！”

琪琪妮很自然，好像什么事都没发生，端着杯盘从厨房进进出出。我问道：

“你喝酒吗？”

“好啊。”

我走进厨房，女孩正站在煤油炉前，往煎锅里倒番茄酱。我说：

“昨晚的事我很抱歉。”

“为什么要抱歉？”

“请客的事呀，我本意是希望你在这里的。”

“没事，又不是什么要紧事。”

可显而易见这是件要紧事。她说：

“不过你别忘了，没有什么事能瞒得住，就像现在，帕勒维兹已经知道我俩关系了。”

我说：

“相信我，我是为你着想，免得对你不利。”

“对我没什么不利的，每个人都应当对自己负责，就这样。”

我端着一碗冰块、一瓶酒回到房间。艾玛米拿来一条毯子，叠了四层，铺在墙边坐了上去。他说：

“如果你这儿再有个靠垫的话，就和我父亲家一样了，他最喜欢坐在地上。”

“那也不错，很多时候坐地上比坐椅子舒服多了。”

“这样对背部不好，慢慢会驼的。”

“那是坐姿的关系。”

我坐在艾玛米的旁边，把杯子斟满。我还得再喝一顿酒，仅仅为了一切看起来和平常一样。艾玛米说：

“我和凯缇说过家具的事了，她说会亲自过来帮你。”

我说：

“怎么付钱呢？分期的话要什么时候给你钱？”

“十天内，哪天都可以。”

“真的很感谢，帕勒维兹。”

“谢什么，也是我自己的事。”

“话是这么说，可你没赚到钱啊。”

“是啊，有时难免的。”

琪琪妮端来了煎蛋饼，艾玛米说道：

“我都不知道凯缇还会做饭。”

“凯缇样样在行。”

琪琪妮边说边把一盘煎蛋饼放在了报纸上。我们吃了起来，谁都没说话。艾玛米显然很惊讶，不清楚我和琪琪妮是从什么时候开始的，也无法掩饰惊讶的神情，我知道他很想刨根问底。他冲我使了个眼色，说道：

“真奇怪，你性格中有些部分对我来说完全陌生。”

“这很正常啊，我们彼此不是很了解。”

“要怎样才算彼此了解呢？”

“就是还没有了解到可以评判对方的那种程度。”

艾玛米说：

“比方说塔扎里觉得你是个胆小鬼。”

被他这么一说，我血脉喷张起来，耳根阵阵发热。我不用看都能感觉到琪琪妮正直勾勾盯着我，我说：

“让塔扎里吃屎去吧，他就是个混蛋，天生的混蛋。”

“你这话什么意思？”

“什么意思你清楚得很。”

“好吧，当然了，他是有点儿不正常。”

“不正常？哪里不正常？塔扎里除了胡说八道还会什么？除了说大话，他做过什么大事？”

“没错，但不管怎样，他至少是一名高中老师。”

“高中老师？你不觉得，如果可以，他不想像埃斯凡迪亚力那样当一名大学教授吗？大学教授和高中老师有什么区别？除了一点，要想成为大学教授，你必须更加努力。”

“反正他只想过简单的生活，不是为了钱。”

“得了吧，艾玛米。你想想看，人们是为了钱才去当大学教授的吗？”

“不是所有人，但很多人是。”

“那还不如投机倒把贩卖食糖赚得更多，或者干脆去卖海洛因。”

“但那样的话，开放自由的一面就得不到满足了。”

“这么说也许你觉得塔扎里就是为了这点自由才简简单单去当一名高中老师的吗，也不去读什么博士？”

“塔扎里还会取笑那些博士。”

“是挺可笑的，不过就拿可怜的埃斯凡迪亚力来说吧，我们后来都看到了，他确实是在勤勤恳恳地工作。”

琪琪妮问道：

“这个塔扎里是谁啊？”

“我们的一个朋友，曾经是名战士。”

艾玛米说道：

“现在还是。”

我没吭声，不想和他这么讨论下去。我确信塔扎里什么都没做，他的生活

肯定和我一模一样，当然除了女人这一点。这也许是我的弱点，没有女人我将无法生活。琪琪妮问道：

“好吧，这个塔扎里为什么觉得你是个胆小鬼呢?”

“我不知道，琪琪妮，你怎么不亲自去问他呢?”

琪琪妮说：

“阿赫玛德不是胆小鬼。”

她眼神坚定地看着艾玛米。

“我知道，亲爱的。我可没这么说，是塔扎里说的，而且这都是玩笑话。大家在一起会聊上十个小时，都是胡言乱语，说这个人胆小，那个人狡猾，又或者哪个人见风使舵。而且我们聊的话题不属于这个时代，都是大伙的陈年旧事。”

“难道我们还要分老朋友和新朋友吗?”

艾玛米冲我笑了，说道：

“天啊，真是心急得葡萄还没熟就想要葡萄干。”

琪琪妮脸红了，这种自不量力到头来让她吃了苦头。艾玛米绝对不会相信她只有十九岁。渐渐地，我对艾玛米心生一丝反感。他没有任何理由反对，我和琪琪妮的关系丝毫没有打扰到他的生活。也许他觉得我是在他家认识的琪琪妮，所以应该和他解释一下……他们几个还在聚会时议论起我的胆怯，没错，我曾经和侯赛因走得最近；没错，多年前我会因为他跟所有人对着干；没错，自从大学那件事后，我抛弃了一切，但不能就此给出那样的评论。和其他人的应对比起来，我当时的举动实属下策。塔扎里只是远远地高喊了几声，却从没正经参与过，手臂也没断过。埃斯凡迪亚力在骚乱前就去了美国。艾玛米一直在，却又一直不在，每到关键时刻总不见踪影，过一阵风平浪静又冒出来，好像什么事都没发生。而我是义无反顾的，即便超出了自己的能力范围仍挺身而出。可现在，我反被视作胆小鬼，还让艾玛米当着女孩的面这样说。

我觉得艾玛米其实知道这么做不妥当，这和他的精明不相符。艾玛米扮演

的角色向来是一位乐善好施的好友，会免费给人装修房子、大宴宾朋，适时地借钱给人。这些钱当然能收回来，只是他会永远保持微笑，就像从来没借给过你一样。他一直很有钱，钱像瀑布源源不断地流进他的腰包。一切都一帆风顺，一切都在正轨。所以艾玛米没必要谈论我的胆怯，除非他迷上了这个女孩，而且远远不只是迷恋。我问道：

“你喝酒吗？”

“喝一点。”

我斟满了他的酒杯。艾玛米想缓和一下气氛，说道：

“后天晚上去我家吧，大家聚一聚。”

我不想去。明天家具进来，我情愿这几天一个人在家，和我的这些家具一起，先了解一下它们的特性，尽快熟悉它们。我说：

“好吧，都有谁呢？”

“还是那些建筑师朋友。”

琪琪妮说：

“我想认识你们的朋友塔扎里。”

艾玛米笑了：

“这有点难，我的意思是对于我们这帮朋友来说会有点困难。这一直是男人们的聚会。”

直到艾玛米离开，琪琪妮没再言语。临走，艾玛米依然有些犹豫不决，不知道究竟要不要让琪琪妮参与聚会。最后他下定决心，说可以带她过去。琪琪妮说她晚上兴许会待在我家，如果她想去，我会从家里带她过去。

现在就我们两个人了，头一次气氛有些不寻常。在莫尼里耶的家中，我总是独自一人琢磨着形形色色的众人，我甚至能从眼神或是眉毛的抖动中了解一个人的所思所想，要知道当一个人撇嘴或撇嘴时都是在表达某种意愿。这些分析很有用，即便不准，多少也能给自己鼓鼓劲。比如现在，我知道琪琪妮心目中的“偶像”已经支离破碎。琪琪妮属于那一类人，就是一定要崇拜、倾慕某

个人，不然绝不会发生关系。当然和我一样，谁都不清楚要成为琪琪妮心目中的偶像究竟需要什么理由，不过我已然成为她的偶像，可眼下却冒出一个人在谈论恐惧和我的懦弱。

琪琪妮在厨房里洗餐盘。我一边铺床，一边大声说：

“你今晚留在这里挺好，明天我们一起布置家具。”

我觉得自己的声音听起来有些陌生。她说：

“我也是这么想的。”

我铺好床，把吃剩的晚餐端到厨房，说：

“我觉得艾玛米突然跑来是想知道你我究竟是怎么回事。”

“我也是这么想的。”

“我上班时他来过电话，明明可以提前说一声晚上要过来。”

“他和我说是临时决定来看看。因为有人打电话约他，所以明天他过不来。”

“我觉得不是这么回事。”

“也许就是这么回事。”

我去卫生间洗漱一番后回到房间，光着身子上床等琪琪妮。等了好一会儿，她还在那儿磨蹭。我很疲惫，想搂着她入睡。

她在我似睡非睡时钻进了毯子，灯也不知什么时候熄了。我伸开胳膊让她的头枕着。女孩向前凑了凑，像只小猫似的蜷进我怀里，我希望她像小猫那样轻声地打呼噜。我说：

“你的皮肤真光滑。”

“你的这位朋友，塔扎里，肯定特别蠢。”

“狂妄自大。”

“他一点儿都不了解你。”

“我觉得他不。”

“说你胆小的人肯定都是傻瓜。”

她想化解艾玛米的那些话带来的不快，哄我开心。我说：

“你的皮肤真光滑，就像鲜嫩的花瓣。”

她小声哼唧着，又往我怀里凑了凑，我说：

“明天早晨，可以吗？”

她没有回答，又往我怀里凑了凑。我抚着她的秀发，昏昏欲睡。可女孩的身体滚烫，我也因此燥热起来，意识开始清醒，睡意消散殆尽。我吻着她，和她缠绵起来，像是婚姻里很自然的性事。女孩不期然出现在我家中，虽然她随时会出现，却仍让人意外又欣喜。

结束后她转身睡去。我搂着她侧卧的半个身子，把脚搭在她的身上。困意袭来，我慢慢合上了双眼，仿佛置身于温暖的黑色帐幕。

临近中午，家具送来了，艾玛米做事一向无可挑剔。对于搬家、买家具，我有自己的设想。但是送过来的东西与我想象中的完全不一样，各个组件整整齐齐地分装在几个大纸箱里。搬运工人们很有力气，正娴熟地把它们搬进来，也没有磕碰到墙上。艾玛米的品位显然比我高多了。工人们在客厅里把一个个纸箱打开，我有些担心地毯会弄脏。他们有条不紊地干着活，把床的所有组件搬到了卧室，沙发、柜子、书架的组件放到了客厅，还有两名工人负责组装。琪琪妮给工人们备好了茶，我漫无目的地在各个房间来回巡视，其实毫无必要。工程师已经把图纸交给工人们，他们正按图索骥地组装家具。我打算等他们一走就把整个屋子彻底清扫一遍。但琪琪妮还在，我可不想在她面前打扫卫生。女孩在客厅和几个房间之间来回闲逛，还说等工人们走后要立刻打扫一下屋子，因为这些人脚上的泥垢都黏到了地毯上。琪琪妮说我应该买一个电动吸尘器，打扫起来更快捷方便，用扫帚清理地毯太麻烦了。

我希望工人们尽快把床装好，这样就可以把床垫尺寸给到莎姆希，她答应给我缝制被罩的。她手艺很好，我也省事。我还需要买全新的枕头和毯子，旧床垫、毯子我打算都送给这些工人。我还想起做窗帘的裁缝第二天要来。总之

家里没布置停当，我心里就乱糟糟的。第二天没法再请假了，上司安排了月度会议，又会是一番徒劳的业务讨论。琪琪妮同意她会留在家里。

下午六点左右工人们都走了。我给了他们不少小费，还给每人至少喝了四杯茶。

我走到客厅门口，打量起整个屋子。咖啡色的大书柜正对着门，占了一整面墙，书柜中间留出了电视机、留声机的空当，书柜一侧是一张书桌。餐厅和客厅中间是一个陈列柜，带小吧台和几个架子，可以摆杯子、雕像之类的小东西。一张米色混搭咖啡色的三人沙发；两张咖啡色的单人皮艺沙发；一把美式摇椅，椅座都快贴到地面了，可以前后摇摆，长长的木制靠背上面镶嵌着硕大的蓝色珠子；还有一把和书桌搭配的咖啡色雕花椅。餐厅里摆着一张六人桌，和客厅里的沙发一样也是木制的，需要时可以变成八人桌，还配了八张腿脚结实的木椅。

整个餐厅洋溢着一股田园气息，我觉得坐在这里慢悠悠地喝上一大杯啤酒会很惬意。

陈列柜又窄又长，占了整整一面墙。沙发的颜色和地毯不太协调，琪琪妮建议铺上一两块图案精美的小毯子或地垫，这样一来颜色不搭配的问题就解决了。我说：

“我们现在就去买垫子吧。”

“等一下，亲爱的。你现在要买的东西太多了，慢慢来。我们先看看屋里已经有什么。”

工人们把装书的纸箱子都堆到了屋子中间，我说：

“你说得对，我得先整理一下书，把这些纸箱子扔出去。”

我们又去卧室看了一眼。两张紫荆木的单人床并排放着，间距大概七十厘米，厚厚的床垫是蓝色的，另有两张床头柜和一张梳妆台。房间里还自带一个壁橱。我说：

“男人的卧室里摆张梳妆台太可笑了。”

“嗯，说不定你会娶老婆呢。”

另一间卧室还空着。琪琪妮说换作她，会把这里改成书房，不管怎么说这个房间早晚会派上用场。门厅那里还空着，我必须自己动手布置。我还辟出一个小起居室或者说是看电视的地方，尽管书柜已经预留了放电视的空间，不过我想在那儿放些书或是雕像、小摆件什么的，然后把电视放到起居室去。我说：

“琪琪妮，你过来，我们把书整理一下。”

“好吧，但我们该准备晚饭了。”

“你说得对。”

“我去买些吃的回来，你整理书。”

我吻了她一下，给了她一些钱，开始理书。我先前没有把书归过类，这会儿觉得还是得理一下，在本子上记录一个完整的书单，再把缺的书买回来。

新添置的家具油漆味还是很重，我把碎木屑都掸到地毯上，又接着整理那些书，一边做着笔记，按照字母和主题重新排序，我就这样整理着。琪琪妮回来了，她买了些香肠、沙拉、土豆来准备晚饭，还有几瓶啤酒。酒是为我准备的。她说：

“所有的书你都得在封面上标上一种颜色。”

“你说得对，也许用颜色来区分主题更好。”

“没错。”

“文学用绿色，哲学用蓝色，社会学用棕色……”

她说：

“心理学用粉色。”

“粉色贴在封面上不好看。”

“那就黑色。”

“黑色不错。”

我把这些书按主题统统整理了一遍。晚上十点左右，我面前已经堆满了大

大小小的空纸箱，房间也收拾得像模像样了。我说：

“可惜我们还没有窗帘。”

“明天就送来了，别那么着急。”

“这不是着急的问题，我想尽快弄完。我现在就像一只被拔掉胡须的猫一样，失去平衡了。”

我们匆忙吃完晚饭又开始收拾，琪琪妮趁机把卧室、起居室打扫了一遍。我说：

“琪琪妮，那个空房间我已经想好怎么用了。我想把它做成暗房，我一直喜欢摄影，现在正好可以尝试一下。”

“这是个好主意，可是你懂摄影吗？”

“不懂。”

“你有照相机吗？”

“没有，但是我可以买。”

“是个好主意。好相机特别贵，我姑姑有一次给她的继子买了一台，花了五千土曼。”

“嗯，我改天就去买，而且这里还可以用来存放葡萄酒。”

“葡萄酒？我觉得不行。葡萄酒需要凉快的地方，我爸爸把葡萄酒存在地下。”

打扫终于结束，琪琪妮又开始掸灰，她说：

“这座城市的缺点就是每天至少要掸两遍灰，空气里总飘着灰尘。”

我说：

“每个城市都有它的缺点。我觉得我应该和劳哈莱女士说一声，让她来打扫。”

“你喜欢这座城市吗？”

“不知道，好几次我都想逃离这座城市。”

“那现在呢？”

“现在我喜欢待在这里。”

“为什么？”

“因为很多事情。”

“因为房子？”

“因为房子，因为你，因为摄影，因为所有这些。”

我甚至想到自己可以再读个博士。我还有这个能力，可以继续读书，继续做研究。我应当慢慢有所改变，应当从混沌的状态中走出来。我可以像现在这样，坐在餐厅的椅子上，面前放一大杯啤酒，然后开始酝酿一个明确的主题，接着起身走到书桌前，打开笔记本写道：

开篇

《一个新世界的规划，以乡村文化为依托》

这就是我所想到的。但是我并不了解乡村是怎样的，所以还得到乡下看一看是否能就乡村文化研究开辟出一个崭新的天地。另外还要弄清楚这个新世界是为谁创造的，为谁书写的。

我再次坐回餐厅的椅子上，手里握着一大杯啤酒，脑子里又闪出一个念头，我走到书桌前，打开空白的笔记本写道：

《一个普通人的爱的告白》

但是这个标题更适合拿来做一部小说的名字，而非研究计划，除非我别出心裁苦心就这个话题写一份学术研究计划。我上大学时有一位教授总说研究主题要有所限定，比方说你“只”研究哈桑·阿巴德村的民间故事，“只”从史诗、经济或伦理的角度切入研究主题。但我一直追随侯赛因，已经习惯了思考那些宏观的问题，侯赛因一直在寻求放之四海皆准的解决办法。我觉得这正是问题所在，也许侯赛因的所有失败和我自己的所有恐惧全都可以归咎于此，都是因为泛泛而谈，追寻笼统而空洞的答案而忽略了具体的细节。比方说，现在

的我会为世上有这么一间独属于自己的书房而感到欢喜。这件小事可以说微不足道，但至少会让我之后半年的生活充实起来，继而成为我生命的一部分。因为有了这间书房，我或许会放弃很多事情，比如喝酒会有所节制，为了完成庞大的研究计划你得保持健康的体魄。而正是因为有了这间小小的书房，我才萌生了保持健康身体的想法。我觉得我应该去找侯赛因谈谈，现在已经风平浪静，也许可以和他聊一些寻常小事。当然我知道他的目光从一开始就会让我难以招架，或许可以先开些玩笑，免得一开口就在侯赛因的批评指责中败下阵来。

我又展开了另一番遐想。我把一大杯啤酒再次放到桌上，走到书桌前提笔写道：

《白领阶层的显著发展与小型书房的关系及该发展对社会整体形势的后续影响》

琪琪妮问道：

“你还不睡吗？打算就这样在屋里一直站着？”

她说得没错，我正手拿扫帚站在屋子中间发呆。我不由笑了，再度幻想着把一大杯啤酒放到桌上，然后走到书桌前，再次翻开想象中的笔记本提笔写道：

《一名手握扫帚的小职员的愚蠢举动》

然后我合上了这一晚的笔记本。

最后一项工作是量床垫。琪琪妮正在和她的姑姑通电话，说有件重要的工作需要处理，今晚不回去了。

我渐渐觉得这位姑姑很有意思，一个人再怎么无精打采也不会对一个十九、二十来岁的女孩放任不管。琪琪妮放下了电话，我说：

“琪琪妮，我们还是睡那张旧床吧。”

我忘记把旧床送给工人们了，这个失误让我现在很高兴。我打算铺上全新的床单后再开始用新床。得尽快给莎姆希打个电话，但当着琪琪妮的面肯定

不行。

赶在上班前，我一大早就去了莎姆希家。她正和孩子们吃早饭，见我这个时间来很吃惊，笑着说：

“你这会儿看上去状态不错，前天好像特别烦躁。”

孩子们在一旁挤眉弄眼。他们对母亲的事早有觉察，我觉得他们已经知道很久了。我说：

“我挺好的。”

我坐下和他们一起吃了早饭。我是趁琪琪妮睡着时出的门，顺手留了张纸条，请她白天守在家里等送窗帘的人。然后我就来了这里。莎姆希问道：

“你吃早饭了吗？”

“没有。”

她起身把茶又拿去热了一下。茶我喜欢半温不热的，莎姆希却不。不过她想怎样我都随意，本就不该对她掌管的一切横加干涉。

她把茶端上来时，我正和孩子们聊着学校里的事，他们刚结束第一学期的考试，考得还算不错，只有法劳玛勒兹对算术和几何不是很满意，我安慰了他几句便急急扒上几口早饭。我本没什么胃口，只想快点吃完，结果吃到一半，反倒觉得饿了。

后来孩子们都走了，莎姆希说：

“情况怎样？”

“家具送到了。”

“太好了！”

“我来是想把床垫的尺寸给你。”

“好的，好的，恭喜！”

“谢谢。”

她问道：

“枕头你想要什么样的?”

“你的意思是?”

“圆的、宽的、还是方的?”

我说:

“方的。”

她说:

“我是为了准备枕套才这么问的，那我就做方的，和我们用的一样。”

我不记得他们用的是什么样的。她给我看了一下，我很喜欢。她又问道:

“你是想买还是想做呢?现在商场里卖的枕头也很好，没必要再费力缝制了。”

“好的。”

“就是稍微贵一点，但是很软、很好。”

“好的、好的。”

“被子你也要买吗?”

“不买被子，毯子更轻更舒服。”

“我也是这么想的。明年我想把所有的被子都卖掉，又沉又派不上用场。”

“是啊。”

“而且也不是太保暖。”

接着她说:

“把钥匙给我，我去看看床垫。”

“为什么?”

“男人们不擅长这些事，说不定你量的尺寸不对。”

琪琪妮在家里。这会儿我有些后悔把她留下来，裁剪窗帘的事莎姆希也能管，可是为时已晚。我说:

“亲爱的莎姆希，我全都量完了。”

“我不放心。”

我灵机一动，说道：

“我不想让你现在就看到房子的模样，等全部完工后再让你看。”

“好吧，就依你的想法。”我得走了，九点有会议，肯定迟到了。我说：

“你去买吧，买完我付钱。”

“为什么要你付钱？这是我为你的新房准备的礼物。”

“不，必须我付钱。”

“你意思是我得买更贵的吗？”

我搂着她的头吻了一下，她就像一只温顺的家猫。我说：

“只要是你看中的都可以买。我得走了，还要开会。”

我又吻了她一下，就走了。

五点半回到家时一切已布置妥当。窗帘的里层是白色蕾丝，外层布料是亮米色、咖啡色和绿色的三色混搭，上面点缀着大朵的叫不出名字来的花饰图案。琪琪妮说：

“私下说，帕勒维兹这人真有品位。”

“确实有品位。”

她问道：

“你完全不知道他会怎么选吗？”

“他大概说了一下，但是我没太听明白。”

卧室的窗帘由黄、绿、白三色混搭而成，里层也是白色蕾丝，整个房间显得很明快。女孩把做窗帘剩下的碎布都收拾掉了，整个房间干干净净。我说：

“被罩床单这些东西两三天后能备好。”

“你买现成的吗？”

“不，一个朋友答应帮我做。”

“难道你还有当裁缝的朋友？”

“不，他的妻子是个裁缝，非常好的女人。”

琪琪妮问道：

“你还想睡在客厅吗?”

“等被罩拿过来时再睡回卧室。现在该买些餐具了，这些事要都能交给艾玛米就好了。”

“我来帮你。你得买手工制品，来搭配现有的这些桌椅家具。改天我们一起去买吧。”

“明天。”

“好的。”

她笑了:

“你知道吗，特别奇怪，你感觉像小孩子想得到新玩具似。”

她说话的语气并没有让我不快，可我没法向她解释这是怎么回事。我没法和她解释在房间大扫除、所有家当除旧更新的同时，我的精神世界也在经受着一次洗礼。如果我告诉她自己的内心犹如一面镜子，正闪闪发光，她一定会笑的。然而我的内心确实有种焕然一新的感觉，我说:

“那又怎样，你可以这么想。”

她说:

“现在我们该去我家了，我得换身衣服去参加帕勒维兹的聚会。”

我把帕勒维兹的聚会忘得一干二净，根本不想出门。我洗了个澡，换了身衣服，怏怏地走出家门。

琪琪妮姑姑家的仆人给我们开了门。姑姑依然待在那间屋子里足不出户，身旁放着抽大烟的烟灯，正摆弄着一个掰开的别针。我说:

“您好!”

她隔着眼镜抬眼看了看，没认出我来。琪琪妮说:

“阿赫玛德。”

“哦，多好的男孩子，请坐，小伙子。”

她指了指身旁的位子，我坐到了床垫上。她说:

“凯缇，给这位先生端杯茶来。”

她说：

“我把烟枪的挑针弄丢了，真是倒霉。”

我说：

“交给我吧，我来给您做一个。”

她说：

“真是太感谢你了！”

我把别针拿了过来。姑姑把别针整个掰开了，但还是有点歪，我得把它弄直了。琪琪妮说她要去洗个澡再换身衣服，姑姑说：

“等一下，你妈妈傍晚的时候来电话了，你得去一趟伊斯法罕。”

“为什么？出什么事了吗？”

琪琪妮对着门口一动不动地站在那里。

“没什么，你爸爸身体有些不舒服。”

“很严重吗？

“不，亲爱的，只是你妈妈想看看你。”

琪琪妮离开了房间，我说：

“但愿一切顺利，真主保佑希望没事。”

“没事的，没什么大不了的，天下没什么大不了的事。”

姑姑无精打采地说道：

“没什么大不了的事，只不过有时候会接二连三地遇上倒霉事。我从一大早就觉得不舒服，然后宫琪又想走，接着我又把抽大烟的挑针弄丢了。”

我说：

“要是所有痛苦都像您遇到的这点小事就好了。”

“哎，小伙子，变老是最让人难过的事。”

“感谢真主，您不老。”

她说：

“我的心还年轻，但身体已经老得跟不上了。看着凯缇就好像看到了我自

己。站在婚房里，站在那个男孩内扎姆都莱的身旁，一切就好像发生在昨天。”

她说：

“我在她这个年纪已经有两个孩子了。”

“太好了。”

“是啊。”

姑姑拍了拍我的手，说道：

“你知道我对他做了些什么吗？”

“对谁？”

“内扎姆都莱。”

“你对他做了什么？”

“我离开了他。”

姑姑抿着嘴唇，抬起眼睛，隔着眼镜狡黠地看着我。

“为什么？”

“他就是个混蛋，不可理喻。有一天我说要去克尔曼沙看我父亲，然后我就走了，再没回去过。”

姑姑突然笑了起来，莫名其妙地干笑了几声，一边笑一边断断续续地说道：

“我还带上了我婆婆。愿真主保佑她，她是个好女人。”

“孩子们呢？”

姑姑一脸惊讶地看着我。

“孩子们？”

“您说过有两个孩子。”

“是的，两个都死了。”

姑姑又心神不宁起来。

“因为痢疾。说是不能给患了痢疾的孩子喝水，我们就没给孩子们喝水。结果两个都脱水死了。”

我觉得该换个话题了，我说：

“那后来你们就留在了克尔曼沙，和你婆婆一起？”

“是的，我们在克尔曼沙待了两年。”

“你婆婆不想回去找她的儿子吗？”

“不，那个男人就是一个冷酷的混蛋，蠢货。”

“他人很坏吗？”

“简直太令人厌恶了，孩子，即使配上七曼蜂蜜也无法下咽。你知道吗，他对猫都很残忍，会抓住猫的尾巴抡起来一直转，然后啪的一下甩到墙上，弄得墙上血迹斑斑。”

她说：

“我是我父亲的掌上明珠，他爱叫我小夜莺，因为我伶牙俐齿。如果不是那个疯子出现，我会一直待在父亲的身边。”

“哪个疯子？”

“萨胡里，弹塔尔琴的，有一头长发，油光发亮的卷发一直垂到脸上。”

“萨胡里不让你待在父亲身边吗？”

“他给我们的女仆捎来口信，说他一片痴心。我为此担惊受怕，不想看到他发疯，于是就和父亲说想嫁人。我那可怜的老父亲说，女儿，这个流浪艺人的身份地位配不上咱们家。孩子，我没有听他的话，真是太不幸了。”

“难道他人很坏吗？”

“不，他人并不坏，只是脾气暴躁。他生气的时候会暴跳如雷。”

“你婆婆后来怎么样了？”

“哪个婆婆？”

“就是你前夫的母亲。”

“就那样，很可怜。她是在我们家去世的，我们把她葬在了克尔曼沙。”

我把别针彻底捋直后递到她的手上。她说：

“真是太感谢你了！我要是有个儿子的话，现在也该像你这么大了。”

琪琪妮换好衣服回来了。她说：

“亲爱的姑姑，有人请我和阿赫玛德去参加一个派对。”

姑姑说：

“亲爱的，你妈妈再三强调要你早点去伊斯法罕。”

琪琪妮说：

“好吧，我这就打电话。”

因为打电话我们又不得不耽搁了半个小时。姑姑从萨胡里先生讲到了图尔巴提先生，三言两语之后又从图尔巴提先生说到了最后一任丈夫法塔赫·埃斯堪达利。尽管有好几位丈夫，但姑姑却一直没有孩子。她和第一任丈夫的两个孩子死于痢疾，后来还有两个孩子胎死腹中。法塔赫·埃斯堪达利和第一任老婆有个儿子，后来归她抚养。现在这唯一的儿子正在美国读书，是姑姑的至爱。

最后琪琪妮决定第二天动身去伊斯法罕。她的父亲正躺在病榻上，母亲迫不及待地想要见到琪琪妮。尽管琪琪妮的姑姑看上去有些疯疯癫癫，但我猜她肯定和琪琪妮的母亲提起过我这个人。

我们该出发去艾玛米家了。

艾玛米组织的聚会一如往常的热闹，琪琪妮却始终很安静。有人撺掇她跳支舞或是聊聊天，大家都期待她像平时那样叽叽喳喳说个不停，女孩却始终沉浸在自己的世界里。我们出来时她说晚上要回自己家，明天一早动身去伊斯法罕，然后就叫了一辆出租车走了。临别时我吻了她，她有些闷闷不乐。

我回到家中，在房间里来来回回走了好久，又细细打量了一遍这些家具，只是窗帘没来得及细看。最后我又睡上了原来的旧床。

第二天莎姆希打来电话。下午我过去找她，她已经去集市把所有需要的布料都买来了，星期四傍晚就能做好被罩。孩子们从星期四中午到星期五傍晚会在他们父亲家，所以星期四傍晚莎姆希就可以带上被罩来我家，晚上也不用回

去。我根本不相信什么匪夷所思的诡异事件，但是偶尔发生的一些事却颇值得玩味。女孩去了伊斯法罕，莎姆希要来我家，这一切并非刻意安排，却充满巧合，不会让任何人受到丝毫伤害。

莎姆希来之前的这两天，我又买了大大小小、杂七杂八不少东西，我不能一直等到琪琪妮从伊斯法罕回来再行动。我从集市上买了两小块图案精美的卡什加垫子。女孩说得没错，铺上垫子后，地毯和家具的配色问题解决了。我又买了些田园风格的手工瓷具来配桌椅。我很想买台电视，可是账户里已经没钱了，我还得分期偿还艾玛米借给我的钱。我特别想买一部相机和一些摄影器材，所以我肯定要买些黑色厚纸板，把空房间的窗子先挡上用作暗房。然后我又买了本摄影自学指南，打算等以后有了钱再买相机和其他耗材。上班时我翻看了一下，书上说除了相机还需要镜头和十几种其他设备，这还不包括冲洗胶片的设备。我得在房间的地毯上铺点东西，免得洗照片的药水把地毯弄坏了……这几天我完全忘了喝酒这回事。

星期四的傍晚我去找莎姆希。她已经准备好了一提箱的床单被罩，还有一大锅吃的，当做晚饭和第二天的午饭。莎姆希总是想得很周到，水果和青菜她也买好了，像是要出门野餐似的。我完全能够理解，对于平时一直待在家中的莎姆希来说，这简直算得上是一次盛宴。

我把所有东西都搬到了车上，说道：

“亲爱的莎姆希，周末的晚上我那里没有电视。”

“去他的，就一个晚上而已。”

这就更加证明了莎姆希对于她心目中的这场盛宴有多么地渴望。

我们到了新房，我拿着装满床单被罩的箱子走在前面，莎姆希捧着锅跟在后面。我打开房门，把箱子放在门厅便又回到楼道，从莎姆希手中把锅接了过来。我知道她特别热切地想看到这个房子。我把锅端到厨房放上炉灶，又返身回来，想看看莎姆希的反应。她站在门口朝客厅看了看，一脸惊讶的表情。她说：

“这里还空着呢。”

“会弄好的。”

我关上房门，把莎姆希领到客厅，一切都布置得干净整洁，房间里散发着一股新家具的气味，是油漆味。莎姆希微笑着四处打量着这间屋子，说：

“太好了，真的是太好了。”

她又在房间里四处转了转：

“你的朋友确实很有品位。”

“是的。”

她来到餐厅。

“好漂亮的桌子啊。”

“是田园风格的。”

莎姆希羞答答地看着我。

“是从乡村人家的摆设中获得的灵感，当然是国外的乡村。”

接着我又打开橱柜给莎姆希看了看那些手工瓷具，她不太喜欢这些。莎姆希喜欢那种有玫瑰花图案的盘子，她家里尽是带玫瑰花图案的盘子。我说：

“都是新款，和其他餐具很搭调。”

“当然了，确实不错，所有的东西都很好。”

莎姆希没去卧室而是去了厨房。她把抽屉、柜子都打开了，说道：

“缺太多东西了，明天我给你写张清单，单子上列的所有东西你都得买回来。如果你愿意的话，我们一起去买。”

“当然要一起去，我对这些事不太在行。我得记着点，还要买杯子。”

“明天所有地方都关门。”

“那我们就星期六去。”

“好的。”

随后莎姆希来到了卧室，房间幽暗。她说：

“说真的，很好，简直太棒了。”她的夸赞听起来很受用，尽管我自己什么

都没做，但不管怎么说，现在这一切都是我的。

莎姆希帮着把被罩都叠好放进了壁橱。她解释说，这些都是仿照西方杂志上的式样缝制的，朝里一面是图案各异的印花，朝外是白底，四角带着印花。每种样式都做了两床。她说：

“你没成家，被罩脏了总得准备一套干净的用来换洗。要是你买的是双人床就好了。”

我说：

“你是第一个睡在这张床上的人。”

“那你自己呢？我是第二个。”

“这段时间我一直睡在客厅，就那张床上。”

莎姆希笑了，朝我走了过来。我把她拥在怀里，吻她。

我们把被罩铺在床上，再放上毯子，叠好后露出被罩上的印花图案。她说：

“你还得再买个床罩。”

“我得好好选一下。”

“你想让我帮你买吗？”

我有些信不过她的品位，说：

“不了，我再等等看，也许能找到和窗帘款式一样的。”

“床罩最好买简单一些的，但是颜色就选窗帘的花色好了。”

“也不错。”

房间收拾好了。我走到门口细细打量，整个房间让人备感温馨舒适。她说：

“墙面还空着，接下来你还得再弄些相框什么的。”

“慢慢来，一个月之后就都布置好了。”

“你很开心吗？”

我看了她一眼，她确实是在向我发问，我说：

“我不知道，只知道对我来说多少有些变化。”

“这房子非常好。”

随后我们来到客厅。莎姆希说她去厨房准备晚饭。我到餐厅把盘子、汤匙、叉子摆放到餐桌上，铺上纸巾，又放了两个酒杯。然后莎姆希把菜端了过来，是锅巴羊肉饭，摆盘非常精致，她一定费了不少工夫。我们坐下开始用餐。我想喝点酒，冰箱里还有半瓶，我便把酒拿到桌上。莎姆希每逢跨年才喝一次酒，都是借着置办七鲜桌的机会啜一小口甜葡萄酒。她喝得非常少，只需顶针似的一小口便醉了，然后开始傻笑，莎姆希喝完酒的反应就是会一直笑个不停。我为她买了一瓶甜葡萄酒，她比以往喝得稍多些便照例又醉了。莎姆希一直在笑，我也很开心，我们两人东拉西扯地回忆起了那些支离破碎的往事。莎姆希讲起了她的父亲，他是突厥人，每次和讲波斯语的妻子争吵时就只讲土耳其语，可怜的妻子根本听不懂他在说什么。她又聊起了母亲，在大不里士哭哭啼啼地生活了三年，一直固执地说波斯语，而父亲家的亲戚则固执地只肯说土耳其语。她又说他们一家回到德黑兰的那一天，她母亲在街上听到有人用波斯语叫卖生杏仁、核桃时热泪盈眶。尽管不易，他们夫妻二人依然彼此相爱。莎姆希父亲遇害当天，母亲没有落泪，也没有其他举动，只是靠在墙边默不作声地坐了一个星期。那个时候莎姆希父亲家中的亲戚开始用波斯语宽慰她的母亲，一个星期之后，她母亲用流利的土耳其语说道：

“我要为我的男人复仇。”

莎姆希说：

“可怜她是个女人，怎么去复仇呢。她只是不停地跟我们这样念叨，我们渐渐对这个世道也心生厌恶。”

她说：

“我父亲是赫亚巴尼的拥护者。”

我们之间的聊天愈显沉闷，莎姆希脸上渐渐敛上笑容。

门铃响了。

我心头骤然一紧，以为琪琪妮从伊斯法罕回来径直来家里找我。莎姆希说：

“有好事登门。”

她看了我一眼。我扬了扬眉毛。没有什么人知道我新家的地址。我说：

“可能是艾玛米，我的一个朋友，这里是他装修的，也许想过来看看家具。”

我暗自思忖是谁都无妨，除了琪琪妮。这栋房子正在将我的秘密公之于众，先是琪琪妮，艾玛米肯定会把我和她的事到处宣扬。接下来便是莎姆希。

我起身朝门口走去，门厅的灯暗着，外面的人影隔着磨砂窗户看不清楚，猜不到来者是谁。我打开房门，侯赛因站在门口，像个幽灵，刚从坟墓里爬出来似的，脸色比墙上的石灰还要苍白。他说：

“我受伤了。”

“快进来，侯赛因，你在说什么？”

他依旧站在门口，说道：

“碰巧发生在你家附近，只能来你这儿，因为我走不了路了。”

我说：

“快进来，快进来。”

他说：

“我从头到脚都是血。”

侯赛因左手抵着墙，右手吃力地脱掉大衣。他胸口下方插着一把刀，一段紫色的金属刀柄露在外面，鲜血顺着刀柄直往外渗，绿色套衫被血染红了一大片。他说：

“我裤子上全是血，走廊可能也被我沾上了血。”

“我的天啊！”

是莎姆希，她躲在我身后看着侯赛因。那一瞬间我突然想到了地毯，他要是进来，整屋的地毯都会沾满血迹。我说：

“稍等一下！”

客厅里还有几份报纸。我把报纸满满当当地铺在了门口还有地毯上。侯赛因进了屋，小心翼翼的，生怕弄脏了地毯。他说：

“我想坐下来。”

我在他身下铺了张报纸，他靠着门口坐了下来。我说：

“医生……”

他说：

“不，别兴师动众。不需要什么医生，医生也来不了。”

他吃力地说道：

“你去走廊看看，有血迹的话清理一下，下面也看看。”

莎姆希惊慌失措地站在客厅里，盯着侯赛因。我不假思索地跑到厨房接了一盆水，又拿了一块抹布回到走廊。我关上房门，房门还有门前地面上都是侯赛因的血迹。我把抹布蘸湿，擦拭着他的脚印。血渍是刚刚留下的，很快便擦干净了。我提心吊胆地顺着台阶向下走，生怕那些好奇的邻居们推门出来看个究竟，好在暂时没人出现。二楼住着一对母女，总是大门紧闭。再往下一层住着一个小职员和他的家人，我有点惧怕这位职员的太太，她会时不时地突然开门，查看一下外面有谁经过。现在已是半夜十一点，这种危险情况会相对少一些。有的台阶还留有侯赛因的脚印……

我就这样一级一级走到楼下，擦干净了所有的脚印。返身上楼时，我一直留意墙面和楼梯扶手上有没有血迹。扶手是棕色的，在楼道昏暗的灯光下看不出什么异样。最危险的是那些脚印。

我擦了有十来分钟。在恐惧的笼罩下，此刻我甚至不知道该如何调整自己的心跳。我喘着粗气，端着一盆深咖色的浑水往回走。我只敲了一下，莎姆希便立刻给我开了门。侯赛因不在门口。莎姆希说：

“我把他带进客厅了，就在那张旧床上。”

“你做得很好。”

“我害怕，阿赫玛德。他快要死了。”

“我们该怎么办？”

我这样问道，我也很害怕。莎姆希说：

“应该叫个医生。”

“不，不可以。这肯定行不通。”

莎姆希紧抿着嘴唇看着我。我把水盆端到厨房后又回到客厅，纱帘外层的窗帘被裁缝扎起来垂在了墙角，我把它拉上了，又回到侯赛因身边，他像个死人一般倒在床上。我走到他跟前，说：

“侯赛因！”

伴着微弱的呻吟声，侯赛因睁开了双眼，他说：

“对不起，请你相信，我实在是走投无路了。”

我问道：

“这把刀还在，我该怎么办才好？”

他说：

“不要紧，不然我早死了。”

“有多长时间了？”

“一小时左右吧。听着！你来把它拔出来。”

他斩钉截铁地说道。

“我不行。”

“你可以的。烧一些棉花，刀拔出来的时候，把烧着的棉花趁热敷在伤口上。”

我走到莎姆希跟前，绝望无助地看着她。莎姆希看着侯赛因，说道：

“他说得没错。你要是不动手，我来。”

侯赛因已经有些神志不清了，他笑了笑，说道：

“女人们说的总是对的。很简单的。”

莎姆希说：

“棉花。”

我这里没有棉花，莎姆希走出了房间，我待在原地等她回来下达指令。莎姆希抱着一床崭新的被罩回到客厅，说：

“棉花呢？”

“我这儿没有。”

“快去买。再买些红药水，还有青霉素粉。”

“我到哪里去买？”

“去二十四小时药店。快去、快去，别磨蹭。再买一瓶营养液。”

我到卧室取了外套，下楼，坐到方向盘前。我已经紧张到不能自已，脸上的肌肉还抽搐了几下，像是在笑，完全不由自主。无论如何我必须让自己镇定下来。

我发动车，头伏在方向盘上稍歇片刻，便往药店开去。

药店店员睡眼惺忪地把我要的东西摆到桌上时，我身后又有人走了进进来。我不敢抬眼看，只感觉他形迹可疑。我买了四包棉花、一大瓶红药水，还有青霉素粉。医生走到营养液的架子前停住了，睡意未消地挠着头。我说：

“先生，请快一点。”

“好，那你要什么营养液？”

“特别特别强劲的那种。”

“马肝的浓缩液行吗？”

“很好。”

“好吧。”

医生走到柜子前迷迷糊糊找了一通，很久才拿着一个盒子回来，说：

“马肝没有了，这是复合维生素 B，非常好。”

“好吧，也可以。”

走进药店的那个人左手倚着柜台，头枕在胳膊上，一副愁苦相。我如释重负，正准备付钱。医生对那个男人问道：

“您买什么？”

男人问道：

“有避孕套吗？”

是个醉鬼。我拿上药便走，找零也没要。

莎姆希在家里用被罩把侯赛因裹了起来，又拿床单做了几块纱布。我竟忘记买纱布了。然后她拿来一个托盘，四周铺上报纸，盘子里放着火柴、刀和剪刀。她说：

“所有东西我都用开水煮过了，不会感染细菌。”

我不知道她拿刀和剪子做什么。她说：

“你怎么去了这么长时间。”

我默不作声地把买回来的东西放在她面前。她说：

“你去洗一下手。”

我用香皂洗了好几遍手，又回来坐到莎姆希身旁。她说：

“现在我们必须把刀拔出来。”

我一脸怒气地看着莎姆希。她说：

“必须由你来拔，就一下。你力气比我大。我来拔的话，可能会让他伤得更重。”

她说得没错。她说：

“我按住他的肩膀，你一下把刀抽出来。”

然后莎姆希坐在侯赛因头顶的位置，按住他的肩膀。侯赛因睁开双眼，说道：

“等一下！”

莎姆希松开手。侯赛因说：

“我不会死的，我知道。可万一死了，你趁夜把我扔到野外。没有任何危险，没有任何人知道我在这里，没有人会找你麻烦。”

我真想狠狠地抽他一个耳光。莎姆希说：

“我们先把棉花准备好。”

她打开一包棉花放在托盘里，说道：

“我都想好了，你来拔刀，我用火柴把棉花点着，然后趁热敷到伤口上，这样就能消毒。”

我说：

“我真该记得买瓶酒精回来。”

“是啊，不过没关系。”莎姆希又按住了侯赛因的肩膀。我来到侯赛因的身边，左手撑着床垫，右手握住了刀柄，右手的力气更大些。刀斜插在心脏的下方，我必须沿着伤口角度顺势拔出来。我说：

“奉至仁至慈的真主之名。”

我猛一下把刀拔了出来。侯赛因喊了一声：

“哎呦!”

他这一声哎呦把我吓了一跳，刀也从手里滑落下来掉在他的胸前，幸好不碍事。

这时莎姆希对着棉花划着了一根火柴，棉花顿时燃烧起来。鲜血从伤口喷涌而出，莎姆希大喊道：

“快脱掉他的上衣，快脱掉他的上衣。”

我慌慌张张地把他的腰带解开，准备把他塞到裤子里的白衬衫拽出来。刀掉到了床垫上，我真怕它再一次掉在他身上。我把刀搁在托盘里，旁边的棉花还在燃烧。我又试着去扯他的衣服，却怎么都扯不开。忽然我的目光落在了那把剪子上，不禁为莎姆希的机智暗暗叫好。我用剪子把他的外套、衬衫统统剪开，把衣服从侯赛因的身上脱了下来。

棉花上的火苗熄灭了，黑色的灰烬中闪着丝丝火星。伤口还在流血，但不是太多，之前流得已经够多了。莎姆希一把抓起灼热的棉花敷在伤口上，手被烫得很厉害。侯赛因的胸口也被灼伤了，散发着一股毛发烧焦的气味。莎姆希说：

“你按住他的胸口，这样火苗灭得更快。”

我压住他胸口的棉花，棉花中间还有隐约可见的火星。伤口的疼痛和胸口的灼伤一并袭来，疼得侯赛因不住呻吟。我的手也被棉花烫得火辣辣的疼。我说：

“我得把棉花拿开，他都被烫伤了。”

莎姆希说：

“不行，必须等到血止住才行。”

棉花的余烬逐渐冷却，侯赛因已经昏了过去。我和莎姆希相互对视了一眼，她说：

“感谢真主，总算不流血了。”

她把棉花取了下来，有些烧焦的棉絮仍粘在侯赛因的胸前还有伤口上，不过血止住了。莎姆希说：

“感谢真主。”

莎姆希给侯赛因的胸口抹了些红药水，又倒了点青霉素粉末，然后在伤口上再敷上棉花。我要把侯赛因扶起来，好让莎姆希绕着他的胸口缠上绷带。这是件很辛苦的事，因为我必须扶着侯赛因的上半身，还要给莎姆希的手腾出活动空间，同时不让他晃动太厉害，免得伤口裂开再次流血。

最后总算弄完了。莎姆希把剪开的白衬衫和外套从侯赛因的身子下面抽出来，说道：

“你把他裤子脱掉，让他喘气舒服些。”

我不知道这两件事之间有什么关联，但还是像个规矩孩子一样乖乖照办了。

她说：

“现在得给他稍微擦一擦，你看，他浑身是血。”

我们又开始忙活。我端来热水，莎姆希用棉花蘸着水给他擦干血迹，然后说：

“现在得给他盖条毯子，免得着凉。”

说完径自去卧室拿了一个被罩和两条毯子盖在侯赛因的身上，把他裹得严严实实的。我把托盘、剪破的衣服、刀、剪子还有红药水瓶都拿进了厨房。回来时我注意到尽管小心再三，门厅地毯上还是沾了几处血渍。我回到厨房把两块沾了血的抹布洗干净，再拿抹布去擦拭地毯上的血渍。污渍淡了许多，终究没法彻底干净。我说：

“谢谢，都是拜你所赐。”

我回到房间。屋里的地毯也掉了几滴红药水和青霉素粉末，幸好不多。棉花烧落的火星还在地毯上烫出几个小洞。托盘下面虽然铺了报纸，可那一块地毯还是被棉花烫到了，变得皱巴巴的。莎姆希坐在离侯赛因头顶不远的地方，说：

“现在该给他喂几勺营养液补充体力。”

我说：

“他还在昏迷，我们怎么喂？”

侯赛因说：

“水。”

我和莎姆希对视了一眼，她说：

“我在电影里看过怎么喂别人喝水，电视上播的，但是量不能很多，就一杯。”

我去厨房端了杯水回来。莎姆希接过杯子，取了一小块棉花蘸了点水，擦拭起侯赛因的嘴唇，侯赛因一点一点地舔着唇边的水滴，就这样莎姆希喂了他一整杯水。

我坐在沙发上，看着莎姆希和侯赛因，还有地毯上一块块的红药水污渍和焦痕。我说：

“如果他死了？”

“不会的。”

莎姆希斩钉截铁地说道：

“他不会死的。你知道吗，这个绷带三天内不能拆，三天后再拆开看伤口。我刚想起来，他的胸口被棉花烧过，肯定烫出了水泡，用这些布单裹着实在不合适，但又说不定反而有利于伤口愈合。”

说完，莎姆希把毯子掀开看了看：

“看，已经不流血了。你看，我就说他不会死吧。”

“现在我们该做什么呢？”

“得有一个人守在他身边，我在的，你去睡觉吧。”

“我睡不着，我也待着吧。”

于是我继续呆坐在沙发上，看着莎姆希和侯赛因。莎姆希从厨房到客厅来来回回收拾了好几次，每次回到客厅都掀开毯子看一看侯赛因的伤口。我想明天给艾玛米打个电话，说不定他可以找个熟识的医生过来看看侯赛因的情况。后来我的眼皮越来越沉，便迷迷糊糊地睡着了。当中醒过一次，莎姆希正忙着给侯赛因喂营养液。我说：

“别管了，现在最好让他好好休息。”

“不，必须补充体力。”

接着我又昏昏睡去。

早晨我从沙发上醒来，最先映入眼帘的便是地毯上的那块焦痕。我睡着的时候眼睛正对着那块烧焦的地方，所以一睁眼便看到了，随后又瞥见侯赛因，他还躺在床上，面色苍白，呼吸平缓。莎姆希不在房间里。我看了下表，七点半。我转去其他房间，莎姆希也不在。真希望此时她能在，我无法独自面对侯赛因。我不由走到电话旁，拨通了艾玛米的电话。电话那端传来慵懒的声音，一个女人问道：

“是谁啊？”

“阿兹拉伊尔，哪位？”

我说：

“艾玛米吗？我是阿赫玛德。”

“怎么啦，老兄，家具都收拾好了吗？”

“不，不是这事，侯赛因在我这儿呢。”

“天呐！那敢情好啊。”

“听着，不开玩笑，他昨晚过来的，胸口还插着一把刀。”

“什么？”

我猜此时艾玛米的睡意一定抛到了九霄云外。我说：

“我亲自把刀拔出来的。”

他说：

“他现在人在哪儿？”

“在客厅，正睡着呢。我怕他会死。”

“天啊，你得找个医生。”

“不行，他不想找。”

“……”

我问道：

“你有认识的医生吗？过来看看他的情况。”

艾玛米没说话，他的沉默令我备受煎熬。随后他说：

“我有认识的医生，但是不太信得过。”

他又说：

“稍等一下，我给卡鲁打个电话。你不要往外打电话，也别再往这儿打了，会有危险。”

他随即挂了电话。

我放下电话。我敢肯定没什么危险。因为侯赛因亲口说的，他一向言而有信。我只是怕他会死。

我去厨房准备烧水煮茶，然后回到房间，学莎姆希的样子掀开毯子看了看。裹着伤口的布单漾出一小块血迹，情况不太严重。我把手贴在侯赛因的额

头，手感冰冷。我说：

“侯赛因！侯赛因老兄！”

侯赛因的身子动了一下，还活着。我又拿来两条毯子替他盖上。我打算给卡鲁打个电话，这时门铃响了。我努力平复着内心的悸动，但无济于事。我朝门口走去。不管发生什么事，该来的总会来，随它去吧。是莎姆希。她说：

“我去屠宰场了，该死的赶上星期五，所有的肉铺都关门了。我买了些肝，肝是补血的，得给他喝些血水。我还买了些小扁豆，做汤用。我父亲说战争年代士兵们就是吃的小扁豆补血。”

我站在厨房里吃着早饭，看莎姆希把肝切成一条条的细丝，弄出一杯血水。她解释了一大通，我都没太理解。我表现出一副镇定自若的样子，就像什么事没发生过。而莎姆希呢，我甚至觉得她有些开心，这件事在她单调乏味的生活中泛起了涟漪。莎姆希确实很得力，一如往常。她自己一直不清楚这点，现在她知道了。

她说：

“要是他能吃点肝就好了，但现在没办法，只能喝些汁水。”

快十点时，电话铃响了。我拿起话筒，电话那头传来一个人的声音：

“请不要提名字，千万不要提名字。”

是卡鲁。我说：

“好的。”

“听着，你打过电话的那个人给我和另一个人也打了电话。”

“是的。”

“可以帮得上忙，但是有危险。”

“没有危险。”

“你怎么这么肯定？”

“是他自己说的。”

“谁？”

“侯赛因。”

卡鲁没有说话，陷入了沉思。然后他说：

“好吧，我会过去。现在的问题是有医生，但医生不愿冒风险。”

我说：

“你亲自过来看看吧，没有任何危险。”

他说：

“我半小时到。”

我说：

“听我说，你顺路买一些治疗烧伤的药，还有酒精、纱布，再买些营养品。”

“好的。”

我放下电话，出门去走廊察看了一番。血迹都擦掉了，楼梯扶手上有一两处颜色比原来深一些，但已变成褐色，一团模糊，没什么大碍。我又走到楼下，来到门外。离房子几步远的地方有一块血迹。据我判断，来往的路人根本没空去研究这团模糊不清的血迹为何物。我又朝小巷走去，走到一半便回来了。今天是星期五，小巷一如往常。

我返身回来。经过走廊时那位职员的太太推开门从门缝中探头张望。我说：

“早上好。”

她没答话便关上了房门。她没做出这举动我倒会担心起来，可她的反应也和往常一样。我上了楼，莎姆希说她给孩子们的父亲打了电话，说有些要紧事必须处理，让孩子们在他那里再待上一个星期。

随后卡鲁到了，带了些药。他脸色有些苍白，说道：

“艾玛米和塔扎里来不了，他们要确保一切毫无风险才会过来。他怎么会这样？”

“我不清楚，进来后就昏迷了。”

卡鲁走进房间，注视着侯赛因。莎姆希也在，眼前这两位她一个都不认识。她说：

“我觉得这位先生没什么事了。”

卡鲁看了她一眼，一言不发。然后他俯身靠近侯赛因，用手摸了摸他的额头，说道：

“额头很烫。”

随后他又看了看包扎的伤口。绷带该换了，以免伤口发炎。卡鲁和莎姆希一起换了纱布，侯赛因时不时呻吟几声。他们在烧伤的地方又抹了些药，然后铺上纱布垫把伤口重新包扎起来，莎姆希还想给侯赛因喂些生肝榨出来的汁水，卡鲁同意了。莎姆希和卡鲁一定是心有灵犀，无须多话，配合得很默契。

卡鲁说他该走了，因为他的妻子和孩子们对此一无所知，还是不让他们知道为好。他晚上再过来。

等到卡鲁晚上过来的时候，侯赛因在莎姆希的强令下已经吃光了一碗煮烂的小扁豆，还有一杯肝汁水。他的气色看起来有些好转，然后又陷入沉睡。卡鲁说：

“我觉得没什么事了，他一定会好起来的。”

“你告诉大家没什么危险，要是能有位医生过来看看更好。”

“我觉得没这个必要，这位女士把所有事情都安排妥了。”

莎姆希说：

“莎姆希。”

“莎姆希女士。”

两人已然成了朋友。

第二天一早我照例去上班。莎姆希留在家中，直到我傍晚回来。然后她回自己家，关好热水器、燃气灶，把衣服、文具送到孩子父亲那里，再回到我这里。星期六的中午，卡鲁又来探望侯赛因，还带了些必需品。我们三人各有分工。

星期六傍晚我回去时，侯赛因正醒着。他还不能动，莎姆希不许他乱动，侯赛因谨遵她的吩咐。我说：

“你好啊，现在感觉怎么样？”

“挺好的。”

莎姆希说：

“您不可以多说话，根本就不应该说话。”

侯赛因笑呵呵地看着我，沉默不语。莎姆希对我说：

“我走了，两个小时后回来。你什么都不用操心，只要看着点儿吃的，半小时后把燃气灶关掉。”

然后她对侯赛因说道：

“您也别忘了，千万别讲话。”

莎姆希走了，侯赛因说：

“真的很抱歉”

“为什么？”

“我把你的生活搅得一团糟。”

“幸好这一切还挺搭调的。”

“这个女人像天使一般。”

“是的。”

“你要相信我，我没想来你这儿，只是恰好在这附近出的事。”

“侯赛因，说好你不能讲话的。”

“好的。”

四天后，他的伤口愈合得很好了。莎姆希做的饭菜很滋补，侯赛因的气色好多了。我把他的床头推到靠墙的位置，在他背后放几个枕头，让他可以半坐起来。现在最麻烦的是上厕所，莎姆希把尿盆端来端去的，让侯赛因十分尴尬。看起来他们私底下似乎有过激烈的争论，每次侯赛因想自己去上厕所，都被莎姆希十分专断地制止了。两人之间的争执还有最终的结果都是莎姆希告诉

我的。这段时间，我、莎姆希，还有卡鲁三个人一起分担了家务。卡鲁中午过来一直待到傍晚。从傍晚开始我一直在家，其余时间便交给莎姆希。她要做饭，有时还要回家打理一下裁缝店。卡鲁不想让妻子知道这件事，兹娜特似乎完全承受不住这类事。自从卡鲁入狱，她始终惶恐不安，一旦知道这事她会吓昏过去。所以卡鲁只好趁上班的时候过来探望侯赛因。

艾玛米和塔扎里还没有来探望过。但是他们给卡鲁上班的地方打过电话，了解侯赛因的近况。埃斯凡迪亚力来过一次，他非常沮丧，在起居室里硬拉着我和他理论一番，埃斯凡迪亚力想分析一下这个问题的社会原因。他认为，缺乏自由就会导致秘密展开的大清洗。但问题的关键是我们不知道是谁用刀捅伤了侯赛因，因此我们对社会的讨论是含糊不清的，最后只能不了了之。侯赛因遵照莎姆希的嘱咐仍旧不可以开口讲话或向我们解释任何，他只说了一句：

“是我们内部的清算。”

是他们内部的清算，总而言之就是这样，这让埃斯凡迪亚力开始对社会现状又胡思乱想起来。反正不管怎样，第二个星期他跟往常一样动身去了美国，他有很多事情要去处理。

又过了一个星期，星期三，我在客厅沙发上看书，侯赛因在睡觉。现在他可以独立上厕所了，这让莎姆希很紧张。她在厨房忙碌着，这时门铃响了。我知道一定是琪琪妮，两天前就盼着她回来。我合上书，从沙发上站起来去开门。莎姆希走到了厨房门口。琪琪妮满面春风地站在门前，说道：

“你好。”

她在等着我亲吻她，我不动声色地说：

“你好，你怎样啊？”

她有点吃惊，说道：

“我很好。”

她进了屋。

“旅行愉快吗？”

“还不错。”

她回应。然后她看到了站在厨房门口的莎姆希，穿着一身皱巴巴的衣服，头发又油又脏，也没怎么梳过。她一直在我家和自己家之间来回奔波，根本没时间洗澡。

我说：

“琪琪妮，这位是我的朋友莎姆希。莎姆希，这位是我的朋友琪琪妮。”

琪琪妮说：

“很高兴认识你。”

她朝莎姆希走去并伸出了手。莎姆希说：

“抱歉，我的手还湿着呢。”琪琪妮把手缩了回来，转身朝我走来。她满脸疑惑，用询问的眼神看着我，像是在问这是怎么回事？

莎姆希站在厨房门口，神色黯然。我觉得那个瞬间她已全然明白。我说：

“侯赛因在这里，我的朋友。”

“哦。”

“你知道吗，他生病了。”

我说：

“亲爱的莎姆希，我带琪琪妮过去给侯赛因介绍一下。”

“轻一点，他还有伤，没好呢。”

“他怎么了？”

“回头再告诉你，现在你先坐下。”

我让她坐沙发上，然后问道：

“你喝茶吗？”

“如果你这有的话。”

我来到厨房。莎姆希默默地站在炉灶前，一动不动。听到我的脚步声她缓过神来，转过身面对我。我说：

“亲爱的莎姆希，我们这有茶吗?”

“有的。”

我说：

“这是我的一位朋友，之前去了伊斯法罕，现在回来了。”

莎姆希一句没问。我拿了一个托盘还有两个茶杯，说：

“你喝茶吗?”

“不了，谢谢。”

我倒了两杯茶转身回到房间。我就听天由命，顺其自然吧。在这些事情面前，我显得很渺小。

琪琪妮安静地坐在沙发上，注视着侯赛因，然后缓缓说道：

“地毯烧坏了。”

“是的。我们在这儿动了手术。”

琪琪妮瞪大眼睛看着我。

“我们把刀从他的心脏旁边拔了出来。”

“为什么不叫医生呢?”

“不行。我曾经给你讲过侯赛因的事。”

我问道：

“你都做了些什么？还好吗?”

“不，我妈妈听说了关于我的一些事，需要和我谈谈。”

“那你们谈了么?”

“是的，但不是我妈妈希望的那样。她已经忘了这么多年来她对我一向都是不管不问的，我也不知道该说些什么。”

“你的父亲还好吗?”

“他还病着，不太严重。就是借口让我回去讲一下最近在干嘛，我没说什么。”

显然女孩攒了一肚子的话想和我倾诉，看到现在这个情形，那股热情已消

散殆尽。

“你的兄弟姐妹们都还好吗？”

“都挺好的。”

“究竟是怎么回事？”

“没什么事。应该是姑姑电话里说凯缇晚上经常不回家，我妈妈就来问我了。也不是责问，就说大家都看到我在大街上和这个人、那个人在一起，说的那些地方都是骗人的，根本没人看到我，我说这都是谎言。然后我爸爸有天吃晚饭时聊起了那些贩卖海洛因的，说他们用各种稀奇古怪的办法让年轻人染上毒品，比如在玫瑰花中撒些海洛因啥的。尽是这类无稽之谈，不知道从什么杂志上看来的。我说我永远不会沾海洛因，因为我讨厌瘾君子。”

“所以他们很担心你？”

“是的，他们很担心。他们给我选了几位男士作为我未来丈夫的备选，还在聚会时指给我看。我说我不想结婚，我要回德黑兰上大学。然后就回来了。”

琪琪妮这样慢条斯理地讲着，目光都落在侯赛因的身上。她说：

“看起来这里发生的事情似乎更有意思。”

“是的。”

莎姆希进来了，给侯赛因端来一盘吃的。我注意到她把头发梳理了一下，神情自若地冲我们笑了笑，然后把托盘放到侯赛因的手边。她说：

“他已经睡了好久，现在该吃点东西了。”侯赛因睁开双眼，看着我们。我敢肯定他早就醒了。我说：

“侯赛因，这是我的朋友琪琪妮。”

侯赛因向琪琪妮微笑示意。女孩不由自主站了起来，又坐下。侯赛因转过身半卧着，莎姆希打了个手势，他便又躺下了。他说：

“多有趣的名字，琪琪妮。”

“她的名字叫凯塔雍，我们都叫她琪琪妮。”

莎姆希说：

“我给侯赛因的饭菜也给大家盛一些吧。”

琪琪妮说：

“我就不添麻烦了。”

莎姆希说：

“不必客气。您一定要留下来吃晚饭，除了侯赛因、阿赫玛德，总得有人尝尝我的厨艺。”

莎姆希想表现得和往常一样。我和她意见一致，可琪琪妮不想久留。莎姆希说：

“向真主发誓，我做的菜不难吃。侯赛因，我做的不好吃吗？”

“哪有，特别好。”

我们把侯赛因头底下的枕头又调整了一下，让他半坐着。莎姆希把盘子放到他面前，侯赛因毫无胃口地吃了起来。

门铃又响了，我去开门。莎姆希去了厨房。门外是卡鲁、塔扎里和艾玛米。他们低声交谈着，像在走进一座庙宇。我说：

“天呐，你们还好吗？”

卡鲁说：

“我和兹娜特说我来你这儿吃晚饭。”

他们在路上买了些切好的半成品，不让莎姆希太费事。塔扎里惨笑了一下，感觉像犯了什么错似的。他说：

“老兄，这四天我一直担心他们会把我们都抓起来。”

“为什么？”

卡鲁问道。

“谁知道呢，生活无常。”

艾玛米则一如往常，像全然不知发生了什么，担忧地问道：

“侯赛因在哪儿呢？”

说完朝卧室走去。我说：

“他在客厅。”

但艾玛米还是进了卧室，打量着整个房间，显然想聊一聊装修，可不管怎样还是得先讨论一下侯赛因。

卡鲁去了厨房，把买来的东西交给莎姆希，厨房里传来他们两人的交谈声。我和塔扎里还有艾玛米一起来到客厅。

晚饭侯赛因只吃了一半。琪琪妮怯生生地坐在沙发上。艾玛米走到床边，跪在地上，手抚着侯赛因的头，说道：

“你怎么样，老兄？可把我们吓死了。”

“真的对不起。”

“哪里对不起，不过你真让大伙有点不知所措。”

塔扎里站在客厅中央，说道：

“侯赛因老兄，你好啊。”

“你好，老兄，你怎么样？”

“还能怎么样，老兄，真他妈的让我们担惊受怕。”

“没事的，老兄，基本上没事了。要是没有阿赫玛德和莎姆希女士，我早进棺材了。”

塔扎里转身向琪琪妮致意：

“你好，女士。”

我说：

“这位是琪琪妮，我的朋友。莎姆希她在厨房呢。”

艾玛米转身对着琪琪妮说道：

“你好，凯缇，我没注意到你也在这儿。”

我说：

“大家让侯赛因先吃饭吧。他还不能正常进食，你们现在跟他说话，他吃不好饭，莎姆希会不高兴的。不如大家参观下我房子装修，这可是艾玛米一手设计的。”

塔扎里四处打量了一番，没发表任何意见。艾玛米冲我使了个眼色。说：

“要是这堵墙能出声，那塔扎里也能开口说话了。”

“为什么这么说？”

塔扎里问道。

“我觉得要是侯赛因没病倒的话，你可能又要说什么资产阶级、小资产阶级思想之类的，不过现在最好是保持沉默。俗话说，‘大门紧闭，谁知道是卖珠宝还是卖杂货的。’”

塔扎里笑了，不置一词，只是耸了耸肩。

大家就着沙发四散坐下，卡鲁还在厨房里。我去厨房看看有什么要做的，卡鲁让我不必操心，他和莎姆希会料理停当。

我从冰箱里拿出一瓶烧酒，又带了几个杯子回到客厅。艾玛米正在向塔扎里介绍琪琪妮，还解释了为什么叫琪琪妮，塔扎里一边听一边盯着地毯。我把杯子放到桌上，斟满酒，问道：

“琪琪妮，你喝吗？”

女孩看了我一眼，流露出一丝不太情愿的神情。显然面对这群尊敬的宾客，她不清楚是一定得喝还是可以遵从自己的意愿。我说：

“我这儿还有葡萄酒。”

她说：

“我喝点葡萄酒吧，不过就一点儿。”

我拿来一瓶葡萄酒和一个玻璃杯，给她倒了一点。然后我又给大家分了几杯。塔扎里用余光偷瞟着琪琪妮，大概是想看看她喝酒的样子。艾玛米说：

“为侯赛因干杯。”

我们举起酒杯一饮而尽。侯赛因说：

“可惜我不能和大家干上一杯，莎姆希女士知道我身上都蜕皮了。”

塔扎里问道：

“现在该说说怎么回事了吧？”

“我不知道该说些什么。”

艾玛米说：

“侯赛因的回答总是这样，我不知道该说些什么。老兄，你差点就死了。”

侯赛因笑了笑，他说：

“真的没什么，只是私底下的一场争执。”

“什么意思？”

“怎么说呢，就是一场兄弟间的争执，朋友间的争执。”

塔扎里说：

“好吧，也许他现在不想解释。”

侯赛因闭口不答。卡鲁端着一盘小零食进来了，他说：

“你好，侯赛因，对不起，我一直在厨房里忙活。你感觉怎么样了？”

他把托盘放到桌上，说道：

“饭菜做好前你们先慢慢喝着。侯赛因，你得把饭干掉，我觉得你现在可以吃莎姆希女士做的米饭了。”

“我已经吃饱了。”

“什么吃饱了，老兄，你现在应该像一匹马那样能吃，这样才好得快。”

卡鲁自顾自倒了一杯酒，就这么站着仰头一口喝了。我说：

“卡鲁，来和琪琪妮认识一下，她是我和艾玛米的朋友。”

卡鲁朝女孩善意地笑了一下。琪琪妮说：

“我猜您一定就是卡鲁先生。”

“你是怎么猜到的？”

“阿赫玛德跟我说起过您，还有侯赛因。你们每一位，我虽然没见过，但都知道。”

塔扎里说：

“这么说这位女士是老熟人了。”

“您说的老是什么意思？”

琪琪妮问道，直视着塔扎里，塔扎里慌忙说道：

“老？就是老的意思啊。”

“不，我还年轻着呢。但是对于阿赫玛德的这些朋友，我有种老相识的感觉。”

艾玛米收起了笑容。塔扎里有些不悦，我觉得他在女人面前一向畏畏缩缩，私底下谈论起女人来总是恶语相加，可一旦面对她们又会变得手足无措，像个缩头乌龟。

不久莎姆希端着一大盘米饭来到房间，径直朝餐桌走去。我说：

“这位就是莎姆希，年度外科手术英雄。”

莎姆希笑着说道：

“先生们，你们好。”

卡鲁说：

“我跟大家说起过莎姆希女士，他们都知道的。”

“请你们享用晚餐吧。”

我们围在桌前，拘谨、客气地聊着天。莎姆希刚和大家相识，琪琪妮也是如此。大家顾及到有女人在场，说话都拿捏着分寸。塔扎里没法说脏话了，自顾自地吃着饭菜，一副彬彬有礼的样子。莎姆希成了唯一的演讲者，她把那一晚侯赛因来这里的经过描述了一番，大家都很好奇地听着。这算得上是那种屡听不厌，之后也会屡被提及的故事。但是莎姆希所描述的和现实情形有点出入：莎姆希应我的请求缝制了被罩，然后她来给我送被罩时，侯赛因进屋了，心脏下方插着一把刀。我深谙莎姆希的性情以及她讲话的习惯，她喜欢描述那些细枝末节。我明白她是因为琪琪妮在这里，所以略去了原本的细节。看起来莎姆希似乎时刻准备将我拱手让给另一个女人，尽管我并未发觉她为此感到高兴。她已经疲惫不堪，这一个星期她过得极为辛苦，结果到了周末，房门一开，家里来了一位漂亮的女孩，全身上下都在昭示她对这间房子再熟悉不过。我觉得羞愧不已。但琪琪妮正徜徉在另一个世界，她认认真真地听着莎姆希讲

述的一切，还没有觉察出莎姆希的真实身份。我从未和她提起过莎姆希，除了那次把她说成是我一个朋友的妻子，会做些针线活。现在莎姆希几乎说得很明白了，她并没有丈夫。

晚饭过后，因为侯赛因还需要休息，大家纷纷起身准备离开。我和塔扎里握了握手，我觉得今天我让他倍感挫败，正在慢慢自我疗伤，对此我很开心。

艾玛米问琪琪妮接下来想做什么。那一晚艾玛米表现得很友好，没有任何特别的举动让莎姆希或是其他人知晓我和琪琪妮的关系，我由衷地感谢他。琪琪妮同意让艾玛米送她回去。没办法，莎姆希在这，对此我什么都不能说。

十一点一刻，大家都走了。我回到客厅，侯赛因正紧闭着双眼，表情痛苦地喘着气。我把枕头从他头底下抽出来，他用微弱的声音向我道谢。他已经精疲力竭。莎姆希默默地和我一起收拾餐盘，拿进厨房。莎姆希说：

“我来洗盘子。”

“你已经很累了。”

“我来洗。”

我说：

“今晚你可以在卧室睡，他已经彻底没事了。”

“好吧。”

我走到卧室，脱光衣服，刷了牙，穿上睡衣，然后回到床上等莎姆希。

厨房里传来了洗碗的声音，然后是来来回回的走动声，从厨房到客厅又到厨房。她一定还在忙着照料侯赛因。接着我又听到她在卫生间的动静。但愿她会选择睡在侯赛因的身边照料，我有些担心她会向我发问。

最后她静悄悄地走了进来，以为我睡着了。我不会佯装熟睡，这方面我确实不太擅长。

莎姆希默默脱光衣服换上了睡衣，坐到床边，说：

“星期五我得回去，家里一团糟。”

“我知道。”

“更糟糕的是那些衣服还没做完，我不知道该怎么跟老主顾们交待呢。”

“你就说这一个星期不得不出趟门，亲戚病了，必须去照顾一下，这样你也不用编什么谎话。”

“这些人还是会抱怨的。”莎姆希掀开毯子，钻了进来。我说：

“过来，到我这儿来。”

她瞟了我一眼。

“我很脏，一个星期没洗澡了。”

“没关系。”

“不，我想洗干净了再说。”

我们两人都陷入了沉默。接着她说道：

“我走了，你怎么照顾侯赛因呢？”

“我不知道，到时候我会和卡鲁商量的。”

“我会时不时过来的，争取每天都能过来瞧瞧。”

“亲爱的莎姆希，这样太辛苦了。”

“对了，我有一个主意。我可以把侯赛因带去我家，这样我既能做针线活，又可以照料他。”

“那你怎么和大伙说呢？”

“你说得也是。”

我熄了床头灯，庆幸这些问题都顺顺当当过关了。她说：

“这个女孩琪琪妮，你的朋友，很漂亮。”

“还不差。”

“她的名字好奇怪啊。”

“她的名字叫凯塔雍。”

“那你为什么叫她琪琪妮？”

“随便叫的。”

“琪琪妮是什么意思？”

“麻雀。”

琪琪妮那一晚安安静静的，对于莎姆希来说，她看不出女孩究竟哪里像麻雀。她说：

“这些年轻人的个性都挺奇怪的。我有一个顾客，那个女孩明明叫萨拉，却非要把名字改成米特拉。萨拉这个名字比米特拉好听多了。”

“是啊。”

然后我们两个不再说话。

星期五一大早，见侯赛因的状况有所好转，莎姆希便离开了。侯赛因已经可以自己上厕所，有时还会到沙发上坐一会儿。我在地毯烧焦的地方又铺上一块垫子。

这两天都没有琪琪妮的消息。我上班时曾给她家里打过电话，姑姑说女孩不在家。她说：

“还有啊，先生，您得管管她了，她整天在街上晃悠。”

这会儿莎姆希走了，我做的第一件事便是给琪琪妮打电话。是女孩本人接，我竟一时语塞。最后，我开口了：

“琪琪妮吗？”

“是的。”

“你还好吗？”

“还好，你呢？”

“你怎么不来了？”

“我应该过去吗？”

“为什么不呢？”

“我怕打扰你。”

“怎么会？”

“嗯，侯赛因在。我在想，如果我去的话会给你们添麻烦的。”

“哪有什么麻烦？”

“那我过去？”

“当然。”

“好的，我会去的，傍晚的时候吧，有什么需要我带过去的吗？”

“没有，亲爱的，这里什么都有。”

她迟疑了一下，又问道：

“那位女士，莎姆希女士在吗？”

“不，她回自己家了，侯赛因已经好多了。”

“好吧，那我五点钟左右过去。”

我放下电话，返身看了看侯赛因的情况，他正靠着枕头半坐着。他说：

“不好意思，我可以去洗个澡吗？我觉得自己身上一股味道。”

“你的伤口怎么办？”

“已经愈合得很好了，再说医生也会建议必要时冲洗外伤，这样对伤口愈合有好处。”

“好吧，但有一个条件。”

“什么条件？”

“我来帮你。”

他面露难色地看着我，不好意思接受别人的帮助。最后他同意了。我说：

“我去把洗澡的东西准备一下。”

我来到浴室，把澡巾、肥皂、洗发水都放在伸手可及的地方。热水器里放出来的水是温的，不过我还是把热水打开了，还找了一条内裤给他替换。我回到房间，说：

“都准备好了。”

我扶他起来。他简直弱不禁风，走路颤巍巍的，我说：

“看你受了多少罪。”

“不是我的过错。”

“好吧，为什么你不改变一下自己的生活呢?”

“真的没什么。我们只是在讨论，气氛很友好，突然就起了争执，其实之前就有点征兆了。后来从会面地点出来就冲突上了，我想上去调解，结果肚子上挨了一刀。”

“是心脏下方。”

“是，没错。然后警察吹响了口哨，大家四散而逃，我只能沿着人行道慢慢挪过来。”

到了浴室，我帮他脱掉衣服，他说：

“奇怪的是警察经过时竟然没有注意到我，跑去追别人了。我真是走运。”

他问道：

“我可以穿着内裤洗吗?”

“不可以。”

“好吧。”

我把他的内裤脱下来，说道：

“现在你还有什么想隐藏的吗？你有的我也有。”

他笑了，说道：

“这一个星期我们彻底成了裸露狂。”

我们两人不由自主地大笑起来。我搀着他跨进了浴缸。我从未见过像他这么瘦的人。他说：

“我得戴上眼镜，这样才能看清肥皂在哪儿。”

我们两个都笑了。他眉头紧锁，一定是受伤的地方在隐隐作痛。伤口愈合得不好，薄薄的皮肤还有些泛红。不管是捅刀子的还是拔刀子的，显而易见都是生手。侯赛因低头看了看自己的伤口，说道：

“我本来长得就不错，这下更好看了。”

“你现在可以跟那些地痞流氓搞一次伤疤比赛了。”

“我只有这一处伤。”

“你的右眼下方还有一处，嘴角也有一处，在左边。”

“你说得没错，天呐，你记性真好。”

我让他坐在浴缸里，开始替他擦洗。他缓缓坐下，一声不吭地忍着。我说：

“这就是固执的坏处，到头来还得让别人给你洗澡。”

“你说的固执是什么？”

“就是你这样。恐怕一万年后再见你，你还是这么固执己见。”

“我绝不是你说的那样。”

“侯赛因老兄，世界在变，一切都在变，你四处看看，这一切变化多大啊。”

“比如呢？”

“比如？比如几年前冰箱还是件奢侈品，只有一小部分人拥有私人电话，轿车更是人们做梦都想不到的财产。现在呢，像我这么普通的小人物，都能拥有这一切了，外加一套房子。有些东西已经变了。”

侯赛因沉默不语。我说：

“你不承认很多事已经变了吗？”

“没错，是变了。可现在这样等于投食喂狗。”

我怔了一下，说道：

“你这是什么意思？”

“没什么意思。我知道，很多事确实变了。”

“那就够了。”

“什么够了？”

“这些话已经够了。”

“哪些话？”

“就是这些话，正是这些话才会导致持刀行刺和你的遇刺。”

“这只是一场意外。”

“什么意外？为什么这些意外不会落到我头上呢?”

“没错。”

“所以呢?”

“可是你不得不照顾一个被刀刺伤的人。一直这样，你好好过着自己的小日子，可一件突发的事就能让你猝不及防，改变随后的一切。”

“不会有任何变化的。”

“你刚才还说一切都在变化。”

“这不是一回事，侯赛因。说不定明天出门我就会被货车撞倒，然后长眠在母亲的墓旁。一切当然都是变数。”

“总有人认为当下一切都会变，如果再有什么推波助澜的事情发生，变化会更剧烈。”

“这当中包括被刀刺伤?”

“那又有什么关系?”

“你可真够无畏的。”

侯赛因笑了。我不想再多说什么。洗完了，我扶他起来，给他肩上披了一条毛巾。他说：

“我站不起来。”

他的身子在颤抖，我搀着他在浴缸边坐下，对他说：

“就是啊，那又有什么关系呢？人的鲜血流起来凶猛如洪水，又会像弹棉花的弹弓一样抖个不停，那又有什么关系呢?”

他颤抖着身子说道：

“真的，又有什么关系呢?”

我认输了。被刺了一刀还全然不在意，没法讨论下去了，或者至少此刻没法再讨论下去了。我想向他一股脑儿地倾诉这七八年积攒起来的话，我必须搞明白他受尽辛苦，这么折磨自己究竟是为了什么。也许对他来说是乐在其中。

我帮他擦干身体，穿上短裤、厚背心和睡衣，搀着他回到卧室。我说：

“你把毛巾缠在头上，不要感冒，等头发干了再取下来。”

“这么细小的事你都注意到了。”

“老兄，你要是感冒的话，还得继续在我这呆着。”

“对不起。”

“为什么要说对不起？开句玩笑不行吗？”

我忘了这是侯赛因，对他来说，每句话都是认真的。这是他的缺点，开不得任何玩笑，天生没有一丁点幽默细胞。我说：

“从今晚开始你就睡在这儿，左边那张床。”

“好的。”

我把他带到床前，侯赛因恍恍惚惚地钻进毯子里，头上缠着毛巾，还戴着眼镜。我说：

“要我帮你把眼镜摘下来吗？”

“不，我不想睡，只是有些虚弱。”

“你想吃点东西吗？”

“牛奶，如果有的话。”

我来到厨房准备热些牛奶。我觉得当他从这间房子走出去的时候应该学会微笑，不苟言笑是对人的本性的嘲讽，幽默才是人的天性。

我端着牛奶回到房间，侯赛因睁眼看着我。我说：

“为什么不可以和你开玩笑？”

“怎么不可以啊？”

“但是你从来不笑。”

“哪有，我也会笑的。”

“认识你到现在从没见过你笑。”

“我甚至还逗别人笑呢，在监狱里我演过喜剧，所有人都笑到肚子疼。”

“你？”

“对，就是我。我演过盲人，还演过侦探、躁动的大学生、心碎的恋人，

所有角色都跟我的眼镜很搭调。”

“反正你不是一个诙谐幽默的人。”

“我不是。”

“不过大家都还是想见你。”

“不是所有人，我父亲就不想见我。”

“也许他是对的。”

“是的，也许他是对的。我就像是一只长满了癞癣的羊羔，不是父母理想中的孩子。”

侯赛因喝了半杯奶，又陷入了沉思。接着他说：

“但是你想想看，假如社会骤变，我的角色自然也会相应改变。或许到了那时，对于大家而言我就是一个有趣的人，甚至连你都可能觉得我变得诙谐可爱起来。”

“得了吧，侯赛因，社会状况永远不会改变。”

“你刚刚还说一切都在改变。”

“这会儿我们说的是另一回事。”

他说：

“你假设一下嘛。”

“反正到那时你还是一个严肃的人。”

“也许吧。”

“对了，你的人生愿望是什么呢？”

“我吗？和所有人一样，我想有间像样的房子，一份固定的工作，还有就是娶妻生子。”

我正对着镜子梳头，突然停了下来，梳子还卡在头发中间：

“你的愿望真的就是这些吗？”

“对啊，为什么不是呢？”

“那你为何不行动起来呢？这些愿望都很简单。凭你现在的资历，只要写

一封检讨书，就能得到最好的工作。”

侯赛因看着我，嘴角挂着一丝苦笑。他说：

“问题就在这。”

“哪有什么问题，老兄，大家都是这么做的。”

“这样做的话就违背了我想有家、有妻儿的愿望，是无法如愿的，或者只是沉浸于一种假象，过不了几年我就会发疯的。你想想看，如果我这样做，到时候又该怎么教导我的孩子们去明白生活的意义呢？”

“你觉得孩子们会和你想得一样吗？”

“希望不会。我对未来的孩子们充满期待，他们一定会比我们更好……”

“为什么？”

“我们这一段已经过去，必然会有崭新的气象……”

“说不定会更糟糕。”

“我不这么认为。”

“为什么？”

“他们的梦想当然不再会是电话、冰箱、轿车和房子，到那时这些都很普通，成了必需品，成了人们权利的一部分。到那时孩子们会考虑其他的事情，也许是你我想象不到的。”

我懒洋洋地躺在自己的床上，说道：

“侯赛因，也许你说得没错，但凡事没有一定之规，谁知道孩子们的将来会不会比我们更好。人来到世上都带着需求，该死的肚子总会饿得咕咕乱叫，也他妈的总会有欲望的诱惑。恐惧感也是早已有之，所以我们会不断追寻安全感。你的期望值太高了。但人生来这样，一直都是这样。人们兴高采烈地宰羊吃肉，也许再过两百年会冒出来什么新的吃食来替代羊肉，人们又开始保护羊羔，为它们痛心难过。我听说一些基督徒甚至会去教堂为那些羊羔做祷告，祈祷它们在屠宰场里被宰杀时少受点儿苦，但正是这帮人会大快朵颐地享用羊肉。”

“你讲这些是想说明什么呢?”

“我想说道德是相对的，实际上道德并不是与生俱来的，人是自然界的一种生物，本性上是无道德的，是盲目的，老兄。”

“可还是存在一定之规。”

“是的，但不包括道德。”

“可你觉得你应当享有一些个人权利。”

“那确实是我的权利。”

“你的权利从何而来?”

“是我辛勤付出、努力争来的。”

“假设来了一个没道德的混蛋把这些该死的权利践踏一通，你会怎么做呢?”

“我会宰了他。”

“所以你也会侵犯那个混蛋的权利。”

“那个混蛋没有权利来侵犯我的权利。”

“可是因为那个混蛋比你更强大啊，而且用你的话来说，道德不是人与生俱来的本性，他比你更强大所以他就有权利随意摆布你的生活。”

我落入了他的圈套。我说：

“那个混蛋是有权利这么做，很好，那我也有权来捍卫自己的权利。”

“这就是问题的关键，老兄。我现在所做的正是这该死的事。”

“可你总是失败。”

“混蛋太多了，就因为混蛋太多了。”

“那你和他们妥协一下，有时候这些混蛋也会施舍一点小恩小惠。”

侯赛因微笑着看着我，说道：

“我和你想的不一样，我不认为混蛋势力强大就有权对我横征暴敛。这放在远古的穴居时代兴许行得通，那时候有狮子、猎豹的袭扰，人类弱小无助。可现在情况不同了。”

“穴居时代离我们不算太遥远。”

“没错。内心深处的巨大恐惧从四面八方涌来，蓄势待发，而可行的解决办法是去了解它、掌控它。但这不能光靠个人，而要靠社会。每个人都应该思考我们为什么恐惧？必须把这个问题时刻挂在心上，把每一个为什么汇聚在一起，达成普遍的共识。没有哪个混蛋能敌得过社会大众，这是问题的关键。”

“可你觉得在某种特定的社会范制中，‘为什么’这个问题会有明确的答案么?”

“我不会去想这种问题。我的意思是，每个问题我们都要学会思考为什么，我正是因此才挨了一刀。”

“你究竟是为什么挨得刀子?”

“嗯，这很难解释清楚。我曾和你说过自己有很大转变，但我依然留在一个七八人的小团体里，这七八个领导人彼此意见分歧，常起争执。你也可以这么设想，他们将来或许就是七八个混蛋。你知道当年发生的那些伤心的往事，但少有人知晓，人们也不会因此举行政治集会。大家已经自我封闭好多年，导致领导者之间各执己见，各自对未来的新生活有一套笼统的构想其实不难想见大家各自的深度恐惧。人们自穴居时代起就试图建立权威，七八个人的小团体也不例外，要面对除自己以外的另七八个领导者，这些领导者当然会互不相让……总而言之，经过多次你来我往的争辩，局势渐渐明朗，有两位提出的主张为更多人接受。这两个人，在我看来，按照旧法则必然会互生分歧，分道扬镳。最后果不其然，双方意见相左，一直僵持到最近这次会面。”

侯赛因喝着杯中的牛奶，显然说这么多话让他疲惫不堪，我应该制止他讲话才对。可是出于对他的经历的好奇，我一声不响地坐在那里，等他再次开口。侯赛因继续道：

“那是最后一次聚会。我觉得只要撇开细枝末节的分歧，关注问题本身，这七八个人实际并不需要一个所谓的领头人。提出这一想法后，他们都说我讲

得没错，但是有个条件，那就是要我作为领头人负责余下的所有问题。你看，很不幸吧，大家还是纠缠在需不需要领头人的问题上。总之，我对他们说所有问题的症结就在于此，结果前面提到的那两位开始冲我大吼，叫我闭嘴，叫我保持团队的常态，选一个领头人出来。我没再吭声，然后我们走出屋子。那两人中的一个领导人冲另一位大喊大叫，说必须在他的那片区域维持他那套明确的计划。另一位大声嚷嚷着，声称那一套根本没必要，应该彻底抛弃。其余五六个领导人则举棋不定地观望，哪边占上风就支持哪边。

“然后我做了件蠢事，我说暂且把是否有存在的必要以及其他问题统统搁置一边，先考虑那些日常显而易见的问题，研究对策，然后据此作为切入点。

“但我说的话根本没有人听，那两个领导人比其他人更有权势，两人扭打在一起，是否有必要存在之类的问题必须靠动刀子才能解决。我傻乎乎地根本不知道有人动手，还上前去劝解，这时一刀刺来，扎进了我的胸口。”

“照这么说你差点稀里糊涂地死掉？”

“差不多吧。遗憾的是只要我当上领头人，身边这些人就会听从我。”

“那你就当吧。”

“我的老兄，我真的不赞成有领头人。大家都不想受制于人。而且我和你说过，现存的很多问题根本无计可施。我觉得问题每天都会产生新变化，所以解决的办法也应该随时调整。我们没理由一直将社会问题固定在某个信仰的既定框架里，应该不懈努力，找出问题的症结。这的确是一项艰巨的事业。不然的话，不费吹灰之力就可以组建一个团体。但是现在的问题在于所有人都急迫地想找到一个明确的模式，可就算找到了，第二天局面又都变了，而这些人还固守陈规，忙忙碌碌。我想说的是，我们为什么要接受一成不变的模式？没有这个必要。但是我们可以不断思考同一个问题，‘为什么？’”

“说得轻巧，侯赛因，根本行不通。”

“为什么行不通？统治的存在就意味着奴役的存在，两者一直相辅相成。不管什么形式，被奴役总是一件糟糕的事。”

“老兄，您知道有哪个地方是没有领头人的吗?”

“不知道，但是领导者所处的境况不尽相同，现在的领导者面对民众不得不愈发地自我粉饰。古时候的统治者只要一声令下，就能把全城人的眼睛都挖掉，现在只是隐蔽一些而已。”

“对此你能接受吗?”

“任何一种形式我都不能接受。”

“那你为什么要生在当下呢，侯赛因？该死的，你倒是说说看，为什么要生在现在？两千年后再出生不好么，老兄，说不定那时候就万事大吉了。”

“你对现在完全不抱希望吗？要等到两千年之后?”

“我非常绝望。”

侯赛因沉默不语。听我这么说，他陷入了真正的沉思。他说：

“我实在太弱小了。你知道吗，我觉得我是正确的，我的阐述也是正确的，但是我太势单力薄了。在聚会中，我几乎无力捍卫自己的信仰，有时也会不自觉地产生自我怀疑。”

后来我们又聊到了莎姆希的离开。我们约定白天我去上班时侯赛因独自一人在家并保证不会乱走乱动。这样一来，两三天后他的身体状况就会大有好转，甚至还能为我和他自己做饭。

我来到厨房准备午饭。我企图理清头绪，该如何跟女孩继续下去。侯赛因的出现突然令我们二人之间有些疏离。她还发现了莎姆希的存在，我不清楚女孩会怎么想这件事。

傍晚时分，女孩来了，还带来几株蜡梅花。她说：

“这是我今年第一次见到腊梅，心想着得买下来。”

她问道：

“是不是给你添麻烦了?”

“你怎么会这么想呢?”

“这些花该怎么办?”

我这里没有花瓶，只有一个塑料桶，是莎姆希留下的。我灌了些水，把桶拿到客厅，女孩不加修剪就把腊梅插到了桶里。她说：

“蜡梅就这点好，这样就行了，不需要修剪。”

她正站在屋子中央，望向我。女孩穿着一条蓝色牛仔裤，深咖色的毛衣，亮棕色的靴子，灰色风衣，头发两侧别着发夹，露出一双小巧的耳朵。我忽然想亲吻那耳朵，于是朝她走去，把她拥在怀里，在她右耳上亲了一口。女孩有些抗拒，慌忙躲闪。

“怎么了?”

“这样不好。”

“为什么不好?”

这是交往以来她第一次做出如此反应。她说：

“就是不好。”

“因为什么?”

“你的朋友。”

“他不在这。”

“他在哪儿?”

“在另一个房间。”

“他会察觉的。”

“是吧，那就让他察觉吧。”

“不，这样不好。”

她坐进了沙发。我坐到她对面，望着她。我发现女孩美得无与伦比，此前从未发觉她是如此美丽动人。她说：

“太不可思议了，他一定是个很勇敢的人。”

“为什么?”

“我如果挨了刀子一定会吓晕过去的，而他还是那么头脑清醒，没有大呼

小叫。”

“恐惧比死亡更强大。”

“你这话什么意思？”

“也许哪天你也会身中数刀，当你知道喊叫会让自己挨更多刀而丧命时，便不得不保持沉默。”

“反正不管怎么说，他很坚忍。”

我问道：

“你觉得这很不可思议吗？”

“什么不可思议？”

“就是挨刀子这件事。”

“当然很不可思议了。”

“亲爱的，你每星期能看十来部有关挨刀子的电影。”

“那是电影。”

我知道挨刀子这事不足为奇，反正时有发生，就像侯赛因遇到的这一遭。我知道有些人走出家门便知道到会挨刀子，可我没法向女孩解释这个。她说：

“我想和他聊聊。”

“和侯赛因？”

“是的。”

“好吧，你去和他聊聊吧。”

“他大概不会理我。”

“为什么不会？”

“可能我年纪太小了。”

“他不会这么想的。”

“你觉得他会和我说话吗？”

“当然。”

我们一起进了卧室，这样她便能近距离看到英雄的模样，这让我忍俊不

禁。已经十天过去，整件事对我而言已毫无惊奇神秘可言。我敢肯定塔扎里兴许好几次恨不得给我来上一刀，他没有。我想让女孩自己去发现，这件事其实既不稀奇也不英勇，只不过是一场意外罢了。侯赛因醒着，正在看杂志。我说：

“别累着自己，老兄。这是琪琪妮！”

侯赛因说：

“你好，女士。”

他想表现得谦逊礼貌一些。我说：

“你放松点。”

“你好，先生。”

琪琪妮走到床前伸出手来。侯赛因把杂志放在胸前，和琪琪妮握了握手：

“对不起，我刚才在睡觉。”

“您千万别在意。”

我问道：

“琪琪妮，你想喝茶吗？”

“如果有的话。”

我去厨房把茶壶放上燃气灶，还给侯赛因热了一杯牛奶，然后端着托盘回到房间。

女孩坐在床上，静静地看着窗外。侯赛因不再翻阅杂志，我知道他此时如坐针毡，不知道该和女孩说些什么。我说：

“琪琪妮过来只是为了近距离地瞧瞧英雄。”

“英雄？”

我指了指他。

“我？”

“不是这么回事，阿赫玛德。”

琪琪妮面红耳赤地说道。

“你为什么害羞呀？”

“我没有害羞。”

“你为什么觉得我是英雄呢？”

琪琪妮看着侯赛因，说道：

“嗯，确实不可思议。莎姆希女士是这么描述的，您甚至都没进屋，免得弄脏地毯。”

不过我觉得地毯还是被弄脏了。侯赛因问道：

“为什么非要弄脏地毯呢？”

“因为一个人受伤的时候是无暇顾及这些的。”

我觉得侯赛因当时也许并没有注意到地毯，又也许是因为我的在意引起了他的在意。他说：

“打扰别人也要有个限度。差不多两个星期了，我把阿赫玛德的生活搞得一团糟。”

“问题不在这，您毕竟受了伤，遇到这种情况是一定要去朋友家的。”

侯赛因上下打量了她一番，她看上去很难过。他说：

“你没听明白，打扰别人要有个限度。”

我说：

“侯赛因，把牛奶喝了吧。”

“谢谢。”

我把杯子递到他手边。琪琪妮手里紧紧攥着茶杯，看上去有些激动。她说：

“对不起，我可以提个问题吗？”

“请讲。”

“您有妻子吗？”

“没有。”

“未婚妻呢？您有未婚妻吗？”

“没有。”

“为什么没有？”

“为什么我一定要有呢？”

“像您这样的男人肯定有妻子。”

“为什么？”

“像您这样的男人不多了。”

“这个说法真奇怪。”

“真的，我说的是真的。”

“为什么会不多呢？”

“我也不知道，反正就是很少。”

“那像我这样的男人为什么一定会有妻子呢？”

“因为像您这样的男人一定要有孩子，一定要有子孙后代，不然的话这个世界会变得非常丑陋。”

侯赛因惊讶地看着女孩，然后又转头看了看我，笑着说道：

“阿赫玛德，这位年轻的女士是个很感性的人，她也许会点燃你的生活。”

“这根本不是什么感性的问题，我是实话实说。我见过很多男人，像您这样的并不多。”

“你多大了？”

“二十岁。”

“那你还有很多时间去认识男人。”

“最近这段时间就已经够了。”

侯赛因再次直视女孩。我说：

“可惜埃斯凡迪亚力不在，否则这两位可以好好做一番学术讨论。”

琪琪妮说：

“你为什么要嘲笑我？”

“我没有嘲笑你。”

“你想想看，我知道有些人连一只经过的猫都会怕，而这个男人所遭遇的，是一把刀扎进自己的心脏……”

“……是心脏下方。”

“这有什么区别呢，刀扎在心脏下方，他还在大街上走了好一阵呢。”

侯赛因问道：

“我不走开又能怎么办呢？”

“您可以求助啊。”

“不可能的，女士。这根本不是勇不勇敢的问题，不可能的。”

琪琪妮面红耳赤地看着侯赛因，然后端起茶杯仰头饮尽。她似笑非笑，表情怪异。接着她说道：

“对不起，侯赛因先生，我可以再提个问题吗？”

“请讲。”

“到目前为止您在生活中遇到过什么女人吗？”

对我来说，琪琪妮的提问愈发奇怪了。我认识的琪琪妮喜欢聊天，会撒娇，想去周游世界，决心不做成吉思汗母亲那样的女人。我从未见过像现在这般面红耳赤、激动不已提问的琪琪妮。侯赛因问道：

“你这话是什么意思？”

“我的意思是女人。女人。”

“嗯，是的，和所有人一样。”

“您觉得一个真正的女人应该是怎样？”

“我没明白你的意思。”

“您看，我觉得您是一个真正的男人……”

我心乱如麻。

“……现在我想知道您觉得一个真正的女人应该是什么样的？

侯赛因默默地看着琪琪妮。我想尽快听到他的回答，我知道他不是那种习惯听奉承话的人。

“你觉得一个真正的男人应该是怎样的呢？”

“像您这样。”

“你为什么觉得我是一个真正的男人？

“因为您就是。”

“琪琪妮，这是你的幻想。”

琪琪妮愈发面红耳赤：

“不是，绝对不是。”

“你错了，你就是在幻想。我是一个普普通通的男人，和所有男人一样……”

然后他朝女孩笑了笑，说道：

“当然每个真正的男人都是一个普普通通的男人。”

琪琪妮摇了摇头，表示反对，但是什么也没说。

“那么一个真正的女人也必定是一个普普通通的女人。”

“什么意思？”

“我也不清楚，就像莎姆希女士一样，就像任何你在大街上会见到的女人一样，她们挎着购物篮，推着婴儿车，同商铺的老板讨价还价。我也说不清，反正就是这种感觉。”

琪琪妮渐渐平静下来，陷入了沉思。侯赛因问道：

“对于这个问题，你的答案又是什么呢？”

“我认为一个真正的男人和一个真正的女人能够改变这个世界。”

“男人和女人一直在改变着世界。”

“不，我的意思是彻底的改变，真正的改变。”

侯赛因笑了起来：

“真正的改变是怎样的呢？”

“改变一切，修正一切。”

“琪琪妮，这个世界并非像你所想的那样。”

“您这话是什么意思?”

“对于下一代人来说，你觉得正确真实的事，可能是讽刺可笑的……”

“绝不会，我追求的是真理与纯洁。”

“希特勒也想净化整个世界。”

“您这话是什么意思?”

“就是我说的意思。你想一下，如果让所有男人女人都放下手头的工作，让种田务农的男男女女出手清理这个世界……你信不信三天后大家就都饿死了。”

“那么您是认可这种压迫吗?

“绝不是。消除压迫不是一朝一夕的事，而是一项旷日持久的精神事业，必须融入每个人的血液。人们应该了解自己拥有的权利，不必放弃自己的工作，面对所发生的事情都应该思考一下‘为什么?’。当这一提问融入到你的血液中，融入到每一个人的血液中，你便再也不会被蒙骗，除非对方老谋深算。”

琪琪妮入迷地听着。她问道：

“您觉得我该怎么做呢?”

“你指哪方面?”

“我的人生。”

侯赛因沉思片刻，接着说道：

“去做任何你认为正确的事。”

“我怎么知道什么是正确的呢?”

“你要去比较。寻找一个榜样，看看对方在精神层面有什么地方和你是契合的。”

“也许我的学识太有限了。”

“尽你所能，但一定要付诸行动。你不能让别人为你代劳，或是假装为你操持。得自己努力。”

琪琪妮点燃了一支香烟，说道：

“我特别想做一件大事。”

“那就放手去做。”

“做什么呢?”

侯赛因笑了：

“这确实是个问题，就做你认为正确的那件事。”

“我不知道什么是正确的。”

“你要去寻找。你的视野无限开阔，尽情徜徉，尽情呼吸吧。”

琪琪妮说：

“我正在读政治法学。”

“哦，那很好。就从这里开始，也许能有所收获。”

“我不知道自己为什么要读这个专业。”

“你得想想自己究竟是为什么而读。”

“因为我参加高考被录取了。”

侯赛因看着我，希望我能对他所说的话点头予以肯定。他说：

“只存在两种情况，要么喜欢这个专业，要么不喜欢。如果喜欢，那就继续读；如果不喜欢，就放弃。”

“那我这两年的时间就荒废了。”

“没关系，有失必有得，我的祖辈荒废了一生。”

琪琪妮认真地看着侯赛因，问道：

“老人家尊姓大名?”

“没有名字。他只不过站在山洞下，看着头顶的豹子，然后捡起一块石头朝豹子的方向扔了过去。”

琪琪妮和侯赛因默默地看着对方，侯赛因微笑着说道：

“石头自然没能击中目标，却足以让豹子注意到我的祖先……悲剧发生了，豹子扑了过来，撕开了他的肚子。”

我开怀大笑，我知道这是侯赛因讲话的风格。侯赛因也笑了。琪琪妮却认

真地听着。侯赛因说：

“你知道吗，琪琪妮，也许祖先们花了数百万年的时间才学会要从上面朝豹子的脑袋扔石头，而不是从下面。但有一点很重要，就是他们最终学会了如何对付豹子。”

琪琪妮说：

“我觉得您是在嘲笑我。”

“绝不是，琪琪妮。遗憾的是这里存在一个道德问题，祖先们剥下豹皮围在腰间是为了谋生，这么做是英勇的，具有神圣的价值。但可惜如今再做同样的事，却变得毫无意义，仅具有商业价值。我们甚至可以说这么做是很无耻的。然后美女身穿豹皮大衣的照片还被刊登在杂志封面上，模特衣领半掩，不断在镜头前抛着媚眼。”

“就像这样。”

“太对了，我实在不能理解豹皮大衣有何意义。”

“嗯，是啊。那时候我们的祖先杀死豹子是正确的，因为豹子确实很危险。但现在我们再做这件事就不对了。你明白了吗，琪琪妮？所谓正确需要特定的时代背景。那么现在的问题是，什么事情在什么时代才是正确无误的呢？”

琪琪妮起身朝门口走去，无缘无故地关上房门，又返身回来。她说：

“我也想弄清楚这个问题。我真的很想做一件正确的事，但是不知道该怎么做。”

“这件事必须靠你自己去发现。我不了解你的生活，不知道你的精神力量有多强，不知道你擅长做什么。举个例子，我为什么很喜欢莎姆希女士，是因为莎姆希女士就在做她该做的事情。”

“她在做什么？”

“她在抚养她的孩子长大成人。她没有机会像你一样去上大学，没有机会成为学者、律师、研究员，或别的什么。但她有了孩子，所以你看，她要抚养孩子，尽力照顾好他们，然后她还在工作。”

“她在做裁缝。”

“是的，她在做裁缝。但是不止于此，她还在看书。”

我问道：

“她在看书吗？”

“是的，她自己说的。每月看一本书，这是她给自己定的规矩。”

我毫不知情，莎姆希从未说过她在看书。我问道：

“她在看什么书？”

“不是什么名著，就是读一些故事，但不管怎样这是她力所能及的事。最重要的是她去做了。这一切集中到一起，让她能容忍一位陌生朋友十来天的打扰并甘于奉献。这些就是我喜欢莎姆希的地方。”

当我不在的时候，侯赛因和莎姆希渐渐成了朋友，在精神层面达成了互通，对此我竟一无所知。我不知道侯赛因是否清楚我和莎姆希之间的关系，她并不是那种坐下来就能对人随意讲起这些事的女人，即便面对侯赛因也不会。我不禁想到说不定明天开始琪琪妮就会向侯赛因倾诉，女孩很可能会把我们之间的私情告诉给侯赛因。她太过年轻，无法将各种问题剥离开来。我、生活、腊梅、侯赛因等等，所有的事、所有的人在她的脑海中积聚在一起，对她来说都是同等重要的。对腊梅的不屑一顾可能和对侯赛因的不屑一顾同样糟糕。女孩依然徜徉在幻想的世界里，很容易一见倾心。

琪琪妮说：

“尊敬的侯赛因，希望您能稍稍点拨我一下，告诉我该做什么。我已经准备好了，可以做任何事，我真的不想一直荒废下去。我已经考虑良久，还想过孩子的事。我非常敬重莎姆希女士，但是我觉得孩子并不能占据我生活的全部，还应该有其他的事情。您明白吗？我想说的是在精神层面我要时刻做好准备，让自己也能感同身受。一个男人胸口被刺了一刀，痛苦地走在街头……我觉得应该去了解世上为什么会有这样的人存在。不然的话，那个男人究竟为什么要挨刀子？是为了谁才会变成这样？难不成他注定要孤零零地在大街上

死去?”

我有些恼火，说道：

“哇，太棒了，小哲学家。”

“不客气!”

她语气十分强硬，令我大吃一惊。

“为什么我就不能有认真讲话的权利？就因为我是女人？我的脑袋比你的小吗?”

“我不是这个意思，琪琪妮。”

“你就是这个意思。你和其他伊朗男人一样，都不能接受女人也可以独立思考。这是你的本性。”

“你要相信我，不是这样的。”

“就是这样的，但这不是你的过错，你们男人是在历史进程中逐渐蜕变的。”

“哪段历史？一句玩笑话而已，何必小题大做呢?”

“可你们已经变成这样了。你们忘了这个世上还有另一半女人的存在，而你们的生活是在另一半的基础上建立起来的。结果你们也看到了，你们被世界所遗忘，要知道可怜的你们曾经是那么强大。”

我一直看着侯赛因。他面带微笑，略显惊讶地打量着女孩，然后看着我，说道：

“你不费吹灰之力就把两三个有意思的人聚集到了自己的身边。”

女孩说：

“您不知道我多后悔去了伊斯法罕，您不知道我多希望自己当时能留在这里。”

“为什么?”

“我可以帮你把刀拔出来。”

我说：

“现在已经拔出来了，琪琪妮。”

“为什么我不在这里?”

“假设你当时在这里又能怎样呢?”

“那我就能做些什么了，至少能在我的人生中干一件大事。”

我很生气，说道：

“第一，我们这样会累着侯赛因的，他现在还病着呢。再者说，我昨天在报纸上看到阿里·图尔布切先生在法院门口向他妻子刺了八刀，把她杀了之后还把头割了下来，然后走进了法院大楼。我觉得，如果你能为这位阿里·图尔布切妻子的两个孩子做些什么倒是挺不错的。”

琪琪妮看着我，我说：

“问题是这个女人的孩子原本和母亲住在妓院里，现在孩子们被相关部门接走，送去孤儿院了。”

“我该为他们做些什么呢?”

“就是本来你可以为侯赛因做的，但恰好由别人完成了的事啊。想想看，琪琪妮，这些孩子内心满是恐惧与污浊。他们从小在妓院长大，如今母亲的头颅又被一个男人割了下来，你可以在脑海里构想一下这些孩子的未来会是何等模样。”

“我该为他们做些什么呢?我确实为他们感到难过，但是我该为他们做些什么呢?”

“你去把他们接过来，抚养他们成人，去为这样的孩子开办一所学校，给他们上课。”

“你怎么不这么做呢?”

“我不想干什么大事。对我来说，目前在做的这些小事就已经足够了。”

琪琪妮说：

“说不定我会去做的，天晓得，说不定我会这么做的。”

侯赛因说：

“你看，这就是一件大事啊。”

我说：

“我去做晚饭。”

我怏怏不乐，这场聊天还算过得去，并没有谁烦扰到我，但我还是有些不快。一切都乱了。

去厨房的时候我注意到暗室的房门没关，我自言自语道：“笨蛋，你应该早点去买台相机的。”我来到厨房，在这儿听不到侯赛因和琪琪妮的声音。我打算做意大利面，食材都准备好了，我开始忙活起来。这是在莫尼里耶家中常做的主食，我只会做五六道菜，煎鸡蛋、煎蛋卷、番茄煎蛋、俄式沙拉、锅巴米饭，还有就是意大利肉酱面。我应该找卡鲁请教坦都里烤鸡的做法，这道菜不错，我觉得用烤箱做的话应该不难。我一边做饭，一边想着去哪里拍照。我可以去北部乡村看看，这是我一直以来从未实现过的愿望。那里至今无人踏足，景致优美。我想象着把一系列游牧部落的照片汇集成相册。我打算徒步旅行，走遍乡下的每一寸土地，亲身了解那里的风貌，拍照的同时还可以写一些社会学的文章，关于乡村和各地风土人情。这是件大有益处的事情，我应该确定一两个明确的主题，免得思路混乱。

水开了。我把意大利面放进沸水，心想要是女孩认真起来，决意周游世界，或者爱上侯赛因的话该怎么办？

这两三个月以来女孩一直都是太阳般的存在，正常情况下人们不会特别留意太阳是否在那儿，直到某天忽然变得炎热或是异常寒冷。

我又想到在萨巴朗山区有很多美丽的村庄，有人曾说在那里发现了一个塔特人群居的村子。我可以去那里拍照，可以走遍整个萨巴朗。说不定我还可以穿过阿尔达比勒和吉兰之间的山脉一直走到拉什特。我应该去买张地图，钉在书桌旁边，这样便可以随时按照手边的地图来安排旅程。我说：

“笨蛋！你又变回老样子了，只知道做白日梦。笨蛋！你要当心了。”

窗户玻璃上反射出我的身影。我说：

“笨蛋，我在和你说话呢！你的生活正在步入正轨。”

我喃喃自语道：

“你的生活正在步入正轨吗？怎么步入正轨？”

我不清楚自己的生活要如何步入正轨。这两三个月以来，我的心思都放在这套房子上，渐渐放弃了昔日想要完成一件大事的梦想。现在因为侯赛因和女孩，旧时梦想又回来了。我不禁自忖，也许女孩身上有我十九岁时的影子？

十九岁的时候我还是个处男，脸上长满了难看的青春痘。二十二岁时，在朋友法艾兹的撺掇下，我失去了童贞。那女人是他的朋友，就是大家常说的那种荡妇。

我和法艾兹走在大街上，我记得当时我们正谈论着伽利略。实际上那阵子我常与侯赛因讨论有关伽利略的话题，有一次曾围绕地球是圆的这一问题展开过非常严肃的探讨。我们的讨论从贝托尔特·布莱希特的剧本开始，因为那剧本的主题就是这方面的，后来我觉得有必要给法艾兹讲解一下这些重要问题，他几乎没什么文化。法艾兹觉得，每次只要一翻书页脑袋便不听使唤地发胀。虽然话这么说，但法艾兹看起来一点都不愚钝。他为人慷慨，这点我很欣赏，而且我觉得有必要将自己学到的东西倾囊相授，有必要将我了解的那些问题转手灌输给别人，同时借机分析琢磨一下。

那天在谈论伽利略的时候，法艾兹接连四次打断我。一次是他要临街撒尿，一次是他想去酒馆喝一杯。第三次他捉弄了一个正忙着泊车的女人。最后一次是因为他要买一瓶香水，作为生日礼物送给他的朋友，或者用他的话来说，他的情妇。最后还没等我讲完伽利略，我们已经来到那女人的家门口。她叫格缇。她的用人给我们开了门并微笑着说道：

“请进！”

她伸出手，递给法艾兹一把钥匙。法艾兹没太在意，随手接了过来。这时一个患有白癜风的女孩大叫道：

“你输了！”

法艾兹说：

“该死！”

接着他从口袋里掏出十土曼给了那个女孩。他说：

“我打赌输了。”

走廊里的吊灯配着红色灯泡，在米色的墙壁上投下一道影子。红色总会让我心神不宁。其实除了那道红光，让我心神不宁的还有那些讲到一半被打断的话，我突然很想转身离开这屋子。法艾兹走到我面前，说道：

“给你看样东西，让你一辈子忘不了。”

我们从走廊走进另一个房间，这里让我感觉好多了。屋子里散发着白光，一顶小吊灯配着奶白色的小灯泡。格缇女士坐在沙发上，穿着那种日式睡袍，趿着一双粉色的毛绒拖鞋。她正看着杂志，一见到法艾兹便把杂志扔到沙发上。她问道：

“你去哪儿了呀？”

“怎么了，亲爱的。”

“我觉得你应该找个医生过来。”

“天呐，怎么了？”

“我觉得不太舒服，一点儿都不舒服。”

接着她看到我像个傻瓜一样站在门口。法艾兹向我示意了一下：

“嘿！”

我们俩一起朝房间的角落走去。沙发后面放着一个老虎标本，站着是看不见的，必须俯身趴在沙发上才能看到。老虎的目光正对着墙，老虎皮因为来回搬动被扯破了，地上还有些秸秆，零散地铺在老虎皮下面。法艾兹说：

“你看它的嘴巴。”

我看了一眼，发现老虎嘴里一颗牙齿都没有。我问：

“怎么了？”

“很奇怪，不是吗？”

“为什么？”

“你没明白我的意思吗？”

“没有。”

“好吧，你真是太笨了。”

直到现在我也没弄明白法艾兹的意思，不过我时常会莫名地想起这只垫着干草、没有牙齿的老虎。

起先格缇女士似乎有些生我气，大概因为我呆头呆脑的。不过态度很快变了，她说：

“请坐吧，这位先生。请原谅我有些不太舒服。如果您喜欢那只老虎的话，可以拿走。”

我说：

“不，不必了。”

“真奇怪，谁都不想要这老虎。”

过了一会儿，女人全然忘记了自己身体抱恙的事。她是个蠢女人，可我一开始并未发觉。房间的装饰还有她的穿着打扮对我来说很新奇。屋子里布满了镶框的照片、纱幔、小块地毯、沙发，以及各式陶瓷饰品。

后来用人端来了晚餐，用餐时也一直在餐桌旁服侍，向格缇女士讲述着如何从法艾兹那里赚到了十土曼，逗得大家开怀大笑。

晚饭时我们畅饮了一通。法艾兹一直在旁边怂恿我一杯接一杯地喝酒，我平生第一次喝了那么多酒。饭后半个小时，我的眼前变得一片漆黑，只依稀记得格缇女士说道：

“我们得给他冲个澡。”

我觉得头上被淋了些水，光着身子，我知道自己肯定很害羞。可是此刻的我昏昏沉沉，困意正浓。我最后记得的是格缇女士的声音，好像在和法艾兹讲话，她说：

“他就像一只找不见妈妈的小雏鸡。”

浓浓的暖意中我醒了过来，发现自己正躺在床上，躺在又暖又软的被子里，大汗淋漓。对面是一扇窗户，拉着窗帘，一缕晨光透过窗帘缝照了进来。而另一边，在我的右侧，正有一双黑溜溜的眼睛盯着我。我大惊失色，是格缇女士。她一言不发，把手伸到被子里抚摸着我的胳膊，身子渐渐向我靠近，十分老到地指点我该怎么做，一刻钟便完事了，临睡前她说：

“从明天开始你会看到一个不一样的世界。”

我闭眼熬了好长时间才睡着。起床时，我发现自己的衣服四散在房间里，我的脚好几次踢到了桌腿和椅子，足有半小时才走出格缇女士的家，这半小时让人倍受煎熬。那时天色尚早。我依稀记得，每遇到一个路人我都会难为情。我径直回到家中，一头栽倒在床上。

她说得没错。那天以后我看到了一个不一样的世界，也导致我在此后的整整一年中再也没有瞧过任何女人。法艾兹后来移民去了英国。他总是说我迷失了前进的方向，这不是我真正想要的生活。法艾兹不认识侯赛因，因为和那个女人的事，有很长一段时间我在面对侯赛因时会心生一种罪恶感。

不，女孩并不是我十九岁时的影子。相比之下，她的十九岁要好得多，也许她的开局更好。

吃过晚饭，我该送女孩回家了。她和侯赛因依依道别。我说：

“如果天气再暖和一点，我们就走回去了。”

我把车子发动起来，两人缄默不语，静候着车子引擎发动的声响。她说：

“那个建议不错。”

“什么建议？”

“为孩子们建一所学校，就像你所说的为了那个可怜女人的孩子们。”

“你别急着做决定。”

“是你提的建议。”

“只是一个建议而已。记住，你不是实验室里的小白鼠，不能把自己的人生当作一场实验。”

“你真奇怪，一边提建议，一边又吓唬我。”

我只是无法对她说无论如何都得继续留在我的生活里，仅此而已。我几乎可以肯定，一旦投入其中，无论如何她都会离我远去。她一旦严肃认真地对待生活，便会全身心投入她想做的事情中去。

我们到家了。停车熄火后，我很想吻她，便俯身亲了一下她的脸颊。

“别这样。”

“为什么？怎么了？”

“没怎么。”

“不，到底怎么了。”

“我想问个问题。”

“你已经问了好多问题。”

“也许我没有权力提这个问题，可是我必须问，否则太折磨人了。”

“你问吧。”

“莎姆希女士是你的朋友？”

“是的。”

“怎样的朋友？”

“就是朋友而已。”

女孩盯着前方说道：

“不对，没这么简单。”

“为什么？”

“因为她的眼神，我敢肯定她喜欢你。”

“别再说了，琪琪妮，看在真主的分上。”

琪琪妮打开车门下了车，我也下来和她一起走到家门口。我说：

“如果你愿意，我们去咖啡馆喝点什么。”

“不，我累了。”

我说：

“琪琪妮，什么都没变。侯赛因最后也会从我家离开，他已经好多了，肯定会走的，然后一切和以前一样。”

她什么也没说，把钥匙插进了锁孔。我问道：

“我什么时候能再见你？”

“我会去的，我自己过去。”

“那好吧，明天怎么样？”

“上完课我可能会过去。”

我俯身吻了一下她的嘴唇，她没再反抗，也没有任何回应。

我回到家中，径直来到卧室，侯赛因还醒着，我问道：

“你需要什么吗？”

“给我来杯水吧，真是麻烦你了。”

我给他端来一杯水，然后脱光了衣服。他问道：

“你想和她结婚吗？”

我瞥了他一眼，耸了耸肩。

“很不错的女孩，你再加把力，她会是个好妻子的。”

“你这话是什么意思？”

“年纪轻轻的女孩子是有点儿麻烦，有很多幻想。男人如果有足够的耐心，可以把女孩慢慢塑造成真正的女人。”

我笑了，说道：

“‘真正的’这个词正把我搅头昏脑涨。真正的女人，真正的男人。”

“这只是一个词而已。”

“你又为什么不娶老婆呢？”

“说不定我已经有了。”

有个问题像乱麻一样在我心里反复纠缠，我说：

“侯赛因，我非常想知道，你究竟有没有和女人交往过?”

我看着他的眼睛，从他的眼神中几乎可以肯定，迄今为止他从来没有和任何女人交往过。他说：

“每个人最终会经历的。”

我突然多了一份优越感，我说：

“我觉得你不了解女人。”

“她们不也是人嘛。”

“当然了。”

我熄了灯。在我看来，他不可能没有这方面的生理需求，肯定有的。但是他会怎么做呢？他的情况当然和塔扎里有所不同。关于塔扎里，我最近才觉得他说不定偶尔会去那种地方，当然是偷偷摸摸的，甚至自欺欺人也说不定。但是侯赛因会怎么做呢？

我合上双眼，往昔的记忆历历在目。冬日的一天，侯赛因穿着黑色大衣，在我父亲家门口的一棵枯树下和我攀谈。外面寒气逼人，尽管我对他毕恭毕敬，但还是希望他能快点说完，让我回家。他说：

“傻瓜才会认为自由是天上掉馅饼，这样的人一无是处。”

他滔滔不绝，我冻得瑟瑟发抖。

七月炎热的午后，在萨义德阿里路口的茶馆里，侯赛因正给砖窑厂的工人们普及基本知识，希望能以老师的身份与烧砖工人们一起挥汗如雨。

在纳赛尔霍斯鲁大街的宗教书店里，侯赛因正与年轻的神学院学生你一言我一语地争论不休。最后，研究传统经学的学生因为侯赛因的一席话而热泪盈眶。

在我父亲的家中，侯赛因正誊抄一本书，他用力在纸上抄写着，一次能印出五页纸来。

在黄杨灌木丛前，侯赛因正在同我父亲交谈，努力给我的父亲讲解阿基米德用一根杠杆撬动地球的原理。

许多记忆里有侯赛因的身影，但我从不记得我们曾经谈论过女人。在所有的交谈中，从未触及过女人的话题。我认为也许是因为他没有这方面的需求，以致全身心投入到他所信仰的事业。但是就在刚才，他谈到了婚姻和孩子。

清晨起床时，侯赛因还没有醒。趁他还睡着，我看着他的脸庞，暗自猜想，一个试图改变世界的人会是什么模样？会是这么一个骨瘦如柴、眼眶凹陷，戴着厚厚的玻璃镜片的人吗？

我在厨房吃完早餐，然后又做了一份端到侯赛因的床前。按照莎姆希的嘱咐，他每天必须吃两个鸡蛋，喝一杯加了蜂蜜的牛奶，我都照做了。我把托盘放到床边，他还在酣睡，我觉得一定是和琪琪妮聊得太累了。

上班时穆罕默德·扎德又聊起了在我新家设宴请客的事。他一直揪住这件事不放，让人很莫名。我向他保证自己一定会请客，但我的堂兄带着老婆孩子从县城过来探亲，请客这事要等我堂兄一家走后再说。后来，我觉得可以把穆罕默德·扎德的妹妹介绍给侯赛因认识。我得先和侯赛因沟通一下，不管怎样我必须想个法子，把他的恋爱问题解决掉。我隐约觉得，如果侯赛因继续单身下去，我和身边几个女人的关系绝无可能恢复常态。始终有一条情感的纽带将我和卡鲁、埃斯凡迪亚力、塔扎里、艾玛米以及其他人连在一起，需要时不时相聚，像在共同期待一件事，一件必须由侯赛因完成却尚未完成、而且耗时耗力的事。其实我们并不清楚为什么要相聚，老朋友自然是一个原因，但也有另一种期待，好像历史的荣光隐隐约约和我们每个人息息相关。没有人谈及这一点，甚至没有人会这么认为，可现在我明白了，我们的需求其实大同小异，大家私下都这么想。

也许侯赛因的那个美好世界确实能为我们提供庇护，或者仅仅为了积攒些光荣记忆，充作我们老去时的谈资。穆罕默德·扎德说：

“怎么样老兄，你能解决这个离奇的问题吗？”

我看着他，穆罕默德·扎德总爱讲他那边的毛拉擅长的各种神通术，他们

还时常为人占卜，心怀善意。我隐约觉得侯赛因与穆罕默德·扎德所说的毛拉之间存在某种联系，尽管两者就像南北极那么遥远。我问道：

“你们那里的毛拉有几个老婆？”

穆罕默德·扎德抿着嘴唇看着我，说：

“有两个。你脑袋里琢磨的就是这个？”

“不。”

我觉得问题就在此。穆罕默德·扎德家乡的毛拉更真实，而侯赛因则完全不同，他想改变这个世界。穆罕默德家乡的毛拉是在那捍卫一系列法则，做事要容易得多，而侯赛因所做的却艰难异常，甚至连他自己都不清楚改变法则会带来什么。事实上，他正试图替所有人做决策，尽管他不赞成有领袖。可他的所作所为会自然而然地被推为领袖，当然这个领袖的意义是不同以往的，崭新的。这样不行，侯赛因一直在监狱和社会中颠沛流离，还被人刺伤，我一定要和他谈一谈。

两三个星期后，侯赛因可以在屋子里来回走动了，会帮忙收拾整理一下房间，或做些家务。莎姆希有时候会早上过来看看。琪琪妮一般在傍晚的时候过来，有一次她们两人碰巧撞见了，我当时不在家。莎姆希那次是下午过来的，还带来了她觉得很有营养的粥，因为她把各种谷物一股脑儿都放进去了，粥是用菠菜汁煮的，她认为菠菜富含铁。

傍晚要是琪琪妮在，侯赛因一般会在半小时后客气地抽身回卧室，留下我和琪琪妮两人。他特别正派，不太理会男女关系，以至于从没想过其实可以反过来操作，把我和琪琪妮两人留在卧室。

我和琪琪妮的关系已经按下暂停键，两人现在就像一个女孩和一个男孩，彬彬有礼地坐在客厅里闲谈。有一两回，我们会带上侯赛因一起开车出去兜风。我们去了萨尔班德，有一次还去了卡拉奇，他一直待在车里免得着凉。琪琪妮开始看侯赛因推荐的那些书，《哲学导论》已经看完，现在正在读《理性

的分析批判》。过去的那套思维方式应该封存了，重新拾起辩证法。我注意到她不再画眼线，涂口红，连香水也不喷了，关于莎姆希的事她也不再追问。我惴惴不安起来。

星期一的下午我去了莎姆希家，她正忙着做缝纫活。她给我开了门，问道："出什么事了么？"

她看着我，一双小眼睛里闪过一丝惊慌。我说：

"没有，没什么事。"

"到底怎么了？"

"没什么，有时候星期一我也会来你这儿啊。"

她说道：

"哦。"

然后她倚着墙说道：

"我还以为他出什么事了呢。"

我们一起进屋，莎姆希坐到缝纫机前，说道：

"快过年了，我手头的活儿多得吓人，快喘不过气来了。"

我说：

"你招个学徒吧。"

"是该招个学徒，实在是没办法了。"

我说道：

"来我家吃晚饭吧。"

"我去不了。"

"哦，那明晚来吧。"

"有什么事吗？"

她转身朝向我。

"没什么，必须要有什么事吗？

"我想跟你说件事。"

她直截了当地说道。我说：

“你先干活吧。”

莎姆希又开始忙碌，说：

“还剩三四个接缝，弄完了可以歇上一刻钟。你自己去煮点茶吧。”

我走到厨房，把水壶放在燃气灶上又返身回来，装出一副漫不经心的样子说道：

“莎姆希，你知道吗，侯赛因从来没有和女人在一起过。”

“你是从哪儿知道的？”

“我当然知道。”

“侯赛因不是那种会谈论这种事的人。”

“但是我确实知道。”

莎姆希微微一笑，说道：

“或许他还没有找到意中人。”

“不是这样的。我觉得他有什么难处。”

“什么难处？”

“我不知道，也许是太害羞了吧。”

“也许。”

我回到厨房，往小茶壶里倒了些茶叶，又倒了些热水，然后把小茶壶放在水壶上面。我拿了两个茶杯放在托盘里，又回到房间。莎姆希已经干完了，她说：

“茶煮好了吗？”

“煮好了。”

她起身去端茶。我不知道该怎么开口。莎姆希端着茶回来了。我说：

“我觉得应该有个女人跟他讲一讲。”

“关于什么？”

“就是这些事啊，这是不正常的。”

莎姆希默默地把茶水从小茶壶里倒入杯中，把茶杯放到我的面前，自己坐到了我对面的椅子上。一张桌子隔在我们中间。我说：

“你去跟他说说吧。跟他谈一谈，关于女人，也探探他的话，看看究竟是什么问题。”

莎姆希用右手抵住脑袋，若有所思。她问道：

“你认为我可以做这件事?”

“嗯，是的。他非常喜欢你，说不定他会跟你讲的。”

莎姆希说：

“太好了，我会跟他说的。”

我说：

“那你今天晚上到我家吃晚饭吧。我晚点儿再回去，这样你可以跟他轻松自在地聊一聊。”

我知道今晚琪琪妮不会来。我说：

“冰箱里有吃的，你们热一下就可以。”

莎姆希默不作声。我说：

“你七八点钟的时候过去就好。”

我吻了一下她的头，说道：

“我走了。”

她仍默默坐在桌子旁边，若有所思。我不想看她的脸色。我先去上班，然后又去了电影院。混到七点我又去了一家酒馆，在那儿解决了晚饭。吃完已经九点了，我想再去看场电影，但没了心情。最后去了一家宾馆的酒吧，在那儿喝啤酒。

十一点了。我走出宾馆，开车回家。停好车后，我从车上下来，客厅里亮着灯。我绕着公寓转了几圈，又朝卧室的窗户望去，灯关着。我又返身回到车上，在车里待了一会儿，觉得百无聊赖，便又开车去沙米朗，在那儿绕了几圈后才打道回府。

客厅的灯关了。我又来到后楼，卧室的灯还亮着。我站在原地一直望着楼上。一刻钟后，灯熄灭了。

我回到车里继续等候。很冷，我将双手抱在胸前，一阵阵困意来袭，最后头枕在方向盘上睡着了。

我可能是被冻醒的。借着打火机的光亮我看了一眼手表，凌晨三点。我觉得莎姆希肯定不会还在楼上，她惦记孩子的，可能她离开的时候我没注意。

我从车上下来，朝楼上走去。我轻轻地推开房门，走到客厅，打开灯，一切井然有序。随后我走到厨房，莎姆希把餐具都洗了，厨房干干净净。我从厨房出来朝卧室走去。我不知道该不该进去，最终还是放弃了。我回到客厅，就这样倒在沙发上，和衣而睡。

清晨，在侯赛因的屏息凝视下我醒了过来。他站在沙发前正看着我。我感觉有点儿冷。大衣不够长，没能盖住整个身体。他问道：

“你为什么睡在这儿？”

“我回来晚了，怕吵醒你。”

“我醒了又有什么关系？”

“你应该好好休息。”

侯赛因把目光投向了别处，不再看我。他问道：

“你就是为了这才没进卧室的吗？“

“千真万确。”

我的回答很拙劣，真是欲盖弥彰。他说：

“莎姆希昨晚来过，一直待到十一点，还想着能等到你回来呢。”

“我被一个朋友叫去了。”

侯赛因在沙发上坐下，肩膀上搭着一条浴巾，脚踩一双拖鞋，双脚肤色干枯又惨白，白得很扎眼，触目惊心。我问道：

“你吃早饭了吗？”

“没有，我在等你。”

我走进厨房，把早餐餐具通过一扇小窗递到橱柜的台面上。厨房的窗子和餐厅是相通的，侯赛因再从那儿把餐具摆到桌子上。然后我去了卫生间。我想在那儿尽量多待一会儿，直到可以神色如常地和他面对面坐下。我不知道该怎么做才能让他明白，我其实没有任何恶意。

我回到餐厅，侯赛因正吃着东西。他说：

“不好意思，这几天我胃口大开。”

“太好了，你吃得越多越好。”

他说：

“你觉得我该怎么回报你呢。”

“你要回报什么？”

“我这些天受到的照顾啊。”

“对朋友不需要回报。”

“所有的事都需要回报。”

“侯赛因，别这么钻牛角尖，我的钱足够你和我随意吃喝。”

“那好吧。不管你有多少，将来有一天我肯定要回报的。”

“你想怎么回报呢？要不你算一算天数，然后我也去你家做客这么多天。或者你也在我心脏下方刺上一刀再拔出来，然后全心全意地照顾我。”

“不，也许哪天我会给你一份微不足道的小礼物。无论如何我一定会回报你。”

他笑了笑。我说：

“侯赛因，你真是守规矩的老实人。”

“守规矩难道不好吗？”

“不是这个意思，侯赛因，但是有件事你没注意到。”

“哪件事？”

“做事要规矩是对的，品行上诚实可信也没错。但有时候这种想法会起反

作用。就像现在你想回报我，其实会把事情搞糟。如果你不回报我，反倒会给我留下些什么让我引以为荣，难道不是吗？”

“对不起，我并不想惹你烦心。”

随着谈话的深入，我觉得时机渐佳可以趁机转换话题。我问道：

“比方说你想怎么回报莎姆希？你想给她做粥喝，还是每天早上去她家为她做早饭呢？”

“不，也许我可以为她做别的什么。”

“你为什么不试着和她交朋友呢？为什么不试着去亲她呢？为什么不试着和她更亲近些呢？”

侯赛因紧紧盯着我。我不知道我的话竟然可以引起这么大的反应，他的脸色慢慢变了，最后化作一块莓红色的布料。他那样持续盯着我，像是一个被人奚落了一番的十四岁男孩。我问道：

“你觉得男人和女人发生关系是匪夷所思的事吗？”

“不是。”

“那为什么你会是这个反应？”

“什么反应？”

“你的脸涨得通红。”

他那涨红的脸色渐渐褪了下去，我说道：

“侯赛因，别这么认真，你觉得和一个女人发生关系就是侵犯吗？”

侯赛因停下来不吃了，倚在椅子上，目不转睛地盯着桌子。我说：

“有时候和一个女人发生关系意味着给予，几乎一向如此。当女人发现有男人关注她需要她时，你可以发觉女人是很享受的。”

侯赛因说：

“我并不爱她。”

他的声音很微弱，说出口的那几个字就像肥皂泡一样向我飘来。而我的这些话就像一块块尖头积木朝他投去，击中他的要害，或许能让他醒悟，我继

续道：

“没有必要一定爱上某人。这是另一种需求，就好比你有时想喝一杯凉爽的啤酒，有时又换一杯热茶，就这么简单，没什么左右为难的。”

“那么我该如何回报她呢?”

他的话像一个个问号，如同朵朵浪花在空中打旋。我真想冲它们扫射一番，我说：

“该如何回报？就用真情实意来回报啊，侯赛因，我的老兄，你连最简单的自然法则都不懂，还怎么改变这个世界呢?”

“我不想改变世界，我已经上了年纪。”

“但是侯赛因，没人知道这点。你从不犯错，该死的，这真让人讨厌。你心思单纯，干净得一尘不染。但在如此纯粹的环境中人是无法呼吸的，就像纯氧，只会将一切燃烧殆尽。”

“我并不单纯。”

“怎么不单纯，是太过单纯了。你就是一个大男孩儿，像孩子一般单纯。但是侯赛因，你已经长大了，是一个成年人，你是一个男人。”

我站起身来，在房间里来回踱步。我说：

“你到底想要别人怎么做？我要如何付出或是该怎么做才能在精神上完全满足你。难道我不该和女人上床吗？不该向往物质生活吗？不该去旅行吗？不该享受美食吗？真做了这些又能怎样呢？这一切到底是为了什么?”

“谁说你不能做这些事情?”

“你，就是你。”

“我什么时候说过?”

“虽然嘴上不说，但你会表现出来。”

“不，不是这样的。”

“怎么不是，就是这样，如果不是，那你怎么没和她上床?”

侯赛因站了起来，左手扶着桌子，浑身颤抖。他说：

“哎，老兄，这个女人有两个孩子。”

“她是有孩子，可是她有丈夫吗？”

“那她应该找个丈夫。”

“如果她不想找呢？如果她不想给孩子们找一个发号施令的人呢？她该怎么办？让自己活受罪吗？还是让她自慰？”

侯赛因颤巍巍地朝我走来。他是想握着我的手跟我讲话。他一向如此，会冷不丁地抓住对方肩膀讲，干脆利落、直截了当，从不抑扬顿挫，语调平直流畅，像瀑布一样。然后对方就会被他的话折服。但是这一次我想回击他。

他朝我走了过来，右手握住我的左臂，说道：

“不，老兄，不是的。她应该去找寻真爱。”

“得了吧，我的老兄，她去哪儿找寻真爱？难道真爱会在集市上售卖吗？你为什么不懂得妥协？有时候就该向现实命运妥协。”

我扶着他的左臂，就这样搀扶着，让他慢慢坐回沙发上。我说：

“就算你说的没错，她应该去找寻真爱。可是万一找不到呢？如果她寻觅了二十年还没找到呢？去哪儿都会被人瞧不起，还会上当受骗，到时又该怎么办呢？”

“那她就会明白这个制度应该改变。”

话虽如此，但他显然忽略了一点，一个细微之处：人的脆弱。人性的脆弱。我问道：

“照您的意思，接下来她应该去改变这个制度吗？”

“是的。”

“就是说成为人民的卫士？”

“如果你喜欢这个说法的话。”

“那他妈的谁来照料她的孩子？”

“那两个孩子就当是为大众做出的牺牲。”

“我的老兄，有士兵的地方总会有妓女的。”

“此士兵非彼士兵。”

我笑了，说道：

“那就让她每天这么煎熬着？”

“如果有必要的话。”

我们两人面面相觑，互相对视了好久，眼神中没有丝毫的闪躲。我说：

“侯赛因，我不知道我们彼此有多不同，但有一件事我很肯定。”

“什么？”

“那就是你身上有一个毛病，你不正常。”

“我其实很正常。”

“不，你不正常。你的需求和别人的不一样，没有任何相似之处。”

“我的需求同其他所有人一样，只是意愿并非总能得到满足，有时候是无法满足的。”

我说：

“六年级文学课讲过的哲学基础。”

“好吧，可是这话说的没错啊。”

如果他能再温和一些，如果他能承认自己错了，我们或许还能聊许久。可侯赛因并不是一个平易近人的人，天生固执己见、自说自话，甚至与自然法则格格不入。

我看了一下表，说：

“我该走了，已经有些晚了。”

“是的，你该走了。”

我冲了澡，又迅速刮好胡子，然后回到客厅拿起大衣。侯赛因依旧坐在沙发上，左手捂着心脏。我问道：

“疼吗？”

“不疼。”

他和颜悦色地看着我，我说：

“再见。”

他说：

“再见。但是你要记住一点，终有一天人们不得不做出回应。世事艰辛，有时不得不坚持到最后一刻，终有所获的那一刻。”

我走出家门。在我看来，侯赛因就像一把粗糙的锉刀，不过没关系，我相信历经生活的苦痛，岁月终会磨去他的棱角。一般来说，性情的温润程度和年纪息息相关，侯赛因的转变来得迟些，我则来得早了些。我能与他的心路历程产生共鸣，不免遐想起来。在一片雾霭沉沉、岩石密布的旷野中，侯赛因正徒步前行，想要抵达那片花海。一路免不了磕磕绊绊，但又何妨。这片寒意瑟瑟、布满岩石的旷野终有尽头，前方便是郁郁葱葱的田野和漫山遍野的罂粟花。侯赛因或许会坐在那小溪旁，掬一捧清水洗洗脸，然后望向那开满郁金香的田野。他或许会返身告诉众人：“先生们、女士们，你们看到了吗？正是为了这一刻我才和你们说一定要抵抗到底。”

我觉得我们说话时他或许根本听不到。我们身在岩石下，大概没人听得见我们在那里讲话，我们的声音传不出去。我在想像侯赛因这样的人对这个世界而言究竟有什么意义？自古以来每个时代都有像他这样的人，企图创造另一个世界。我看到有个人，名字叫哈拉智，被人砍断了双脚，他用手沾着自己的鲜血抹在脸上，好让苍白的面庞看上去毫无惧色。最后他竟能行走自如，去往另一个世界，自在地生活。对此我一直心存疑惑，我无法对这类离奇的事做出合理的解释，但是我用了大把的时间来读这些人的生平轶事。一位固执的希腊人将自己送上刑场以捍卫自己的信仰；另一位和另七十二人在酷热下被活活渴死；还有一个人被绑到木架上活活烧死；再有一个人，别人要折断他的腿，他和颜悦色地说它自己会断，然后他的腿就断了，还和颜悦色地说道：“你们看，我说它会断的。”还有一个人被缝进了牛皮里，还有人被烧死后骨灰被扬到了河里……我猛地推开门，穆罕默德·扎德一下子从座位上跳了起来。我走到桌

旁一声不吭地坐下，穆罕默德·扎德偷偷瞄着我。电话响了，有人找我，是莎姆希。她说：

“昨晚你没回家。”

“我被朋友叫去了。”

“我们一直在等你。”

“对不起。”

莎姆希没吭声。我问道：

“怎么了？

她说：

“我还以为你会胡思乱想呢。”

“你怎么会这么想？”

“你看，我现在带着两个儿子，也见过不少男人。有些人就是这样的，随他们怎么想吧。”

“你这话什么意思？”

“就是他们终究会适应这个世界，按他们自己的意愿。”

“真是对不起，耽误了你的时间。”

“没关系。”

她不再说话。我问道：

“你生我的气了？”

穆罕默德·扎德在偷瞄我，他的神色不难察觉，想对我的隐私一探究竟。莎姆希在电话那头说：

“没有，为什么这么问？我只是累了。”

我问道：

“你们究竟聊没聊那些事？”

“什么事？”

“我怎么知道，就是女人啊，还有那些事。”

“没有，没聊这些。没有必要。”

我说这几天会过去看她，就这两天，然后就把电话挂了。

晚上，侯赛因在家做了番茄煎蛋。早上的那番谈话，我们都只字未提。我这还有一瓶酒，我们两人坐下开始喝酒。他许久未喝，才一杯便醉了。他说：

“这话没错，喝酒可以净化血液。出狱那次喝酒也是这样，五年后的第一杯，喝完就彻底醉了。”

我们慢慢地品着酒。我在留声机上放了一张老唱片，是东欧吉普赛音乐。房间里洋溢着美妙的小提琴曲，唱片沙沙作响。此时已是十二月。他说：

“天气转暖了，一大早就觉得懒洋洋的。”

我说：

“春天到了的缘故。”

“没错，总觉得特别犯懒，上午十一点左右天气尤其好。”

“是的。”

“我得出去走走，否则浑身又乏又累。”

“当然了，你是应该出去走一走。”

他说：

“有一次我正是在这个时节爱上了一个人。”

唱片正好放完。我不敢站起来，生怕聊天戛然而止。我想听他继续，问道：

“爱上谁了？”

“不知道。”

我笑了：

“怎么会不知道呢？”

“我坐在车里，和一个朋友一起，他在开车。”

侯赛因给自己又倒了一杯酒，说道：

“唱片放完了。”

我起身走过去，把唱片翻了一面，又坐回来，欢快的吉普赛曲再次响起。他说：

“车子正好停在十字路口等绿灯，然后她就走了过来。”

“谁？”

“一个女孩，大概二十来岁，漂亮极了，像梦境一般。”

我目不转睛地看着他。他笑着说道：

“她特别苗条，个子稍矮，可能不到我的肩膀……总之非常漂亮，可她的眼睛……”

侯赛因忽然不吭声了，我问道：

“怎么了，瞎了吗？”

侯赛因忍不住笑了，他兴冲冲地说道：

“不，很大。”

“眼睛吗？”

“对，她的眼睛。会让人产生一种奇妙的感觉，不是那种单纯的漂亮，不是的，而是一种奇妙的感觉，你可以一直盯着看上好几个小时。”

“然后呢？”

“然后因为是红灯，女孩走上了人行横道线，她突然转身朝我们车里看了一眼，看了我一眼。虽然只是一瞥，可我觉得她就是为了看我才这么做的。”

“她就这么走过去了？”

“是的。她过了街，在街对面又猛地停下来看我，这回不只是一瞥，而是看了好一会儿。我也望着她。后来绿灯亮了，车子动起来。我转过身发现女孩依旧那样看着我，直到我们在巷口转弯时，她还注视着我们的车子。”

“就这些？”

“是的。”

“那你为什么不下车去找她呢？你可以和她讲话，可以问她要电话号

码啊。”

侯赛因黯然地说：“当时我们正赶去一个组织活动，而且我也没那个胆量。但是你知道吗，这个场景我梦到过很多次。她就这样出现，然后穿过路口的人行横道。我梦到过太多次，有时候甚至会觉得第一次相遇也发生在梦中。”

我为侯赛因感到难过。当我们把戳心事说出口时其实是挺可笑的。但有时确实会内心隐痛，一种真实的痛感，一如现在我对侯赛因的感受。过了半个小时我去卫生间刷牙，和镜子里的自己对视了好一会。深棕色的眼睛，平顺稀疏的头发，鼻梁是歪的，胡子很浓密，以至于每天不得不刮两次胡子，这会儿还满嘴牙膏泡沫。我就这么一边盯着自己，一边刷牙，然后又洗了把手。我突然很想冲个澡，于是我脱下睡衣又去洗了澡。我站在镜子前把身体擦干，镜子很小，只能看到自己的胸和浓密的胸毛。毫无疑问，我同侯赛因梦见的那个横穿马路的女孩没有任何相似之处。

我把头和脸擦干，重新穿上睡衣，回到了房间。

侯赛因已经睡下。我熄了灯，走到侯赛因床边坐了下来。床头灯还亮着，侯赛因已经摘掉眼镜，双眼紧闭着……我不清楚他在闭目沉思还是睡着了。我关了灯，脱下睡衣，心脏快要爆炸了，不得不用手捂住胸口。然后我掀开毯子，睡在了侯赛因的身旁……

他的身体在颤抖，打摆子似的抖得厉害。我从不知道人是会飞的，他就像只麻雀一样飞奔到了窗边，头倚着窗户，双手紧抱着身体，似乎是想保护自己脱离某种险境。我站起来，在黑暗中摸索着穿好睡衣，说道：

“对不起，真的，实在对不起。你睡吧。”

我走进厨房，打开壁橱的抽屉，取出一把长刀，然后拿着刀走进卫生间，把灯打开。此时的我情绪低落，真想了结了自己。我就那样拿着刀一动不动地站着。随后我解开睡衣，拿刀绕着心脏来回比划。我一个劲地比划着等待勇气降临。我终于动了手，刀子割破了胸口，绕着心脏划出一个圆圈，鲜血滴到了睡衣上。我忽然觉得还没到一了百了的时候。于是我打开卫生间的柜子，把刀

搁在那里。我拿了一块毛巾把血擦干，为止住血还不得不用毛巾多捂了一会儿。然后我返身回到卧室。

侯赛因已经回到床上。我走到另一张床边，在沉寂与黑暗中，我一直留意着他那张床的动静。我能听到他的喘息声，知道他尚未入睡。我想抽支烟或是起来走走，但是不行。我静静地躺着，像具死尸般，纹丝不动。

天还蒙蒙亮的时候侯赛因就起来了，他小心翼翼地穿好衣服。我假装睡得正酣，不惊扰到他。他开门走了出去。过了好一阵，四下依然悄无声息，我躺在床上一动不动。接着我听到房门被轻轻推开又关上的声响。我起身来到起居室，电话旁立着一张纸条，上面写道："这一定是我的过错。昨夜，我整晚都在思考这个问题。也许正是善意毁了我，善意总是和暴虐相辅相生。每当你受尽虐待，被五花大绑，手脚折断，心善的守卫就会来为你松绑，让你好歹喝上几滴水。我很早就明白这一点，但是我无法和你解释这种了解是需要自我醒悟的。这也许和我之前反反复复出现的梦境不无关联。夜晚是痛苦不堪的，我浑身疼得像火燎一般，因为拷打、因为剧痛、因为憎恶。直到有一颗星星出现在我的梦中。梦里的天空漆黑如墨，我赤裸着身子，独自伫立在一片荒野中，那颗星星清晰可见。它缓缓落到我的头顶，既明亮又温暖。我的身子渐渐暖和起来，一股暖流紧紧包裹着赤条条的我，带着一丝贪婪，我尽情地呼吸着，浑身暖意融融。接着星星愈来愈炽热，空气灼烫到令人无法呼吸。我记得自己在梦里哭着央求星星行行好，离我远一点儿吧。然后星星便离开了，愈行愈远。天色重又黯淡下来，寒意再次袭来。

"醒来后，被鞭子抽打过的后背火燎燎得疼。我诧异于那颗星星为什么不能停留在半空，这样既不太冷也不太热，赤裸的身体就不会瑟瑟发抖，也不会热到令人窒息、口渴难耐。

"清晨过后便开始发早饭。守卫给我倒了杯茶，又朝我的床边缓缓地滚过来一个苹果，说：'给你的。'

"苹果在那儿放了整整二十四小时。我对它毫无兴趣，没有一丝进食的欲

望。第二天清晨守卫又过来倒茶，我把苹果放在餐盘的一角，好让他看到并拿走。他说：‘你为什么不吃呢？’我问道：‘你为什么不辞职呢？’

“我永远不会忘记那个守卫的眼神。他惊愕地盯着我，随后问道：‘辞职后我该干什么呢？’我的脑海里随即浮现出一个答案：‘去种苹果树啊。’

“随着拷问的结束，苹果也没有了，对我来说灰暗的日子就此开始。

“我想说的是我知道问题出在自己身上，我一直过着暗无天日的生活。但是请你相信，我既不想吃苹果，也不能为鞭刑辩护。可能残暴与善意是合二为一的，而我在这方面仍有所欠缺。我无法在这个世界上找到能和我结为连理、相依为伴的人，这一点确实很奇怪。请你原谅。长久以来我已经接受了独自一人的状态。你是多么地友善，这一点无须多言，我一直自问未来是否有一天能报答你对我的这份情谊？但愿我可以。但请你相信，有一件事很不对劲，那就是弥漫四处的肮脏气息，可能已经悄然影响到我，为了与其抗争我将放弃一切。我孑然一身，了无牵挂，与周遭隔绝，连双手合十也只不过是毫无实质意义的反应，仅仅是一种手势、一个动作而已，并非传递什么情谊或祝福。

“很抱歉我一无所有，不懂得与人为善。也许问题就出在善意上。我想改变这个世界，我不接受什么谦谦善意。”

“我走进卫生间。此时我只需打开壁橱，拿出刀，就能做个了断，一切就都结束了。但我只是刮了刮胡子，穿好衣服，站在厨房里吃了些早饭，琢磨着该给厨房添置一套桌椅，然后心烦意乱起来。再后来我去了单位。

临近傍晚的时候，我不自觉地拨通了莎姆希的电话，我想也许侯赛因会在她那里，尽管我知道这是不可能的。我不想直接发问，反正如果侯赛因在的话，莎姆希自然会说的。但是她只提到拥挤不堪的人群，还有为新年置备的衣服。她已经累坏了。

我又给琪琪妮打了个电话，莫名地很想见到她。琪琪妮答应来家里吃晚饭，还会带上她最近读到的一本书，认为侯赛因一定会喜欢。

但那一晚被艾玛米搞砸了，他在女孩过来之前就发现侯赛因已经走了。然

后我们三个人整晚在讨论他会去哪里。不管怎么猜，有一点是肯定的，他一定认识其他什么人并秘而不宣。胡乱猜测下去也不是办法，于是我们听从了艾玛米的建议，把侯赛因突然失踪的消息告诉了卡鲁。

我觉得自己有点发烧。我想和女孩单独待一会儿，抱着她，把头埋在她的胸前。可是艾玛米还在，噩梦般一直杵在这儿。艾玛米离开的时候，女孩也站了起来。我不想当着艾玛米的面挽留她，她在走廊里小声嘟囔说侯赛因兴许还会回来，她留下不太合适。我不想独自待在家里，又不得不接受孤身一人的事实。

大家都走了，我在客厅里坐了许久。我在想兴许他还会回来。

莎姆希第二天得知此事后不可避免地发了一通脾气，好在她正忙着置办过年的新衣服根本无暇细想。傍晚下班后我去她家待了几分钟，想向她解释这件事。她终于收了一个学徒。莎姆希在厨房与客厅间来回忙碌着，一边教训孩子，一边吩咐学徒干活。我向她说明侯赛因离开的经过，莎姆希认为侯赛因不会回来了，对此她早有预感。她说明天晚上会去我家，两人得好好聊一聊。她眼窝深陷，眼睛发炎，又红又肿，一脸的疲惫。我说：

“过节时裁缝铺一定得关门一阵子，这样下去可不行。”

她也正有此意，已经安排跟孩子们和他们的父亲一起去阿巴丹，还想去礼萨伊耶拜访一下亲戚。我说：

“那里冷，你应该去一个能晒太阳的地方。”

她像一头小羊羔一样倾听着，好像已准备好对我的话百依百顺。她解释自己之所以选择礼萨伊耶，只是因为过节时那里人不多，而且因为天冷，她可以借机安安心心地睡大觉。

第二天晚上，大家聚在一起分析侯赛因为什么失踪。已是饭点，我没来得及准备晚饭，就出门去买吃的。等我回来时琪琪妮也到了。大家热火朝天地讨论着，琪琪妮认为应该通知侯赛因的家人，卡鲁强烈反对。关于侯赛因的事并不是那种可以在家庭聚会中随意提及的话题。塔扎里认为我们的担忧毫无意

义，他觉得不管怎样侯赛因肯定自有去处。对于塔扎里来说，侯赛因显然不会流落街头。艾玛米正试图分析侯赛因待在我家这段时间里发生了什么，希望从中发现侯赛因突然销声匿迹的原因。

而我只想让大家离开，一个人待着。我当然希望能和琪琪妮在一起，但是这几天的压力快把我逼疯了。我当然清楚侯赛因为什么离开，但是我该如何解释这一切呢？一想到这，我忽然哑然失笑。大家都安静下来看我，喧闹戛然而止。

这时门铃响了，所有人几乎同时从座位上站了起来。塔扎里说：

“难道他真出什么事了？”

大家都看向他，他说：

“我们被一网打尽了。”

我朝门口走去，把门打开，大家惶恐的眼神一直紧随着我。是莎姆希，她说：

“我得给孩子们做晚饭，对不起我来晚了。”

莎姆希在居家服外面披了一件罩袍便过来了，见到大家都在，她大吃一惊，说道：

“对不起，瞧我这身打扮。”

说完她便坐到沙发上，让大家尽快落座。

大家又开始七嘴八舌地讨论开来。琪琪妮认为侯赛因只不过是因为感到歉疚，不想再给我添麻烦才离开的，很平常。卡鲁不同意她的观点，觉得要是这样的话，侯赛因起码会给我留张纸条，好让大家放心。莎姆希安静地坐着，一言不发。她隐约预感到侯赛因不会回来了，之前她就曾和我提过这担忧。她说的没错，我当然也清楚。

夜深了，一晚上就这么白白浪费了。我们说好由卡鲁送琪琪妮回家，我送莎姆希，我这里离她家更近些。艾玛米送塔扎里回去。

我开着车，一路上都没开口。莎姆希裹着罩袍，蜷着身子说道：

“我心里七上八下的，肯定要出事了。”

“平白无故地别说这种不吉利的话。”

“整个下午我的左眼一直在跳。”

“那是因为太累了，亲爱的，你这几天太拼命了。”

她在巷口下了车，说道：

“看在真主的分上，如果有什么消息，一定尽早给我打电话。”

我满口答应。然后我径直开车去了琪琪妮家，我一定要将她拥入怀中，不管发生什么事，我必须找一个人给我一些安慰。

琪琪妮亲自开的门。我说：

“琪琪妮，你要么让我进屋，要么跟我一起回家。”

“进来吧。”

琪琪妮带我上了楼。过道一片漆黑，我们两人在黑暗中摸索着走进了房间，屋里的灯亮着。我第一次知道她的卧室是这样的，摆设和我想的截然不同。一张年代久远的大铁床，陈旧的卡尚地毯，两张有点塌陷的沙发，壁炉上摆着一面小镜子，镜子前还放了几个瓷器小摆件，墙上和门上贴着她喜欢的那几个明星的巨幅海报。这些便是我第一眼所见到的全部。我转过身看着她，她站在那里，背靠着门。我张开双手，她朝我走来。我将她拥入怀里紧紧抱住，浑身莫名其妙地颤抖。她什么也没说，我们两人就这么默默相拥了很久，而我一直在瑟瑟发抖。要是能哭出来的话，兴许我能平静下来，但是在女孩面前我哭不出来，眼泪被生生憋了回去，所以身子一直抖个不停。

琪琪妮把我带到床边，让我坐下，帮我脱掉衣服。我生怕她会看见我胸前的伤口，我说：

“把灯关了吧。”

她去关了灯，又返身回来，把我的衣服放到沙发上，然后掀开了被子。我躺到床上，她在我的身旁缓缓躺下，轻抚着我的头，渐渐地我不再发抖。女孩紧贴着我，我的身体慢慢暖和起来。她一句话也没说。我只想亲吻她的手，不

想开口说话，只想静静地蜷缩在她的怀里。她体察到了我的情绪，于是愈加抱紧了我，我逐渐平静了下来。一片安宁中，我沉沉睡去。这并非普通的自然的沉睡。因为时间会随着睡意的袭来悄然流逝，所有往事都将笼罩在黑暗之中。悄然而至的沉睡，如同一位拯救者，拥有女人般的天性，柔软、松弛、包容，宛如一片黝黑的云朵。

她抚摸着我的头，说道：

“早上了，你该走了。”

在清晨的阳光下，我起床穿好衣服。女孩早早就起来了，候在门口把我带出家门。我们蹑手蹑脚地走下楼梯，我便离开了女孩的家。

我在驾驶座上坐了一会儿，困意渐消。然后我开车去了沙米朗，一直到萨尔班德，在那里的一家咖啡馆吃了早餐。大概七点半的时候，我开车向单位驶去。街上依然空荡荡的，行至瓦纳克大街后渐渐拥堵起来。

在塔赫特贾姆希德十字路口，我从一个报童那里买了一份晨报。这是我第一次买晨报。路上开始堵车，我漫不经心地翻看着报纸上的大标题。一家大型工厂的收购合同已签定；用水将施行定量配给；明天将有重要人物到访；两名男子在城东一条小巷里遇害身亡，死者身份尚未查明。

到了单位，我和穆罕默德·扎德聊起了请客的事，向他保证下星期我会做东。我在单位吃的午饭，为了能准时参会。

下午六点，会议总算结束了，我出来在街头买了一份报纸，然后朝停车场走去。我浏览报纸头版：一位经济界名人即将携十一个项目来访；今冬因降雪过少，预计将出现缺水问题；去往哈瓦士的火车票截至明日下午将停售；为购置节日新装，商场里人潮涌动。

我又翻到第二页，两名遇害青年男子的身份通过查阅法院案宗已被核实。报道白纸黑字地写着，两人均有前科，是已被取缔的政治团体的成员。根据记者的报道，团体内部派系之间的清算行动可能是导致两人遇害的原因，侯赛因

和另一个人的名字赫然出现在报纸上。报道还强调了侯赛因心脏下方有一处创伤。

我把报纸放在了车座上，朝莎姆希家开去，中途又开回停车场，把车停在那里，拿起报纸下了车。路上没能扬招到出租车，我只能一路步行，到莎姆希家时天已经黑了。

莎姆希亲自来开的门，像一具死尸般站在我面前，看着我。我们两人默默无语地走进了房间。

桌上摊着报纸。我坐了下来，当着孩子们的面没法谈论这事。孩子们正为看哪个频道的电视节目争吵不休。莎姆希站起来一把扯掉插头，把电视机抱了起来，天线和电源线缠在她手上、脚上，乱成一团。孩子们顿时安静下来。她搬着电视吃力地朝另一个房间走去，天线都被扯断了。她打开窗户准备把电视扔到院子里去，我及时上前拦住了她。

我从她怀里夺过电视，放到孩子们的书桌上。两个男孩惊愕地看着母亲的举动。我说：

“孩子们，你们在这间屋子里看吧。”

我把天线从门缝拉到孩子们的房间里。莎姆希仍站在窗前。我把天线接好，孩子们又都安静了下来。我说：

“莎姆希，你过来。”

她就像上了发条的小汽车一样机械地迈着步子，走回了房间。孩子们的房间里传来了电视节目声。我和莎姆希面对面地坐下，我说：

“我得在这里待几天。”

她一声不吭地看着我。我说：

“我得打个电话。”

我起身拨通了卡鲁的电话，是他本人接的，说：

“我知道了。”

我说：

“我得去哪儿避一避。”

“当然，你愿意的话可以来我这里。”

“不，我觉得塔扎里家比任何地方都安全。”

他说：

“我去探一探，你十点以后再来电话。”

我放下电话，坐到莎姆希的对面。她说：

“我知道了。我已经预料到了。”

九点半的时候我又给卡鲁打了电话，晚上我得去皇宫十字路口见塔扎里。我说：

“我得走了，不过我可以确定，我还会回来的。”

晚饭过后餐桌还没收拾，孩子们正安静地看着电视。

我在巷口乘上一辆出租车去了皇宫十字路口，正准备给司机付钱时，车门一开，塔扎里跳了进来，说道：

“去塔赫特贾姆西德的十字路口。”

司机看了看我们。我说：

“我和这位先生是一起的，我们会付双份的钱。”

司机什么也没说便上路了，这种情况对于出租车司机来说很少见。

塔扎里一路沉默，直到出租车停在了塔赫特贾姆希德的十字路口。我付了钱，两人默默地下了车，沿着巴列维大街的坡道一路向上。他说：

“我觉得可疑的是他胸口的那处伤还见了报。说不定他们被活捉了，正受到严刑拷问，好让他们把其余的人都供出来。”

我说：

“反正如果有什么动静，我肯定首当其冲。”

他说：

“是这样，之前有几个晚上我楼上几个邻居特别吵，是一群不知羞耻、装腔作势的兔崽子，直到早上还在放爵士乐，狗娘养的比美国人还糟糕。我决定

让他们见识一下我的厉害，抄起刀冲上去敲门，开门的是那种你天天在街上都能看到的流里流气的臭小子，留着长发，穿着紧身牛仔裤，戴着项链。总之，我拿刀来回比划着，说他们这么吵让我很恼火，很不舒服，他们最好小点声。现在的问题是他们确实不出声了，却紧盯着我不放，你明白吗？”

“我明白了。”

“长话短说，我那里不行，你还是到哪个女人那里去吧。”

“好的。”

我们在瓦里阿赫德广场分开后，我又打了一辆出租车回到莎姆希家中。餐桌上的东西还原封不动地摆着，莎姆希依旧坐在那里。我把桌上的餐盘收拾起来，拿到厨房洗干净，然后回到房间，我说：

“你该睡了。”

我扶她起来，她像个孩子一样顺从。我说：

“我睡在餐厅。”

我替她掀开被子，她连衣服也没换，就蜷缩在了床上。我给她盖好被子，然后返身坐回椅子上。已经凌晨一点了，我就这么坐着睡着了。

早上，我被莎姆希的忙碌声吵醒。她正在厨房准备早餐，茶具已经摆上了桌。孩子们还没起床。我说：

“我去买份报纸。”

我走出家门，来到十字路口。卖报的还没来，我又走了好一段，九点左右才买好报纸回到家中。报上什么消息都没有，我说：

“都结束了。”

莎姆希正坐在那里缝着衣服，学徒坐在桌子对面的缝纫机旁。桌上的早餐还在那里放着，我坐下来吃了几口，然后把盘子拿到厨房，转身又回到房间。我不知道该做些什么。

直到中午一共有三位女士来过，有来取衣服的，也有试衣服的。我去孩子们的房间呆了一会儿，翻了翻他们的书。屋里摆着几辆木制汽车模型还有锯

子，壁龛上面放着一个三合板做的木刻小女孩，正朝着我微笑。

中午大家围在桌前一起吃午饭。孩子们小声嘀咕着一定出什么事了，他们的母亲一言不发，而这位叔叔则无缘无故地来打扰。我说：

“我的房子还没盖好，只好在这儿呆上两三天。”

饭后孩子们回了学校，莎姆希的学徒出门买线轴去了。我说：

“看在真主的分上，你说话啊。”

她抬头看了我一眼，说道：

“必须得弄完。”

“什么？”

“这几件。”

她用手指了指桌上的一堆布料。我说：

“你倒是说说话啊。”

她还是沉默不语，只顾着干活。我给单位打了电话，穆罕默德·扎德忧心忡忡。他以为我出车祸了，真主保佑千万别出事，还特地给我家里打了电话，而我没在家。

我明白暂时什么事都没发生。但我不知道接下来会发生什么，也不清楚出事被抓的话是怎样的流程。我想熬到明天中午再说，然而莎姆希的缄默让我不知所措，还有孩子们那些稀奇古怪的问题也让人难以招架。到了晚上七点，我实在受不了了。我说：

“我回家了。”

莎姆希依旧一声不吭地缝着衣服。

我朝家的方向走去，就这么一路走着，路程很远，走到楼下差不多已经八点半了。我抬头望去，客厅的灯亮着。我想这下一切都完了。我想转身离开，我可以去趟北部的里海。但我的口袋里只有一百土曼，一沓支票都在家里。我也没带衣服，已经三天没换洗了。我暗自说道，我要上去，随后便上了楼。

是女孩在客厅里，琪琪妮。她坐在沙发上一直盯着门口。我不由地合上双眼，倚靠在门上。她问道：

“你去哪儿了？”

她起身朝我走来，走到屋子中间她突然停了下来，说道：

“我是昨天傍晚看到的。”

“我也是。也可能是早上看到的，我是早上看到的。”

“你为什么不给我打电话？”

“我昏了头。”

“从昨天傍晚起我一直在这里。”

“我在一个朋友家里。”

“为什么？”

“说不定这里也被发现了。侯赛因也许是被活捉的，现在正备受折磨。”

“我一直在这，电话响过几次，我都没接。”

“我完全不记得你有这里的钥匙。”

琪琪妮扭头坐到了沙发上。我说：

“你说话啊。这种沉默快让我窒息了。”

她说：

“你一直都是这么以为的吗？”

“我都说了我已经晕头转向。我六点钟看的报纸，前面一直在开会。”

她说：

“已经过去二十四小时了，我很想哭。我想找个肩膀，靠在上面大哭一场。”

“哭吧。”

“我哭不出来。但愿有人打我一顿，这样我就能哭出来了。”

我肚子饿得厉害，于是走去厨房，打开冰箱，还有两个鸡蛋和一点儿黄油。我把一个鸡蛋敲碎，一口吞了下去，那种因饥饿而觉得恶心的感觉稍稍缓

解了一些。我回到房间，女孩仍默默地坐在那里。她问道：

“莎姆希女士知道吗？”

“她知道。”

“其他人呢？”

“都知道了。”

“怎么发生的？”

“我不知道。”

“到底是怎么回事？”

“谁都不清楚。”

“你给卡鲁打电话，说不定他可以解释一下。”

“这个星期我暂时不会给任何人打电话。”

我说：

“我们该吃点东西了。”

我走到卧室，脱光衣服，然后走进浴室，打开热水，在喷头下站了许久。随后我裹上毛巾走了出来。这会儿我感觉好多了，便来到卧室。女孩早已默默地进了屋，坐在侯赛因的床上，说道：

“感觉他还在家里似的。”

我一声不吭地擦干身子，穿好衣服。她说：

“万一我真出什么事了呢？要是他们已经来过你家了呢？你觉得现在我会在哪里？”

“在真正的地狱里。”

她站起来径直朝门口走去。我心烦意乱，就算刚洗过热水澡也无济于事。我走过去紧紧抓住她的手，说道：

“你在想什么呢？我应该怎么回答？我应该回答什么？我应该为谁感到伤心难过？我应该一心替谁考虑？”

“不用考虑任何人，可是你至少要想一想对我来说可能会出现什么情况。”

“那也有可能发生在我身上，你明白吗？要是真出什么事的话，我们所有人都会受牵连，你明白吗？”

她挣脱我的手，走到床边，双手抱着头，身子瑟瑟发抖。我说：

“对不起。四五天来我心情很差，睡得也少，再加上昨天得知的消息。”

她说：

“我得走了，非走不可。我必须离开这儿。这里是一个连世上最好的男人都会遇害的地方。”

“你想去哪儿。”

“随便哪里，我不知道，反正是某个地方。这里臭气熏天，你感觉不到吗？”

我说：

“琪琪妮，听我说，我们得先吃点东西，这是目前最重要的事。”

我走到厨房，翻箱倒柜地找了一通，最后找出来一袋大米，肯定是莎姆希在的时候留下的。我把米倒进锅里又添了些水，然后放到燃气灶上。我站在那儿一直瞧着锅子，直到水都快煮干了。我就这样端着锅去了餐厅，把锅放在桌上，放到一小块餐垫上面。我又拿来几个盘子，然后高声喊道：

“琪琪妮！”

女孩从卧室走了出来，我说：

“吃吧！”

我自己坐下吃了起来。琪琪妮一声不吭地坐着，眼神直勾勾的。我说：

“吃吧！”

她依旧不吭声。我大喊道：

“看在真主的分上，吃吧，我究竟要照顾几个病人？”

琪琪妮一怔，用勺子从锅里盛了些饭，匆匆往嘴里塞了几口，说道：

“对不起。”

吃完晚饭，我把盘子和锅一起拿回厨房。我来不及细想更多，莎姆希的情

绪令我有些担忧。琪琪妮来到厨房，说道：

“今晚我待在这，要是出什么事的话，我们俩一起面对。”

我说：

“什么事都不会发生。你不了解侯赛因，他就算被大卸八块也不会说的。但是琪琪妮，我觉得他已经死了，不是被当局杀害的，而是被他的一个同伴。”

我们来到卧室，默默地脱掉衣服上了床。她说：

“我觉得他还在这儿。”

“够了，别再说了，琪琪妮。我几乎两个晚上没有合眼，已经筋疲力尽。”

“对不起。”

早上我想给莎姆希打个电话。但琪琪妮还在，没法打。我说：

“我去上班了，我觉得不会再发生什么事了。”

“我能为你做些什么呢?”

“不用了，谢谢。”

“我下午会在这儿，就是你下班回来的时候。”

“好的。”

我到了单位，没有任何动静。我给莎姆希打了电话，接电话的是她的学徒，说莎姆希始终一声不吭地做活，不是在厨房忙着做饭，就是在缝衣服。学徒说今天有个顾客冲莎姆希大喊大叫，好像是衣服缝紧了，或是短了，还是该死的其他什么事。面对怒气朝天的顾客，莎姆希依旧默不作声，任由顾客在那里大吵大嚷。我说下午我会过去。我得为莎姆希做点什么。

傍晚时分，法劳玛勒兹哭丧着脸给我开了门。孩子很担心他的母亲，说道：

“叔叔，有点不对劲，我妈妈的心情一点都不好。”

我来到莎姆希的房间。她仍在缝衣服，我说：

“我觉得我们最好开车出去转一转。”

她说：

“还有不少活儿呢。”

她用手指了指桌上的几块布料。我说：

“先放着别管了，最后无非是衣服没按时做好而已，损失费我来付。起来，我们走吧。”

她摇了摇头，表示不同意。我说：

“那你就多叫几个学徒过来，快点把活儿干完。”

她苦笑了一下，仍一声不吭地缝着衣服。我来到孩子们的房间，他们正安安静静地忙着做功课。我问了一下过年放假的事，他们到时候会去阿巴丹。只剩五天时间了。房间里一片寂静，我想带孩子们出去转转，可他们也正忙着。孩子们肯定乐得出去玩，可是这样一来他们的作业便会落下。我返身回来，莎姆希依旧缝着衣服。我说：

“亲爱的莎姆希，我能为你做些什么吗？”

她说：

“不用，就这几件了，一定得做完。”

“什么时候能做完？”

“节前肯定能做完。”

还有五天就过年了。这五天我一直和琪琪妮还有卡鲁待在一起，坐在一块儿聊天。每天傍晚五六点钟的时候我都会去莎姆希那里看看她，她依旧一声不吭地干活。

十二月二十八号，莎姆希家里变得冷冷清清。那天下午孩子们和他们的父亲一起去了阿巴丹，学徒也获准休假回了家，莎姆希却还忙着裁制衣裳。我问道：

“什么时候能做完？”

“快收尾了。”

桌上的布料已经用完，这是莎姆希手头最后一件衣服。她说：

“今晚九点人家来取衣服。”

“到时候就都弄完了？”

“弄完了，比往年结束得早一些。”

我说：

“那我来做晚饭吧。”

“不用了，我都做好了，中午剩下的。”

“那我去煮点茶吧。”

她不吭声。我想一直待到晚上最后一位顾客离开后再走，起码带上莎姆希一起出去转转。

那位顾客不到九点就来了，本来没抱太大期望，见衣服已经做好了甚是高兴。她过来时莎姆希正在熨衣服，那个女人把钱放在了桌上，想让莎姆希知道她又多给了五十土曼，不过莎姆希只顾着埋头干活，我替她向那位女士表达了谢意。

到了晚上九点半，那位女客人也走了，屋里只剩下我和莎姆希两人。我把桌上的餐具摆好，等她过来一起吃晚饭。莎姆希静静地坐在工作台旁边，叉着双手，眼睛一直盯着前方。我说：

“过来，到餐桌这儿来。”

她起身来到餐桌前。我给她的盘子里盛了些吃的，她狼吞虎咽地吃了起来，不一会儿就吃完了，然后一声不响地坐在那里。显然对于她来说，吃饭只是例行公事。我刚把最后一口饭菜放进嘴里，莎姆希就站起身来收拾餐桌。我问道：

“你是想让我离开吗？”

“从哪里离开？”

“从这里，你是想让我走吗？”

她没回应，端着盘子去了厨房，就这么来来回回了三次，我一直安静地坐着。然后她返身回来，继续一言不发地呆坐在那里。我说：

“莎姆希，起来，我们开车出去转一转。”

她说：

“不了，我得想一想。”

“想什么？”

“我决定去土耳其。”

“去过年？”

“不，留在那里。”

“你去那里干什么？”

“去那里生活。”

“为什么选择去土耳其？”

“我不知道。”

“你去过吗？”

“没有。”

“那你为什么要去？”

“嗯，我懂土耳其语。”

“那孩子们呢？他们可不懂土耳其语，所有的课业都会落下的。”

她认认真真地听我说完，然后说道：

“印度怎么样？你知道那里的人讲什么语言吗？”

“讲好多语言。”

“一个会讲波斯语和土耳其语的人可以在印度活下来吗？”

“我觉得不行，在那儿很难找到一个会讲波斯语或土耳其语的人。”

莎姆希用手捂着嘴巴，陷入了沉思。我问道：

“你为什么要离开这里？”

“我觉得我没法再待在这里了，我快要窒息了。”

她说：

“也许我会去阿塞拜疆，礼萨伊耶或是大不里士，我会待在那些地方。”

“一个女人独自带着两个孩子生活是很艰难的，你最好留在这儿。”

她说：

“我要是懂那里的语言就好了，这样就可以和印度人交流了。”

我说：

“那你就去学啊，学英语，他们大多会讲英语。要是你能学会英语去那里也很好啊。”

她说：

“我把房子卖掉的话能拿到三四十万，家具之类的还能再卖个两三万，这么一大笔钱，在找到工作前应该够用了。”

我说：

“你在印度找不到工作的，他们自己都没事可做呢。”

“那我就当裁缝，做衣服。”

“她们都穿纱丽，和我们的衣服不一样。”

她说：

“天呐！”

她说：

“我去洗碗。”

莎姆希起身朝门口走去。突然砰的一声她的头重重地磕到门上，应声倒地。这一切发生得太过突然，我都来不及反应。她直挺挺地躺在门口，我连忙跑过去，扶起她的头。她缓缓睁开眼睛，看着我，问道：

“怎么了？”

“你摔倒了。”

“天呐！”

我说：

“你最好去睡一觉，我来洗碗。”

“男人从不洗碗的。”

“就这一次没关系。”

她说：

“不行，我来洗。”

我说：

“莎姆希，你别这么固执。”

我把她扶了起来，她颤抖着身子，说道：

“天呐，我要是倒下了，会耽误一大堆事，谁也帮不上忙。”

我说：

“有我在呢。”

她说：

“那些衣服怎么办？”

“衣服都做完了。”

“年总是会过完的，然后又要做衣服，永远干不完。”

我带她去了卧室，让她在床上躺下。她就像一只受了惊吓的麻雀，看着我说道：

“今晚别走了，我一个人害怕。”

“我不走。”

衣服正脱到一半，上衣还在头上套着，莎姆希忽然迟疑了，说道：

“不，你走吧，那个女孩还孤零零一个人呢。”

“女孩不在我家，在她自己家里。”

她脱掉了上衣。睡衣在枕头底下，莎姆希习惯把睡衣放在枕头下面。这件毛绒保暖睡衣是她亲手缝制的，很长，可以罩住她的全身，一直到脚踝。她像往常一样套上了皱巴巴的毛绒睡衣，然后坐在床边，头发乱蓬蓬的，面色憔悴，眼睛一直盯着地毯上面的花饰。我说：

“睡吧！”

莎姆希的优点就是听话。她掀起被子钻了进来，只露出脑袋在外面，眼睛一直盯着天花板。我说：

“我去把灯关掉，马上就回来。”

她说：

“你知道吗，我不该生病。”

“谁说你病了？”

“没人说。当然了，我没生病。”

我熄了灯又返身回来，把衣服脱下，放在椅子上，然后在莎姆希身边躺下。她说：

“要是我能学会英语，就可以去印度了吧？”

“当然。”

“但是我没心思再学什么语言了，我已经会讲两种语言。就说我渴了、想喝水，还得会几种语言呢？土耳其就挺不错的。”

我没再说什么。她说：

“只是土耳其人的性情习惯和我们大不一样，印度会好一些，我喜欢看印度电影。”

我说：

“印度人已经太多了，莎姆希，外来人没有容身之地。”

她说：

“可我就一个人。对他们来说，多一人少一人又有什么区别呢？”

“孩子们怎么办？”

“你说得没错，那我就去西方国家。”

“你确实可以这么做。”

“可我有点怕西方人，傲慢又自私，你看电影里演的那些，他们在墓前都不会流眼泪。”

我说：

“如果你愿意，做我的妻子吧。”

她沉默片刻，接着说道：

“你对我来说太年轻了。”

这不是我们的真心话。我默不作声，她也没再说什么。莎姆希想要出门远行的愿望也勾起了我旅行的念头，我幻想着可以说走就走，无论西方或东方，去哪儿都行，这么想着想着便睡着了。大概睡了不到半小时，我被一阵剧烈的颤动惊醒了。莎姆希浑身抽搐着，她在做梦，一边哭一边瑟瑟发抖，被子也被汗水浸湿了。我不知道究竟是什么把我惊醒的，是她的啜泣声，她的战栗，还是大汗淋漓后湿透了的床单。她浑身哆嗦成一团，像是中弹了一样。我晃着她的身子，大声叫她，她依然抖个不停，最后我不得不站起来扶着她的上半身，大喊道：

“莎姆希！莎姆希，亲爱的！”

她的身体还在颤抖，但缓和了许多。我起床把灯打开，灯光很刺眼，她说：

“我要是病倒了，你就送我去医院。必须有人照顾我才行，家里一个人都没有。”

早晨，寒战过后的莎姆希发起高烧来。我给琪琪妮打了个电话，说莎姆希生病了，她身边一个人也没有。我说我会等她过来，然后再去找医生。

琪琪妮什么也没说，默默地答应了。一小时后，她拎着一个小包来到了莎姆希家，她解释说都是她的私人物品。她接手照应，我去请医生过来。医生认为莎姆希患了重感冒。但我觉得，她之所以生病其实是对侯赛因过世的一种应激反应，当然我什么也没说。医生开了几种药，把处方交给我，又嘱咐了几句，收完钱便走了。

我把女孩带到另一个房间，和她说了一下莎姆希的情况。她也认为发烧、寒战这些都是受侯赛因死讯刺激产生的强烈反应。但她觉得我们还是应该给莎姆希吃些药为好，毕竟没什么坏处。我同意了。

莎姆希整整睡了四天。琪琪妮把屋子收拾得干干净净，洗碗、浇花、给莎

姆希做饭，然后就安安静静地坐在一把椅子上，靠着莎姆希的床边，翻翻杂志、看看书。晚上我都回自己家睡，不敢在莎姆希家留宿。白天我会买一些女士的必备用品带过去。

新年就这样到来了。

节后第五天，尽管还需要调养，可莎姆希决意要去礼萨伊耶走亲戚。没法子劝得住她，虽然她做决定有些慢，可是一旦拿定了主意就十分坚决。临走之前，她亲了亲女孩并对她说，琪琪妮，我们已经成朋友了。

我该回去上班了。琪琪妮决定去伊斯法罕，她也走了。接下来，彻底孤单的日子开始了。我从单位回到家，坐在客厅的沙发上。我曾无数次幻想过自己如何坐在那里听着音乐。

卡鲁去看望了侯赛因的家人，没提到侯赛因曾在我家待过。他的家人偷偷办了丧事，有的连黑色的丧服都没穿。

一月十三号，莎姆希从礼萨伊耶回来了，衣服、头巾都是黑色的。她决定去吊唁。

一月十五号，琪琪妮从伊斯法罕回来了。她说一个星期之内会办妥一切事务，然后动身去美国。她想中断学业。我知道自己无法让她回心转意，忽然想坐在她跟前痛哭一场。她很难过，但是我知道即便她留下来也毫无意义了。

整整一个星期，我没事就和琪琪妮待在一起。用不上十天她就能办妥所有和出国相关的事宜。她说想先去三个月看看情况，没问题就留下，不行就转去欧洲，或其他地方。她没保证会写信回来。

一月底的一天，下午三点，琪琪妮的航班起飞了，我亲自送她去的机场。她姑姑就在家中和琪琪妮告了别，其他的家人都在伊斯法罕无法送行。机场航站楼的设计有些缺陷，我只能把女孩送到海关入口处就回来了。我所能做的也就这些了。

我从机场径直去了莎姆希家。是凯乌玛勒斯开的门，他说妈妈下午出去

了，还没回来。我说我在这里等她。我想找个人说说话。琪琪妮没有和莎姆希告别，女孩说：

“有什么意义呢?”

下午六点左右莎姆希回来了，身后还跟着一台小货车。货车后备箱里放着一株柳树苗，树根上还带着泥，几根纤细的树杈撑到了车顶。我们听到莎姆希和车主在外面吵吵嚷嚷，便来到大门口。莎姆希已经把大门敞开，正忙着和车主讨价还价，她想让那个男人把树搬进院子里。司机说这点钱只够运输费，莎姆希同意再加五千土曼。两人一头一尾抱起整株树往院了里搬，我走过去替下了莎姆希。房子的过道很窄，要进到院子里得稍微拐个弯，那里是给厕所腾出的一小块地方。

树苗不能弯也不能折，只能这么直挺挺地抬进院子。我们足足折腾了一个小时仍无计可施，司机一直在嘟嘟囔囔地抱怨。最后莎姆希想到一个办法，从邻居家把树从墙头翻进这边的院子，邻居同意了。

晚上八点，树苗终于被搬进了院子。莎姆希想当天晚上就把树栽上，就这样晾着，树根容易死。店员告诉过莎姆希现在不是栽树的时节，早两个月才对。可是莎姆希心意已决，她拿着一把小铲子在小花园里奋力铲起土来，也不让别人帮忙，只想自己把地铲好。她说：

“无论怎么打算，去印度这事不太现实，不过我至少可以拥有一棵树。”

最后到了晚上九点，树总算栽好了。小树纤细又孱弱，有五六根树杈冒出了新生的嫩芽。她说：

“我敢肯定它能活。”

我不确定这棵树是否能成活，但那晚和莎姆希是说不通的。如今她有了一棵树，已经够她忙上好几个星期了。我了解她的脾气。

我走出家门，进了一家酒馆。我想给卡鲁打个电话，又很快打消了这个念头。我开始坐下来喝酒，喝了很多，直到夜里十一点酒馆打烊。

从那里出来，我去了另一家酒吧继续喝。凌晨一点，我走在路上，已有几分醉意。正好经过一个警察局，我径直走了进去，门口的哨兵昏昏欲睡。我说找值班警察有事，便上了楼。

值班警察正在办公室里忙碌，看上去三十五、六岁的样子，脖子上挂着一个新月形的吊牌，在写什么东西。房间空荡荡的，我推开门，看着他。他说：

“有什么事吗?!”

他没抬眼看我。我说：

“长官，打扰了……”

他说：

“怎么了?”

他继续伏案忙碌着，我说：

“我来是想说，请您把我抓起来。”

警察瞥了我一眼，却没有停下手上的工作。我说：

“我对真主发誓，我说的是真的，我是一个危险分子，我反对整个体制。”

他说：

“天啊！看样子你都喝到嗓子眼了吧。”

我说：

“就是啊，我都喝到嗓子眼了，因为我什么都不相信。”

警察没吭声，继续写。我说：

“您必须逮捕我！让这一切都他妈的见鬼去吧，这就是理由！让所有当官的都去死吧，这就是理由！现在把我抓起来吧！”

警察把笔放到桌上，稍微向后挪了一下椅子，看着我。然后他伸手从兜里掏出一个小盒子，从里面拿出一颗绿色的药片放进嘴里，没喝水直接干咽了下去，又继续写，时不时地看看我。我说：

“先生，为什么您对我的话不理不睬呢？只要你想听，什么脏话我都骂得出来，只要你把我抓起来就行。”

然后我开始破口大骂，把当时的大人物统统辱骂一通。哨兵推开门，看了看我和值班警察。警察向他摆了下手，哨兵就出去了。然后警察从桌后站起来，朝我走过来。他抓起我的胳膊，一起朝门口走去，我完全听任他的摆布。警察把我带出办公室，一起下楼梯，朝警察局的出口走去。哨兵向他立正敬礼，警察抬手示意了一下，我们便走出了警察局。他把我一直带到街口，说道：

“面对我，你是怎么做到上一秒毕恭毕敬，下一秒破口大骂的？”

我说：

“这就是一种说话习惯，就像鄙人这个词。”

他说：

“让你这些该死的习惯统统见鬼去吧！这些事真让我烦心，你现在赶紧滚蛋！”

我还想说些什么。他说：

“我说了，快滚蛋！”

然后他走了。

我把车停在莎姆希家门口了，这会儿只能步行回家。半小时后，我终于上了楼，打开门，径直奔向卫生间。我本想洗手，却觉得阵阵恶心，便走到马桶前，用手抠着嗓子眼，抠了好几次。刚开始只是干呕，吐了几口苦水，接着便是一阵狂吐，吐完才舒服了一点。我回到洗手池前洗了洗手。这时只要打开柜子，就会发现刀还在那里，一刀了事倒也轻松了。

洗完手我又往脸上泼了几下水，然后来到卧室，衣服没脱便一头栽到了床上。再过一两个月，莎姆希就不会那么稀罕那棵树了。兴许星期一、星期三的惯例也会重启。谁晓得呢。

完，巴黎——1357年夏